I0582648

TÖDLICHER VERRAT

WEITERE TITEL VON PATRICIA GIBNEY

TÖDLICHER VERRAT

PATRICIA GIBNEY

Übersetzt von Kerstin Winter

bookouture

Die Originalausgabe erschien 2019 unter dem Titel
„Final Betrayal"
bei Storyfire Ltd. trading als Bookouture.

Deutsche Erstausgabe herausgegeben von Bookouture, 2022
1. Auflage Januar 2023

Ein Imprint von Storyfire Ltd.
Carmelite House
50 Victoria Embankment
London EC4Y 0DZ

www.bookouture.com

Copyright © Patricia Gibney, 2019
Copyright der deutschsprachigen Ausgabe © Kerstin Winter, 2023

Patricia Gibney hat ihr Recht geltend gemacht,
als Autorin dieses Buches genannt zu werden.

Alle Rechte vorbehalten.
Diese Veröffentlichung darf ohne vorherige schriftliche
Genehmigung der Herausgeber weder ganz noch auszugsweise in irgendeiner
Form oder mit irgendwelchen Mitteln (elektronisch, mechanisch, durch
Fotokopie oder Aufzeichnung oder auf andere Weise) reproduziert, in einem
Datenabrufsystem gespeichert oder weitergegeben werden.

ISBN: 978-1-80314-873-1
eBook ISBN: 978-1-80314-872-4

Dieses Buch ist ein belletristisches Werk. Namen, Charaktere, Unternehmen,
Organisationen, Orte und Ereignisse, die nicht eindeutig zum Gemeingut
gehören, sind entweder frei von der Autorin erfunden oder werden fiktiv
verwendet. Jede Ähnlichkeit mit tatsächlichen lebenden oder toten Personen
oder mit tatsächlichen Ereignissen oder Orten ist völlig zufällig.

Daisy, Shay, Caitlyn und Lola
Meine Enkelkinder, die neues Leben in meines bringen

PROLOG

Der Körper war schwerer, als er gedacht hatte. Wie konnte jemand, der so jung und dünn war, so viel wiegen?

Er zerrte sie zur Öffnung und stieß sie mit der Stiefelsohle in die Tiefe. Dann wickelte er sein Werkzeug, das er brauchen würde, aus dem Sackleinen, steckte es in den Rucksack, schwang ihn sich auf den Rücken und ließ sich nach ihr hinab.

Unten schleifte er sie über den Boden, bis er an der richtigen Stelle angelangt war, und setzte sie aufrecht hin, sodass ihre toten Augen ihm beim Arbeiten zusehen konnten. Es dauerte eine Weile, doch als er fertig war, empfand er nicht das Gefühl der Vollendung, das er erwartet hatte. Aber niemand würde sie je sehen. Nicht hier unten.

Mit gebeugtem Rücken bewegte er sich wie ein Buckliger rückwärts und verwischte dabei mit einer kleinen Bürste, die er ebenfalls mitgenommen hatte, jeden Hinweis darauf, dass jemand hier gewesen war. Quietsch- und Wischgeräusche begleiteten seinen Rückzug. Hier unten war es wie in einer anderen Welt. Er fühlte sich sicher und frei und wäre am liebsten nicht gegangen. Im Augenblick hätte er durchaus zu ihr zurückkehren, sich auf der Erde ausstrecken und ihr in ihrer letzten Ruhestätte Gesellschaft leisten können. In diesem schwarzen Loch für ein Miststück, das ihn zurückgewiesen hatte.

Er befreite seine Jacke, die sich an einem vorstehenden Gesteinsbrocken verfangen hatte, und arbeitete sich weiter rückwärts. Der Aufstieg war schwerer, als der Abstieg gewesen war. Er packte einen Mauervorsprung nach dem anderen und hievte sich hoch und hinaus. Dann schob er die Abdeckung zurück über das Loch und vergewisserte sich, dass keine sichtbaren Spuren zurückgeblieben waren. Ein rascher Rundblick sagte ihm, dass niemand ihn gesehen hatte.

Zurück am Wagen warf er den Rucksack in den Kofferraum. Die Temperatur war in den vergangenen Tagen gefallen, und der Winter hatte sich im Horizont verbissen wie ein ausgehungerter Hund. Er mochte den Winter nicht. Oder die Kälte. Nein, er zog die langen Sommernächte vor, in denen sich stundenlang umherwandern ließ, der Mond in einem Himmel voller Sterne stand und er ihn wie ein liebeskranker Wolf anheulen konnte, wenn ihm der Sinn danach stand.

Die ersten Tropfen fielen herab, und er sprang in den Wagen, ehe die dunklen Wolken ihre Schleusen öffneten. Er hatte seine Arbeit erledigt. Nun würde alles gut werden. Ihm konnte nichts mehr passieren.

Erst am nächsten Tag stellte er fest, dass der Alptraum gerade erst begonnen hatte.

EINS

Conor Dowling stand vor den Toren des Mountjoy Gefängnisses und atmete die Stadtluft ein. Es war dieselbe Luft, die er die vergangenen zehn Jahre innerhalb der Mauern geatmet hatte, aber sie erschien ihm hier draußen frischer zu sein. Frei. Er stieß die Luft langsam aus, schulterte die Tasche, die seine magere Habe enthielt, und tat seinen zweiten Schritt in die Freiheit. Allein.

Niemand wartete auf ihn. Nicht einmal Reporter. Er hatte allerdings auch keine erwartet. Nachdem er für schuldig befunden und dazu verurteilt worden war, zehn Jahre vom besten Teil seines Lebens hinter grauen Gefängnismauern zu verbringen, war seine Geschichte längst zu Schnee von gestern geworden.

Er lauschte den Geräuschen der Stadt, während er einen Fuß vor den anderen setzte und ohne einen Blick zurückzuwerfen davonging.

Zurück in Ragmullin starrte Conor auf das Reihenhaus auf der gegenüberliegenden Straßenseite. Es hatte sich in den vergangenen zehn Jahren nicht verändert. Nicht einmal der Rasen schien gemäht worden zu sein. Es war noch früh am Morgen, als er die Straße überquerte und das quietschende Törchen öffnete, das nur noch in einer Angel hing. Er hatte keinen Schlüssel, also hob er die Hand, um zu klopfen. Es war sein Zuhause, und doch stand er wie ein Besucher davor. Er senkte die Hand und trat ans Fenster. Das Spiegelbild eines Fremden blickte ihm entgegen.

Er war fünfunddreißig Jahre alt, groß und dünn, und auf seinem Kopf sprossen unregelmäßige Stoppeln. Fort war das schulterlange Haar, das seine Mutter als pflegeintensiv bezeichnet hatte. Als er vierzehn gewesen war, hatte sie ihm einen gebrauchten batteriebetriebenen Rasierer geschenkt, der es ihm angetan hatte, und er hatte sich angewöhnt, nicht nur seinen Schädel, sondern auch die restliche Körperbehaarung abzurasieren. Genau das wollte er jetzt wieder tun. Es juckte ihn in den Fingern, sich mit einer Klinge über Brust und Beine zu fahren, die Schärfe zu spüren, seine Haut vom Flaum zu befreien.

Er kehrte zur Tür zurück. Schob probeweise den Riegel hoch. Sie öffnete sich. Er setzte einen Fuß auf das abgewetzte Laminat im Flur, dann den zweiten. Der vertraute Geruch war das Erste, was die Erinnerungen zurückbrachte.

Es roch streng nach Speck und Kohl, gemischt mit ranzigem Fett. Wie konnte das sein? Seine Mutter bekam seit mindestens vier Jahren Essen auf Rädern, wie ihm sein Freund Tony Keegan erzählt hatte. Ein schöner Freund, dachte Conor. Immerhin hatte er ihn alle paar Monate im Knast besucht. Er hatte jedoch den Eindruck, dass Tony es nur getan hatte, um sich zu vergewissern, dass Conor noch sicher weggeschlossen war. Seine Mutter war nie bei ihm gewesen.

Er öffnete die Wohnzimmertür in der Erwartung, es leer

vorzufinden, sog jedoch scharf die stinkende Luft ein, als er seine Mutter in einem verwitterten, durchgesessenen Sessel entdeckte. Sie wirkte größer, als er sie in Erinnerung hatte, aber dann bemerkte er, dass die Stuhlbeine auf Holzböcken standen.

Vera Dowling war erst fünfundsechzig, aber zerfressen von rheumatoider Arthritis, wodurch sie mindestens zwanzig Jahre älter aussah. Als er hinter sie trat, bemerkte er ihre knotigen Hände, die sich um die Armlehnen krallten. Langsam wandte sie den Kopf.

»Heute also?«

Ihre Stimme war einst scharf und kräftig gewesen. Scharf war sie noch immer, wie Conor zugeben musste, kräftig aber nicht.

»Ja, Mam. Ich bin wieder zu Hause.«

»Hoffentlich hast du keine Party mit Ballons und Luftschlangen erwartet. Damit hab ich nichts am Hut.«

»Ich habe gar nichts erwartet.«

Er stand noch immer hinter ihr. Im Gefängnis hatte er es mit den gefährlichsten Verbrechern zu tun gehabt, doch nun kam er sich vor wie ein kleiner Junge, der sich vor dem Schulschläger fürchtet.

»Komm nach vorne, damit ich dich sehen kann, Junge.«

Er wollte ihr nicht gegenübertreten, doch schließlich brachte er die Botschaft von seinem Hirn in die Füße und bewegte sich um den Sessel herum.

»Hast du da nichts zu essen gekriegt?« Sie hob eine geschwollene Hand und tastete entlang der Sesselseite, bis sie ihren Gehstock gefunden hatte, den sie wie ein Schwert auf ihn richtete und ihm damit gegen die Brust stieß. »Nichts als Haut und Knochen. Aber nun, da du wieder hier bist, kannst du für uns kochen. Und dieses Plastikzeug abbestellen.«

Er wich zurück, um ihrem Stock zu entgehen. »Plastikzeug?«

»Dieses Zeug auf Rädern, Essen würde ich das nicht

nennen. Das ist nur die alte Mrs Tone, die einen Arm voll Plastikbehälter verteilt. Bis sie bei mir ankommt, ist alles kalt. Wie soll man mit diesen knubbligen Fingern den Drehknopf von der Mikrowelle bedienen?«

Conor wollte gerade sagen, dass sie sich ja ein neues digitales Modell hätte besorgen können, überlegte es sich dann aber anders. Seine Mutter wies alle Anzeichen der Tyrannin auf, an die er sich aus seiner Kindheit erinnerte, und er würde keine Chance haben, diese oder irgendeine andere Diskussion für sich zu entscheiden. Es war, als seien die vergangenen zehn Jahre einfach in sich zusammengefallen, nichts schien sich in diesem Haus verändert zu haben. Er jedoch schon.

Als er sich mit der Hand über den Schädel rieb und die Stoppeln spürte, juckte es ihn erneut, oben nach seinem Rasierer zu suchen, falls er noch dort lag. Wahrscheinlich war es so, denn das Wohnzimmer sah aus, als habe seine Mutter seit Jahren hier übernachtet. Plötzlich kam ihm ein Gedanke. Bad und Toilette waren oben. Wie war sie ...? Dann wurde sein Blick von dem Urinbeutel angezogen, der zwischen ihren geäderten Beinen lag.

»Freut mich, dass du wieder zu Hause bist, Junge«, sagte sie und streckte ihm die Hand entgegen. Er schob die seine resolut in die Hosentasche. »Jetzt kannst du für mich kochen. Hast du da ... da drin neue Rezepte gelernt?«

Achselzuckend trat Conor ans Fenster und sah durch den Schmutz hinaus. Als er über das Glas rieb, blieb seine Hand am Fettfilm auf der Scheibe kleben. Wo zum Henker glaubte sie war er gewesen? In einer Kochschule?

»Ich gehe mich waschen«, sagte er und wandte sich um. Ihre Hand schoss vor und packte seinen Arm, und prompt bekam er eine Gänsehaut. Er versuchte, sich ihr zu entziehen, doch sie hielt ihn fest.

»Ich weiß, was du getan hast, Conor. Ich weiß es. Du solltest also besser anständig mit mir umgehen.«

Als die knotige Hand von ihm abließ, stob Conor hinaus und stolperte beinahe über die Tasche, die er im Flur abgestellt hatte. In der Küche betrachtete er das Chaos, den überquellenden Mülleimer und daneben den Toilettenstuhl, den sie vermutlich auch benutzte. Der Gestank stieg ihm in die Nase, und die aufsteigenden Erinnerungen drohten ihn zu ertränken wie eine biblische Flut.

Um sich abzulenken, blickte er aus dem schmalen Fenster. Und da war er. Er stand noch. Seine Werkstatt, Rückzugsort und Zuflucht vor der Realität, die sich wie eine Festung inmitten ausrangierter Möbel aus dem strohigen Gras erhob.

Aber was war das? Er beugte sich über die mit Plastikbehältern voll gestellte Spüle, um besser sehen zu können. Doch es nützte nichts. Er öffnete die Hintertür und trat hinaus in den Garten, wo ein Pfad aus plattgetretenem Gras zur Schuppentür führte. Nein, er hatte sich nicht geirrt. Das Bügelschloss am Riegel war offen.

»Mam! Wer zum Teufel ist in meiner Werkstatt gewesen?«

Conor stand im Durcheinander des Verschlags, der einst sein Refugium gewesen war. Seine Werkzeuge schienen unversehrt, obwohl sie nicht richtig geordnet waren. Nicht in den richtigen Fächern lagen. Nicht so ausgerichtet waren, wie er sie zurückgelassen hatte. Er schüttelte sich. Es war so lange her, dass er es sich vielleicht nur einbildete. Doch das Bügelschloss in seiner Hand bildete er sich nicht ein. Jemand war hier drin gewesen.

Anfangs hatte er für Kunsthandwerksmärkte kleine hölzerne Puppen hergestellt. Das Blut stieg ihm in die blassen Wangen, als er daran dachte, wie er mit dreizehn Jahren angefangen hatte, kurz nachdem sein Vater gegangen war. Der eines Morgens ohne ein Abschiedswort zur Arbeit aufgebrochen war, und erst, als er nicht mehr zurückgekehrt war, hatten sie festgestellt, dass er einen kleinen Koffer mit seinen wenigen Besitztümern mitgenommen hatte. Es war eine Ewigkeit her, aber Conor erinnerte sich, als sei es gestern gewesen. Von seinem Vater verlassen, dem Zorn seiner Mutter ausgeliefert.

Die Aussicht, den Rest seines Lebens bei seiner Mutter zu verbringen, war entschieden erschreckender als die Erfahrungen, die er im Knast gemacht hatte. Er rief sich frustriert in Erinnerung, dass sie erst fünfundsechzig war, wodurch die Chancen ziemlich schlecht standen, dass sie demnächst abkratzte. Zumindest nicht aus eigenem Antrieb.

Er strich mit dem Finger über die Drechselbank und fuhr plötzlich schockiert zurück. Es fehlte etwas. Ein Werkzeug. Das eine Werkzeug, das er stets zur Hand nahm, wenn er genug von der Arbeit mit Holz hatte. Es gab nur eine Person, die wusste, wie man seine Werkzeuge benutzte. Und seine Mutter war es nicht.

ZWEI

Lottie Parker freute sich, endlich in ein eigenes Zuhause einziehen zu können, nachdem sie seit Mitte Februar in der Enge des Hauses ihrer Mutter gewohnt hatten. In Ragmullin als Detective zu arbeiten, brachte einige Gefahren mit sich, und bei einem der letzten Fälle war ihr Haus niedergebrannt. Man war zu dem Schluss gekommen, dass es sich nicht um Brandstiftung handelte, aber Lottie war sich da nicht so sicher.

»Du könntest wenigstens lächeln«, sagte Mark Boyd, der sich mit einem IKEA-Paket abmühte, das breiter und höher als die Haustür war. »Und Sean holen, damit er mir hilft.«

»Er ist draußen unterwegs. Und daran bist du schuld. Wer hat ihm denn das Rennrad gekauft?«

»So kommt er mal aus seinem Zimmer. Das ist schließlich auch gut, oder?«

»Klar, aber jetzt gerade könnten wir ihn gut gebrauchen.«

Sie packte ein Ende des Pakets und versuchte es durch die Haustür zu zwängen, während Boyd von draußen schnaufte und keuchte. Sean, ihr fünfzehnjähriger Sohn, kam ihr mit jedem Tag rätselhafter vor. Vor einigen Monaten war er wieder in eine Depression verfallen, und erst als Boyd mit dem nagelneuen Fahrrad aufgetaucht war, war die Finsternis aus seinen Augen gewichen.

Boyd hielt mit dem Paket inne.

»Was ist?«, fragte sie. Er blickte sie über die Kanten der inzwischen eingedellten Pappe an.

»Du tust das Richtige, Lottie. Das weißt du. Aber du musst akzeptieren, dass alles, was in deinem ehemaligen Haus war, fort ist. Das ist die Gelegenheit für einen Neustart. Lass die Geister der Vergangenheit in der Asche ruhen.«

Sie schüttelte den Kopf, überrascht von den Tränen, die plötzlich in ihren Augen brannten. Sie schniefte sie weg. Boyd war ihr Detective Sergeant und ein guter Freund. »Das wird nicht funktionieren.«

»Natürlich wird es das. Du musst dir nur Zeit geben, zur Ruhe zu kommen.«

»Ich meine diese verdammte Verpackung. Wir müssen den Karton aufmachen und die Teile einzeln reinholen.«

»Was ist da überhaupt drin?«

»Ich habe absolut keine Ahnung.«

Boyd lachte laut auf, und Lottie konnte nicht anders. Sie musste mitlachen.

Es war ein Bücherregal, wie sich herausstellte, und nun saß Boyd, die Bauanleitung in der einen und einen Haufen Schrauben in der anderen Hand, im Schneidersitz inmitten von hölzernen Teilen auf dem Wohnzimmerboden.

Lottie schaltete ihren neuen roten Wasserkocher an und holte zwei Becher aus dem Schrank. Vielleicht hatte Boyd recht, dachte sie. Sie musste zugeben, dass er sie manchmal besser kannte als sie sich selbst. Sie hatten in den vergangenen Monaten eine gute Phase durchlebt. Er war ein loyaler Freund; manchmal mehr als nur ein Freund, wenn sie ganz aufrichtig zu sich selbst sein wollte.

Ihre Hand hielt an der Kaffeedose inne, als ihr die Wahrheit bewusstwurde. Boyd war ihr *einziger* Freund. Warum blieb er bei ihr? Was hielt ihn? Er hatte die Scheidung von seiner Frau Jackie hinter sich gebracht und schien zufrieden zu sein. Doch sie wusste, dass er mehr Zugeständnisse von ihr wollte. Dessen war sie sich sicher. Doch die konnte sie ihm nicht geben, nicht jetzt. Noch nicht. Sie hatte Adam, ihren Mann, vor fünf Jahren an Krebs verloren, und seitdem rang sie mit ihrer Trauer, dem Witwenstand und der Erziehung ihrer Kinder.

Bald würde das Haus voller Leben sein. Ihre einundzwanzigjährige Tochter Katie mit ihrem Baby, dem kleinen Louis, die siebzehnjährige Chloe und Sean würden morgen einziehen. Sie hatten sich bereits ohne nennenswerte Streitigkeiten auf die Zimmer geeinigt, und ihre Kleidung hing größtenteils in frisch gestrichenen Einbauschränken. Lottie fragte sich, wie ihre Mutter wohl mit der plötzlichen Leere umgehen würde. Dann musste sie lächeln. Rose war nach den langen Monaten, die sie alle wie auf einem Campingplatz gehaust hatten, wahrscheinlich erfreut, ihr Heim endlich wieder für sich zu haben.

»Ich glaube, mir fehlt eine Schraube«, rief Boyd aus dem Nebenzimmer.

»Das war mir schon immer klar.« Noch immer lächelnd begann sie, Kaffee zu machen. Vielleicht war es wirklich an der Zeit, Adams Geist in der Asche ihres abgebrannten Hauses ruhen zu lassen. Vielleicht.

DREI

Als Tony Keegan die Tür öffnete, fiel ihm die Kinnlade herab. Er neigte den Kopf zur Seite.

Sein ehemals bester Freund Conor Dowling stand auf der Schwelle. Verdammt. Doch er fing sich schnell und rang sich ein Lächeln ab.

»Hallo, Kumpel. Wusste gar nicht, dass du raus bist.«

»Hättest du es gewusst, hättest du ein bisschen besser aufgeräumt und die Tür abgeschlossen, nicht wahr?«

»Was meinst du damit?« Aber Tony wusste nur allzu genau, worauf Conor anspielte. »Ich dachte, du müsstest noch ein Jahr absitzen.«

»Da sieht man mal, was Denken bei einem Schwachkopf wie dir anrichtet.«

Tony prallte mit dem Rücken gegen die Flurwand, als Conor sich an ihm vorbeidrängte.

»Allein zu Hause?«, fragte Conor.

Tony schloss die Tür und folgte der großen, dünnen Gestalt in die Küche. In den vergangenen zehn Jahren war eine Menge passiert, von dem Conor nichts wusste. Und Tony war sich ganz und gar nicht sicher, ob er ihn auf den neusten Stand bringen sollte.

Conor hatte den Kühlschrank geöffnet, beugte sich vor und griff hinein, um Schinken und Käse herauszuholen.

»Hast du Brot da? Ich habe Hunger wie ein Wolf.« Er trat die Kühlschranktür mit dem Stiefel zu und stapelte den Aufschnitt auf dem Tisch.

Ehe sich Tony noch regen konnte, hatte Conor das Brot schon gefunden und holte ein Messer aus der Schublade. Er schnippte den Deckel von einer Packung Margarine, beschmierte die Scheiben dick damit und klatschte Käse darauf. Als er mit seinem Werk zufrieden schien, trat er einen Stuhl unterm Tisch hervor, setzte sich und begann zu essen.

Tony wusste nicht, was er tun sollte, also setzte er sich ebenfalls. »Gute Führung?«, fragte er.

»Nein. Ich habe dem Direktor die Kehle durchgeschnitten und bin geflüchtet.« Conor lachte mit weit offenem Mund. Käse und Brot klebten an seinen Zähnen.

»Mach dich nicht über mich lustig.« Tony entging nicht, dass die Augen seines Freundes nicht mitlachten, also nahm er ein Stück Brot vom Tisch und begann zu kauen. Als er Conors kaltem Blick nicht mehr standhalten konnte, sah er auf seine fettigen Finger herab.

»Ich? Mich über dich lustig machen?« Conor kaute bedächtig. »Du solltest mich besser kennen.«

Tony blickte vorsichtig auf, und die Härte in Conors Augen ließ ihn beinahe zurückschrecken. Er erkannte sofort, dass sein Freund sich verändert hatte. Vermutlich war es das, was das Gefängnis mit den Häftlingen machte. Nicht, dass er selbst je gesessen hatte. Er hatte Ordnung in sein Leben gebracht, nachdem Conor verurteilt worden war. Jetzt, da er wieder draußen war, würde Tony wieder sehr viel vorsichtiger sein müssen.

»Du bist mein Freund, Conor. Natürlich kenne ich dich.«

Er legte das halb vertilgte Brot auf den Tisch. »Was willst du jetzt anstellen?«

Er hielt den Atem an, als Conor sich die Hände an der weißen Spitzentischdecke abwischte. Herrgott! Das war eine von den guten! Seine Großmutter hatte sie vor Millionen Jahren seiner Mutter aus Spanien mitgebracht. Zwar waren Mam, Dad und Gran inzwischen alle unter der Erde, also sollte es eigentlich keine Rolle mehr spielen – aber das tat es eben doch.

Conor zog geräuschvoll die Nase hoch. »Ich habe diverse Pläne. Aber erst sagst du mir, was du mit deinen schmutzigen Pfoten in meiner Werkstatt zu suchen hattest.«

»Was für eine Werkstatt?«

»Mein Schuppen. In meinem Garten.«

»Das ist der Garten deiner Mutter.«

Noch ehe Tony reagieren konnte, packte ihn eine Hand am Kragen und zerrte ihn über den Tisch. Unwillkürlich krallte er sich an dem spanischen Erbstück fest, als Brot, Margarine und Messer auch schon auf dem Boden landeten.

»Verkauf mich nicht für blöd. Was hattest du in meiner Werkstatt zu suchen?«

»Ich ... ich ...«

»Was?«

»K-kann nicht atmen.«

Als Conor ihn mit einem Schubs losließ, suchte Tony fieberhaft nach einer glaubhaften Ausrede, aber nichts war so gut wie die Wahrheit, und die konnte er ihm definitiv nicht sagen.

Laut schluckend fuhr er sich mit der Hand über seine schmerzende Kehle und hustete. »Mir war langweilig, also habe ich deine Mutter gefragt, ob ich in deinem Schuppen ... in deiner Werkstatt ein bisschen arbeiten kann. Ihr war's egal, ich sollte ihr nur hin und wieder was in die Mikrowelle tun, den Müll rausbringen und so was.«

»Was arbeiten?«

»Du weißt schon, irgendwas basteln, so wie du es gemacht hast. Aber ich hab's nicht drauf. Ich hab nur rumgespielt.«

»Tja. Es fehlen Werkzeuge.«

»Ich hab nichts weggenommen.«

»Aber du hast nicht abgeschlossen.«

Tony schob die schmierigen Hände in die Hosentaschen. »Sorry. Ich muss es eilig gehabt haben.«

»Nichts auf dieser Welt treibt *dich* zur Eile an.«

Das Blut stieg ihm in die schlaffen Wangen. Verlegen berührte er seinen vorgewölbten Bauch und versuchte vergeblich, ihn einzuziehen. Mit einem schwachen Lächeln wechselte er das Thema, um seinen Freund milde zu stimmen. »Jedenfalls freue ich mich, dass du wieder da bist, Conor.«

Conor war schon im Flur. »Ich freu mich kein bisschen.«

»Sehen wir uns dann vielleicht später?«

Aber Tony sprach nur noch zu der zugeknallten Tür.

———

Wird einem schlimmes Unrecht getan, fühlt man es dann nicht wie einen Pfeil, der die eigene Seele durchbohrt? Doch ungleich schlimmer noch, wenn es durch eine Person geschieht, die man geliebt hat. Was gibt jemandem das Recht, dich in kleine Fetzen zu reißen und die Reste den tollwütigen Hunden vorzuwerfen?

So ist es mir passiert. Mir wurde großes Unrecht getan. Ich glaube kaum, dass die verantwortliche Person sich der Ungeheuerlichkeit ihres Verbrechens, ihres Verrats bewusst ist, doch ich empfinde es umso mehr. Und ich bin ein Mensch, der sich merkt, wenn ihm etwas angetan wurde. Wenn jemand eine offene Rechnung bei mir hat, warte ich geduldig, bis sich die Gelegenheit ergibt, um den Preis einzufordern. Sobald die Zeit gekommen ist.

Und das ist sie nun.

VIER

Die Parkers saßen in ihrem neuen Haus in ihrer neuen Küche an ihrem neuen Esstisch. Lottie war entschlossen, hieraus einen Neustart für ihr Familienleben zu machen. Sie hatte sich geschworen, in Zukunft eine bessere Mutter zu sein – Indianerehrenwort. Aber mit ihren Kindern zusammenzusitzen, erwies sich als anstrengend und ungemütlich. Vielleicht waren ihr die Dinge längst entglitten. Vielleicht hatten sie sich aber auch alle daran gewöhnt, bei ihrer Gran zu leben. Sie wusste nicht recht, was sie tun sollte.

Sean trug einen mürrischen Gesichtsausdruck zur Schau. Chloe schob ihr Essen mit der Gabel auf dem Teller herum, während Katie dem einjährigen Louis Kartoffelbrei in den Mund schaufelte. Eigentlich sollte das eine fröhliche Zeit sein, dachte Lottie, aber etwas fehlte dennoch. Sie blickte zur Wand, die frei von Bildern, Zeichnungen und Fotos war. Das verblichene gerahmte Hochzeitsfoto, das immer in der Küche gehangen hatte, war dem Brand zum Opfer gefallen – wie praktisch jede materielle Erinnerung an ihren toten Mann. Boyd hatte recht. Sie musste nach vorne schauen. Aber wie sollte sie die Leere in ihrem Herzen füllen? Boyd hatte es versucht, doch sie hatte ihn immer wieder abgewiesen. War das der Grund, warum sich die Lücke dort hartnäckig hielt?

»Mam? Ich hab dich was gefragt.« Chloe schob ihren Teller von sich.

»Entschuldigung. Ich war gerade meilenweit weg.« Lottie schüttelte die Erinnerungen ab und konzentrierte sich auf ihre Tochter.

»Wie immer.« Chloe schubste den Stuhl zurück und stand auf.

»Was hast du mich gefragt?«

»Ach, vergiss es.«

»Chloe, ich höre dir jetzt zu.«

»Kannst du dieses Wochenende für Katie auf Louis aufpassen? Wir wollen ausgehen.«

»Wohin?«

»Ins Jomo's. Bitte.«

»Dieser Nachtclub?«

»Ja.« Chloe verdrehte die Augen, als sei ihre Mutter ein Dinosaurier.

»Du bist noch nicht alt genug.« Lottie war nicht in der Stimmung für einen Streit. Es war ihr erster Abend in ihrem neuen Zuhause, sollten sie nicht allesamt glücklich sein? Doch natürlich wusste sie, dass sich vielleicht die Wände um sie herum ändern mochten, sie selbst im Inneren aber dieselben blieben.

Chloe stand im Türrahmen, ihre Fingerknöchel traten weiß hervor. »Warum behandelst du mich immer noch so, als wäre ich zwölf? Nächsten Monat werde ich achtzehn. Das Leben ist zu kurz, um darüber zu diskutieren, in welchem Alter man in einen Club darf. Komm schon. Gönn es mir.«

»Du hast Schule. Schreibst Arbeiten. Musst lernen. Du bist zu jung.«

»Du hast ihre Frage aber noch nicht beantwortet«, meldete sich Katie zu Wort.

Verdammt, die Frage hatte sie vergessen. »Wie war die noch mal?«

»Kannst du babysitten?«

Lottie sah Louis an und zwinkerte ihm zu. Augenblicklich klappte das Baby den Mund zu einem Lächeln voller Kartoffelbrei auf. Sie seufzte. »Lasst mich nachsehen, wie der Dienstplan aussieht, dann sage ich euch Bescheid.«

»Die dürfen immer überall hin«, sagte Sean mürrisch. »Und ich hänge hier mit dir und dem Baby fest. Tolles Leben.«

»Sean?« Doch Lottie sprach ins Leere, als Sean die Küche verließ.

»Mach dir nichts draus«, sagte Chloe. »Teenie-Probleme.«

»Und du? Du bist auch noch ein Teenager.«

»Aber ich bin schon ziemlich erwachsen.« Chloe straffte den Rücken und folgte ihrem Bruder hinaus.

Katie tupfte Louis' Mund mit einem Feuchttuch ab und reichte das Kind Lottie. »Kannst du ihn eben wickeln, Mam? Ich rede mit Sean.«

Allein mit ihrem Enkel, beäugte Lottie das Chaos auf dem Tisch und die Arbeitsfläche voller Töpfe und Teller. Mit einem Mal bedauerte sie es, nicht mehr bei ihrer Mutter zu wohnen. Sie hätte nie gedacht, dass sie je so empfinden würde. Nicht nach allem, was im vergangenen Jahr geschehen war.

»Was sollen wir bloß mit dieser Horde machen?«, fragte sie Louis.

Und bekam als Antwort ein Bäuerchen und eine volle Windel.

FÜNF

Im Alter von fünfundzwanzig Jahren kam es Louise Gill vor, als habe sie ihr Leben zweimal gelebt. Manchmal empfand sie es tatsächlich so, als bestünde sie aus zwei Personen mit unterschiedlichen Geisteszuständen. Ihre Mutter befürchtete, sie könne unter Schizophrenie leiden, aber Louise hatte sich bislang stets geweigert, sich mit Medikamenten behandeln zu lassen. Sie wollte nicht in einem Zustand permanenter Bewusstseinstrübung leben. Sie hatte ihr Studium und wollte normal sein.

Mindestens zum zehnten Mal, seit sie aufgewacht war, checkte sie ihre Nachrichten. Nichts Interessantes auf Instagram, keine neuen Snapchats. Sie hatte nicht viele Freunde, daher war das normal. Sie legte das Handy zur Seite und zog sich den Laptop auf die Knie.

Das Café, in dem sie saß, war erst kürzlich in einem alten Bankgebäude eröffnet worden, und sie liebte den ehemaligen brandsicheren Tresorraum. Die fünfzehn Zentimeter dicke Tür stand dauerhaft offen, man hatte sie im Boden festzementiert. Louise litt nicht unter Klaustrophobie wie einige ihrer Freunde, die sich weigerten, sich in der trübe ausgeleuchteten Höhle mit

ihr zu treffen. Louise fühlte sich hier sicher. Von der Welt abgeschieden.

Ihre Abschlussarbeit war anstrengend, und sie musste sie
Mitte Dezember abgeben. Kriminalpsychologie war ihr Lieblingsthema, und die Beschäftigung mit Justizirrtümern hatte tief
in ihrer Psyche Erinnerungen geweckt.

Sie hatte recht gehabt, oder? Dass sie ihn in jener Nacht
panisch davonrennen gesehen hatte. Wie alt war sie gewesen?
Vierzehn. Doch, sie war zuversichtlich, was ihre Zeugenaussage
von damals betraf. Oder?

Als sie ihr Spiegelbild auf dem Monitor sah, wurde ihr
bewusst, dass sich ihr Rechner in den Ruhemodus versetzt
hatte. Wie ihr Hirn. Dunkle Schatten lagen unter ihren eingesunkenen Augen. Die Alpträume waren zurückgekehrt. Er war
aus dem Gefängnis entlassen worden. Er war wieder in ihrer
Stadt, bewegte sich frei durch die Straßen. Er konnte sogar in
diesem Moment hier sein. Ihre Augen weiteten sich. Dunkel-
braune Augen, auch wenn man das auf dem dunklen Monitor
nicht sehen konnte, dunkelbraun wie ihr langes Haar, das sie
nie gefärbt hatte. Ihr Teint war fahl, ein paar Sommersprossen
zierten ihre Nase.

Sie musste sich konzentrieren. Es brachte nichts, in diese
verstörende Zeit zurückzukehren. Oder? In letzter Zeit war sie
oft gegen drei Uhr nachts fiebrig und nass geschwitzt aus
Alpträumen hochgefahren. Ihr Unterbewusstsein sagte ihr, dass
sie vor all den Jahren einen Fehler gemacht hatte. Ihr bewusstes
Ich dagegen war sich sicher, dass es nicht so gewesen war. Was
stimmte denn?

Ein Schatten verdunkelte das Licht im Durchgang der Tür,
und sie sah auf. Ihre Lippen bildeten ein O, und Schweiß rann
ihr das Rückgrat herab. Er war da, und starrte sie anklagend an.
Einen Augenblick später war er wieder fort, und sie schüttelte
den Kopf. Hatte sie ihn sich eingebildet? Hatte ihr Unterbewusstsein ihr ein Trugbild vorgegaukelt? Ihre Hände umklam-

merten den Laptop. Sie konnte sich nicht regen. Nicht atmen. Nicht sprechen.

Sie bemerkte, dass sie den Atem angehalten hatte. Und als sie langsam die Luft ausstieß, traten Tränen in ihre Augen und rannen ihr über die Wangen.

Louise Gill wusste nicht mehr, was echt war und was nicht. Sie musste mit Cristina reden.

Louise löste sich aus den Armen ihrer Geliebten und ging zum Kühlschrank, um sich etwas zu trinken zu holen. Bei Cristina fühlte sie sich sicherer als an jedem anderen Ort. Die Tatsache, dass ihre beste Freundin inzwischen auch ihre Partnerin war, war ihr Geheimnis. Sie hatten über lange Sommernächte hinweg – oftmals hitzige – Debatten geführt, ob sie sich ihren Eltern gegenüber »outen« sollte. Louise war keine Vierzehnjährige mehr, die den einzigen Mann in ihrem Leben vergötterte. Jenen Mann, der sie so schmählich im Stich gelassen hatte, dass sie sich hatte einreden können, das sei der Grund, warum sie sich zu Frauen hingezogen fühlte. Aber vielleicht lag es auch nur daran, dass sie Cristina mehr liebte als jeden anderen Menschen auf dieser Welt, eben jenes Gefühl, das sie zuletzt mit vierzehn Jahren gekannt hatte. Was auch immer der Grund sein mochte – sie wollte es ihrem Vater nicht sagen.

»Warum bist du so unruhig?« Cristinas Stimme folgte ihr in die Küche.

»Ich will nicht darüber reden.« Eine Dose Cola musste genügen. Es war noch zu früh, um sich die Flasche Weißwein in der Kühlschranktür zu genehmigen, über deren beschlagene Oberfläche Kondenswasser rann.

»Es geht um ihn, nicht wahr?«

Louise drehte sich zu Cristina um, die nackt am Türrahmen lehnte und zwischen den langen Fingern eine Zigarette hielt, von der träge Rauch aufstieg. Sie sah aus wie eine exotische

Schauspielerin, die einem Filmset der dreißiger Jahre entstiegen war. Ihr schwarzes Haar lag wie eine Schlange über einer Schulter, und ihre Augen waren dunkel und einladend und verrieten ihr asiatisches Erbe. Mit ihren eins fünfzig war sie fünfzehn Zentimeter kleiner als Louise, wirkte heute aber größer.

»Ich weiß nicht, was du meinst«, gab Louise zurück und biss sich auf die Unterlippe.

Ein Lächeln erhellte Cristinas Gesicht. »Also habe ich recht. Du denkst an ihn.«

»Ich will nicht über Conor Dowling reden.«

Cristina streichelte Louises Arm. »Ob du willst oder nicht, du wirst es wohl müssen. Ansonsten, Süße, frisst es dich auf.«

»Lass es gut sein, okay?« Louise trank einen Schluck. »Später vielleicht.«

Cristina kehrte ins Schlafzimmer zurück. Doch ihre Stimme drang klar und deutlich an Louises Ohren. »Du kannst nicht immer alles auf später schieben. Zuerst musst du dich Dowling stellen, und dann musst du deinem Vater von uns erzählen. Das Arschloch muss die Wahrheit erfahren.«

SECHS

Der Wind strich Amy Whytes nackte Beine aufwärts, als sie ein letztes Mal fest an der Zigarette zog, ehe sie sie zu Boden fallen ließ und mit dem Absatz ihrer silbernen Glitzersandale austrat. Die kalte Brise driftete um ihre Schultern, und sie spürte erste Regentröpfchen. O nein! Die künstliche Bräune würde an ihren Beinen herablaufen. Sie wollte nach Hause. Sofort.

Sie blickte sich nach Penny um und sah sie unter dem Glasdach der Raucherecke mit ein paar Typen lachen. Wie sollte sie sie bloß zum Gehen bewegen? Es war nach ein Uhr, und im Club war die Hölle los, aber Amy war müde. Ich werde alt, dachte sie, als sie über die Menge der Teenager blickte. Eigentlich hätten hier nur über Einundzwanzigjährige sein dürfen, aber niemand hielt sich daran.

Sie trat zu ihrer Freundin. »Penny, kommst du?«

»Nein, sie steht immer so da«, scherzte einer der Kerle.

Typisch Ducky Reilly – immer für einen blöden Spruch gut. Amys Lippen zitterten vor Kälte, und ihrem durch Wodka benebelten Hirn wollte keine schlagfertige Antwort einfallen. Vielleicht hätte sie sich den letzten Drink sparen sollen. Tja, zu spät, sagte sie sich, und wünschte, sie hätte eine wärmere Jacke dabeigehabt.

„Komm, trinken wir noch einen", sagte Penny Brogan und lächelte Ducky kokett zu, während sie sich das blonde Haar um die Hand wickelte und ihr kleiner Finger dabei nach oben ragte, was für Amy wie eine sexuelle Geste aussah. Dabei hätte Penny es besser wissen sollen, selbst im betrunkenen Zustand.

»Ja, noch einen Absacker, wie mein alter Herr immer sagt. Oder ein bisschen Koks?«

Amy war sich nicht sicher, wer das gesagt hatte, aber sie würde sich nicht die Mühe machen, es herauszufinden. Sie schüttelte den Kopf und ballte frustriert die Fäuste. »Ich muss früh raus, ich gehe jetzt.« Sonntags arbeiten zu müssen, war unfair.

»Jetzt sei nicht so eine Spielverderberin.«

Jemand packte ihren Arm und zog sie in das Gedränge unter dem Dach. Dichter Rauch verstopfte die Luft. Vermutlich hatte der letzte Wodka ihren Magen noch nicht erreicht, und sie befürchtete, dass er ihr wieder hochkäme, wenn sie nicht schnell wieder frische Luft atmen könnte.

Doch Arme schlangen sich um ihre Schultern und zogen sie in ein Grüppchen, dann wurde ein Handy hervorgezogen und jemand machte Fotos. Mist, jetzt tauchte sie als Snapchat oder in irgendeiner Insta-Story auf. Einen Kater zu überspielen, war schwer genug, auch ohne dass die halbe Welt auf dem Handy sehen konnte, wie sie ihn sich angetrunken hatte.

Sie wand sich aus dem krakenähnlichen Gebilde aus Gliedern, drängte sich durch die pulsierenden Körper und steuerte wieder den Club an. „Schreib mir, wenn du zu Hause bist."

„Ja, Mami", lachte Penny, und die Leute um sie herum stimmten ein: „Gute Nacht, Mami."

Blöde Kleinkinder, dachte Amy, während sie sich durch die schwitzende Menge zu dem Stuhl drängte, auf dem sie vorhin gesessen hatte. Nirgendwo eine Spur ihrer Jacke. Nun würde sie also mit bloßen Schultern zu Fuß durch den Regen laufen müssen und sich wahrscheinlich eine Erkältung einfangen. Sie zerrte ihr glitzerndes rotes Top so hoch wie möglich und den Rock hinunter bis zu den Knien. Mehr ging nicht.

Draußen vor dem Club blickte sie die schmale Straße auf und ab in der Hoffnung, ein Taxi zu entdecken. Der Taxistand war auf der Main Street, und bis sie dort ankam, war sie wahrscheinlich schon patschnass. Außerdem wollte sie eigentlich keinen Zehner dafür verschwenden. Nein, sie würde zu Fuß gehen. Ein bisschen frische Luft würde vielleicht sogar den kommenden Kater in Schach halten.

Sie beschloss, die Abkürzung an den Schienen entlang zu nehmen, und wandte sich nach links. Mit ihren fünfundzwanzig war sie längst aus dem Alter heraus, in dem man sich von Papa abholen ließ, und man hatte auch keine Angst mehr, überfallen zu werden. Zahlreiche betrunkene oder zugedröhnte Teenies torkelten nachts durch die Stadt, und niemandem war je etwas passiert. Zumindest hatte sie nichts davon gehört. Entschlossen straffte sie die Schultern und setzte ihren Weg fort. Rasch.

Die Straße verengte sich, als sie zwischen Wohnblocks hindurchführte, und Amy entdeckte eine Motte unter einer Lampe an einem Hauseingang. Sie blieb stehen und beobachtete einen Moment lang das große Insekt mit dem pelzigen Körper, das in seiner Unfähigkeit, den Ausweg zu finden, immer wieder gegen die Lampe schlug. Ein Anflug von Furcht setzte sich in ihrem Nacken fest, und sie schauderte.

Sie wandte sich ab, beschleunigte ihre Schritte und steuerte auf den Parkplatz der Petit Lane zu. Es würde noch schneller gehen, wenn sie unter der Eisenbahnbrücke hindurchhuschte. Das Wummern der Musik aus dem Club durchdrang die Nachtluft, und sie fragte sich, wie die Leute in den Wohnungen, an denen sie eben vorbeigekommen war, überhaupt schlafen konnten. Aber vielleicht waren sie einfach daran gewöhnt.

Der Regen war hartnäckiger geworden, und sie hörte das Geräusch der Scheibenwischer eher als den Wagen selbst. Sie wollte an der Seite stehenbleiben, bis er vorbeigefahren war. Doch dann hielt der Wagen an, und jemand stieg aus. Sie setzte sich in Bewegung, um um das Heck des Autos herumzugehen, doch eine Hand packte sie am Arm und zog sie zurück.

»Hey, loslassen!«, schrie sie.

»Nur eine Minute.« Die Stimme war leise und heiser, wie von jemandem mit Halsschmerzen, der sie nicht strapazieren wollte. »Ich will nur kurz mit dir reden.«

»Ich schreie, wenn Sie die Hand nicht wegnehmen.«

Amy kam ihre eigene Stimme wie die einer Fremden vor – einer Fremden, die nicht solche Angst hatte wie sie. Die Parkplatzbeleuchtung befand sich im Rücken der Gestalt, und sie konnte die Gesichtszüge unter der Kapuze nicht erkennen. Plötzlich fühlte sie sich wie die Motte, die gegen das Licht geflogen war. Sirenen heulten in der Ferne, noch immer war das Dröhnen der Musik aus dem Jomo's zu hören, und die Nacht schien mit jeder Sekunde dunkler zu werden.

Die Hand um ihren Arm packte fester zu, und sie versuchte, sich aus dem Griff zu winden. Sie knickte mit der hochhackigen Sandale um, doch das Riemchen hing fest um ihren Knöchel, und sie stolperte. Ein Arm schlang sich um ihre Taille, und als sie den Mund öffnete, um zu schreien, presste sich eine Hand über ihre Lippen. Sie glaubte ein Pieksen hinter ihrem Ohr zu spüren.

Die heisere Stimme erklang hinter ihr. »Wenn du einen Moment stillhältst, dann erkläre ich es dir.«

Wieder versuchte Amy zu schreien, doch die Hand erstickte ihre Bemühungen. Sie war gefangen. Worte waren vergeblich, ihr Knöchel pulsierte vor Schmerz. Sie spürte den fremden Körper an ihrem Rücken, der sich fest an sie presste.

Der Geruch frischer Minze mischte sich mit dem Regen, und Lippenpaar befand sich dicht an ihrem Ohr. Sie strengte sich an, um die Worte zu verstehen, während das Plärren der Sirenen lauter wurde und die Bässe aus dem Club unaufhörlich wummerten.

Endlich schwächte sich der Lärm ab, doch Amy hörte nur noch das wilde Hämmern ihres Herzens. Ihr Haar klebte ihr nass am Kopf, doch die Hand hielt fest. Ihr Blick, zunehmend unfokussiert, huschte suchend über den verlassenen Parkplatz, aber nichts bot ihr dort Sicherheit. Sie spürte, wie sich der Kopf erneut zu ihr herabsenkte. Und diesmal verstand sie die Worte.

Wenn sie hätte schreien können, hätte sie es getan, aber Amy sank nur gegen die Gestalt hinter sich, als alle Kraft ihren Körper verließ.

———

Katie Parker war seit beinahe zwei Jahren nicht mehr in der Stadt aus gewesen. Das hier sollte der Beginn einer neuen Katie sein, aber ihre blöde Schwester machte ihr alles kaputt.

»Ich hab dich gewarnt, Chloe, keine Shots. Du bist noch zu jung und verträgst nicht so viel Alkohol.« Katie versuchte, ihre Schwester am Arm aufrecht zu halten.

»Du hörst dich genau wie Mutter an. Diktatorinnen, das seid ihr beide.« Chloe krümmte sich unter einer Schluckaufattacke. »Und ich bin fast achtzehn. So!«

»Ja, und du bist bescheuert und hast mir den Abend verdorben.« Katie führte sie von der wachsenden Menschenmenge weg und steuerte die Damentoiletten an.

Alle Kabinen waren leer. Chloe klappte einen Klodeckel zu und ließ sich darauf plumpsen. Katie beobachtete sie im Spiegel, während sie mit dem Finger über die verschmierte Wimperntusche rieb. Sie drehte den Hahn auf, der bräunliches Wasser ins Waschbecken spuckte.

»Was ist das denn?«

»Wasser?«, erbot sich Chloe.

»Nein, im Waschbecken. So ein klebriges Zeug.« Katie tippte mit dem Finger hinein und wusste sofort, was es war. Sie betrat eine Kabine und bemerkte dieselbe Substanz auf dem Wasserkasten. Vaseline. Mit weißem Pulver gesprenkelt.

»Koks oder was?«, lallte Chloe.

»Zu meiner Zeit konnten wir uns höchstens ein paar Joints leisten.« Mit einem wehmütigen Lächeln dachte Katie daran, wie sie mit Jason, ihrem Freund und dem Vater ihres Sohnes, gekifft hatte. Jason war ermordet worden, und es schien eine Ewigkeit her. Mit einem Mal fühlte sie sich sehr viel älter als einundzwanzig. Vielleicht wurde sie ihrer Mutter zu ähnlich. »Was mache ich denn jetzt mit dir?«

»Was meinst du?«

»Du kannst nicht sternhagelvoll nach Hause gehen. Mam bringt dich um.«

»Will gar nicht nach Hause.«

Mit einem Seufzen hievte Katie ihre Schwester vom Klodeckel hoch, schlang einen Arm um sie und drückte sie fest an sich.

»Du und ich, wir müssen etwas aus unserem Leben machen. Und uns am Samstagabend zu besaufen, bringt uns beide nicht weiter.«

»Du bist ja blauer als ich«, sagte Chloe.

»Ich bin nur pragmatisch.«

»Oho. Große Worte.«

»Genau. Und du bist ein großes Mädchen, also spar dir das Drama und benimm dich deinem Alter entsprechend.«

»Ja, Mam.«

Katie hielt sie auf Armeslänge von sich. »Ich meine es ernst. Wir haben einiges durchgemacht. Wir beide. Und Mam ist immer für uns dagewesen. Vielleicht sollten wir nicht so hart mit ihr umgehen und ihr stattdessen unter die Arme greifen.«

»Und was hat das damit zu tun, dass ich auch mal feiern gehen möchte?«

»Alles.«

»Du sprichst in Rätseln, und mir ist kotzübel.«

Katie trat gerade noch rechtzeitig zur Seite, ehe Chloe sich schon über den Klodeckel erbrach. Der, wie Katie feststellte, ebenfalls mit Vaseline überzogen war. Sie wand sich Chloes Haar um die Finger und wartete, bis ihre Schwester den Kopf hob.

»Können wir jetzt nach Hause gehen?«, fragte Katie

»Ich glaub', das ist eine sehr gute Idee. Aber ...«

»Aber was?«

»Sag Mam nichts davon.«

Katie musste über diese kindische Bitte lachen. »Ich sag nichts, wenn du mir versprichst, unser neues Badezimmer nicht vollzukotzen.«

»Indianerehrenwort.« Dann wandte Chloe sich um und übergab sich erneut.

––––––

Nummer eins erledigt. Und ich bin noch nicht fertig. Ich nehme die beschichtete Schürze ab, ziehe die Handschuhe aus und rolle alles mit dem Papierhut zusammen.

Ich muss zwei haben. Das war immer der Plan gewesen – für so viel Verwirrung wie möglich zu sorgen. Aber ich wusste, dass es schwierig sein würde, sich mit zweien gleichzeitig zu befassen, also muss ich noch einmal los. Ich hätte gedacht, dass ich nicht die Kraft dazu haben würde, aber nun, da ich mit Nummer eins fertig bin, spüre ich die Lust auf ein weiteres Mal. Dieses Gefühl. Wie eine elektrische Strömung in meinem Körper. Eine Sturzflut aus Leben, die mich durchspült hat, während ihres aus ihr heraussprudelte.

Ich werfe die Sachen in den Kofferraum und nehme ein

neues, versiegeltes Set heraus, dann setze ich mich und warte. Von hier aus habe ich den besten Blick auf den Club. Ich beobachte, wie zwei Mädchen aus der Tür kommen, die eine hält die andere aufrecht. Leichte Beute, leicht zu erlegen. Aber soll ich von meinem Plan abweichen? Oder sie mir lieber für später aufheben? Der Drang, sie mir jetzt zu holen und ihre Mutter für ihr Unrecht büßen zu lassen, ist allumfassend. Ob ich je wieder die Chance bekommen werde, beide zusammen zu erwischen? Kann gut sein. Wenn ich es klug anstelle.

Mit meiner Entscheidung im Reinen, stelle ich die Lehne zurück und warte.

SIEBEN

Der kleine Louis schlummerte, doch Lottie war hellwach.

Sie würde nicht einschlafen können, ehe die Mädchen wieder zu Hause waren. Gewöhnlich war sie nicht derart verkrampft, aber heute Nacht hatte sie eine ihr unbekannte und wahrscheinlich vollkommen unrealistische Vorahnung beschlichen. Sie musste etwas unternehmen, denn keine von beiden ging ans Telefon. Vielleicht sollte sie ein beruhigendes Bad nehmen. Sie schlug die Decke zur Seite, tappte barfuß über den nagelneuen, so wunderbar warmen Teppich und betrat das Bad.

»O Herr im Himmel!« Die weißen Kacheln an Boden und Wänden waren verschmiert mit Bräunungsspray. Es war, als hätte sich hier eine Truppe Schauspieler für ihren Bühnenein-satz geschminkt. Sie fuhr mit dem Finger oberhalb der Wanne über die Fliesen der integrierten Dusche. Die Kuppe war bräunlich.

»Ich bringe sie um. Beide«, flüsterte sie. Sie sammelte herumliegende Kleidungsstücke auf und stopfte sie in den Wäschekorb, und da an ein entspannendes Bad nicht mehr zu

denken war, ging sie hinunter, um sich eine Tasse Milch warm-
zumachen. Das Hausmittel ihrer Mutter bei Schlaflosigkeit.

Aber die Milch funktionierte nicht. Mit dem Handy in der
Hand lief sie den Flur auf und ab. Es war schon zwei Uhr
durch, und sie hatten Ausgang bis eins vereinbart. Sie würde sie
definitiv umbringen. Warum nur hatte sie Chloe erlaubt, auszugehen? Im Stillen haderte sie mit sich, aber sie wusste, dass sie
den beiden vertrauen musste, auch wenn sie dazu neigten, auf
Ärger zu stoßen – oder stieß der Ärger auf sie?

Ihre bloßen Füße patschten auf dem Flurboden. Sie konnte
sich nicht auf die Suche nach ihnen machen, denn sie hatte ein
Baby, auf das sie aufpassen musste. Es sei denn, sie weckte
Sean. Sie versuchte es erneut auf Katies Handy. Tot. Sie tippte
auf Chloes Nummer. Dasselbe. Warum konnten sie ihre
Handys nicht aufladen? Sie spielte mit dem Gedanken, Boyd
anzurufen und zu fragen, ob er nach ihnen sehen konnte. Aber
nein, sie verwarf die Idee wieder. Er würde ihr nur sagen, dass
sie überängstlich war und den Mädchen etwas Luft zum
Atmen lassen sollte. Ihr frisch gefasster Entschluss, eine bessere
Mutter zu sein, löste sich rasch in nichts auf, und noch immer
konnte sie das Unbehagen, das ihr im Nacken prickelte, nicht
abschütteln.

Wo, zum Teufel, waren ihre Töchter?

———

Penny Brogan wusste, dass sie ein breites Grinsen im Gesicht
hatte und ihre Wangen gerötet waren. Sie fühlte sich ein wenig
überdreht, und das lag nicht nur an den letzten beiden Schnäp-
sen, die Ducky Reilly ihr aufgedrängt hatte. Sie fuhr sich mit
der Zunge über die Lippen, um sich an das Gefühl der seinen
zu erinnern. Ducky war ein Freund. Nur ein Freund. Aber
nach dem letzten Shot hatte sie ihn an der kratzigen Wand
hinter den Bänken der Raucherecke geküsst. Und, o mein Gott,

nicht in hundert Jahren hätte sie sich vorstellen können, wie gut es sich anfühlen würde. Sie war froh, dass sie ihren Spitzenslip trug und keinen String, denn sie konnte noch spüren, wie sich seine Finger unter den Bund ihres schimmernden Kleids geschoben und mit dem Höschen gespielt hatten. Sie schauderte entzückt. Seine Hände auf ihrem Hintern. Tastend und forschend. Ein kleines Jauchzen entrang sich ihrer Kehle, während sie vor dem Club stand und nach Amy Ausschau hielt. Dumme Kuh. Die paar Minuten hätte sie ja wohl noch warten können.

Mit einem Blick aufs Handydisplay wurde sie sich bewusst, dass es schon eine halbe Stunde her war, seit sie ihre Freundin zum letzten Mal gesehen hatte. Warum hatte sie bloß nicht gewartet? Aber Penny dachte nicht daran, sich davon das Glühen schmälern zu lassen, das ihren Körper wärmte. Sie spürte den Regen nicht einmal.

Entschlossen setzte sie sich in Bewegung. Sie war dafür nicht zu betrunken, sie wusste, wie sie nach Hause kam. Vielleicht würde sie sogar die Schuhe ausziehen und den ganzen Heimweg durch die Pfützen tanzen. Sie kicherte. In ihrem Alter sollte man vernünftiger sein, dachte sie, dann lachte sie laut.

Als sie am Ende der Straße um die Ecke bog, ragte vor ihr eine Gestalt auf. Ihre Hand flog zu ihrem Mund und erstickte einen Schrei. Der Kopf neigte sich zu ihr herab, und sie hatte keine Wahl, als zuzuhören.

»Amy? Ist sie okay?«, fragte sie, als sie den Namen ihrer Freundin hörte.

»Sie ist in einem schlechten Zustand. Du musst mitkommen.«

Penny zögerte unter der Laterne. Die Person vor ihr stand immer noch im Schatten. Das Licht fing sich in ihren Augen, und Penny wich einen Schritt zurück. »Vielleicht sollte ich ihren Dad anrufen. Oder die Polizei. Vielleicht–«

„Vielleicht solltest du dich beeilen. Sie könnte vergewaltigt worden sein. Sie hat mich nach dir geschickt, und ich soll es niemand anderem sagen. Sie ist ziemlich aufgelöst. Kommst du jetzt oder bleibst du da mit offenem Mund stehen, bis dir die Motten reinfliegen?«

Eine Hand legte sich auf Pennys Schulter, und plötzlich piekste sie etwas im Hals. Blöde Motten. Sie wusste nicht, was sie tun sollte. Die Erinnerung an Duckys Hände verblasste, und akutes Unbehagen packte sie. Aber sie musste sich vergewissern, dass mit Amy alles in Ordnung war. Dann würde sie ihren Vater anrufen. Oder die Polizei.

»Okay, ich komme.«

Sie streifte die hochhackigen Schuhe ab, setzte sich durch die Pfützen in Bewegung und versuchte auf dem matschigen Weg schlitternd und rutschend Schritt zu halten. Ihre Gedanken rasten, und sie hatte Mühe, sich zu konzentrieren.

Doch während sie die Petit Lane auf die Eisenbahnbrücke zuliefen, war sie sich ganz und gar nicht mehr sicher, dass sie das Richtige tat.

ACHT

Lottie saß auf der untersten Treppenstufe, als durch das Fenster seitlich der Tür Licht in den Flur fiel.

Sie öffnete die Eingangstür, sah ihre Töchter aus einem Taxi plumpsen und stieß einen erleichterten Seufzer aus. Sie waren zu Hause. Sie waren in Sicherheit. Das war alles, was zählte.

»Mam, kannst du mir einen Fünfer leihen?«, rief Katie.

Lottie wühlte in der Tasche der Jacke, die am Geländer neben ihr hing, und fand ein paar Münzen. Da sie barfuß war, hielt sie Katie das Geld entgegen und stellte fest, dass sie aufrecht und geradeaus ging. Während ihre ältere Tochter den Taxifahrer bezahlte, wankte die jüngere den Weg herauf.

»Hallo, Mutter.« Chloe nannte sie gerne so, wenn sie sie aus dem Konzept bringen wollte. Es war Adam gewesen, der sie vor den Kindern so angesprochen hatte, und was sie damals liebenswert gefunden hatte, führte ihr nun vor allem vor Augen, was sie verloren hatte.

Sie schüttelte den Kopf. Gerade hatte Chloe noch vor ihr gestanden. Jetzt war sie nirgendwo zu sehen.

»Chloe?«

Katie kam den Weg entlang, bückte sich neben der Tür und hievte ihre Schwester hoch, die in die Büsche gefallen war.

»Kommt lieber rein, ehe ihr noch die Nachbarn weckt.« Lottie griff nach Chloes anderem Arm und half Katie, das betrunkene Mädchen hineinzuschleifen. Sie schloss die Tür und lehnte sich von innen dagegen, als sich Ärger in die Erleichterung mischte. »Und wenn Louis aufwacht, bring ich euch um.«

Von oben drang ein Weinen zu ihnen.

»Jetzt sieh nur, was du angestellt hast.« Katie schob sich an Lottie vorbei und stürmte die Treppe hinauf zu ihrem Sohn.

Kopfschüttelnd folgte Lottie Chloe in die Küche, wo sich das Mädchen gerade in der Spüle erbrach.

»Das war das letzte Mal, Chloe. Denk nicht mal daran, noch einmal weggehen zu wollen.«

»Musst du so brüllen?« Chloe spülte das Becken aus, dann hielt sie den Mund unter den Hahn. »Mein Schädel bringt mich um.«

»Das ist nichts verglichen mit den Kopfschmerzen, die du morgen früh hast, wenn ich mit dir fertig bin. Geh rauf ins Bett und nimm einen Eimer mit.«

»Jawoll, Frau Oberin.« Chloe versuchte, schneidig zu grüßen, piekte sich dabei aber den Finger ins Auge.

Wieder schüttelte Lottie den Kopf. Sie würde morgen ein ernstes Wort mit den Mädchen reden müssen.

———

Rose Fitzpatrick saß allein in der Küche und schloss die Augen. Stille und Frieden senkte sich über sie, und sie hieß sie willkommen. Endlich.

Sie liebte ihre Familie bedingungslos, aber sie hatte schon so lange allein gelebt, dass es sie fast alle Kraft gekostet hatte, sie permanent um sich zu haben.

Allerdings musste sie zugeben, dass ihr die Geräusche fehlten. Das Rauschen von Wasser in der Dusche. Andauernd. Louis' Lachen und Weinen. Wieder mit Lottie zu reden – wirklich zu reden. Trotz der schrecklichen Enthüllungen über ihre wahre Herkunft, die sie im vergangenen Jahr hatte machen müssen. Rose hatte geglaubt, dass ihre Beziehung irreparabel beschädigt worden wäre, aber obwohl es schrecklich war, so hatte der Brand in Lotties Haus sie gerettet. Wieder zusammengebracht.

Sie versuchte, es sich auf ihrem Stuhl bequem zu machen. Gern hätte sie ein Nickerchen gemacht, doch nun begann die Stille sie zu bedrücken. Sie spürte einen Knubbel unter dem Stuhlkissen und zog ein Spielzeug von Louis hervor. Vielleicht sollte sie morgen früh anrufen und es vorbeibringen. Sei nicht albern, schimpfte sie sich. Lass sie wieder ihr eigenes Leben führen. Sie würde dabei nur im Weg stehen. Doch die Stille umgab sie wie ein fassbares Wesen, flüsterte ihr ins Ohr und hüllte ihre Schultern in Unbehagen. Vielleicht sollte sie ins Bett gehen.

Rose Fitzpatrick musste feststellen, dass ihr die Stille ganz und gar nicht gefiel.

Und in diesem Moment klingelte es an der Tür.

NEUN

Am Montag erwachte Lottie vom Rauschen der Blätter, die von den Bäumen geweht wurden. Sie wälzte sich im Bett herum und blinzelte durch den Schlitz in den Vorhängen, die sich nicht ganz zuziehen lassen wollten. Ihre Mutter hatte ihr geraten, Vorhänge mit den Maßen neunzig mal neunzig zu kaufen, doch da es keine im Sonderangebot gegeben hatte, hatte sie sich für fünfundsechzig mal neunzig entschieden. Wie üblich hatte ihre Mutter recht gehabt.

Der schmale Spalt fungierte als Wecker. Am Ende des Gartens leuchtete der Himmel hinter den Bäumen orangefarben auf. Zwei Ringeltauben hockten auf einem Ast, und Lottie schoss hoch. Waren sie ihr von ihrem ehemaligen Haus hierher gefolgt? Ihr neues Heim lag in einer ruhigen, abgeschiedenen Gegend. Ein pflegeleichter Garten gehörte dazu, und die Bäume auf der Straße dahinter trugen dazu bei, dass es sich wie ein Zuhause anfühlte. Und das war es ja jetzt auch, dachte Lottie, obwohl sie nicht wusste, für wie lange, denn noch wartete sie auf das Geld der Versicherung, um den Brandschaden abzudecken.

Sie lauschte, ob Louis schon wach war. Nichts zu hören.

Katie war nur eine Weile mit Louis' Vater, Jason Rickard, zusammen gewesen, ehe er ermordet worden war, und Jasons Vater, ein Bauunternehmer, der inzwischen in New York lebte, hatte ihnen das Haus für eine geringe Miete zur Verfügung gestellt. Lottie hatte nichts mit Tom Rickard zu tun haben wollen, aber wie ihre Mutter so treffend sagte, konnten Bittsteller nicht wählerisch sein.

Nachdem Lottie geduscht und sich wie immer Jeans und ein langärmeliges weißes T-Shirt angezogen hatte, stieg sie in flache schwarze Lederstiefel. Mit ihren eins fünfundsiebzig brauchte sie keine Absätze. Sie ging die Treppe hinunter in die Küche, wo sie die Jalousien hochzog und den Wasserkocher füllte. Chloe hatte von dem Geld, das sie neben der Schule verdiente, eine Kaffeemaschine gekauft, aber Lottie fehlte die Geduld, um die Gebrauchsanweisung zu studieren. Als sie einen Becher aus dem Schrank holte und die Milch aus dem Kühlschrank nahm, wagte sie kaum sich einzugestehen, dass sie zum ersten Mal seit langer, langer Zeit fast glücklich war.

Aber sie wollte es nicht beschreien, indem sie das gute Gefühl hinterfragte. Sie machte sich einen Kaffee und erwog das Für und Wider eines anständigen Frühstücks. Schließlich riss sie eine Schachtel Müsliriegel auf und vertilgte einen davon, während sie die reinweißen Wände der Küche bewunderte. Alles hier stand im krassen Kontrast zu dem abgelebten Haus, indem sie mit Adam gewohnt hatte. Sie dachte nicht mehr so oft an ihn wie früher. Die Erinnerungen lagen verborgen in der Asche ihres alten Hauses. Aber sie trug ihn fest verschlossen in ihrem Herzen, und das allein hielt andere draußen. Außer Boyd. Zumindest begann sie, ihn ein wenig einzulassen, und der Gedanke daran erfüllte sie mit Wärme. Vielleicht lag es aber auch nur am Kaffee.

Sie trank den Becher aus, schnappte sich Jacke und Schlüssel und ging hinauf, um nachzusehen, warum Sean und

Chloe noch nicht wach waren, um sich für die Schule fertigzu-
machen. Manche Dinge würden sich wohl nie ändern.

———

Leo Belfield war am frühen Morgen im Joyce Hotel
angekommen, saß nun auf einem der beiden Einzelbetten und
starrte die Frau an, die sich auf dem anderen ausgestreckt hatte.
Seine Schwester. Seine Zwillingsschwester. Nachdem er so
viele Jahre nach einer Antwort auf die Frage gesucht hatte,
warum er sich immer nur wie ein halber Mensch fühlte, wusste
er nun endlich Bescheid.

Er war Captain im New York Police Department, und die
Neugier lag ihm im Blut. Es hatte eine Vielzahl an E-Mails und
eine Menge korrupter Amtsinhaber bedurft, damit seine
Schwester in seine Obhut entlassen wurde, doch er hatte nicht
lockergelassen, zumal die Frau, die vermutlich seine Halbschwester war, sich geweigert hatte, auch nur eine seiner Fragen
zu beantworten. Immerhin hatte sie ihm die richtige Richtung
gewiesen. Das Central Mental Hospital, die psychiatrische
Klinik.

Ein kleines Lächeln kräuselte Bernie Kellys gesprungene
Lippen.

»Nun, Bruderherz.« Ihre Stimme klang so heiser, als habe
sie lange Zeit nicht gesprochen. »Du warst erfolgreich.«

Leo war sich nicht sicher, ob das, was er getan hatte, als
Erfolg gewertet werden konnte. Es war harte Arbeit gewesen,
aber am Ende war es ihm gelungen, seiner Schwester einen Tag
in Freiheit zu verschaffen. Blieb nur zu hoffen, dass es
ausreichte, um die Wahrheit herauszufinden.

Als sie sich aufsetzte, bemerkte er, wie dünn ihre Beine in
der Jeans wirkten, die ein paar Nummern zu groß war. Die
Haut an ihrem Kinn erschlaffte schon, und ihre Augen ... Wie
sie ihn ansah! Ihr Blick war kalt und verbittert. Aber es war

nicht seine Schuld, dass sie so viel hatte entbehren müssen, während er ein gutes Leben in New York geführt hatte. Sie war nach einer Mordserie in die Psychiatrie eingewiesen worden, doch er konnte sich nicht dazu durchringen, wirklich zu glauben, dass sie all die schrecklichen Dinge getan hatte, von denen in den Medien zu lesen gewesen war. Nun, jetzt hatte er ja die Gelegenheit, die Wahrheit herauszufinden.

»Womit war ich erfolgreich?«, fragte er.

»Damit, mich aus diesem Höllenloch zu befreien. Ich schwöre bei Gott, ich war sicher, dass ich dort verrotten würde.«

»Bernie, dir ist doch klar, dass du nur einen Tag Freigang hast, nicht wahr?«

Da lachte sie. Lang und harsch. Und er, seit fünfundzwanzig Jahren Cop, der in den schlimmsten Brennpunkten des New Yorker Stadtgebiets gedient hatte, spürte, wie ein Schaudern seine Brust zusammenkrampfte.

»Klar, das hast du denen gesagt. Aber ich weiß, dass du mich nicht wieder zurückschickst. Ich kann dir die Familiengeheimnisse verraten, aber nur, wenn du mir garantierst, dass ich nie wieder hinter Gitter muss.«

Sie legte sich aufs Bett zurück und klopfte sich mit einem langen Finger an die Schläfe. Und Leo Belfield fragte sich, was zum Teufel er da getan hatte.

ZEHN

Lottie sah auf, als Boyd ihr Büro betrat.

»Guten Morgen«, sagte sie. »Steht was an?«

»Stehen? Nö. Aber jetzt, da ich dich sehe ...«

»Boyd!« Sie lachte. »Also alles ruhig?«

»Bislang ja.«

Er ging, und sie klickte sich durch ihre E-Mails, während sie an die zwei Stunden dachte, die sie gestern Abend bei ihm gewesen war. Plötzlich barst die Tür ein zweites Mal auf, und in Erwartung, erneut Boyd vor sich zu haben, blickte sie wieder auf, doch es war der diensthabende Superintendent David McMahon. Sein schwarzes Haar glänzte, und in seinen Augen funkelte etwas, das sie nicht interpretieren konnte. Wahrscheinlich hatte er gerade eine Tabellenkalkulation erstellt, dachte sie gallig.

»Guten Morgen, Sir«, sagte sie, obwohl ihr das »Sir« nur schwer über die Lippen kam. Eigentlich hätte man sie kommissarisch mit der Leitung der Wache betrauen sollen, solange Superintendent Corrigan krankgeschrieben war, aber nein, die Obrigkeit hatte McMahon aus Dublin geholt, was für sie ein echter Tritt in den Hintern gewesen war.

»Von gut kann keine Rede sein«, sagte er, während er sich auf den Stuhl vor ihrem Schreibtisch niederließ.

»Was gibt's?«, fragte sie und beugte sich interessiert vor.

»Amy Whyte, fünfundzwanzig Jahre alt, ist am Samstagabend aus gewesen und nicht zurückgekehrt, und sie ist weder gestern noch heute Morgen bei ihrer Arbeitsstelle aufgetaucht. Der Vater ist unten, um eine Vermisstenanzeige aufzugeben.«

»Wann hat er seine Tochter zum letzten Mal gesehen?«

»Am Samstagabend, bevor sie sich auf den Weg zum Jomo's gemacht hat.«

Lottie empfand ein ungutes Gefühl, als sie an ihre Töchter dachte. »Sie wird irgendwo ihren Rausch ausschlafen.«

»Sie und ich wissen, dass das absolut nicht abwegig ist, aber sagen Sie das mal dem Vater. Würden Sie ein paar Nachforschungen anstellen? Nur um den Eindruck zu erwecken, dass wir etwas unternehmen?«

»Dann kennen Sie ihn also? Diesen Mr Whyte?«

McMahon lehnte sich auf dem Stuhl zurück, streckte die Arme gen Decke und gähnte. Normalerweise hüpfte er montagmorgens herum wie ein batteriebetriebenes Spielzeugtrommelhäschen. Nicht nur montagmorgens, wenn sie sie so darüber nachdachte. Sondern jeden Morgen.

»Eigentlich nicht«, antwortete er. »Wie Sie wissen, bin ich bisher die meiste Zeit in Dublin gewesen, aber Whyte ist Mitglied im Grafschaftsrat, also tun Sie mir den Gefallen. Man weiß nie, wann man im Gegenzug einen gebrauchen kann.«

»Ich weiß, was ich gebrauchen kann. Mehr Personal. Ich kann nicht einfach ins Blaue hinein ermitteln, während wir so viel zu tun haben. Gerichtsverhandlungen, Etatplanung, KPIs – all dem muss entsprochen werden.« Innerlich musste sie grinsen. KPIs – Leistungskennzahlen – waren McMahons Lieblingsthema, und er ließ den Begriff gut und gerne ein Dutzend Mal am Tag fallen. Lottie freute sich diebisch, ihn ihrem Vorgesetzten auch einmal entgegenschleudern zu können.

»Sie wissen wahrlich, welche Knöpfe Sie drücken müssen. Im Augenblick möchte ich nur, dass Sie mit ihm reden. Schauen Sie, was Sie herausfinden können. Es wird ihn beruhigen, wenn er glaubt, dass ein Inspector ermittelt.«

»Ich brauche mehr Personal.« Sie verschränkte die Arme. »Das habe ich Ihnen schon oft genug gesagt. Seit Gilly ...« Die Worte blieben ihr im Hals stecken. Der Tod der jungen Garda hatte die Arbeitsmoral auf der Wache untergraben. Am schlimmsten betroffen war Detective Larry Kirby, der mit ihr zusammen gewesen war. »Und Detective Lynch ist in Elternzeit. Wir brauchen dringend frisches Blut.«

»Ich werde mich bemühen, jemanden von einer anderen Wache anzufordern.« McMahon stand auf und trat an die Tür. »Und Sie sprechen jetzt mit Richard Whyte. Das ist ein Befehl.«

Lottie schüttelte den Kopf, als er ihr Büro verließ. Sie wälzte den Namen in ihrem Gedächtnis herum. Amy Whyte? Konnte es die Amy Whyte sein? Nun, das würde sie wohl bald genug herausfinden.

Der Mann, der im Nebenzimmer des Empfangsbereichs saß, schien mit seiner Masse den ganzen Raum auszufüllen. Und als er sich erhob, wusste Lottie wieder genau, wer er war. Vor zehn Jahren war seine Tochter, damals noch ein Teenie, Hauptzeugin in einem Prozess gewesen.

»Gut Morgen, Councillor Whyte. Bitte nehmen Sie Platz.« Sie zwängte sich an ihm vorbei und setzte sich. Boyd tat es ihr nach und quetschte sich ebenfalls hinter den kleinen Schreibtisch. Im Stillen ermahnte sie sich, sich anständig zu benehmen, da vermutlich alles McMahon zugetragen würde.

»Ich möchte meine Tochter als vermisst melden.«

»Wie heißt sie und wie alt ist sie?«

»Amy Whyte. Sie ist fünfundzwanzig.«

»Wann haben Sie sie zum letzten Mal gesehen?«

Whyte entwich pfeifend die Luft. »Samstagabend. Gegen sieben.«

»Okay«, sagte Lottie, während Boyd sich Notizen machte. »Heute ist Montag. Am Samstag oder auch gestern haben Sie sie also nicht zurückerwartet?«

»Sie ist wie jeden Samstagabend mit ihrer Freundin Penny Brogan losgezogen.«

»Hat sie einen Freund?«

»Keinen festen, soweit ich weiß.«

»Und als sie am Samstag nicht gekommen ist, waren Sie nicht besorgt?«

»Nein. Manchmal übernachtet sie bei Penny oder bei ... na ja, Sie wissen schon, einem Freund.«

»Und was bereitet Ihnen jetzt Sorgen?«

»Amy arbeitet in meiner Apotheke. Sie ist dort weder gestern noch heute aufgetaucht. Montags macht sie den Laden immer auf, und gegen halb neun hat man mich angerufen, um mir zu sagen, dass die Angestellten nicht reinkönnen.«

»Und das war ungewöhnlich.«

»Und ob. Amy fehlt selten bei der Arbeit, und wenn sie krank wäre, wüsste ich das. Es sieht ihr nicht ähnlich.«

»Was haben Sie gemacht?«

»Ich habe die Apotheke aufgeschlossen und das Personal eingelassen. Lichter eingeschaltet, die Kassen in Betrieb genommen. All die Dinge, die normalerweise Amy macht.«

»Haben Sie versucht herauszufinden, wo sie geblieben sein könnte?«

»Ich hatte mit dem Laden zu tun, die Kunden kamen schon. Dann ist mir die Zeit weggelaufen. Ich bin davon ausgegangen, dass sie zu Hause sein würde, wenn ich kam. Aber das war sie nicht.«

»Und was haben Sie dann gemacht?«

»Ich habe angenommen, dass sie am Samstag einen Kerl kennengelernt hat und noch bei ihm war.«

»Ist das schon mal vorgekommen?«

»Ein paarmal. Aber sie ist fünfundzwanzig und kein Kind mehr, Inspector Parker.«

Lottie mochte den Vorwurf in seiner Stimme nicht. Sie straffte den Rücken und zog die Ärmel ihres Shirts hoch. Boyd schwieg wie üblich und überließ es ihr, sich in das große schwarze Loch hineinzugraben.

»Haben Sie Kontakt mit ihren Freunden aufgenommen?«

»Natürlich.«

»Und?«

Er rutschte auf seinem Stuhl herum. »Nun. Ich kenne nicht alle ...«

»Können Sie mir sagen, wen Sie gefragt haben?«

»Sicher. Aber sie sind keine Hilfe. Niemand weiß, wo sie ist.«

»Aber sie könnten uns sagen, wann sie Amy zum letzten Mal gesehen haben.«

»In diesem Nachtclub. Jomo's. Alle haben sie dort zum letzten Mal gesehen.«

»Alle, bei denen Sie nachgefragt haben, zumindest.«

»Richtig.«

»Ich brauche die Namen und Telefonnummern.«

„Klar.“

Er zog einen Zettel aus seiner Brusttasche und reichte ihn Lottie. Sie blickte auf die handgeschriebene Liste. Sie war kurz. Sehr kurz. Drei Namen.

»Ich bin sicher, dass es mehr gibt. Aber nur die hatte ich in meinem Handy gespeichert.«

»Vielleicht kann uns einer von ihnen weitere Namen nennen«, sagte Lottie. »Was ist mit ihren Kollegen?«

»Seit Freitagabend hat sie niemand mehr gesehen. Sie hatte Samstag frei.«

»Sind Sie jeden Tag in der Apotheke?«

»Nur wenn Amy nicht da ist. Die Leitung ist bei ihr in guten Händen.«

»Ich brauche die Namen der Angestellten.«

»Ich schicke sie Ihnen per E-Mail.«

»Danke.« Lottie musterte den massigen Mann, der vor ihr saß. Seine Besorgnis schien echt. »Wie sieht es bei Ihnen zu Hause aus, Mr Whyte?«

»Zu Hause?« Er fuhr sich mit einem dicken Finger über die Wange. »Da ist alles in Ordnung.«

»Ihre Frau?«

»Ist tot.«

Vielleicht hätte sie Whyte vor diesem Gespräch rasch googeln sollen, dachte Lottie. »Verzeihen Sie.«

»Sie brauchen sich nicht zu entschuldigen.« Er machte eine wegwerfende Geste. »Sie ist schon vor sechs Jahren gestorben.«

»Und wie kommen Sie und Ihre Tochter miteinander aus? Gab es in letzter Zeit Streitigkeiten oder Zerwürfnisse, von denen wir wissen sollten?«

»Wir respektieren den Freiraum des anderen und führen jeder ein eigenes Leben. Wir sind beide erwachsen.«

Zwischen den Zeilen hieß das wohl, dass Mr Whyte seiner Tochter zu tun erlaubte, was immer sie tun wollte, dachte Lottie.

»Warum wollen Sie sie als vermisst melden?«

»Es gibt keine Spur von ihr. Normalerweise schreibt sie mir eine Nachricht, wenn sie bei jemandem übernachtet, und dass sie nicht zur Arbeit erscheint, kommt selten vor. Wie ich schon sagte, das sieht ihr einfach nicht ähnlich.«

Lottie wusste, dass sie weiterforschen musste, hoffte aber gleichzeitig, dass Amy am Abend zerknirscht zu Hause eintrudeln und die passende – echte oder ausgedachte – Erklärung präsentieren würde.

»Haben Sie ein Bild von ihr?«

Er zog ein zerknittertes Foto aus seiner Brieftasche. Es zeigte sie beide in einer Bar mit Cocktails vor sich. »Barcelona. Letztes Jahr. Ich habe dort eine Ferienwohnung.«

»Haben Sie nachgesehen, ob ihr Pass noch zu Hause ist?«, fragte Lottie.

»Nein. Aber sie würde nicht ... nicht, ohne es mir zu sagen. Ich kenne meine Tochter.«

Nicht gut genug, dachte Lottie. »Kann ich das Foto behalten?«

»Passen Sie bitte für mich darauf auf.«

»Das mache ich.« Lottie musste unwillkürlich lächeln, als sie das fröhliche Gesicht des dunkelhaarigen Mädchens auf dem Foto betrachtete. Die Nägel der Hand, die das Cocktailglas hielten, waren lang, rot lackiert und mit glitzernden Steinchen beklebt, und die Ohrläppchen zierten ähnlich glitzernden, herzförmige Stecker. »Sie ist sehr hübsch.«

»Und sehr glücklich. Sie hat keinen Grund, unterzutauchen oder wegzulaufen. Wo immer sie ist – sie ist nicht freiwillig verschwunden.« Richard Whyte ließ den Kopf hängen.

»Ich werde sie finden«, sagte Lottie und spürte, wie Boyd sie mit dem Fuß anstupste. Sie wusste, dass sie keine Versprechen geben sollte, die sie nicht sicher halten konnte. Aber Whyte tat ihr leid. Dann kam ihr ein Gedanke. »Ihre Arbeit im Grafschaftsrat. Könnte jemand, mit dem Sie in dieser Funktion zu tun haben, an Amys Verschwinden beteiligt sein?«

Er blickte mit ungläubiger Miene auf. »Bestimmt nicht. Amy hat überhaupt nichts mit meiner Arbeit im Rat zu tun.«

»Wahlen, die anstehen? Projekte, an denen Sie beteiligt sind, die jemanden dazu bringen könnte, Sie oder Ihre Tochter bedrohen zu wollen?«

»In dieser Hinsicht sind Sie auf dem falschen Dampfer, Inspector. Amy interessiert sich nicht dafür. Das Ganze ist sehr trocken und staubig für ein Mädchen ihres Alters.«

»Ich werde mich mit ihren Kollegen in der Apotheke unterhalten, aber sollten Sie in der Zwischenzeit etwas von ihr hören, lassen Sie es mich bitte umgehend wissen.« Lottie schob ihre Papiere zusammen, und Boyd erhob sich. Whyte blieb sitzen. »Gibt es noch etwas, Mr Whyte?«

»Amys Freundin. Penny Brogan. Ich kann sie nicht erreichen. Vor einer Stunde habe ich mit ihrem Vater gesprochen. Auch er hat nichts von seiner Tochter gehört. Es könnte sein, dass auch sie verschwunden ist.«

ELF

Lottie ging mit Boyd die Treppe hinauf.

»Wenn Amys Freundin seit Samstagabend ebenfalls nicht mehr gesehen worden ist, wieso hat dann niemand sie als vermisst gemeldet?«

»Das ist ja nur Whytes Aussage. Wir sollten es besser überprüfen.«

»Ruf du ihre Eltern an, ich schicke Kirby zur Apotheke, um herauszufinden, ob ihre Kollegen uns weiterhelfen können. Außerdem müssen wir in Erfahrung bringen, wo Penny arbeitet."

Boyd nickte und ging zu seinem Schreibtisch.

Lottie steuerte auf ihr Zimmer am Ende des Großraumbüros zu. Kirby saß immer noch genauso da wie vorhin, als sie gegangen war. Sie würde deswegen etwas unternehmen müssen, ehe McMahon anfing, sich darüber zu beschweren, dass er die Leistungsbilanz schmälerte.

»Wie läuft's, Kirby? Woran arbeiten Sie gerade?«

»Was? Oh, sorry, Boss. Ich war gerade ganz weit weg.« Kirby hob den Kopf. Er hatte dunkle Ringe unter den Augen, und seine Nase war stärker gerötet als üblich. Schwach nahm

Lottie den Geruch schalen Alkohols wahr. Ja, dachte sie, er ist in einem schlechten Zustand.

»Ich meine es nicht böse«, sagte sie. »Ich verstehe Ihre Lage, denn ich habe die Sache mit der Trauer selbst durchgemacht. Aber, Kirby, hören Sie mir zu. Sie brauchen Hilfe. Professionelle Hilfe. Und wenn Sie sie sich nicht bald holen, läuft der Superintendent Amok. Er empfindet uns hier auf der Wache gegenüber keine Loyalität, höchstens insofern es ihn die Karriereleiter raufschubsen könnte, und Sie ziehen ihn im Moment runter. Ich verstehe, was Sie durchmachen, aber so sieht er es.«

Ich wiederhole mich, dachte sie. Was zur Hölle sollte sie ihrem Kollegen wirklich sagen? Reiß dich zusammen und mach dich an die Arbeit? Nein, das hatte sie selbst zu oft zu hören bekommen, und es hatte nur dazu geführt, dass sie ins Gegenteil abgerutscht war. Also entschied sie sich für: »Wie kann ich Ihnen helfen?"

Kirby sah flehend zu ihr auf. »Indem Sie mir Gilly zurückholen?«

»Kommen Sie schon, seien Sie realistisch.« Ganz falsch. Kirby schob abrupt seinen Stuhl zurück und stand auf. Sie legte ihm eine Hand auf den Arm und zupfte ihn behutsam am Ärmel. »Verzeihen Sie mir.«

Er fuhr sich mit beiden Händen durch das buschige Haar und krallte die Finger hinein.

»Boss, ich weiß selbst nicht, was ich mit mir anfangen soll. Ich habe den Papierkram satt. Das macht mich stumpfsinnig. Ich brauche etwas, in das ich mich reinknien kann. Etwas, wofür ich rausgehen, mit Leuten reden muss. Die Wände hier erdrücken mich.«

»Ich mag die Leidenschaft in Ihrer Stimme. Dann los. Councillor Whytes Tochter Amy scheint verschwunden zu sein. Er hat bisher nicht viel Erfolg damit gehabt, sie zu finden, daher will ich, dass Sie es zu Ihrer Priorität machen. Okay?«

»Klar, klingt großartig. Mach ich.«

Lottie seufzte erleichtert. »Sie arbeitet in Whyte's Pharmacy, der Apotheke. Gehen Sie hin und sprechen Sie persönlich mit dem Personal. Vielleicht finden Sie etwas heraus, was ihre Kollegen Amys Vater nicht haben sagen wollen, als er mit ihnen gesprochen hat.«

»Whyte's Pharmacy. Am Ende der Main Street?«

»Genau.«

Kirby schnappte sich seine Jacke von der Stuhllehne und war aus der Tür, ehe Lottie sich regen konnte.

»Du kannst wirklich gut motivieren«, sagte Boyd.

»Tja, bei dir klappt's nicht.« Sie schlug ihm im Vorbeigehen spielerisch auf die Schulter, und ihre Hand prickelte von der Berührung. Boyd hatte in letzter Zeit eine positive Wirkung auf sie. »Hast du Penny Brogan schon gefunden?«

»Ich bin dran. Ich habe mit ihrem Vater telefoniert, aber wie Whyte schon sagte: Er hat sie seit Samstag auch nicht mehr gesehen.«

»Okay. Nehmen wir uns die Namensliste der Freunde vor.«

»Die ganzen drei.« Boyd hielt die Finger hoch.

»Besser als nichts.«

»Ducky Reilly. Ich würde gerne mit ihm anfangen.«

»Gut. Wo arbeitet er?«

»Als Wachmann bei einer Baufirma, die mit der Sanierung des Gerichtsgebäudes beauftragt ist.«

»Dann los.«

Die Sanierung des Gerichtsgebäudes von Ragmullin dauerte schon über ein Jahr an. Das Gebäude stammte aus dem Jahr 1829 und war in den vergangenen zwanzig Jahren zusehends verfallen. Für die Instandsetzung waren vierzig Millionen Euro veranschlagt worden, aber Boyd hatte gehört, dass die tatsächlichen Kosten das Budget wohl um einiges übersteigen würden.

Es goss in Strömen, als sie aus dem Wagen stiegen und sich

dem Wachhäuschen am Eingang der Baustelle näherten. Lottie hielt ihre Marke hoch, und der Mann schob das Fenster auf.

»Was kann ich für Sie tun?«, fragte er.

»Wir würden gerne mit Ducky Reilly sprechen. Arbeitet er heute?"

Der junge Mann erbleichte, schloss das Fenster und öffnete die Tür. Er war vielleicht eins fünfundsechzig groß, und unter seiner Mütze lugten kurze braune Locken hervor.

»Worum geht's denn? Ich habe nichts getan, was immer andere auch sagen.« Seine Stimme war hoch und gereizt.

»Und wer sagt was über Sie?«, ergriff Boyd das Wort.

»Niemand. Nichts. Ach, verdammt, Sie machen mich nervös.« Er zog die Mütze vom Kopf, setzte sie bei dem strömenden Regen aber rasch wieder auf. Wasser troff von seiner gelben Arbeitsjacke und sprenkelte den schlammigen Grund mit einem gräulichen Schein.

Lottie trat ein Stück zurück, um ihre Stiefel nicht allzu schmutzig zu machen. Ein aussichtsloser Kampf. »Wir sind wegen Amy Whyte hier.«

»Wer?«

»Jetzt kommen Sie schon.« Lottie sah ihm an, dass er genau wusste, von wem sie sprach. »Wann haben Sie sie zuletzt gesehen?«

»Amy? Lassen Sie mich überlegen ...«

»Herrgott noch mal, beantworten Sie einfach die Frage.« Boyd verlor langsam die Geduld.

Lottie versuchte, freundlich zu bleiben. »Ducky, wie lautet Ihr voller Name?«

»Dermot Reilly.«

»Wie möchten Sie genannt werden?«

»Alle sagen Ducky.« Er trat von einem Fuß auf den anderen und spritzte dabei Schlamm auf Lotties Hosenbein.

»Dann soll es also Ducky sein«, sagte sie, und Boyd gluckste. Sie bedachte ihn mit einem strafenden Blick und wandte sich wieder dem jungen Mann zu. »Können wir uns drinnen unterhalten?« Sie deutete auf das Häuschen.

»Zu klein. Mein Stuhl und die Sicherheitskameras, mehr geht nicht.«

»Ach, wir quetschen uns einfach rein. Boyd, du wartest im Auto.«

Als sie Ducky in die warme Enge seines Mini-Arbeitsplatzes folgte, musste sie ihm recht geben: Das Häuschen war definitiv nicht für zwei Personen gemacht. Sie lehnte sich an die Tür, während er sich auf den Stuhl setzte, hinter dem zwei Monitore standen. Kein Hightech. Sie sah, wie Boyd draußen versuchte, sich im strömenden Regen eine Zigarette anzuzünden.

»Also. Erzählen Sie mir von Amy.«

»Ihr Vater hat mich heute Morgen auch schon angerufen.«

»Wann haben Sie sie zum letzten Mal gesehen?«

»Samstagnacht. Wir waren alle im Jomo's. Das ist der Nachtclub in der Nähe vom Parkplatz an der Petit Lane. Hinten an der Main Street, noch an der Imbissbude vorbei, wissen Sie?«

»Ja, ich kenne ihn.« Lottie wand sich innerlich, als sie daran dachte, wie ihre Töchter Samstagnacht aus dem Taxi geplumpst waren. Sonntagmorgen, wenn man es ganz genau nahm. »Wer sind ›alle‹, von denen Sie sprechen?«

»Ein paar Kumpels und ich. Und Penny natürlich. Sie und Amy sind ja immer zusammen.«

»Penny Brogan?«

»Ja. Amy und Penny sind siamesische Zwillinge. Sagt meine Mutter jedenfalls.«

»Ihre Mutter kennt sie?«

»Wir sind befreundet. Seit der Schule schon. Amy trägt manchmal die Nase ein bisschen hoch, weil ihr Vater Ratsmitglied ist, aber Penny ist klasse. Immer gut drauf.«

»Sie mögen Penny also lieber?«

Er wurde rot. »Ist wohl so.«

»Was ist im Nachtclub passiert? Irgendetwas Außerge-wöhnliches?«

»Nichts ist passiert.«

»Sind Sie mit den Mädchen aufgebrochen?«

»Nein.«

»Kommen Sie, Ducky.«

»Worum geht's hier überhaupt?«

»Das sage ich Ihnen gleich.«

Er seufzte und nahm einen Stift von der schmalen Ablage, die, wie Lottie vermutete, seinen Schreibtisch darstellte.

»Am Samstag waren gut hundertfünfzig Leute im Club. Es war echt voll.« Er ließ den Stift zwischen den Fingern herum-wirbeln.

»Sind Amy und Penny gemeinsam gegangen oder waren sie bei Ihnen?«

»Ich bin mit keiner von beiden zusammen«, sagte er hastig. Seine Miene verriet ihr, dass er es sich anders gewünscht hätte.

»Welche von beiden gefällt Ihnen am besten?«

»Hab ich doch gerade schon gesagt. Penny.«

»Sie mögen Amy nicht?«

»So war das nicht gemeint, verdammt. Das ist typisch für Sie, oder? Sie verdrehen immer alles. Ich sage jetzt gar nichts mehr.«

»Hört sich für mich an, als hätten Sie was zu verbergen.«

»Hab ich nicht!« Er ließ den Stift fallen und verschränkte die Arme.

»Sind die Mädchen zusammen aufgebrochen?«, fragte Lottie wieder.

»Weiß ich nicht. Nein, Moment. Amy ist zuerst gegangen. Penny und ich haben noch einen getrunken ... und ein bisschen geknutscht.«

Lottie musste innerlich lächeln. Getrunken und geknutscht.

»Sie sind also mit Penny noch geblieben, nachdem Amy gegangen ist?«

»Amy wollte nicht warten. Wir waren draußen im Biergarten. Es hat geregnet. Ich glaube, sie hatte nicht mal eine Jacke dabei.«

»Warum hatte sie es so eilig?«

»Keine Ahnung.«

»Hat sie einen Anruf bekommen oder so etwas?«

»Wie ich schon sagte: Keine Ahnung.«

»Wohin wollte sie?«

»Nach Hause, nehme ich an.«

Lottie beschloss, ihm keine Zeit zum Nachdenken zu lassen. »Sind Sie mit Penny losgegangen?«

»Nein. Sie hat sich vielleicht zwanzig Minuten später auf den Weg gemacht. Vielleicht noch ein bisschen später, ich weiß nicht. Ich hatte ziemlich viel getrunken.«

»Und die Mädchen? Hatten die auch ziemlich viel getrunken?«

»Ein paar Shots vielleicht. Ich hab nicht nachgezählt.«

»Drogen?«

»Jetzt hören Sie aber auf!« Ducky blickte auf und verengte die Augen. »So viele Fragen. Ist ihnen irgendwas passiert?«

Lottie entschied, dass sie ihm ein wenig sagen konnte. »Amys Vater sagt, sie ist am Samstag nicht nach Hause gekommen. Und gestern und heute nicht bei der Arbeit erschienen.«

»Das ist allerdings wirklich komisch. Was sagt Penny denn?«

»Wir müssen erst noch mit ihr reden.« Müssen sie erst noch finden, dachte Lottie.

»Aber Sie sind zuerst zu mir gekommen. Warum?«

»Ihr Name stand auf der Liste mit Kontakten, die Amys Vater uns gegeben hat.«

»Amy ist sehr beliebt. Muss eine ziemlich lange Liste sei.«

»Tatsächlich gar nicht. Können Sie mir Namen von

anderen Leuten geben, die vielleicht wissen, wo sie sein könnte?«

»Eher nicht. Fragen Sie Penny.«

»Mach ich. Wenn ich sie finde.« Lottie betrachtete den jungen Mann. Er schien sich keinerlei Sorgen um die Mädchen zu machen, er wirkte nur nervös. Lag es daran, dass sie von der Polizei war, oder ging es um etwas anderes? Wusste er, wo sie waren, oder war er immer so unbedacht? »Wo arbeitet Penny?«

Er zuckte die Achseln. »Eine Weile hat sie bei Amy in der Apotheke gearbeitet. Aber ich glaube, sie wurde entlassen oder so. Nach meinem letzten Stand ist sie arbeitslos.«

»Wo wohnt sie?«

»In der Columb Street. Ich kenne die Nummer aber nicht. Sie hat mich nie eingeladen. Ich habe sie immer nur bei den Eltern zu Hause besucht. Versuchen Sie es am besten da.« Er gab Lottie die Adresse, und sie wandte sich zum Gehen.

»Danke für Ihre Hilfe. Falls eines der Mädchen mit Ihnen Kontakt aufnimmt, hier ist meine Nummer. Rufen Sie bitte sofort an.«

Sie reichte ihm ihre Karte und verließ das Wachhäuschen. Ducky Reilly schien eine ganze Menge von nichts zu wissen.

Auf dem Weg zum Wagen, in den Boyd inzwischen wieder eingestiegen war, hörte Lottie hinter sich das Rumpeln eines Motors. Sie machte Platz, und ein schwarzer Mercedes-SUV hielt neben ihr. Das Fahrerfenster surrte herunter.

Sie erkannte den Mann hinterm Steuer sofort. Cyril Gill war in dieser Stadt bekannt. Ein Gauner, hatte ihre Mutter einmal gesagt. Er war Bauunternehmer.

»Mr Gill«, sagte sie und taxierte ihn. Er war wie für eine Konferenz angezogen, nicht für einen Baustellenbesuch: makelloses blaues Hemd mit weißem Kragen, rote Seidenkrawatte. Er war glattrasiert, und sein schwarzes Haar war über den Ohren ein wenig graumeliert. Seine blauen Augen wirkten matt, wie sie fand, doch sein Gesicht war faltenfrei.

Er nahm ihre Karte, die sie ihm hinhielt, und warf einen Blick darauf.

»Detective Inspector Lottie Parker.« Bei seiner leisen, samtigen Stimme war sie augenblicklich auf der Hut. »Was machen Sie hier?«

»Ich wollte mich ein wenig umschauen, aber offenbar bin ich nicht berechtigt, die Baustelle zu betreten.« Sie würde Ducky nicht ans Messer liefern, noch nicht.

»Kann ich Ihnen bei irgendetwas behilflich sein?« Sein Blick war unstet, und Lottie war überzeugt, dass er nicht die leiseste Absicht hatte, ihr zu helfen. Nicht, dass sie seine Hilfe nötig hatte.

»Nein, alles in Ordnung.« Sie wandte sich ab und steuerte auf ihren Wagen zu.

»Zugang zur Baustelle ausschließlich nach Terminabsprache«, sagte er, dann surrte das Fenster wieder aufwärts.

Sie hob die Hand zum Gruß. Als sie an ihrem Auto angekommen war, stieg sie neben Boyd ein.

»War das Cyril Gill?«, fragte er.

»Höchstpersönlich. Und wo er ist, ist meist auch der Ärger nicht fern.«

»Er war doch vor ein paar Jahren in irgendeinen Planungsskandal verwickelt.«

»So heißt es.« Lottie wartete, bis Boyd den Wagen startete. »Man konnte ihm aber nichts nachweisen, soweit ich mich erinnere. Wie immer in diesem Land.«

»Ich konnte ihn noch nie leiden. Wie kann man mit siebzig noch so frisch aussehen?«

»Ich glaube nicht, dass er schon siebzig ist. Eher ein- oder zweiundfünfzig.«

»Von mir aus.«

»Das ist Chloes Lieblingsantwort.«

»Von mir aus.« Er grinste. »Wohin jetzt?«

»Zu Penny Brogans Familie. Und hoffen wir mal, dass Amy Whyte bei ihr ist.«

Cyril Gill stellte das Auto auf seinem Privatparkplatz ab, der einzige, der vor Schlamm geschützt war. Er stieg aus und starrte in den Himmel. Schwarze und lila Wolken jagten über das graue Firmament, und noch immer prasselte der Regen auf sein Gesicht herab.

»Drei Monate im Rückstand, und jetzt das«, brummte er, als er auf die Container zuging. Der Job erwies sich als schwieriger, als er es sich beim Ausschreibungsverfahren vorgestellt hatte. Weil das Justizgebäude unter Denkmalschutz stand, musste das Äußere originalgetreu erhalten bleiben. Und das behinderte die Modernisierungsmaßnahmen, die erforderlich waren, um den Bau in ein funktionales, zeitgemäßes Gericht zu verwandeln.

Ein Schwall warme Luft kam ihm entgegen, als er den Bürocontainer betrat.

»Was wollten die Polizisten?«, rief er seinem Vorarbeiter, Bob Cleary zu. „Und warum sind Sie hier und nicht draußen und schwingen die Peitsche, damit diese faulen Säcke endlich den Arsch hochkriegen?«

»Ich brauchte einen Tee, ich habe Pause. Die steht mir zu, wissen Sie.« Bob hob den Becher an die Lippen und nippte an der dampfenden Flüssigkeit.

Cyril schenkte sich einen Kaffee aus der Pumpkanne ein und fegte Krümel von seinem Stuhl, ehe er sich setzte.

»Was für Polizisten überhaupt?«, fragte Bob.

»Sie standen am Tor, als ich reinkam.«

»Hab ich nicht gesehen. Ducky muss sie aufgehalten haben.«

Cyril griff zum Hörer. »Ducky, was wollte die Polizei?«

»Hatte nichts mit der Arbeit zu tun. Sie wollte was über ein Mädchen wissen, das ich kenne.«

Cyril legte auf und richtete seinen Blick auf Bob. »Drei Monate im Rückstand, ist das richtig?«

»Eher fünf oder sechs, wenn das Wetter nicht besser wird. Für das Wochenende ist eine Sturmwarnung ausgegeben worden.«

»Oh, Herrgott noch mal.« Gill schlug auf den Tisch, sodass eine Mappe zu Boden rutschte.

Bob hob sie auf und reichte sie ihm. »Ich gehe wieder arbeiten.«

»Tun Sie das. Und ich will nie wieder etwas von fünf oder sechs Monaten hören. Machen Sie die verlorene Zeit wieder wett.«

»Es liegt an der Untertunnelung, Mr Gill. Die muss abgestützt werden. Letzte Woche hat der Kran geschwankt.«

»Kräne schwanken nicht. Und diese unterirdischen Gänge existieren seit fünfhundert Jahren, die werden also auch in nächster Zeit nicht einstürzen.«

»Aber sobald der Aufzugsschacht …«

»Wollten Sie nicht wieder an die Arbeit gehen?«

Als er wieder allein war, zog Cyril sein Jackett aus und krempelte die Ärmel hoch. Die Ausdünstungen des Heizgeräts verursachten ihm Kopfschmerzen, aber er hatte zu tun. Er rief den Bauablaufplan auf und versuchte herauszufinden, wo er die verlorene Zeit wieder aufholen konnte. Andernfalls steckte er in größeren Schwierigkeiten als das letzte Mal. Und ein solches *annus horribilis* wollte Cyril Gill kein zweites Mal erleben.

ZWÖLF

Whyte's Pharmacy war einer der wenigen altmodischen Familienbetriebe, die in Ragmullin überlebt hatten. Als Kirby eintraf, führte man ihn in ein Hinterzimmer, wo ihm die Apothekerin, die sich als Megan Price vorstellte, einen Stuhl anbot. Der Raum war klein und vom Boden bis zur Decke mit Regalen voller Arzneimittel und Medikamente ausgestattet. Kirby faltete seine Hände im Schoß und war froh, dass seine Vorgesetzte nicht hier war. Er wusste um Lotties Problem mit verschreibungspflichtigen Medikamenten, obwohl er glaubte, dass sie diese Sucht inzwischen überwunden hatte.

»Ms Price«, sagte er, »ich ermittle im Interesse von Amy Whytes Vater. Haben Sie eine Vorstellung davon, wo Amy sein könnte?«

»Nein, keinen Schimmer. Richard – Mr Whyte – kam heute Morgen sehr besorgt hier an.« Die Apothekerin musste um die Mitte dreißig sein und hatte tiefe Falten in der Stirn. Sie rieb sich das Kinn und betrachtete Kirby. »Obwohl das nicht ganz stimmt. Er war eher verärgert als besorgt. Er konnte kaum glauben, dass sie auch gestern schon nicht aufgetaucht war.«

»Sie hatten Mr Whyte gar nicht über Amys gestrige Abwesenheit informiert?«

»Ich fand es unnötig, dem Mädchen Ärger zu bereiten.«

»Was für Ärger?« Kirby kramte in seiner Tasche nach dem Notizblock. Verdammt. Er hatte ihn im Büro liegen lassen – mitsamt Handy. Nun würde er sich die wichtigen Punkte dieser Befragung merken müssen.

»So hätte ich das nicht sagen sollen«, ruderte die Apothekerin zurück. „Ich plaudere nur nicht so gerne aus dem Nähkästchen, wenn Sie verstehen, was ich meine.«

»Und was gäbe es da zu plaudern?«

Einem lauten Seufzer folgte ein angestrengtes Husten, ehe Price antwortete. »Amy ist ein liebes Mädchen. Sie hat das Herz am rechten Fleck. Ihr Vater hält sie für eine Heilige.«

»Aber Sie wissen es besser?«

»Kann man so sagen. Sonntags fehlt sie öfter, als dass sie zur Arbeit kommt. Geht gerne mit ihrer Freundin feiern, die früher auch hier angestellt war. Penny irgendwas ... lassen Sie mich überlegen. Brogan. Genau. Sie hat auch hier gearbeitet. Aber Richard hat sie entlassen müssen.«

»Wann war das?«

»Vor ungefähr einem Monat.«

»Warum hat er sie entlassen müssen?«

»Sie war faul. Sie hat keinen Finger für andere krumm gemacht. In diesem Job muss man zu helfen bereit sein. Einige unserer Kunden sind krank oder pflegen Kranke, daher muss man aufmerksam und rücksichtsvoll mit ihnen umgehen.«

»Und Penny hat das nicht getan?«

»Nein. Eher im Gegenteil. Ich habe sie oft dabei erwischt, wie sie Lippenstift oder Nagellack ausprobiert oder teure Parfums versprüht hat. Das ist nicht gut fürs Geschäft. Außerdem hat sie hin und wieder etwas eingesteckt.«

»Amy hat sie für den Job empfohlen, oder?« Kirby war sich nicht sicher, ob das relevant dafür war, wo Amy stecken mochte, aber es konnte nicht schaden, die Angestellte danach zu fragen.

»Ja, hat sie. Aber ich schätze, dass Pennys Verhalten sogar ihr zu viel wurde.«

»Haben sie sich zerstritten?«

Price hielt inne und rieb sich nervös das Kinn. »Nicht, dass ich wüsste. Ich glaube, sie sind immer noch befreundet. Immerhin gehen sie noch zusammen in Clubs.«

»Fällt Ihnen noch jemand ein, mit dem Amy befreundet ist?«

»Sie hat viele Freunde, aber ich könnte Ihnen keine Namen nennen. Amy ist sehr lebensfroh. Sie lächelt immer und hat für jeden ein nettes Wort übrig.«

»Hat sie einen Freund?«

»Ich habe sie jedenfalls nie von einem sprechen hören. Was nicht heißt, dass sie nicht einen haben könnte.« Megan Price rang die Hände.

»Kann ich mit dem restlichen Personal sprechen? Vielleicht weiß ja jemand, wer Amy sonst noch nahestehen könnte.«

»Sie wissen also nicht, wo sie ist?«

»Wir suchen nach ihr.«

»Richard ist ein einflussreicher Mann. Er hat viele Freunde in wichtigen Positionen. Ich würde alle Hebel in Bewegung setzen, wenn ich Sie wäre.«

Kirby kratzte sich am Kopf, rief sich in Erinnerung, dass er heute Abend duschen musste, und fragte sich, ob die Apothekerin das als Drohung oder als Warnung gemeint hatte.

»Gewöhnlich haben solche Menschen viele Feinde«, bemerkte er.

»Genau so habe ich es gemeint.«

———

»Ich hab's Ihnen doch schon am Telefon erklärt«, sagte Jordan Brogan. »Ich habe sie länger nicht gesehen.«

»Wir haben nur ein paar Fragen.«

»Sind Sie taub? Penny wohnt hier nicht mehr. Hab sie rausgeworfen, jawohl.« Brogan war ein kleiner Mann mit lauter Stimme. Lottie musste sich davon abhalten, sich die Hände auf die Ohren zu pressen, als sie hinter ihm durch das beengte Haus ging.

»Wann ist das gewesen?«

»Was?«

In diesem Moment entdeckte sie, dass er ein Hörgerät trug. »Könnten Sie Ihre Hörhilfe einschalten, Mr Brogan?«

»Das vergesse ich immer wieder, tut mir leid.« Er nestelte an dem kleinen, erdnussförmigen Gerät herum und steckte es zurück ins Ohr. »Ah, das ist besser. Hab mir das Gehör in der Armee kaputt gemacht. Ich hab die Mistkerle durch alle Instanzen geschleift, und was hab ich gekriegt? Ich sag Ihnen, was ich gekriegt habe. Sechstausend. Und diese Dinger hier kosten vier. Eine Schande, das ist es!« Er setzte sich an den Tisch und bedeutete Lottie und Boyd, es ihm gleichzutun. »Warum fragen Sie nach Penny?«

»Eigentlich ist es Amy Whyte, die wir zu finden versuchen, aber wir dachten, dass Ihre Tochter vielleicht wüsste, wo sie sein kann.«

»Die kleine Klugscheißer-Lady hat dafür gesorgt, dass Penny gefeuert wurde, das hat sie getan.«

»Wo genau wohnt Penny jetzt?« Lottie begriff, dass sie beim Thema bleiben musste, wenn sie nicht wollte, dass Jordan Brogan sich den ganzen Tag lang über alles und nichts ausließ.

»Sie hat eine eigene Wohnung. In der Columb Street sieben. Ich weiß nicht, wie sie die Miete zahlt. Muss dieser Wohngeldscheiß von der Sozialhilfe sein. Oder vom Rat. Keine Ahnung, denn ich hab sie mindestens einen Monat lang nicht gesehen. Sie bricht ihrer Mutter das Herz, das tut sie.«

»Könnten wir auch mit Ihrer Frau reden?« Vielleicht hatte Penny ja Kontakt mit ihrer Mutter.

»Breda ist arbeiten. Auf dem Amt. Kfz-Steuer.«

Lottie erhob sich. »Ich schau mal vorbei und frage nach, ob sie Ihre Tochter gesehen hat. Arbeitet sie jetzt irgendwo?«

»Hab ich doch gesagt. Kfz-Steuer.«

»Nein, Entschuldigung. Ich meinte Penny.«

»Keine Ahnung. Die letzte Stelle, von der ich gehört habe, war die Apotheke. Aber ich hör ja nicht mehr viel.« Er tippte sich an das Gerät in seinem Ohr. »Und mir sagt hier auch keiner mehr was.«

Lottie und Boyd strebten auf die Tür zu. »Danke, dass Sie sich die Zeit genommen haben, Mr Brogan.«

Er folgte ihnen hinaus. »Denken Sie, dass meine Penny verschwunden ist?«

»Wir müssen nur im Zuge unserer Ermittlungen mit ihr sprechen.« Lottie lächelte und hoffte, dass sie sich zuversichtlich anhörte, doch ihr Inneres krampfte sich unruhig zusammen. Wo waren Amy und Penny? Andererseits waren beide erwachsen und hatte ein Recht auf ihr Privatleben. Trotzdem blieb ein ungutes Gefühl in ihrer Magengrube – eine Art Mahnung, dass sie nichts, was sie hörte, außer Acht lassen sollte.

Jordan Brogan rief ihr hinterher. »Diese Amy sorgt immer für Ärger. Seit sie mit ihrer Aussage diesen Kerl in den Knast geschickt hat.«

Lotties Herz blieb stehen. »Wovon sprechen Sie?«

»Oh, das muss ungefähr zehn Jahre her sein. Sie erinnern sich bestimmt an Conor Dowling. Amy Whyte und ein anderes Mädel haben ausgesagt, dass sie ihn von Bill Thompsons Haus haben weglaufen sehen. Der arme Bill, er hatte den Pub auf der Friars Street. Ist inzwischen tot – Schlaganfall, wie ich gehört habe. Kein Jahr nach dem Überfall. In dieser Nacht damals hat er jedenfalls ordentlich Prügel kassiert. Und sein ganzes Geld war weg.«

»Amy muss dann vierzehn oder fünfzehn gewesen sein.«

»So ungefähr, ja.«

»Danke, Mr Brogan. Sagen Sie mir Bescheid, wenn Penny sich meldet.«

Als sie die Autotür öffnete, sagte sie: »Gott, Boyd, ich hoffe bloß, dass diese Mädchen nicht in Schwierigkeiten stecken.«

»Wie du schon gesagt hast – sie schlafen wahrscheinlich nur irgendwo einen monströsen Rausch aus.«

»Hoffentlich ist es wirklich nicht mehr.«

DREIZEHN

Katie Parker schob schnellen Schrittes den Buggy über den Gehweg Richtung Stadt. Louis schlief unter der durchsichtigen Plastikplane, sie hatte aber keine Ahnung, wie lange noch. Sie selbst ließ den Regen auf sich niedergehen, der ihr das lange Haar durchfeuchtete. Sie hatte vor Kurzem angefangen, es tiefschwarz zu färben, und mit dem Gedanken gespielt, die Augen wieder wie früher im Gothic-Stil mit Kajal zu umranden. Aber das war in einem anderen Leben gewesen. Eine Zeit, die sie mit Jason geteilt hatte, ehe man ihn ihr auf so grausame Art und Weise genommen hatte.

Sie betrat das Einkaufszentrum und strebte auf ihre Lieblingsboutique, Jinx, zu. Sie hatte auf Facebook die neue Kollektion gesehen und musste die Jeans im Leoprint einfach haben.

Der Eingang war sehr knapp bemessen für einen Kinderwagen, aber Katie würde ihren Sohn nicht draußen lassen. Sobald sie eingetreten war, schlug Louis die Augen auf, stieß einen Schrei aus und rupfte eine weiße Seidenbluse vom Bügel.

»Ach, Louis, kannst du mir nicht mal zwei Minuten für mich gönnen?«

»Ist er anstrengend?«, fragte June, die Verkäuferin.

»Manchmal. Aber meistens ist er lieb.«

Katie und June kannten sich noch aus der Schulzeit, und Katie tat es gut, hin und wieder mit jemandem in ihrem Alter zu sprechen.

»Wolltest du nicht eigentlich wieder aufs College?«

»Ich habe es noch einmal aufgeschoben. Es ist so teuer, und dann kommen noch Kinderbetreuung und Fahrtkosten hinzu. Ich wüsste nicht, wie ich das hinkriegen sollte. Ich brauche dringend einen Job, aber dann müsste ich wiederum für Kinderbetreuung bezahlen.« Katie lachte. »Ein Teufelskreis.«

»Er ist so hübsch.« June kitzelte Louis unterm Kinn.

»Ja, nicht wahr? Ich kann mich glücklich schätzen. Sagt meine Großmutter immer. Viele Frauen können keine Kinder kriegen, ich soll dankbar für ihn sein. Und das bin ich auch, wirklich. Aber manchmal ... na ja. Manchmal ist es ganz schön viel.«

»Vielleicht kannst du irgendwo Teilzeit arbeiten. Hier, probier die mal an.« June hängte die Seidenbluse an eine Umkleidekabine. »Ich passe auf den kleinen Mann auf. Wie heißt er noch gleich?«

»Louis.« Katie biss sich auf die Lippe. »Ich weiß nicht, ob ich die anprobieren möchte. Habt ihr noch die Jeans mit dem Leoprint?«

June fischte sie von einem anderen Ständer und hängte sie mit der Bluse in die Kabine.

»Irgendein besonderer Anlass?«

»Meine Schwester wird nächsten Monat achtzehn, und ich wollte sie mit einer Party überraschen. Meine Mutter weiß allerdings noch nichts davon.«

June nahm Louis aus dem Wagen und schob Katie auf die Umkleide zu. „Probier's an. Das sieht toll zusammen aus.«

Der Preis machte Katie keine allzu großen Sorgen. Louis' Großvater zahlte ein monatliches Taschengeld für den Unterhalt, von dem Lottie allerdings nichts wusste, weil Tom Rickard

Katie ermahnt hatte, es ihr nicht zu sagen. Vielleicht konnte sie ihn fragen, ob er die Kinderbetreuung übernehmen würde. Nun, das war doch tatsächlich mal eine Idee.

»Ich lass die Tür ein Stück auf, sodass du Louis sehen kannst«, sagte June.

Als Katie die schrankgroße Kabine betrat, hatte sie plötzlich das Gefühl, beobachtet zu werden. Sie blickte durch die Schaufensterscheibe hinaus, sah draußen jedoch nur Leute hin und her eilen.

»June, ich glaube, da guckt jemand.«

»Was? Ist ja wohl nicht wahr.« June stellte sich vor die saloonartige Schwingtür der Kabine. »Manche Menschen haben echt nichts Besseres zu tun.«

———

Bernie Kelly betrachtete die Person, die Lottie Parkers Tochter durchs Schaufenster beobachtete. Sie drückte sich in den Eingang des Zeitungshändlers und grinste süffisant. Vielleicht konnte sie jemanden dazu bringen, die Drecksarbeit für sie übernehmen. Könnte lustig werden.

Ihr musste ein aufgeregter Laut entfahren sein, denn ein Kind, das gerade an der Hand der Mutter vorbeikam, stieß einen erschreckten Schrei aus. Bernie streckte ihm die Zunge heraus und lachte leise, woraufhin die Mutter die Hand ihres Sohnes fester packte und beinahe aus dem Einkaufszentrum rannte. Vielleicht sollte sie sich ein wenig zusammennehmen. Es war nicht gut, Aufmerksamkeit auf sich zu lenken. Aber nach zwölf Monaten in der forensischen Psychiatrie hatte es etwas Befreiendes, sich in der echten Welt zu bewegen. Und sie hatte eine Mission.

Sie überließ die andere Person ihrem Voyeurismus, zog sich die Kapuze über den Kopf und beschloss, etwas zu essen. Sie hatte keine Angst, erkannt zu werden. Nun, Lottie Parker mochte sie erkennen, aber das bereitete ihr keine Sorgen. Überhaupt keine. Denn Lottie Parker war der Endgegner.

Als sie das Einkaufszentrum verließ, blickte sie vorsichtshalber den Gehweg auf und ab. Dann ging sie langsam um die Ecke und betrat das Fallon's. Ein heißer Whiskey war jetzt genau das Richtige.

VIERZEHN

Boyd setzte sich auf die Kante von Lotties Schreibtisch. »Wir wissen jetzt also, dass Amy Whyte vor zehn Jahren in einen Fall verwickelt war. Ich denke nicht, dass es relevant ist.«

»Setz dich auf den Stuhl, Boyd.«

»'tschuldigung.«

Lottie konnte nichts gegen die Schärfe in ihrer Stimme tun, sie entsprang ihrem unguten Bauchgefühl. »Irgendetwas stimmt da nicht. Ich mache mir sowohl um Amy als auch um Penny Sorgen. Seit Samstagabend hat niemand sie mehr gesehen. Ihre Handys sind aus, und in Pennys Wohnung macht keiner auf.«

»Ihre Mutter konnte uns auch nicht weiterhelfen«, bemerkte Boyd.

Lottie dachte an die Frau im dunkelblauen Kostüm, der sie auf dem Amt begegnet waren. Breda Brogan war effizient und geradeheraus. Sie hatte ihre Tochter seit über einer Woche nicht gesehen. Penny wohnte jetzt allein. Lebte ihr eigenes Leben.

»Wir müssen es noch einmal in ihrer Wohnung versuchen.« Lottie blickte hinaus ins Großraumbüro. »Wo ist Kirby?«

»Spricht mit den Apothekenangestellten.«

»Herrgott, man braucht doch keinen ganzen Vormittag, um mit zwei Leuten zu reden. Ich hoffe bloß, dass er nicht im Pub ist.«

»Ich bin hier.« Kirby schob seinen fülligen Haarschopf um die Ecke. »Leider gibt es nichts zu berichten. Aber es hat gutgetan, mal wieder mit echten Menschen zu reden.«

»Und was sind wir?«, fragte Boyd. »Okay, rhetorische Frage.«

Lottie wandte sich an Kirby. »Es weiß also keiner, wo sich Amy aufhalten könnte?«

»Nein, Boss.«

»Irgendein Streit? Zankereien?«

»Alles in bester Ordnung, soweit ich das verstanden habe, bis vor ungefähr einem Monat. Die Apothekerin hat erwähnt, dass es mit Penny Brogan Ärger gegeben hat.«

»Weswegen?«

»Entwendung.«

»Entwendung? Komische Wortwahl.'«

»Dann eben Diebstahl. Sie hat Sachen in ihrer Handtasche mitgehen lassen. Lippenstifte, Nagellack. Keine Medikamente. Soweit man weiß, jedenfalls.«

»Und keiner vom Personal hat eine Ahnung, wo Amy sein könnte? Irgendein Freund, den sie ihrem Vater verschwiegen hat? Kommen Sie, Kirby.«

»Sorry, Boss. Offenbar wissen sie nichts über Amys Privatleben. Nur, dass es sehr ungewöhnlich für sie ist, nicht bei der Arbeit aufzukreuzen, sofern es sich nicht gerade um Sonntag handelt. Alle bestätigen, dass sie sehr engagiert ist.«

»Na schön. Danke.« Lottie lehnte sich zurück und widerstand dem Bedürfnis, ihre Füße auf den Tisch zu hieven. »Es sind noch keine achtundvierzig Stunden vergangen, seit die beiden zum letzten Mal gesehen wurden oder jemand von ihnen gehört hat. Sobald die Frist abgelaufen ist, müssen wir ihr Verschwinden öffentlich machen.«

»Dann tue ich das morgen«, sagte Kirby.

Nachdem der Detective mit sichtlich federndem Schritt gegangen war, lächelte Lottie Boyd zu. »Des einen Leid, des anderen Freud.«

»Was?«

»Ach, nichts.«

Ihr Handy klingelte. Sie las »Mutter« auf dem Display und reichte Boyd das Telefon.

»Sag ihr, dass ich nicht da bin. Ich musste weg und habe mein Handy liegenlassen. Oder so was.«

Boyd nahm den Anruf an. Lottie setzte sich kerzengerade auf, als sie sah, wie ihm das Blut aus dem Gesicht wich.

»Was? Was ist los, Boyd?«

Sie beugte sich vor und nahm ihm das Telefon ab.

»O nein.«

———

Der Tunnel unter Ragmullins Gerichtsgebäude erinnert Conor Dowling an seine Zeit im Gefängnis, obwohl er es dort immerhin warm und bequem gehabt hatte. Vielleicht bildete er es sich nur ein, vielleicht hatte er auch zu viele Knastfilme gesehen, aber es kam ihm vor, als müsse ein echter Kerker sich genauso anfühlen.

Er hatte hier unten nichts zu suchen, doch die Dunkelheit zog ihn an.

Langsam trat er wieder ins Licht zurück und blickte auf die leere Hülle des alten Gerichtsgebäudes.

Er war – in gewisser Hinsicht – froh, dass Tony Keegan ihm den Job verschafft hatte, auch wenn er einen weiten Bogen um Cyril Gill schlug. Tony hatte gesagt, Gill habe ihm den Job gegeben, obwohl er wisse, wer er sei. Das beunruhigte Conor.

Gills Tochter Louise war einer der Gründe, warum er vor zehn Jahren verurteilt worden war, daher war es ihm ein Rätsel, wieso ihr Vater seiner Einstellung zugestimmt hatte. Er würde zwar nicht nachhaken, aber nervös machte es ihn dennoch.

»Was hast du gesagt?« Tony lehnte an der Wand und versuchte, sich im Regen eine Zigarette anzuzünden.

Conor war nicht bewusst gewesen, dass er laut gesprochen hatte.

»Hast du eine für mich?«

»Du rauchst doch gar nicht«, sagte Tony. Das Feuerzeug klickte wirkungslos.

»Das sieht man mal, wie viel du über mich weißt.« Conor nahm eine Zigarette aus Tonys Packung und steckte sie sich in die Tasche. »Ich will die für Mutter. Sie raucht ab und zu ganz gerne.«

Tony schaffte es endlich, mit dem Einwegfeuerzeug eine Flamme zu erzeugen, aber ehe er sie an die Zigarette halten konnte, ergriff Conor seine Chance. Er entriss ihm die Zigarette, zertrat sie unter dem Absatz und packte Tony an der Kehle.

»Meine Mutter mag dir erlaubt haben, bei uns herumzulungern, als ich gesessen habe, aber das ist jetzt vorbei, hörst du? Ich bin wieder zu Hause, und jetzt liegen die Dinge anders. *Ich* bin anders. Zehn Jahre eingesperrt zu sein, hat das bewirkt. Wir hatten vielleicht mal gute Zeiten, aber jetzt nicht mehr. Also komm mir nicht in die Quere.«

Ein Gurgeln entrang sich Tonys Kehle, aber es kam kein Wort heraus.

Conor ließ die Hand sinken. »Versuch bloß keine Spielchen mit mir.«

»Schon klar.« Tony fasste sich an den sich rötenden Hals. »Wir gehen besser wieder an die Arbeit. Ich will wegen dir nicht meinen Job verlieren.« Er zog sich die Mütze über den Kopf und stülpte den Helm drüber, während er durch den

Matsch davonzog. »Und du kannst mich mal, Dowling«, brummte er, als er sich außer Hörweite glaubte.

Conor zog die Zigarette wieder aus der Tasche und überlegte, ob er Tony wegen des Feuerzeugs zurückrufen sollte. Aber dann entdeckte er den Kerl, der neben dem Wachhäuschen stand und zu ihm herüberstarrte.

»Was gibt's zu glotzen, Hackfresse?«

Conor schob die Hände in die Hosentaschen und folgte Tony. Er musste wahrlich keine Aufmerksamkeit auf sich ziehen. Nicht jetzt, da er frei war. Aber war er wirklich frei?

Mit einem Blick zurück zum Tunneleingang dachte er über dieses Dilemma nach. Freiheit. Was zum Teufel war das schon, wenn man es auf die ursprüngliche Bedeutung herunterbrach? Wenn das Herz durch den ewigen Wunsch nach Rache vergiftet war? Das war eine Frage, die ihn schon seit zehn langen Jahren umtrieb, doch noch immer hatte er keine befriedigende Antwort darauf gefunden.

––––––

Rose Fitzpatrick saß am kalten Herd auf einem Stuhl. Es war in der ganzen Küche kalt. Lottie schaltete das Dyson-Heizgerät an, ihr Auszugsgeschenk an ihre Mutter, und schob es neben sie.

»Warum hast du mir das nicht sofort gesagt?« Sie zog einen Stuhl unterm Tisch hervor, streifte die Jacke ab und setzte sich.

„Ich wusste nicht, was ich tun sollte. Dieser Mann, Leo Belfield ... er zerrt so quälende Erinnerungen nach oben, dass ich ihn einfach nur loswerden wollte. Aber heute musste ich immer wieder daran denken und bin zu dem Schluss gekommen, dass ich es nicht für mich behalten kann. Was, wenn er dir was antut? Was, wenn er diese schreckliche Frau tatsächlich aus der Irrenanstalt holt? Was dann, Lottie?«

»Das kann er nicht.« Das hoffte Lottie zumindest sehr.

Bernie Kelly nicht hinter Gittern – oder in diesem Fall Mauern – zu wissen, war etwas, das sie nie in Betracht gezogen hatte. Es war gerade erst ein Jahr her, seit ihre Halbschwester als nicht schuldfähig in die geschlossene Anstalt eingewiesen worden war, anstatt sich vor Gericht wegen mehrfachen Mordes verantworten zu müssen. Noch immer fiel es Lottie schwer zu glauben, dass ein Mensch, durch dessen Adern das Blut ihrer leiblichen Mutter floss, es geschafft hatte, auf so schreckliche Art und Weise eine ganze Familie plus zwei Drogendealer auszulöschen. Sie wollte nicht über das Böse nachdenken müssen, das Ragmullin wegen Bernies Taten in ein Leichentuch gehüllt hatte. Und obwohl sie es niemals zugeben würde, wusste sie, dass die Frau *böse* war, nicht geistesgestört.

»Aber Leo Belfield ist ein New Yorker Police Captain. Das hat er mir selbst gesagt. Er meinte, er wolle ihr einen Tag Freigang verschaffen oder so ähnlich.« Rose rieb sich die Hände so heftig, dass Lottie befürchtete, sie würde sich blutig scheuern.

»Beruhig dich.« Lottie hatte ihre Mutter selten so erlebt – derart aufgewühlt. »Hat er dir eine Telefonnummer hinterlassen?« Sie begann, durch ihr Handy zu scrollen. »Ich müsste sie hier eigentlich irgendwo haben.« Leo hatte sie vergangenen Juli aufgespürt, aber zu dem Zeitpunkt hatten sie gerade Gilly verloren, und sie hatte nur kurz mit ihm gesprochen. »Ich dachte, er wäre wieder nach New York zurückgegangen.«

»Er hat gesagt, er sei gerade erst wieder in Ragmullin angekommen, er hätte alles von seinem Büro aus organisiert. Gott weiß, was für Beziehungen er hat.«

»Auf jeden Fall nach sehr weit oben, um so etwas durchziehen zu können.« Lottie hörte auf zu scrollen. »Ich finde die Nummer nicht.«

»Er hat mir seine Karte dagelassen. Auf dem Regal, neben dem Kaffee.«

Lottie holte die Karte. Auf einer Seite das NYPD-Logo,

jede Menge Nummern daneben. Sie drehte sie um. Eine Mobilnummer in blauer Handschrift.

»Willst du ihn anrufen?«, fragte Rose.

»Und ob.« Lottie stellte den Wasserkocher an. »Aber zuerst
mache ich dir einen Tee. Du bist weiß wie die Wand.«

Rose stand auf und trat an die Küchentheke. Sie legte eine
Hand über Lotties. »Du musst kein Aufhebens um mich
machen. Ich bin einfach froh, dass du jetzt Bescheid weißt. Ich
habe die vergangenen Nächte kein Auge zugetan, weil ich mir
den Kopf darüber zerbrochen habe, was ich tun soll.«

Die Berührung der ledrigen Haut ihrer Mutter ließ Lottie
innehalten. Sie sah der älteren Frau in die Augen. Einst hatte
sie sich gefragt, wie sie so anders als ihre eigenen sein konnten.
Dann hatte sie nach einer blutigen Begegnung mit Bernie Kelly
im Keller unter dem Haus ihrer Großmutter mütterlicherseits
den Grund dafür herausgefunden. Lottie war tatsächlich von
Peter Fitzpatrick gezeugt worden, aber nicht mit Rose. Nein,
ihre leibliche Mutter war eine arme, geistig gestörte junge Frau
namens Carrie King gewesen, die noch drei weitere Kinder
geboren hatte. Zwei davon waren Zwillinge, Leo Belfield und
Bernie Kelly. Carrie war im St Declan's Asylum gestorben, und
Bernie erwartete ein ähnliches Schicksal. Zumindest hatte es so
ausgesehen, ehe Leo Belfield in dem Versuch, seine Familienge-
schichte zu enträtseln, herumzuschnüffeln begonnen hatte.

»Es war richtig, dass du es mir gesagt hast. Ich muss nur
ganz schnell wieder den Deckel auf die Büchse der Pandora
drücken, ehe noch etwas Schlimmes passiert.«

»Gutes Kind. Aber pass auf, Lottie. Die Wunden, die diese
Frau dir zugefügt hat, sind noch nicht einmal richtig verheilt.«

Lottie hatte nicht das Herz, Rose daran zu erinnern, dass
die emotionalen Narben sehr viel tiefer gingen.

Sie bereitete den Tee zu, gab Rose einen Becher und nippte
an ihrem, ehe sie den Rest in die Spüle goss. Der Tag, der so

strahlend und hoffnungsvoll begonnen hatte, war plötzlich finster und bedrohlich geworden.

———

Louise Gill zog ihre Sachen aus und schlüpfte in einen Fleece-Schlafanzug. Die Hosenbeine waren in der Wäsche etwas eingelaufen, also kramte sie in der Schublade herum, bis sie ein paar bunte Flauschsocken fand.

Als sie es bequem hatte, legte sie sich aufs Bett und scrollte auf dem Handy durch Instagram. Eine Nachricht traf ein.

»Geh weg, Cristina«, murmelte sie und wischte den Text nach oben und vom Bildschirm. Sie wollte sich jetzt nicht schon wieder streiten. Nie und nimmer würde sie ihrem Vater von ihrer Beziehung erzählen. Nicht, wenn sie weiterhin unter seinem luxuriösen Dach wohnen wollte.

Sie wusste nicht, ob sie ihren Vater lieben oder hassen sollte. Nach außen hin stellte er den aufrechten Bürger dar. Ging zur Sonntagsmesse, spendete den richtigen Wohltätigkeitsorganisationen, lächelte für die Kameras. Zu Hause aber war er der Boss. Was er sagte, war ein Evangelium, das es in keiner Bibel zu lesen gab.

Er versuchte, sie zu formen, seit sie vierzehn war, und sie war sicher, dass er etwas weit Verwerflicheres zu verbergen hatte als sie jetzt.

Da sie nichts auf Instagram entdeckte, was sie interessierte, klappte sie ihren Laptop auf. Vielleicht konnte die Arbeit ihr ein wenig beim Entspannen helfen. Sich in den Verstand von Mördern hineinzuversetzen, wirkte ernüchternd.

FÜNFZEHN

Lottie versuchte es jede Viertelstunde bei Leo Belfield, aber vergeblich. Wo immer er auch sein mochte, er ging nicht ans Telefon. Den Rest des Tages verbrachte sie damit, Haushaltsberichte vorzubereiten, und als sie sich auf den Heimweg machte, gab es immer noch keine Spur von den verschwundenen Mädchen.

Sie hatte Boyd zum Essen eingeladen, und als er die Teller weggeräumt hatte, schenkte er ihr ein Glas Mineralwasser ein und setzte sich neben sie auf die Couch. Im Haus war es herrlich ruhig. Katie war ins Bett gegangen, als Louis nach einem Tag, den er größtenteils an der frischen Luft verbracht hatte, eingeschlafen war, und Sean und Chloe machten in ihren Zimmern Hausaufgaben. Zumindest hoffte Lottie das.

»Es lief alles zu gut, Boyd«, sagte sie. »Ich wusste es. Als ich heute Morgen aufwachte, war ich zufrieden mit meinem Leben, obwohl sich schon da eine gewisse Vorahnung in mir festgesetzt hatte.«

»Sei nicht so melodramatisch. Jetzt weiß ich, woher deine Kinder das haben.« Entspannt legte Boyd seine Füße auf den Couchtisch, doch Lottie klopfte ihm leicht aufs Bein.

»Nimm die runter. Der Tisch ist neu.«

»Ich weiß. Ich hab ihn zusammengebaut.« Er trank sein Glas aus. »Ich gehe jetzt besser. Ich wollte vor dem Schlafengehen noch eine halbe Stunde auf dem Hometrainer hinter mich bringen.«

Sie wandte sich ihm zu. »Ist meine Gesellschaft so übel?«

»Gar nicht. Aber ich denke, du solltest das Telefon weglegen und aufhören, dir wegen Leo Belfield und seiner Schwester Sorgen zu machen.«

»Es sind auch *meine* Geschwister.«

»Nur dem Namen nach. Du kennst sie nicht einmal. Du hast sie bisher kaum gesehen.«

»Bernie ist mir nah genug gekommen, um ein Messer in mich zu rammen.«

»Das ist ein Jahr her, und sie sitzt hinter Schloss und Riegel. Hör auf, dir Sorgen zu machen.« Boyd erhob sich, und Lottie konnte ihm die Verärgerung an der harten Linie seines Kiefers ansehen.

Sie schob das Handy zwischen die Polster der Couch. »Ich bring dich zur Tür.«

»Tut mir leid, Lottie. Ich wollte nicht so grantig sein. Danke fürs Essen übrigens. Nächstes Mal bin ich dran.«

Sie lächelte reuig. »Es gibt also ein nächstes Mal?«

»Natürlich. Geh ins Bett. Mach das Handy aus. Hör auf, dich zu sorgen.«

Seine Lippen waren weich auf ihrer Wange, und Wärme breitete sich in ihrem Unterbauch aus. Am liebsten hätte sie ihn an sich gezogen und zur Couch zurück gezerrt. Stattdessen öffnete sie die Tür und winkte ihm hinterher. »Nächstes Mal, Boyd«, flüsterte sie in den regnerischen Abend hinein.

Sobald sie die Tür geschlossen hatte, hastete sie ins Wohnzimmer zurück und sah auf ihr Handy. Noch immer nichts von Leo. Sie versuchte es ein letztes Mal, doch dann beschloss sie zu tun, wozu Boyd ihr geraten hatte. Mit etwas Glück würde sie schlafen können.

Als sie gerade das Licht ausgemacht hatte und auf die Treppe zuging, hörte sie Louis, offenbar hellwach, oben schreien.

Vielleicht würde sie doch nicht ganz so bald zum Schlafen kommen.

———

Freddie Nealon wandte sich um, nur um zu sehen, wie sein Freund Brian McGrath ins wuchernde Gras pinkelte. Er war so daneben, dass er kein Wort hervorbrachte. Sie hatten stundenlang am Kanalufer gesessen, getrunken und gekifft, und waren nun beide durchnässt und durchgefroren. Auf der Petit Lane standen sechs Häuser, von denen fünf baufällig waren. Freddie taumelte zum mittleren und drückte die Tür auf.

»Sieht nicht aus wie dein Haus, Freddie.« Brian folgte ihm hinein. Vielleicht war er doch nicht so breit, wie Freddie gedacht hatte, immerhin konnte er noch ganz Sätze formulieren und herausbringen.

Ein Licht flackerte auf und warf Schatten über die zerfetzte Tapete.

Freddie fuhr zusammen. «Verfluchte Scheiße, du ... du Vollidiot ...« Er sah, wie Brian auf das Feuerzeug in seiner Hand und den angesengten Handschuh in der anderen herabblickte. »Fuck, shit, fuck.«

Die Dunkelheit kehrte zurück.

»Wo zum Henker sind wir?« Brian schob seine Kapuze zurück und versuchte, das Feuerzeug erneut anzumachen. Vergeblich. Er warf es zu Boden. »Warte, Mann. Warte mal.« In einer übertriebenen Geste legte er die Hand ans Ohr und zog Freddie zurück. »Hör doch mal. Shit, hast du das gehört?«

»Was?«, fragte Freddie.

»Ein Geräusch. Von oben.«

»Ich hör nichts, wenn du quatschst. Gib uns 'n Bier und Feuer.«

Brian bückte sich, um das Feuerzeug aufzuheben, aber es war zu dunkel, um etwas zu sehen. Er kramte in einer Plastiktüte nach einer Dose, um seinen zugedröhnten Freund zu besänftigen. Dann hielt er wieder inne. »Hast du es jetzt gehört?«

»Was denn?«, fragte Freddie. »Ich will bloß Feuer und pissen.«

»Sch. Klingt nach Schritten. Los, komm, Freddie, hauen wir ab.«

Als Freddie sich umdrehte, explodierten Sterne hinter seinen Augen. Er sah seinen Kumpel zusammengesackt auf dem Boden liegen und begriff, dass ihm jemand auf den Schädel geschlagen hatte. Als auch er in die Knie ging, kam der zweite Hieb, und Dunkelheit senkte sich über ihn.

Die Glühbirne flackerte einmal, zweimal, dann ging sie aus. Megan Price ließ ihre Tasche auf den Flurboden fallen und fluchte laut.

»Herrgott noch mal. Bitte nicht heute.«

Sie trat die Tasche unter das Flurtischchen und sammelte ihre Post auf. Im Wohnzimmer schaltete sie die Lampe an, wenigstens die funktionierte. Sie ließ sich auf den Sessel fallen, stellte die Lehne zurück und starrte in die Leere des Raums. Ihr Arschloch von Ehemann – nein, vergiss es, ihr *Ex*-Mann – hatte so gut wie alles mitgenommen. Er hätte es bezahlt, es stünde ihm zu. Ach, was du nicht sagst, hatte sie geantwortet. Dummer Fehler, Megan. Er hatte seinen Anwalt beauftragt, die nötigen Papiere aufzusetzen, um sie dazu zu bringen, das Haus zu verkaufen. Er wollte Geld. Und sie bekämpfte ihn, als hinge ihr

Leben davon ab, weil er ein gieriger Mistkerl war. Und nun bekam sie schon wieder Post vom Anwalt. Sie zerknüllte den Brief und stopfte ihn seitlich in die Sesselpolster.

Sie schloss die Augen und rekapitulierte die Ereignisse des Tages. Penny Brogan war gefeuert worden, weil sie geklaut hatte. Aber warum war Amy Whyte dann immer noch mit ihr befreundet? Zwischen ihren Gesellschaftsschichten lagen Welten. Nicht, dass Megan ein Snob war. Dennoch wurmte es sie. Vielleicht, weil ihr Ex, was die gesellschaftliche Klasse anging, eine Stufe unter *ihr* war. Oder eher eine ganze Leiter, dachte sie.

Er würde dafür büßen, dass er ihr Leben zu einem Trauerspiel gemacht hatte. Dann dachte sie an den netten Detective, mit dem sie heute gesprochen hatte. Er war auf eine traurige Art ziemlich niedlich gewesen. Vielleicht war doch nicht alles so übel.

SECHZEHN

Es war draußen noch dunkel, als Conor Dowling sich am Dienstagmorgen aus dem Bett wälzte und anzog. Er raffte die Arbeitskleidung vom Tag zuvor zusammen, um sie in die Waschmaschine zu stopfen, dann putzte er sich die Zähne und schöpfte sich kaltes Wasser ins Gesicht. Während er sich mit einer Hand über den rasierten Schädel fuhr, war ihm klar, dass er nichts tun konnte, um die zusätzlichen Jahre, die sich um seine Augen eingegraben hatten, wieder zu löschen.

Kein Geräusch kam aus dem Wohnzimmer, in dem seine Mutter immer noch schlief. Was sie seinetwegen ruhig weiterhin tun konnte, dachte er, während er die Waschmaschine belud und sich aufrichtete, um Waschpulver aus dem Karton zu holen. Lediglich ein paar klägliche Körnchen setzten sich in der Schaufel ab.

O Gott. Er würde Waschmittel kaufen müssen. Da er nun aber nichts hatte, stellte er die Maschine ohne einen Zusatz an.

»Conor, bist du das?«

»Wer sonst sollte sich wohl um diese Zeit in diesem Müllhaufen aufhalten?«

»Was hast du gesagt?«

Conor schüttelte den Kopf. Offenbar sprach er seine Gedanken nun immer laut aus. Wurde er langsam verrückt? Vielleicht war es ja doch Veranlagung.

»Ich mache Toast. Willst du einen?«, rief er.

»Toast? Ich will Porridge. Und zwar mit Milch. Ich mag das Zeug nicht, über das man Wasser kippt.«

Er wusste, dass sie keine Milch hatten. Er stellte den Wasserkocher an. Gab einen Schwung Fertigporridge in eine Schüssel. Sie würde den Unterschied gar nicht merken. Und wenn, war es ihm auch egal.

Als der Kessel zu einem trägen Heulen ansetzte, blickte er hinaus auf seine Werkstatt und fragte sich abermals, was Tony darin zu suchen gehabt hatte.

———

Chloe Parker hasste es, zur Schule zu müssen, obwohl es ihr letztes Jahr war. Sie hätte viel lieber weiterhin im Pub gearbeitet. Der Ferienjob im Fallon's hatte ihr gut gefallen, aber weil ihre Mutter eine Diktatorin war, hatte sie ihn zugunsten der hässlichen Schuluniform aufgeben und wieder durch die Tore der Hölle treten müssen. Sie freute sich ja so was von auf die nächsten Ferien.

Brummelnd trat sie eine leere Coladose vor sich her.

»Was hast du gesagt?« Sean schwang den schweren Rucksack mit seinen Schulbüchern von einer Schulter auf die andere.

Chloe warf ihrem Bruder einen Blick zu. Er war gut einen Kopf größer als sie, und sein blondes Haar und die blauen Augen zu sehen, brach ihr jedes Mal das Herz. Er war ihrem toten Dad wie aus dem Gesicht geschnitten.

»Ich dachte gerade nur, dass Katie totales Glück hat.«

»Ich finde das nicht fair«, sagte Sean.

»Und warum nicht, du Vollpfosten?« Sie trat erneut nach

der Dose und schickte sie scheppernd vom Gehweg auf die Straße und unter ein Auto.

»Na ja, zum einen ist ihr Freund ermordet worden. Zum anderen saß sie plötzlich schwanger allein da. Und dann musste sie das College aufgeben, um sich um Louis zu kümmern, und der wird langsam echt anstrengend.«

Chloe musste zugeben, dass Louis schlimmer war, als ein Sack Flöhe hüten, aber so leicht würde sie nicht nachgeben. »Du weißt doch, was Granny immer sagt: ›In allem Schlechten liegt das Gute im Ansatz schon verborgen.‹«

»Versteh ich nicht«, sagte Sean und gähnte.

In Chloe stieg Ärger auf. Er hörte ihr nicht einmal zu. Niemand hörte ihr mehr zu. Jedenfalls nicht richtig.

»Katie nimmt Louis als Ausrede für alles. Sie dreht jede Situation so, wie es ihr passt. Und Gran und Mam tragen ihr vor lauter Mitgefühl den Hintern hinterher.«

»Du bist bloß neidisch.« Sean schnaubte unterdrückt.

»Hau ab, Sean Parker.« Chloe wirbelte mit dem Fuß feuchte Blätter auf und ging schneller, um sich vor ihn zu setzen.

»Und du musst aus allem ein Drama machen«, sagte er.

Als sie an Chloes Schultor ankamen, wollte Sean zu seinem weitergehen. Doch Chloe packte ihn am Arm und zog ihn zurück. »Warte.«

Er blieb stehen und beäugte nervös den Strom Mädchen, die durchs Tor schlenderten.

»Sie könnte sogar das College sausen lassen«, sagte Chloe.

»Wer?«

»Katie, du Blödmann.« Chloe verdrehte die Augen. Verdammt, diesen Monat litt sie echt unter PMS. Sie wollte vor ihrem Bruder nicht zu heulen anfangen. Er war zwei Jahre jünger als sie und vermutlich der Vernünftigste von ihnen allen, sofern er nicht gerade eine depressive Phase durchlief. Sie waren wirklich eine merkwürdige Familie.

»Hör mal, Chloe, ich glaube, sie möchte wirklich zurück aufs College. Aber mit Mams Arbeit und allem, was Gran so macht, hat sie einfach niemanden, der auf Louis aufpassen kann. Sieh es mal aus ihrer Warte. Sie ist einundzwanzig und hängt mit dem Baby zu Hause fest.«

»Aber nur, weil sie sich nicht aus ihrer Komfortzone rausbewegen will. Louis' Großvater könnte für die Betreuung aufkommen, der Mann schwimmt im Geld. Nein, sie ist bloß ein faules Biest.«

Sean wich einen Schritt zurück. »Du bist echt neidisch. Du musst mal aufwachen. Und ich muss in die Schule. Bis nachher.«

Und so stand sie an der Ecke des Wegs, der den Kanal entlangführte und auf dem Sean eine Abkürzung zu seiner Schule nehmen konnte, und stieß frustriert die Luft aus. Als sie sich dem Schultor zuwandte, empfand sie plötzlich ein Unbehagen. Es war, als atme ihr jemand in den Nacken, und sie bekam eine Gänsehaut. Sie wirbelte herum, blickte auf die Köpfe der Mädchen, die heraneilten, um vor der Glocke im Gebäude zu sein, und sah Seans Gestalt in der Ferne davontraben. Sie bewegte die Schultern, um den Rucksack in ihre Hand rutschen zu lassen, und biss sich auf die Innenseite der Wange, während sie langsam durch das Tor ging. Sie kam zu spät, aber das scherte sie nicht.

Das ungute Gefühl ließ sich auch den Rest des Tages nicht abschütteln. Und als die Schule vorbei war, hatte sie sich vor lauter Nervosität wund gekratzt.

———

An der Anmeldung von Ragmullins Polizeiwache ging Garda Tom Thornton eine Auflistung der Einsätze der Nacht zuvor durch. Er war alt genug, um sich an eine Zeit zu erinnern, in der man morgens an seinem Tisch die Zeitung lesen, ein Brot

essen, Kaffee trinken und sogar noch eine Zigarette rauchen
konnte.

Er war oft im Team mit Gilly O'Donoghue rausgefahren,
und er vermisste das Lächeln der jungen Polizistin und die Art,
wie sie über ihrer sommersprossigen Nase hinweg Detective
Kirby angesehen hatte. Sie hatte frischen Wind in die abgestan-
dene Luft der Wache gebracht. Wenigstens war die Mörderin
gefasst worden.

Als sich die Tür öffnete und er aufsah, wurde ihm bewusst,
dass es zu ruhig gewesen war. Ragmullin hatte nichts für Ruhe
übrig. Er nahm einen Hauch Old Spice wahr und sah überrascht auf die winzige Frau herab, die auf seinen Tisch klopfte.

Mit dem reizendsten Lächeln, das er aufsetzen konnte und
das seine Frau, mit der er dreißig Jahre verheiratet war, stets
sofort durchschaute, fragte er: »Was kann ich an diesem
wunderschönen Morgen für Sie tun, Mrs Loughlin?«

»Waren Sie heute schon draußen, junger Mann? Es schifft
in Strömen.«

Obwohl die Wortwahl der Achtzigjährigen Garda
Thornton kurzfristig aus der Fassung brachte, behielt er sein
Lächeln bei. »Das stimmt«, sagte er und spähte über ihre
Schulter durch das Panzerglas der Tür.

»Also, junger Mann, Sie kommen jetzt mit mir. Es hat in
letzter Zeit in der Petit Lane ständig Lärmbelästigung gegeben.
Fixer, Junkies oder was immer der politisch korrekte Ausdruck
heutzutage ist. Die machen ständig Radau. Hämmern an
Wände. Grölen rum und singen lautstark. Kommen Sie. Und
ziehen Sie sich einen Mantel an.«

Thornton blickte der alten Dame hinterher, die sich schon
umgewandt hatte und auf die Tür zuhielt. »Mrs Loughlin? Ich
kann nicht mitgehen. Ich muss mich hier um den Empfang
kümmern.«

»Ich bin sicher, dass der Empfang sich um sich selbst
kümmern kann.« Ihre Brauen zogen sich finster zusammen.

»Und wenn nicht, beauftragen Sie jemand anderen. Ich nehme das keine Sekunde länger hin. Sie müssen etwas unternehmen.«

»Haben Sie es schon beim Rat versucht?«

Mrs Loughlin lachte laut auf und hämmerte mit ihrem Schirm auf den Boden. »Beim Rat? Wollen Sie sich über mich lustig machen? Dieser Haufen inkompetenter Schwachköpfe würde nicht einmal Jesus zuhören, wenn er von seinem Kreuz steigen und auf der Suche nach einem Glas Wasser und einer Hose ihre schicken neuen Büros betreten würde.«

————

Nach der morgendlichen Dusche fühlte Lottie sich erfrischt, obwohl sie schlecht geschlafen hatte. Louis hatte sich eine Erkältung eingefangen, und ihre Finger rochen immer noch nach Wick VapoRub. Sie suchte in ihrer Tasche nach einem Paket Taschentücher, fand aber nur Babyfeuchttücher.

Während ihr Computerbildschirm blinkend zum Leben erwachte, musterte sie ihre Detectives im Großraumbüro. Kirby sah aus, als habe er in seinem Anzug geschlafen, aber so sah er ja eigentlich immer aus. Sie musste ihn im Auge behalten. Boyd stand am Aktenschrank, nahm Akten aus einem Karton am Boden und sortierte sie in die Schubladen ein. Ein kleines Lächeln kroch in ihre Mundwinkel. Sie mochte das Gefühl, das er in ihr erzeugte. Dann dachte sie an Leo Belfield, und das Lächeln verschwand von ihren Lippen. Sie musste herausfinden, was er vorhatte. Warum ging er nicht an sein Telefon? Im Sommer hatte er sie ein paar Wochen lang mit Anrufen belästigt, aber nun war er nicht erreichbar. Der kalte Schauder einer dumpfen Vorahnung rann ihr den Rücken herab. Da stimmte etwas nicht. Sie konnte es spüren, und ihr Bauchgefühl irrte sich nie. Oder fast nie. Prompt fielen ihr Amy Whyte und Penny Brogan ein.

»Kirby?«, rief sie durch die offene Tür. »Schon was von den

beiden Mädchen gehört?« Seine Augen waren blutunterlaufen, und seine Haare hatten einen Schnitt bitter nötig – oder zumindest eine Wäsche.

»Keine Neuigkeiten. Soll ich es jetzt in den sozialen Medien veröffentlichen?"

Lottie seufzte. Sie stopfte die Feuchttücher wieder in Tasche und ging zu seinem Tisch. Sein Zeigefinger klickte hastig auf die Maus, und der Bildschirm wurde schwarz.

»Sind Sie bei uns, Kirby?«

»Selbstverständlich. Nur etwas langsam heute morgen. Ich habe nicht viel geschlafen.«

»So ging's mir auch«, sagte Lottie.

»Warum?« Boyd drehte sich um. Er hatte die Ärmel aufgekrempelt und hielt einen Aktenstapel in beiden Händen.

»Louis ist erkältet.«

Ihr Handy vibrierte in ihrer Jeanstasche. »Das könnte Katie sein. Ich habe ihr gesagt, dass sie mich anrufen soll, falls sie mit Louis zum Arzt muss.«

Wieder in ihrem Büro, blickte sie aufs Display.

Eine Nachricht. Aber nicht von Katie. Von Leo Belfield.

Treffen um eins. Joyce Hotel.

———

Garda Tom Thornton hatte begriffen, dass Mrs Loughlin keine Ausreden gelten lassen würde. Er schaffte es, jemanden zu überreden, seinen Platz am Tisch zu übernehmen, und zog seine schwere Warnschutzjacke an. Bis sie die Petit Lane erreicht hatten, war er schweißgebadet. Für eine alte Lady konnte sie verflixt schnell gehen, dachte er.

»Hier wohne ich.« Mrs Loughlin deutete auf das erste Haus der Reihe und das einzige, das nicht mit Brettern vernagelt war. »Die anderen haben ihrs verscherbelt, und jetzt sehen Sie es sich an. Der Zusammenbruch der Wirtschaft hat den Bauplänen einen Riegel vorgeschoben.«

Thornton betrachtete die Häuserreihe. Er kam hier fast täglich auf dem Nachhauseweg vorbei und kannte die Geschichte des Bauunternehmers, der aus der Unternehmung ausgestiegen war und den Grafschaftsrat dumm dastehen lassen hatte, aber er hatte nie über diese Häuser nachgedacht.

Er drückte das Tor des Hauses neben jenem von Mrs Loughlin auf, bemerkte dann aber, dass sie stehengeblieben war und ihm finster nachblickte.

»Nicht das da. Das nächste«, sagte sie.

»Dieses?« Thornton trat zum dritten Haus in der Reihe. Es wirkte sogar noch heruntergekommener als das neben Mrs Loughlin.

»Ich habe gestern Nacht ein Geräusch gehört. Nicht, dass ich nicht fast jede Nacht etwas höre. Es sind nur irgendwelche Kerle, und ich weiß ja, dass sie nichts Böses wollen. Die suchen wahrscheinlich nur Schutz vor dem Regen. Gestern waren es zwei, beide mit Kapuze und die Arme voller Plastiktüten. Mit Bier wahrscheinlich. Sie sind durch das Tor gefallen und haben sich gegenseitig zur Tür geschleift. Einer hat sogar in den Garten gepinkelt.«

»Warum haben Sie nicht angerufen und es uns gemeldet?«

»Bei euch kann man doch anrufen und melden, bis man schwarz wird. Ich glaube allmählich, dass ihr auch nicht besser seid als der Rat.«

»Und warum sind Sie dann heute Morgen vorbeigekommen?«

»Tja, weil ich zwei Leute hab reingehen sehen, aber nur einer wieder rausgekommen ist. Ungewöhnlich, denken Sie nicht?«

»Das ist es wohl.« Thornton setzte seine Schirmmütze auf und klopfte an die Tür.

»Sie ist offen. Wie sonst sollten die Junkies wohl reingekommen sein?« Mrs Loughlins Stimme troff vor Verachtung. »Na los. Rein mit Ihnen.«

»Haben Sie die Räumlichkeiten betreten?«

»Halten Sie mich für bescheuert? Ich lasse doch meine DNS nicht da drin. Was, wenn da ein Mord passiert ist? Dann würden Sie ziemlich schnell an meine Tür klopfen, nicht wahr?«

Thorntons Schädel begann zu pochen. Er vergewisserte sich, dass seine Handschuhe richtig saßen, und öffnete die Tür.

Es roch nicht ganz so übel, wie er erwartet hatte, doch von den Wänden ging ein deutlicher Modergeruch aus. Durch die offene Tür fiel nur wenig Licht. Er warf einen Blick hinter sich und sah, dass Mrs Loughlin sich an den rostigen Zaun zurückgezogen hatte. Er trat einen weiteren Schritt ein und spürte etwas Klebriges unter seinem Stiefel. Öl? Oder eher etwas Menschliches? Er schauderte und ging weiter.

Und dann sah er die zwei Gestalten am Fuß der Treppe. Er beugte sich über die erste. Als er ihr den behandschuhten Finger an den Hals legte, öffneten sich die Augen schlagartig. Thornton machte einen Satz zurück und prallte gegen die Wand.

»Herr im Himmel! Ich dachte, Sie sind tot. Was ist passiert? Ist alles in Ordnung?«

Als Antwort kam nur ein Stöhnen. Als er sich auf die zweite Gestalt zubewegte, hörte er auch diese stöhnen, noch ehe er den Puls fühlen konnte. Er wappnete sich gegen die aufgerissenen Augen, aber diesmal geschah nichts. Immerhin waren beide Kerle am Leben. Er würde sie auf Verletzungen absuchen müssen.

Und dann erreichte ihn der Gestank.

SIEBZEHN

Die Sirenen gellten, als die Rettungswagen die beiden Männer ins Krankenhaus fuhren.

«Ich hab Ihnen ja gesagt, dass da was faul ist«, sagte Mrs Loughlin und lehnte sich mit verschränkten Armen an die feuchte Wand.

»Das haben Sie.« Garda Thornton konnte den Übelkeit erregenden Geruch nicht aus der Nase bekommen. Er sehnte sich danach, zur Wache zurückzufahren; vielleicht konnte er sogar rasch duschen.

»Wollen Sie eine Tasse Tee?«

»Das wäre toll, aber ich muss zu meinem Tisch zurück.«

»Der Tisch wird schon nicht wegrennen.«

»Nein, wird er nicht, aber ich habe Arbeit zu erledigen.« Thornton blickte zum Haus zurück, als ihm plötzlich etwas einfiel. »Mrs Loughlin, Sie sagten, Sie hätte zwei Leute reingehen, aber nur eine Person rauskommen sehen.«

»Genau.« Dann öffnete sie den Mund zu einem kreisrunden O. »Dann muss noch jemand drin gewesen sein. Jemand, der die beide armen Burschen niedergeschlagen hat, bevor er abgehauen ist.«

»Gehen Sie vor und setzen Sie Wasser auf«, sagte Thornton. »Ich schaue mich noch einmal um.«

„Hier. Nehmen Sie meinen Schirm.«

Er lachte. »Ich schaffe das schon.«

Während die alte Dame zu ihrem Haus zurückkehrte, näherte sich Thornton erneut der Eingangstür. Ging es hier um mehr als nur zwei Kerle, die sich wegen einer Tüte Gras oder einer Dose Bier gezankt hatten?

Drinnen stieg er die Treppe hinauf, und mit jeder Stufe wurde der Gestank stärker, beißender.

Er wusste, dass er nicht nur Holzfäule roch. Ja, da verrottete etwas, aber es roch auch metallisch. Nach Blut, dachte er, aber nicht nach dem Blut von unten. Es kam von oben, und er war sich ganz und gar nicht sicher, ob er wissen wollte, was die Ursache dafür war. Doch er musste es herausfinden.

Und als er es getan hatte, holte er das Funkgerät aus der Uniformtasche und rief mit zitternder Stimme die Wache.

———

Lottie zog den Reißverschluss des Schutzanzugs hoch und befestigte die Gummibänder der Atemschutzmaske hinter den Ohren. Dann duckte sie sich hinter Boyds großer, schlanker Gestalt unter dem Absperrband durch.

»Warum werden Mordopfer eigentlich nie an schönen Tagen gefunden?«, fragte er. Lottie machte sich nicht die Mühe zu antworten. Ihr war klar, dass es sich um eine rhetorische Frage handelte. Als sie an ihm vorbeiging, fügte er hinzu: »Oder zumindest an wärmeren und trockeneren Orten?«

»Halt die Klappe, Boyd.«

Lottie zog den Kopf unter dem Rahmen ein, darauf bedacht, nicht gegen das Türblatt zu stoßen, das nur noch an einer einzigen Angel hing. Das verwitterte Holz wies noch

Spuren von Schloss und Klinke auf, doch nichts davon war noch da.

»Was hatten diese Burschen überhaupt hier zu suchen?«, fuhr Boyd fort, seine Stimme wie eine steife Brise in ihrem Nacken. Sie hatte ihr Haar heute Morgen aufgesteckt, um zu vertuschen, dass ein Friseurbesuch auch bei ihr überfällig war. Sie zog die weiße Kapuze über ihren Kopf. Boyd redete immer noch. »Das hier ist kein Ort für junge Leute. Wie alt, denkst du, sind sie?«

»Wer?«

»Die beiden Kerle, die Thornton gefunden hat.«

»Woher soll ich das wissen?«

Sie seufzte laut und trottete die Treppe hinauf, wobei ihre Überschuhe gelegentlich an dem abgetretenen Holz hängen blieben. Seit Garda Thornton den Fund gemeldet hatte, waren überall Uniformierte herumgetrampelt, und einer von ihnen hatte sich sogar oben auf dem Absatz in der Ecke übergeben, ehe sie begriffen hatten, dass der Bereich als Tatort bewahrt und die Spurensicherung gerufen werden musste. Ihre Unfähigkeit würde ein Nachspiel haben, und Lottie würde sich zu gegebener Zeit damit auseinandersetzen, aber jetzt musste sie sich selbst einen Überblick verschaffen.

Das Haus war eines in einer Reihe von sechs. Sie wusste, dass diese Gegend vor Jahren für eine städtebauliche Entwicklung mit Einzelhandel, Fußgängerzonen und neuen Verwaltungsbüros vorgesehen gewesen war. Das Bürohaus, das wie ein riesiges Aquarium aussah, war das einzige, was gebaut worden war. Die Reihenhäuser standen mitten im Planungsgebiet, aber etwas hatte das Projekt zum Erliegen gebracht, und Mrs Loughlin hatte sich stur geweigert, sich umsiedeln zu lassen.

Lottie blieb oben an der Treppe stehen und registrierte die Aktivität im Raum zu ihrer Linken. Sie trat darauf zu und blickte in ein Badezimmer. Alle Einbauten und Armaturen waren herausgerupft worden, offene Rohre ragten verloren aus aufgestemmten Bodendielen hervor, und das Fenster war vernagelt. Zwei Leute von der Spurensicherung beugten sich über etwas, was vermutlich die Leiche war, die dort lag, wo einst eine Badewanne gewesen war. Der Gestank von Erbrochenem stach ihr in die Nase und übertünchte perverserweise den Verwesungsgeruch. Absperrband klebte quer über dem Durchgang zu einem weiteren Zimmer zu ihrer Rechten. Sie quetschte sich ins Bad und ließ Boyd draußen stehen.

»Hallo Detective Inspector Parker.« Jim McGlynn, Teamleiter der Spurensicherung, wandte ihr für einen Sekundenbruchteil den Kopf zu, und in dem Moment sah sie das Opfer. Augenblicklich fühlte sie mit dem Officer, der sein Frühstück auf dem Treppenabsatz gelassen hatte.

»Jim«, sagte sie und wagte kaum, sich das Gemetzel anzusehen. »Sagen Sie mir, was wir hier haben.«

»Weiblich. Mindestens zwei Tage tot, wahrscheinlich länger. Gut, dass das Wetter so mies war, sonst hätte sich hier mehr als ein Officer die Seele aus dem Leib gekotzt.«

»Kein Grund, sich so krass auszudrücken.«

»Ich sag nur, wie es ist. Außerdem sollte er einen Verweis bekommen. Er könnte Beweise zerstört haben.«

»Wie ist sie gestorben?« Trotz allem konnte Lottie ihren Blick nicht von der Leiche nehmen, die bäuchlings auf dem Boden lag. Eine eiskalte Hand krallte sich in ihre Brust.

»Stichwunde in der Kehle«, sagte McGlynn.

Die Worte ließen Lottie schaudern. Im vergangenen Juli war die junge Gilly O'Donoghue auf ähnliche Weise ermordet worden.

McGlynn fuhr fort. »Jede Menge Blut. Ich schätze, der Mörder war damit getränkt. Es sei denn, er war vorbereitet.«

Lottie konzentrierte sich auf das Opfer. Blinzelte einmal und ließ zu, dass das Bild sich in ihr Bewusstsein einprägte. Sie musste sich die Worte abringen, aber es war nötig, sie laut auszusprechen, damit alles einen Sinn ergab.

»Angezogen für einen Nachtclub. Das Jomo's ist hier um die Ecke«, begann sie. »Vielleicht kam sie gerade von dort, und irgendein Psycho hat sie sich geschnappt.« Ein herzförmiger Ohrstecker hing locker im Ohrläppchen des Opfers, und Lottie musste sich zurückhalten, um ihn nicht wieder festzumachen. Sie wusste, wer das Opfer war. »Sexueller Missbrauch?«

»Äußerlich nicht ersichtlich. Die Unterwäsche ist intakt, aber das wird erst die Autopsie eindeutig belegen.«

Ihre Hände zitterten. In letzter Zeit machte ihr der Gedanke an die Arbeit der Rechtsmedizinerin Dr. Jane Dore in der Leichenhalle immer öfter zu schaffen. Das musste das Alter sein, dachte sie.

Die Zehennägel des Opfers waren dunkelrot lackiert, die Beine vom Bräunungsspray verschmiert. Das Haar unter dem getrockneten Blut war dunkelbraun, wie Lottie erkennen konnte.

»Drehen Sie sie um«, wies sie McGlynn an.

»Wir sollten auf die Pathologin warten.«

»Ich sagte, drehen Sie sie um.« Sie hatte nicht so wütend klingen wollen, aber sie musste sich einhundertprozentig sicher sein.

Als McGlynn und sein Assistent die Leiche vorsichtig umdrehten, verschloss ein ersticktes Keuchen Lotties Kehle.

Obwohl das Gesicht schon anzuschwellen begonnen hatte, betonten der dick aufgetragene Lidschatten und der schwarze Augenbrauenstift die Züge des Opfers noch im Tod. Lottie wandte den Blick ab und suchte im unmittelbaren Umfeld nach der Tatwaffe. Dabei entdeckte sie etwas Glänzendes unter der rechten Hand des Mädchens.

»Stopp!«, sagte sie. »Nicht bewegen.«

»Was?« McGlynn hielt beide Hände in die Luft.

»Pinzette?«

Er reichte ihr eine. Sie quetschte sich neben ihn und bedeutete seinem Assistenten mit einem Nicken, Fotos zu machen, während sie mit ihrer behandschuhten Hand die des Opfers anhob. Darunter kam eine silberne Münze zum Vorschein. Sobald der Mann mit der Kamera fertig war, nahm sie die Münze mit der Pinzette auf und hielt sie ins Licht.

»Was, denken Sie, ist das?«, fragte sie McGlynn.

Er schüttelte den Kopf. »Keine Ahnung. Keine gültige Währung jedenfalls.«

»Schlichtes Silber, nichts eingraviert«, fügte sie hinzu. »Ungefähr so groß wie ein Ein-Euro-Stück.«

Sie ließ die Münze in eine Plastiktüte fallen, die McGlynn ihr hinhielt. Dann schrieb er mit einem Filzstift einen Code und Einzelheit zum Fund auf die Tüte und reichte sie seinem Assistenten.

»Scheint erst fallen gelassen worden zu sein, nachdem das Mädchen schon tot war. Kein Blut dran.«

»Irgendwo eine Spur von Handy oder Handtasche?«

»Keine Handtasche«, antwortete McGlynn und hob die andere Hand des Mädchens, die zur Faust geballt war. »Aber hier ist das Handy. Ich trau mich allerdings noch nicht, es zu entfernen.«

»Wieso nicht?«, fragte Lottie.

»Dafür habe ich schon einmal Ärger bekommen. Sie wissen schon, von wem.« Er legte die Hand zurück auf den Boden.

Lottie war klar, dass er Jane Dore meinte. Im Zuge der von der Regierung veranlassten Dezentralisierung hatte sie ihren Arbeitsplatz im etwa vierzig Kilometer entfernten Tullamore Hospital, wo die Autopsien durchgeführt wurden.

»Ist sie auf dem Weg hierher?«

»Später hoffentlich. Sie muss am Obersten Gerichtshof in Dublin zu einem Fall aussagen.«

Soweit zum Thema Dezentralisierung, dachte Lottie.

»Lassen Sie mich wissen, sobald Sie etwas finden. Und rufen Sie mich an, wenn Jane hier ist. Ich will dieses Handy.«

»Klar. Und das zweite Opfer müssen wir auch noch untersuchen.«

Lottie starrte auf McGlynns Hinterkopf in der weißen Kapuze. Sie war so auf die Entdeckung Amy Whytes konzentriert gewesen, dass sie das zweite Opfer ganz vergessen hatte.

»Im Nebenzimmer«, sagte er und fuhr fort, zu untersuchen, zu vermessen und Proben zu nehmen.

Lottie schob sich rückwärts aus dem Badezimmer und blieb neben Boyd auf dem beengten Treppenabsatz stehen. Nach einem Augenblick trat sie an das Absperrband über dem Türrahmen des anderen Zimmers. Sie blickte hinein, und ihre Hand flog unwillkürlich zu ihrem Mund, um ein Stöhnen zu ersticken.

Dieser weibliche Körper lag ebenfalls auf dem Bauch. Lottie konnte sehen, dass die Füße bloß und schmutzig waren, auch hier war die künstliche Bräune an den Beinen verlaufen. Das kurze schwarze Kleid war über dem Gesäß zerknittert. Sie entdeckte kein Blut an den Beinen, aber als sie die ausgestreckten Arme und die Hände mit den langen künstlichen Nägeln musterte, bemerkte sie die Pfütze aus Blut unter dem stumpfen, braunen Schopf. Ein Handy mit geborstenem Display lag neben der Leiche.

»Sind Sie schon hier drin gewesen?«, rief sie McGlynn zu.

»Nur ganz kurz. Gehen Sie nicht rein«, warnte er sie.

»Ich muss sie mir ansehen.«

»Und ich sage, warten Sie, bis die Pathologin hier ist.«

Lottie warf Boyd einen hilflosen Blick zu. Er zuckte die Achseln und wandte sich zu McGlynn um. »Jim, geben Sie uns zwei Minuten. Kommen Sie. Wir müssen sie sehen.«

Jim grunzte und legte seine Werkzeuge weg, dann zog er sich neue Handschuhe an und kam auf den Treppenabsatz.

Kopfschüttelnd löste er das Absperrband und betrat das Zimmer.

»Diese junge Frau ist etwa im gleichen Alter wie die andere und ist auf ähnliche Art getötet worden – durchtrennte Halsschlagader.« Er deutete auf die Wände. »Jede Menge Blutspritzer an der Wand, sie hat also gestanden, als er sie getötet hat. Ich würde sagen, er hat sie von hinten festgehalten und ihr einen scharfen Gegenstand, vermutlich ein Messer, über die Kehle gezogen. Ein Schnitt, mehr hat es nicht bedurft. Sie ist schnell gestorben.«

»Und wie lange ist sie schon tot?«

»Wie die andere. Zwei, vielleicht drei Tage. Genaues wissen wir erst nach der Autopsie.«

»Kann ich sie bewegen?«

»Nein.«

»Aber Sie haben es getan«, sagte Lottie und hockte sich neben den Forensiker.

»Ich musste den Tod feststellen.«

»Nur ganz kurz. Ich will sehen, ob etwas unter ihr liegt.«

»Tut es nicht.«

»Tun Sie mir den Gefallen.«

Er seufzte und drehte die Leiche behutsam auf die Seite. Lottie zuckte zusammen. Das Mädchen war nicht viel älter als Katie, und der Gedanke jagte Lottie einen eisigen Schauder über den Rücken. Die geöffneten Augen waren braun, das Weiß jedoch mit roten Punkten gesprenkelt, die Lippen im Schrei erstarrt.

»Ich sehe keine Münzen«, sagte Boyd vom Türrahmen aus.

Lottie suchte den Boden um das Opfer herum ab. Herausgerissene Bodendielen. Zerbrochene Flaschen und tote Asseln. »Haben Sie eine Taschenlampe?«

McGlynn nahm eine aus seinem Koffer und richtete den Lichtstrahl auf den Bereich, in dem die Leiche lag.

»Da!« Scharf spürte Lottie die Kanten der Bodenbretter

durch ihre Jeans, als sie sich neben McGlynn kniete und auf die Stelle deutete, an der die Hand des Mädchens gelegen hatte. »Zwei Münzen.«

»Pinzette!«, brüllte McGlynn, woraufhin sein Assistent hereinstürmte und sie ihm reichte. Nachdem Fotos gemacht worden waren, nahm er die Münzen eine nach der anderen mit der Pinzette auf und hielt sie prüfend hoch, ehe er sie in jeweils eine Plastiktüte gab.

»Dieselben Münzen wie jene bei dem anderen Opfer«, sagte Lottie. »Zu viele Übereinstimmungen, um davon auszugehen, dass sie schon vor dem Mord an den Mädchen hier waren. Der Killer hat sie hiergelassen.«

»Das ist eine steile These«, bemerkte McGlynn.

»Schauen Sie sie sich doch an«, sagte sie und deutete auf die Tütchen. »Sie sind makellos. Kein Rost, keinerlei Verfärbung.«

»Aber auch weder geprägt noch graviert. Vielleicht irgendein Glücksbringer?«

»Die Mädchen könnten sie mitgebracht haben«, schlug Boyd vor.

»Möglich«, gab Lottie zurück, aber sie glaubte nicht daran. »Ich denke, sie sind eine Visitenkarte des Mörders.«

McGlynn meldete sich wieder zu Wort. »Ich habe noch einiges zu tun, ehe die Pathologin eintrifft. Wenn es Ihnen nichts ausmacht, würde ich jetzt gerne fortfahren.«

»Und keine Handtaschen oder anderes, womit man die Opfer identifizieren könnte.« Lottie fuhr sich mit einem behandschuhten Finger über die Stirn. »Das kommt mir kalkuliert vor. Boyd, stell einen Trupp zusammen, der die Gegend durchkämmt, Gärten, Mülleimer, Parkplätze, alles.«

»Die Handtaschen sind längst weg.« Boyd verschränkte die Arme vor der Brust.

»Tu's einfach.«

Lottie warf einen letzten Blick auf das Opfer, dann schob

sie sich an Boyd vorbei auf den Treppenabsatz, um frische Luft zu bekommen. Doch ihre Lungen füllten sich nur mit dem feuchten Moder, der ihr wie eine Mischung aus Schimmel und Tod vorkam.

»Wir müssen die beiden Jungen befragen, die Thornton vorhin gefunden hat«, sagte Boyd.

»Ich bezweifele zwar, dass sie etwas damit zu tun haben, aber wir hören uns an, was sie zu sagen haben, sobald die Ärzte das Okay geben. Zuerst müssen die Opfer offiziell identifiziert werden.« Sie sah sich in dem kleinen Flur um. »Auch wenn du und ich bereits wissen, dass es sich um Amy Whyte und Penny Brogan handelt.«

»Wir müssen die Familien benachrichtigen«, fügte Boyd mit einem Stöhnen hinzu.

Lottie dachte an Councillor Richard Whyte und schauderte. Das würde nicht lustig werden.

Nachdenklich hielt sie inne. »Das Ganze riecht nach Vorausplanung. Der Mörder wusste von diesem Haus. Er hat es vermutlich vorher auskundschaftet, daher müssen wir jeden Zentimeter genaustens untersuchen.«

Während sie langsam die Treppe hinunterstieg, rang sie erneut nach Atem.

»Alles in Ordnung?«, fragte Boyd hinter ihr.

Sie schüttelte den Kopf, sprang die letzten zwei Stufen hinunter und trat aus der Haustür. Draußen schob sie die Kapuze des Overalls zurück und sog gierig die frische Luft in ihre Lungen. Der Regen war zu einem nebligen Tröpfeln abgeebbt. Vor der Gartenmauer hatte sich eine Menschenmenge gebildet, und Lottie entdeckte Cynthia Rhodes, eine Kriminalreporterin vom Nationalfernsehen.

»Die hat mir gerade noch gefehlt«, krächzte Lottie.

»Soll ich lieber mit ihr reden?«, fragte Boyd.

»Lass gut sein. Sie kriegt nur ›Kein Kommentar‹ zu hören.«

»Wie wär's, wenn du sie höflich um einen Zeugenaufruf bittest?«

Lottie ignorierte ihn. Innerhalb der inneren Absperrung zog sie den Schutzanzug aus, stopfte ihn in die braune Papiertüte, die ihr ein Mitarbeiter von der Spurensicherung hinhielt, und ging zur Mauer. Das Unbehagen, das Cynthia stets in ihr weckte, verursachte ihr eine Verspannung in den Schultern. Die Reporterin schaffte es immer wieder, ihr die falschen Worte zu entlocken, und im Stillen ermahnte sie sich, die Sätze im Kopf vollständig zu formulieren, ehe sie sie aussprach.

»Detective Inspector Parker«, rief Cynthia und schob ihr ein feuchtes Mikrofon unter die Nase. „Können Sie uns sagen, was hier heute Morgen vor sich geht?«

Als Lottie sah, wie die Kameras zu ihr herumschwenkten, straffte sie den Rücken. Auch wenn die Gedanken in ihrem Kopf in alle möglichen Richtungen schwirrten, musste sie den Eindruck erwecken, als habe sie alles unter Kontrolle.

»Ich danke Ihnen, dass Sie sich trotz dieses scheußlichen Wetters herbegeben haben. In dem Haus hinter mir sind zwei Personen gefunden worden, die unter verdächtigen Umständen zu Tode gekommen sind. Ich möchte die Öffentlichkeit bitten, unsere Leitstelle oder die Wache in Ragmullin zu kontaktieren, falls jemand etwas weiß, das mit dem Verbrechen in Zusammenhang stehen könnte. Jegliche Information wird selbstverständlich mit allergrößter Vertraulichkeit behandelt.«

Noch während Lottie sprach, wurde ihr bewusst, dass sie sich nicht einmal selbst glaubte. Es war unmöglich, in Ragmullin etwas vertraulich zu behandeln.

»Können Sie uns etwas über die Opfer verraten? Wer sind sie?«, hakte Cynthia nach.

»Wie ich schon sagte, weiß ich die Hilfe der Bevölkerung in dieser Sache zu schätzen. Falls jemand in den vergangenen ein oder zwei Wochen in dieser Gegend ungewöhnliche Aktivitäten beobachtet hat, sollte er sich umgehend bei uns melden.«

»Glauben Sie, dass es sich bei einem Opfer um Councillor Whytes Tochter handelt? Sie ist als vermisst gemeldet worden. Bevor ich herkam, habe ich eine Benachrichtigung gelesen.« Cynthias dunkle Locken klebten ihr feucht an der Stirn, und ihre schwarzgeränderte Brille war beschlagen.

Lottie bezwang den Drang, die Journalistin zu boxen. Cynthia war ihr immer einen Schritt voraus. Vielleicht war sie allerdings selbst schuld daran, sie hatte Kirby schließlich gesagt, dass er in den sozialen Medien einen Aufruf wegen der vermissten Mädchen posten sollte.

»Das ist kein guter Zeitpunkt für Spekulationen, Ms Rhodes.« Sie bemühte sich um Festigkeit in ihrer Stimme. »Denken Sie an die Familien, die noch benachrichtigt werden müssen. Ich danke Ihnen.«

Am Wagen holte sie Boyd ein. »Lass uns von hier verschwinden, bevor ich ihr die Fresse poliere.«

»Sie macht nur ihren Job.« Die Reifen drehten auf der rutschigen Straße durch, als sie auf die Main Street zusteuerten.

„Du hast eine Schwäche für sie, was?«, fragte Lottie schnippisch.

»Diese Bemerkung hat keinerlei Antwort verdient.«

Lottie blickte durch das regenverschmierte Fenster auf die Geschäfte. Boyd fuhr zügig, und zwei Minuten später parkte er schon hinter der Wache. Sie war noch vor ihm aus dem Wagen und stürmte hinein.

Kirby hing über seiner Tastatur.

»Sie hätten den Aufruf über die Medien besser noch zurückgehalten.« Ach, verdammt. Warum hatte sie das gesagt?

Kirby blickte geknickt auf. »Was? Aber Sie haben mich doch angewiesen, das zu tun. Woher sollte ich wissen, dass sie schon tot sind?«

»Entschuldigung. Es ist einfach eine blöde Situation. Ich hätte es nicht an Ihnen auslassen dürfen.«

Sobald sie in ihrem Büro war, hängte sie ihre feuchte Jacke auf und setzte sich nachdenklich. Kirby war ein Problem. Sie musste ihn in den Fall einbinden, aber sie brauchte ihn fokussiert. Da Maria Lynch in Elternzeit war und sie keinen Ersatz für sie hatten, waren Lotties Ressourcen begrenzt. Und nun hatte sie zwei Morde aufzuklären.

Sie blickte auf, als Boyd sich gerade seiner Jacke entledigte und an seinen Tisch setzte. Sie beide schliefen sporadisch miteinander, und er hatte sie einmal gebeten, sich auf eine feste Beziehung einzulassen, was sie aber nicht gekonnt hatte. Ihre Mutter fand, dass sie es tun sollte, aber Rose war altmodisch und konnte ohnehin nicht begreifen, wie Lottie hin und wieder mit Boyd ins Bett gehen konnte, ohne sich formell zu binden. Tja, nun – Rose würde sich auf eine lange Wartezeit einstellen müssen, wenn sie glaubte, ihre Tochter noch einmal zum Altar führen zu können. Im Übrigen war Lottie ja nicht einmal ihre leibliche Tochter! Das führte sie gedanklich wieder zu Leo Belfield. Nie und nimmer konnte sie die Wache jetzt verlassen, um sich um eine rein private Sache zu kümmern.

Ihr Computer meldete eine eingehende E-Mail mit Fotos des Tatorts. Das war ein Punkt, an dem sie ansetzen konnte. Sie riss sich zusammen und sprang auf. »Besprechungsraum. Bringen wir diese Ermittlung in Gang.«

Und dann fiel ihr ein, dass sie die Eltern noch benachrichtigen mussten.

ACHTZEHN

Tony ignorierte Conor, indem er ihm aus dem Weg ging. Es hätte Conor nicht stören dürfen, aber das tat es doch.

»Weshalb diese grantige Miene?«, fragte er.

Tony blieb stehen und wandte sich zu ihm um. »Deinetwegen. Ich habe ein gutes Wort für dich eingelegt und dir diesen Job verschafft, und du dankst es mir, indem du mich praktisch erwürgst.« Er rieb sich den Hals, und sein verschmutzter Handschuh hinterließ schlammige Streifen auf seiner Haut.

»Ich hab nur ein bisschen Spaß gemacht, mehr nicht. Sei nicht so ein sturer Bock. Ich hab zu Hause schon genug von diesem Quatsch und hier sonst auch niemanden, mit dem man mal reden kann. Komm schon. Ein Pint nach der Arbeit? Was meinst du?« Conor schlang einen Arm um Tonys Schultern, doch der schüttelte ihn ab.

Conor konnte Tonys Miene ansehen, wie er innerlich mit sich rang, standhaft zu bleiben und nein zu sagen. Aber Conor kannte seinen Freund gut, er würde nachgeben. Mit ein bisschen Glück würde er ihn sogar dazu bringen können, für die Pints zu zahlen.

„Okay, die erst Runde geht auf dich.«

Er musste sich etwas einfallen lassen. Doch Tony sprach wieder mit ihm, das war immerhin schon etwas.

»Wo werden wir als Nächstes eingesetzt? Hoffentlich nicht im Tunnel. Der erinnert mich immer ans Gefängnis.«

Tony lachte, und Conor folgte ihm, als sie sich auf den Weg zum Vorarbeiter machten, um sich ihre Arbeitseinsätze für den heutigen Tag abzuholen. Phase eins seines Plans hatte funktioniert.

―――――

Der Besprechungsraum roch nach Körperausdünstungen und frittiertem Fastfood. Lottie schnüffelte. Trotz allem war die Luft hier frischer als in dem verlassenen Reihenhaus in der Petit Lane, wo die beiden jungen Frauen ihren Tod gefunden hatten. Sie trat an die erste Tafel und befestigte die Ausdrucke der Fotos, die ihr gemailt worden waren, daran.

»Sollten wir nicht erst die nächsten Angehörigen kontaktieren?«, fragte Boyd. »Wir brauchen noch eine eindeutige Identifizierung.«

»Lass uns zuerst rasch alles durchgehen.« Sie wusste, dass sie das Unvermeidliche nur herauszögerte, aber sie konnte einfach noch keinem Elternteil gegenübertreten. Vielleicht würde McMahon diese Aufgabe übernehmen, wenn er schon so gut mit dem Councillor bekannt war.

»Ich gehe davon aus, dass es sich bei den Opfern um Amy Whyte und Penny Brogan handelt. Nur Amy ist offiziell als vermisst gemeldet worden, aber seit ein paar Tagen hat auch niemand mehr etwas von Penny gehört. Ich habe Fotos der beiden gesehen und bin sehr sicher, dass es sich bei den Toten um sie handelt. Soweit wir wissen, wurden beide zuletzt am vergangenen Samstag im Jomo's, dem Nachtclub, gesehen.

Ihrer Aufmachung nach ist es wahrscheinlich, dass sie verschleppt worden sind, kurz nachdem sie den Club verlassen haben. Wir brauchen die Aufnahmen der Sicherheitskameras, Kirby, und versuchen Sie außerdem, eine Liste derer zu bekommen, die sich dort aufgehalten haben.«

»Ich bin schon ein-, zweimal dagewesen«, sagte Kirby und wurde rot. »Mit Gilly.« Er schluckte.

»Ja?«, fragte Lottie aufmunternd. »Erinnern Sie sich vielleicht an etwas, das uns helfen könnte?«

»Es ist über sechs Monate her. Wenn ich mich recht entsinne, war der Großteil der Gäste um einiges jünger als ich. Alles von sechzehn aufwärts. Laute Musik, jede Menge Alkohol und ziemlich sicher eine Vielzahl an Drogen. Aber nichts, was sich als besonders finster hervorgetan hat.«

Garda Tom Thornton hob die Hand. »Freitag- und Samstagabend herrscht in unserer Stadt am meisten Betrieb. Der übliche Radau um zwei, drei Uhr nachts, wenn der Club sich leert und die Leute hinausströmen. Meistens Ruhestörung durch Alkoholeinfluss. Bei so viel Volk auf den Straßen kann ich mir kaum vorstellen, wie man die Mädchen verschleppt haben soll, ohne dass jemand etwas bemerkt hat.«

»Ich habe mit einem Freund der beiden gesprochen, Ducky Reilly«, sagte Lottie. »Er meinte, Amy sei zuerst gegangen und Penny ungefähr eine halbe Stunde nach ihr. Bevor der Club zugemacht hat.« Mit einem Schaudern fiel ihr wieder ein, dass ihre beiden Töchter an jenem Samstag ebenfalls dort gewesen waren. »Dennoch sind beide Opfer am gleichen Ort gestorben. Kirby, gehen Sie die Straßen um den Club herum ab und bringen Sie in Erfahrung, was für Sicherheitsaufnahmen wir kriegen können.«

»Allerdings haben wir keinerlei Belege dafür, dass sie Samstagnacht verschleppt worden sind«, sagte Boyd.

»Das stimmt. Aber irgendwo müssen wir ja anfangen.«

»Wenn deine Annahme auf ihrer Bekleidung beruht, dann wäre es auch möglich, dass sie noch zu einer Party weitergezogen sind.«

»Sie können eine ganze Menge getan haben, aber mein Bauchgefühl sagt mir, dass Samstagnacht, Sonntagmorgen am wahrscheinlichsten ist, und ich …«

Bei dem scharfen Grunzen, das aus dem hinteren Teil des Raums zu ihr drang, blieben ihr die Worte im Hals stecken. Mist, sie hatte McMahon nicht hereinkommen sehen.

»Ihr Bauchgefühl hat nicht immer recht, nicht wahr?« Der diensthabende Superintendent kam auf sie zu und knöpfte dabei sein Jackett über seinem makellos gebügelten weißen Hemd zu. Er wischte sich seine Ponysträhnen aus der Stirn und wandte sich dem Raum zu.

Lottie spürte, wie sich die Härchen in ihrem Nacken sträubten, und sie ballte ihre Fäuste so fest, dass sich die Nägel in ihre Handflächen bohrten.

»Sir?«, sagte sie. »Ich bin die höchstrangige Ermittlungsbeamtin in diesem Fall und kann Sie auf den neusten Stand bringen, sobald diese Besprechung vorüber ist.«

Er wandte sich nicht zu ihr um, aber seine Geringschätzung war in der Art, wie er die Schultern zurücknahm und den Rücken straffte, spürbar.

»Councillor Richard Whyte ist ein wichtiges Mitglied dieser Gemeinde«, begann er. Sein ausgeprägter Dubliner Akzent klang durch den Raum. »Ich will, dass Sie möglichst jede Stunde, die Ihnen zur Verfügung steht, in die Suche nach der Person investieren, die seine Tochter umgebracht hat. Der arme Mann ist am Boden zerstört und …«

»Was?« Lottie zupfte ihn am Ärmel, damit er sich zu ihr umdrehte. »Sie haben ihn bereits informiert?« Insgeheim war sie heilfroh, dass sie diese Aufgabe nun nicht mehr zu erledigen hatte.

»Sie müssen sich beeilen, Detective Inspector Parker. Amy Whyte ist wahrscheinlich Samstagnacht oder am frühen Sonntagmorgen getötet worden, Sie verlieren wertvolle Zeit. Der Mörder könnte inzwischen schon in Spanien sein.«

»Das ist nicht mein Fehler. Ihr Vater hat sie erst gestern als vermisst gemeldet.«

»Lassen Sie uns wenigstens Zeit zum Pissen«, erhob jemand aus der versammelten Mannschaft die Stimme.

Lottie verdrehte die Augen. So sehr sie sich über McMahons Einmischung ärgerte, so musste sie ihn doch bei Laune halten. Ihr Job hing davon ab.

»Wer hat das gesagt?« McMahon schlug mit der flachen Hand auf den Tisch. Dann wandte er sich wieder zu Lottie um. »Halten Sie Ihr Team im Zaum. Ich dulde keine Unbotmäßigkeiten.«

»Das tue ich auch nicht«, sagte Lottie. »Ich bin mir der Bedeutung von Mr Whytes Ansehen in der Gemeinde durchaus bewusst, doch wir dürfen nicht vergessen, dass noch eine weitere junge Frau ihr Leben verloren hat. Wir dürfen keinen Ansatz, kein Motiv und keine Möglichkeit außer Acht lassen, wenn wir den Mörder finden wollen.«

McMahon grunzte erneut. »Für mich riecht das nach irgendeinem dahergelaufenen Junkie. Ich will, dass diese Ermittlung innerhalb der nächsten zehn Minuten in Gang kommt. Bis heute Abend ist der Fall gelöst.« Er drehte sich zu der Tafel um und betrachtete die Fotos. »Sie haben hier jede Menge Spuren. Finden Sie den Mistkerl, der das getan hat.«

Und damit machte er auf seinen polierten, spitz zulaufenden Lederschuhen kehrt und verließ den Raum.

»Blödmann«, sagte Boyd.

»Arschgeige«, sagte Kirby.

»Schwachsinn«, sagte Lottie.

Kirby erhob sich. »Ich mache mich an die Befragung der Anwohner und besorge uns an Sicherheitsvideos, was immer ich kriegen kann. Außerdem checke ich unsere Verkehrskameras.«

»Ich befrage noch einmal Mrs Loughlin«, sagte Garda Thornton, nahm seine Mütze und setzte sie sich schwungvoll auf.

Lottie hielt die Hand hoch. »Moment. Wir müssen das Verbrechen noch einmal durchgehen. Wenn wir übereilt loslegen, entgeht uns vielleicht etwas, das uns viel Zeit sparen könnte.«

Kirby setzte sich wieder, Thornton nahm seine Mütze wieder ab, und Boyd sortierte die Seiten in der dünnen Mappe auf seinen Knien.

»Okay. Wir haben ein verlassenes Haus inmitten von sechs Reihenhäusern. Alle sind baufällig, bis auf das von Mrs Loughlin. Sobald wir das Videomaterial des Nachtclubs ausgewertet haben, sollten wir genau sagen können, wann die Mädchen den Laden verlassen haben.«

»Sie könnten über den Parkplatz gegangen sein, um die Abkürzung durch die Unterführung zu nehmen«, sagte Boyd. »Wir müssen den Rat kontaktieren, um herauszufinden, ob die etwas auf ihrem Videomaterial haben.«

»Gute Idee«, sagte Lottie. »Wenn wir ihre letzten Schritte rekonstruiert haben, könnten wir mit etwas Glück den Mörder auf Video sehen.«

»Wissen wir, ob eines der Opfer einen Wagen hatte?«, meldete sich Thornton zu Wort.

»Überprüfen Sie das. Wenn sie in den Club gefahren sind, steht der Wagen vielleicht noch auf dem Parkplatz.«

»Penny hatte ihre Wohnung in der Nähe, die muss auch durchsucht werden«, meinte Boyd.

»Es muss schwierig gewesen sein, zwei Frauen gleichzeitig zu überwältigen«, überlegte Kirby.

»Soweit wir wissen, haben sie den Club nicht zusammen verlassen.« Lottie zupfte an dem abgestoßenen Saum ihres

Ärmels und fügte hinzu: »Er kann sich eine der beiden geschnappt und überwältigt oder getötet haben, und ist dann zurückgekommen, um sich die zweite zu holen.«

»Oder der zweite Mord war nur eine Gelegenheitstat«, sagte Boyd.

»Oder sie hat ihn gesehen, und er musste die mögliche Bedrohung ausschalten.«

»Aber warum?«, fragte Kirby und senkte traurig den Blick. »Das ist doch alles so sinnlos.«

»Wenn wir ein Motiv festmachen können, werden wir wissen, warum. Vielleicht gibt es auf ihren Handys einen Hinweis.«

»Irgendeine Spur davon?«, fragte Kirby.

»Beide Handys befanden sich in der Nähe der Leichen. McGlynn gibt sie aber nicht frei, ehe Jane nicht Tatort und Opfer einer Erstuntersuchung unterzogen hat.« Sie seufzte. Hoffentlich wurde die Pathologin am Gericht nicht aufgehalten. »Aber es waren keine Handtaschen oder andere persönlichen Gegenstände zu finden, daher müssen wir zwingend Gärten und Mülleimer durchsuchen.«

»Auf dem Parkplatz stehen drei große Wertstoffcontainer«, sagte Boyd. »Die lasse ich auch durchsuchen.«

»Und dann haben wir die noch«, sagte Lottie und befestigte eine Vergrößerung der fotografierten Münzen an der Tafel.

»Was ist das?« Kirby stand auf und trat an die Tafel heran. »Kein Geld jedenfalls.«

»Nein, aber sie entsprechen einer Ein-Euro-Münze, obwohl sie etwas dünner sind. Keine Verzierungen, nichts Eingraviertes. Wir müssen rausfinden, was sie darstellen und ob sie für uns von Bedeutung sind.«

»Sie könnten einem Opfer aus der Tasche gefallen sein«, schlug Kirby vor. »Vielleicht bei einem Kampf?«

»Was ist mit der Waffe?«, fragte Thornton.

»Nicht am Tatort«, antwortete Lottie. »Falls der Mörder sich ihrer in der Gegend entledigt hat, will ich sie haben.«

»Wir sind, was Detectives angeht, ziemlich unterbesetzt«, sagte Boyd.

»Ich rede mit dem Super. Ich will eine umfassende Überprüfung von jedem, der mit den Opfern in Verbindung stand. Verwandte, Freunde, Kollegen ... jeder, der sie auch nur einmal angehustet hat. Und überprüft auch die Online-Chroniken der Mädchen. Wir werden das hier nicht verhauen wie frühere Ermittlungen, indem wir auch nur die geringste Möglichkeit auslassen. Verstanden?«

»Verstanden.« Die Antwort kam unisono.

Sie rang einen Moment innerlich mit sich, dann fügte sie hinzu: »Das mag nichts mit den Morden zu tun haben, aber Amy Whyte war vor über zehn Jahren eine von zwei Kronzeuginnen in einem Prozess um einen schweren Raubüberfall. Der Täter brach in das Haus eines Gastwirts aus der Gegend ein, Bill Thompson, raubte die Einnahmen und schlug den Mann zusammen. Ein gewisser Conor Dowling bekam zehn Jahre für Raub mit schwerer Körperverletzung. Er ist inzwischen wieder auf freiem Fuß, Mr Thompson ist bereits verstorben. Ich erzähle Ihnen das nur, damit Sie es im Hinterkopf behalten, okay?«

»Okay, aber was ist mit ...«

»Konzentrieren Sie sich auf diese beiden Morde. Der Medienmob facht bereits einen Shitstorm an, und ich für meinen Teil möchte mich nicht allzu lange dagegenstemmen müssen.«

»Wohl wahr«, sagte Boyd.

Er schien gewisse Zweifel zu haben, aber Lottie hatte jetzt keine Zeit, sie auszuräumen. »Noch Fragen, ehe ich euch in die Wildnis entlasse?«

»Wer soll mit Penny Brogans Eltern sprechen?« Wieder Boyd.

Lottie ließ sich auf den nächstbesten Stuhl sinken, schloss

die Augen und rieb sich die Schläfen mit den Daumen. »Das werden vermutlich du und ich sein.«

Ihr Handy meldete vibrierend eine eingehende Nachricht.

Leo Belfield. Schon wieder.

Verdammt.

NEUNZEHN

Nachdem Penny Brogans Vater die niederschmetternde Nachricht mit fassungslosem Schweigen aufgenommen hatte und Lottie und Boyd einen Opferbetreuer angefordert hatten, der die Ehefrau von der Arbeit nach Hause bringen sollte, regelte Lottie alles, damit die beiden ihre Tochter offiziell identifizieren konnten, sobald Pennys Leiche dazu freigegeben war. Dann kehrte sie mit Boyd zum Tatort in der Petit Lane zurück.

»Ich denke, wir sollten uns mit Mrs Loughlin unterhalten, die Frau, die uns gerufen hat«, sagte Lottie. »Sie ist die Einzige, die hier in der Nähe wohnt. Vielleicht fällt ihr ja noch etwas ein.«

Auf dem Parkplatz stellte Boyd den Motor ab. Ein dritter Bereich war von der Polizei abgesperrt worden, wodurch sichergestellt war, dass die Reporter nun noch weitere zehn Meter von der traurigen kleinen Häuserreihe Abstand hielten.

Als Lottie aussteigen wollte, spürte sie Boyds Hand auf ihrem Arm. »Was ist?«

»Alles okay?«

»Na klar.« Obwohl das nicht stimmte. Es war nicht alles okay. Nicht wirklich. Die beiden Leichen zu sehen, hatte sie erschüttert, und was sie am meisten ärgerte, war die Tatsache, dass sie nicht genau wusste, warum das so war. Vielleicht weil ihre Töchter am Samstag in demselben Nachtclub gewesen waren. Und dann war da noch Leo Belfield. Es juckte sie, endlich mit ihm zu sprechen.

»Du siehst aber nicht so aus. Lottie, ich kenne dich manchmal besser, als du dich selbst. Wenn etwas nicht stimmt, dann sprich bitte mit mir.« Er hob ergeben eine Hand. »Und sag jetzt nicht, dass ich schlimmer bin als deine Mutter.«

»Sie hat dich wahrscheinlich angestiftet.«

»Nein, hat sie nicht. Ich bin einfach besorgt. Ich möchte, dass du mit mir sprichst, wenn und falls du denkst, dass es nötig ist.«

Mit einem Achselzucken tat sie die Tränen ab, die sich in ihren Augenwinkeln sammelten. Mussten die Wechseljahre sein, dachte sie.

»Könnte sein«, sagte er.

Sie lachte. »Habe ich das wirklich laut gesagt?«

»Hast du.« Er nahm ihre Hand fest in seine. »Du musst ein bisschen runterkommen. Als ich gestern bei dir war, hast du das Handy keinen Moment aus der Hand gelegt. Wie wäre es, wenn wir heute Abend essen gingen? Zum Inder? Den Laden magst du doch gerne. Geht auf mich.«

Lotties Magen krampfte sich zusammen, und sie verzog das Gesicht. »Boyd, wir haben immer noch zwei toten Frauen da drin liegen. Essen ist das Letzte, woran ich jetzt denken kann.«

Er setzte sich wieder gerade hin und zog den Schlüssel aus der Zündung. »Du frierst wieder ein, Lottie. Die vergangenen Wochen dachte ich, dass du langsam etwas auftaust. Aber ich habe mich wohl geirrt. Ich kann das nicht mehr. Wirklich, Lottie, werde endlich erwachsen und schau nach vorne.«

»Was zum Teufel soll das heißen?«, versuchte sie zu überspielen, wie sehr seine Worte sie kränkten.

»Ich dachte, dass das neue Haus dir ein wenig von deiner

Trauer nimmt. Lass dir von mir als dein Freund eins gesagt sein: Du musst Adams Geist endlich loslassen und dir ein eigenes Leben aufbauen.«

Er öffnete die Tür und stieg aus dem Wagen.

»Ja, ja, schon klar«, sagte sie und folgte ihm zu Mrs Loughlins Tür.

Sie ging augenblicklich auf.

Das Lächeln auf dem Gesicht der Frau verblasste, und ihre Stirn legte sich in tiefe Falten. »Oh, ich dachte, es sei der nette Polizist. Der jungen Thornton.«

»Können wir reinkommen?« Lottie zeigte ihr ihre Marke und lächelte. Tom Thornton musste mindestens zehn Jahre älter sein als sie.

»Kommen Sie. Und machen Sie sich nichts aus dem Geruch. Die Bodenfeuchtigkeit, wissen Sie. Trotzdem verkaufe ich nicht an diesen selbstgefälligen Bauunternehmer, egal wie viele Angebote er mir durch den Briefkasten stopft.«

»Und wer ist das genau?«, fragte Boyd, zog sich einen Stuhl hervor und setzte sich.

»Setzen Sie sich ruhig, wenn Sie mögen«, sagte Mrs Loughlin und rümpfte die Nase.

Boyd hatte den Anstand zu erröten.

»Danke.« Lottie lächelte. Die Küche war klein und warm, aber im Haus hing derselbe modrige Geruch wie in jenem, in dem die Morde geschehen waren.

Mrs Loughlin öffnete die Klappe des kleinen Herds und warf zwei Briketts hinein, dann stellte sie einen Kessel auf die heiße Platte.

»Dieser Gill mit den schicken Anzügen. Ich hab die Briefe alle hier.« Sie zog einen Stapel Post von der Tischmitte zu sich heran.

»Nein, schon okay«, sagte Lottie und versuchte, ihr Grinsen zu unterdrücken. »Ich weiß schon, wen Sie meinen. Wir müssen über das reden, was in Nummer drei passiert ist.«

Mrs Loughlin setzte sich an den Tisch und fegte Krümel vom grünweißen Wachstuch. »Schreckliche Sache. Diese armen Mädchen. Ich weiß nicht, was aus dieser Stadt noch werden soll.«

»Ich würde Ihnen gerne ein paar Fragen stellen.«

»Dann schießen Sie los.« Sie stand auf und öffnete einen Schrank.

»Wir brauchen keinen Tee, vielen Dank.« Als die Frau wieder saß, begann Lottie. »Ich habe Garda Thorntons Bericht von Ihrem Besuch auf der Wache heute Morgen gelesen. Ich habe mich gefragt, ob Sie sich vielleicht noch an weitere Einzelheiten erinnern können.«

»Glauben Sie, diese beiden Burschen haben etwas mit den Morden zu tun?«

Lottie seufzte. »Die Todesursache steht erst fest, wenn die Rechtsmedizinerin die Autopsie durchgeführt hat, daher würde ich es vorziehen, wenn wir es im Augenblick noch bei der Bezeichnung ›ungeklärte Todesfälle‹ belassen.«

»Zwei Mädchen sind tot, was für schicke Bezeichnungen Sie auch immer dafür nehmen wollen, junge Dame.«

Lottie spürte, wie sie rot wurde. Mrs Loughlin schaffte es, ihr das Gefühl zu geben, wieder in der Schule zu sein und für etwas getadelt zu werden, was sie nicht getan hatte.

»Damit haben Sie natürlich recht, aber in dieser Ermittlung läuft die Zeit gegen uns. Sie haben Garda Thornton gesagt, dass aus dem Haus viel Lärm gedrungen ist. Könnten Sie das genauer beschreiben?«

»Warum fragen Sie nicht die beiden Junkies, die er bewusstlos im Flur gefunden hat? Wie geht's denen überhaupt?»

»Sie stehen im Krankenhaus unter Beobachtung. Sobald wir dürfen, werden wir sie befragen.«

»Drogen. Die Geißel der heutigen Jugend. Die Wehrpflicht ist das Einzige, was die Patzer dieser jungen Leben wieder ausbügeln kann. In meinen Augen sind die Eltern schuld.«

Lottie zog innerlich den Kopf ein, als sie an die Zeit dachte, in der Katie Gras geraucht und sie, Lottie, nichts dagegen unternommen hatte. Sie hatte weggesehen. Insofern konnte sie Mrs Loughlin nicht widersprechen.

»Wie auch immer«, fuhr die alte Lady fort und verschränkte die Arme. »Ich neige dazu, abzuschweifen, also bremsen Sie mich ruhig, falls ich das tue.«

»Mach ich.« Lottie tat die Frau leid, die hier allein in diesem muffig-feuchten Haus lebte, aber sie bewunderte die Zähigkeit, mit der sie sich Cyril Gill widersetzte.

»Es ist ständig so. Das mit dem Lärm, den Drogen. Besonders am Wochenende. Die jungen Leute kommen aus dem Club zur Unterführung, um rumzumachen oder zu schniefen. So nennt man das doch heute, oder?«

»So ähnlich«, sagte Boyd und klopfte mit dem Stift auf seinen Notizblock.

Lottie stieß ihn unter dem Tisch gegen den Knöchel. Sie hatte das Gefühl, ihre eigene Mutter zu befragen. Mrs Loughlin benutzte denselben Wortschatz.

»Gestern Nacht war ein schreckliches Theater. So um halb drei, vielleicht war es auch schon drei, ich weiß nicht mehr. Montagnacht. Ist das zu glauben? Ich hab aus dem Fenster gesehen und diese zwei Jungs den Weg zur Nummer drei hochtorkeln sehen. Die sind einfach frech da reinmarschiert. Ich wollte eigentlich aufstehen und ihnen nachgehen, aber es hat geregnet. Und ich war so wütend. Die hatten mich geweckt. Ich weiß nicht, wann ich zum letzten Mal eine Nacht durchgeschlafen habe.«

»Und haben Sie sonst noch jemanden bemerkt?«

»Nein, nur die zwei mit den Kapuzen. Dann bin ich runtergegangen, um mir Milch heißzumachen, damit ich wieder schlafen kann. Ich habe mich in den Sessel im Wohnzimmer gesetzt und durch den Spalt am Vorhang geschaut, und da habe ich einen von ihnen wieder gehen sehen. Obwohl ich ja inzwischen weiß, dass es ein anderer gewesen sein muss.«

»Können Sie mir die Person beschreiben?«

»Wer immer das war, war jedenfalls größer und breiter als die zwei Burschen, wenn ich jetzt so darüber nachdenke. Das sah nicht nach einem Jugendlichen aus. Ich habe zwar sein Gesicht nicht gesehen, aber in meinem Alter bemerkt man so was.«

Lottie hatte leichte Zweifel in Anbetracht der Tatsache, dass Mrs Loughlin sie eine junge Dame und Garda Thornton einen jungen Mann genannt hatte.

»Um es Ihnen etwas leichter zu machen, gehen wir davon aus, dass es sich um einen Mann gehandelt hat. Was fällt Ihnen noch dazu ein?«

»Er hatte den Jackenkragen hochgeschlagen und eine Mütze auf dem Kopf. Eine von diesen ... wie nennt man das heute? Biene?«

»Beanie?«, schlug Boyd vor.

»Genau. Tief ins Gesicht gezogen. Ich konnte ihn nicht richtig erkennen, aber er ging sehr schnell und verschwand über den Parkplatz.«

»Großartig. Das ist wunderbar, Mrs Loughlin. Dann haben wir ihn auf dem Videomaterial der Sicherheitskameras«, sagte Lottie.

»Das bezweifle ich.«

»Warum das?«

»Die meisten Kameras sind kaputt. So oft wie ich deswegen beim Rat gewesen bin, da könnte ich ebenso gut mit der Wand da sprechen.« Sie deutete auf eine Stelle über Lotties Schulter und schüttelte resigniert den Kopf. »Jedenfalls ist er dort nach rechts gelaufen, auf die Altglas-Container zu. Vielleicht stand sein Auto da, ich weiß es nicht, danach habe ich ihn nicht mehr gesehen.«

»Haben Sie denn gesehen, wie die zwei jungen Frauen Samstagnacht Nummer drei betreten haben?«

»Das hätte ich Ihnen doch gesagt, wenn es so gewesen wäre.«

»Irgendein anderer, der sich am Wochenende verdächtig benommen hat?«

»Ich habe das übliche Getöse aus dem Club gehört, also nichts, was ich nicht jedes Wochenende mitkriege.«

Ein durchdringendes Pfeifen ertönte, und Mrs Loughlin stand auf, um den Kessel vom Herd zu ziehen. »Sicher, dass Sie nicht doch einen Tee wollen?«

»Danke. Nein.« Lottie erhob sich und reichte der älteren Dame ihre Karte. »Melden Sie sich, wenn Ihnen noch etwas zu gestern oder einer anderen Nacht, insbesondere vom Wochenende, einfällt.«

»Meinen Sie, dass jemand das Haus ausgekundschaftet hat?«

»Möglicherweise.«

»Bin ich in Gefahr?« Mrs Loughlins Augen blickten scharf.

»Nein, ganz sicher nicht«, beeilte sich Lottie ihr zu versichern. »Polizisten werden die Gegend in den nächsten Tagen bewachen – oder zumindest so lange, bis wir hier alles abgesucht und untersucht haben.« Die modrigfeuchte Luft begann ihrer Kehle zuzusetzen, und sie fragte sich, wie die alte Frau in einer solchen Umgebung leben konnte.

»Ich bringe Sie zur Tür.«

»Vielen Dank für Ihre Hilfe«, sagte Boyd und schüttelte Mrs Loughlins Hand.

»Sie sind ein netter Junge. Sehr wohlerzogen.«

Boyd zwinkerte Lottie zu, als er an ihr vorbeiging.

Von Freddie Nealon und Brian McGrath im Krankenhaus war nichts zu erfahren. Die letzte Erinnerung der Jungen war die an das Geräusch, das von oben gekommen war, danach waren sie k. o. geschlagen worden.

Lottie saß an ihrem Tisch, Boyd ihr gegenüber. Als er begann, ihren Arbeitsplatz aufzuräumen, schoss ihre Hand vor.

»Stopp!«

»Was ist?«, fragte er.

Sie stand auf und durchschritt ihr kleines Kabuff. »Wenn die Mädchen Samstagnacht getötet worden sind, wer war dann gestern in dem Haus?«

»Die zwei Jungs.«

»Ja, das weiß ich. Aber laut Jim McGlynn wurden die Mädchen dort umgebracht, wo man sie gefunden hat, und das vor mindestens zwei Tagen. Sie waren also schon tot, als Freddie und Brian gestern Nacht ins Haus getorkelt sind. Jemand, der aus dem ersten Stock kam, hat sie niedergeschlagen. Wer also war das?«

»Der Mörder? Vielleicht wollte er etwas holen, das er verloren hatte.«

»Oder etwas dalassen. Die Münzen?«

»Sobald wir den exakten Todeszeitpunkt der beiden kennen, können wir versuchen, eine Chronologie zu erstellen.«

»Wir brauchen zuerst die Bänder vom Nachtclub und jedes Videomaterial, das wir in die Finger kriegen können.« Sie blieb stehen und stemmte die Hände in die Hüften. »Ich habe das Gefühl, ich wiederhole mich ständig, ohne einen Schritt weiterzukommen.«

»Ich frage bei Kirby nach, was er hat herausfinden können.«

Als Boyd ihr Büro verlassen hatte, ließ Lottie sich auf ihren Stuhl plumpsen. Wären Freddy und Brian nicht zufällig in dem Haus gelandet – wie lange wären die Leichen wohl noch unentdeckt geblieben? Und wer war diese mysteriöse Person, die von den beiden jungen Männern aufgescheucht worden war?

ZWANZIG

Lottie fand es mehr als nur ein bisschen lästig, für Autopsien ganz bis nach Tullamore fahren zu müssen, aber ihr war klar, dass es immer noch praktischer war, als sich durch Dublins Innenstadt zu quälen.

Sie zog ihre feuchte Jacke aus und die Schutzkleidung an und folgte der Rechtsmedizinerin ins Leichenschauhaus.

»Ich habe noch nicht richtig angefangen«, sagte Jane, während sie verschiedene Gerätschaften zusammensuchte, damit sie schneiden, untersuchen und protokollieren konnte. Ihr Assistent legte Instrumente auf einem Metalltablett aus.

»Das dachte ich mir schon. Ich brauche aber einen Anhaltspunkt für die Ermittlungen.« Lottie tupfte sich Wick VapoRub unter die Nase und zog dann die Bänder der Schutzmaske um die Ohren.

»Nun, dann schauen wir mal, ob ich behilflich sein kann, obwohl ich nichts Definitives sagen werde, bevor die Untersuchung nicht abgeschlossen ist.«

Die Leichen der beiden jungen Frauen lagen nebeneinander auf zwei Tischen. Jane ging um sie herum. »Sie wissen, um wen es sich handelt?«

»Das ist Amy Whyte.« Lottie zeigte auf den ersten Tisch. »Und das Penny Brogan.«

»Alter?«

Lottie stieß hörbar den Atem aus. Die beiden Mädchen erinnerten sie so sehr an ihre eigenen Töchter. »Fünfundzwanzig.«

Jane wandte sich der ersten Leiche zu. »Beide wirken ihrem Alter entsprechend normal und gesund. Amy hier scheint eine tiefere Wunde zu haben. Sobald ich sie vollständig untersucht habe, wissen wir mehr. Ich kann aber inoffiziell sagen, dass man sie wahrscheinlich von hinten festgehalten und ihr das Messer in den Hals gestochen hat.«

Lottie wusste, dass die Pathologin vorsichtig war. Sie war kein Typ, der unbegründete Vermutungen äußerte. »Das bestätigt meine Annahme. Es sah für mich nicht nach einem Schnitt aus.«

»Es ist eine tiefe Stichwunde. Ihre Luftröhre muss augenblicklich durchtrennt worden sein. Ein paar oberflächlichere Schnittwunden lassen darauf schließen, dass sie sich zu wehren versucht hat. Wenn sie viel Alkohol konsumiert hat, kann das ihre Reaktionsfähigkeit geschwächt haben.« Sie wandte sich zu Lottie um. »Die Menge an Blut am Tatort weist darauf hin, dass die Halsschlagader gekappt worden ist, was innerhalb von Sekunden zum Tod führt.«

Das war ein kleiner Trost, wie Lottie fand.

»Können Sie die Art der Waffe schon genau bestimmen?«

»Im Augenblick nicht, aber es muss etwas Scharfkantiges gewesen sein. Falls die Waffe tief genug hineingestoßen worden ist, um eine geformte Exkoriation hinterlassen zu haben ...« Jane strich mit dem behandschuhten Finger zart über die Wunde. »Durch Sichtprüfung lässt es sich nicht bestimmen, aber mit etwas Glück ist es möglich.«

»Sind sie sexuell missbraucht worden?«

Jane legte den Kopf zur Seite und machte große Augen,

vermutlich Ausdruck ihrer Ansicht, dass man es in diesem Stadium unmöglich sagen konnte. »Ihre Unterwäsche wirkt unberührt, und es gibt keinerlei äußerlichen Spuren, die auf einen sexuellen Übergriff hindeuten. Ich muss aber erst noch Proben nehmen und die Autopsien durchführen.«

»Jane, ich brauche etwas. Irgendwas. Einen Hinweis, an dem ich ansetzen kann.«

Die Augen der Gerichtsmedizinerin blitzten auf. »Drängen Sie mich nicht. Ich brauche Zeit, um meinen Job anständig zu machen. Geben Sie mir noch ein paar Stunden. Ich tue alles in meiner Macht Stehende, um Ihnen noch heute einen vorläufigen Bericht zukommen zu lassen.«

Lottie biss sich auf die Unterlippe. Der Zeitverlust machte ihr zu schaffen, immerhin hatte der Täter ein paar Tage Vorsprung. »Könnten Sie die Leichen dann zuerst nach DNS und Fingerabdrücken absuchen? Und dann überprüfen, ob sie unter Drogen gesetzt wurden? Das könnte mir weiterhelfen.«

Jane schüttelte den Kopf. »Ich mache meine Arbeit und kann Ihnen nur dringend raten, dasselbe zu tun.«

Verflixt. Jetzt hatte sie die Einzige, die ihr helfen konnte, vor den Kopf gestoßen. Die Fahrt hierher hatte ihr nichts eingebracht, außer dass sie noch mehr Zeit verloren und in der Pathologin die Saat der Ablehnung gesät hatte. Und mit Leo Belfield musste sie sich auch noch auseinandersetzen. Der Tag entwickelte sich zunehmend mies.

———

Louise Gill ließ das Handy ausgeschaltet, sie kam mit ihrer Seminararbeit gut voran. Sie würde später versuchen, mit Amy zu sprechen. Es war schon ein paar Monate her, seit sie zum letzten Mal Kontakt gehabt hatten, obwohl sie beide in Ragmullin wohnten. Sie waren einmal beste Freundinnen gewesen. Das war schon lange her. Damals, ehe Conor Dowling ins Gefängnis gegangen war.

In der Küche goss sie sich ein Glas Wasser ein und lehnte sich an die antike Spüle. Ihr Vater trat ein, und Louise steckte ihr Handy ein. Sie spülte ihr Glas unter dem Wasserhahn aus und schob sich an ihm vorbei, um hinauszugehen. Er packte sie am Ellenbogen.

»Wohin willst du?«

»Dad, ich muss was tun.« Sie schob einen Fuß über die Schwelle, aber er hielt fest.

»Du weißt, dass er wieder in Ragmullin ist«, sagte er.

Sie verharrte. Ja, sie wusste es. Er war der Grund, warum die Angst sie nun auf Schritt und Tritt begleitete. Er war der Grund, warum sie mit Amy sprechen musste. Er war der Grund dafür, dass ihr Leben gerade wirklich zum Kotzen war.

»Ja. Weiß ich.«

»Ich habe ihm einen Job gegeben, damit ich ein Auge auf ihn haben kann. Aber nicht rund um die Uhr. Du musst vorsichtig sein.«

»Warum?« Sie wurde etwas mutiger, als er ihren Arm losließ. »Ich hätte gedacht, dass du derjenige bist, der vorsichtig sein muss.«

»Du warst diejenige, die gelogen hat.«

Sie konnte es kaum glauben, als sie einen finsteren Schatten über die indigoblauen Augen ihres Vaters huschen sah. »Ich war nicht einmal fünfzehn. Jung und leicht zu beeindrucken. Womit der Ball wohl wieder in deinem Feld landet.«

Er hob so rasch die Hand, dass sie fast nicht mehr ausweichen konnte. Er hatte sie noch nie geschlagen, noch nie war es auch nur annähernd so weit gekommen. Sie liebte ihren Vater von ganzem Herzen, aber manchmal hasste sie ihn mindestens genauso sehr.

Als merke er erst jetzt, was er im Begriff zu tun gewesen war, ließ er hastig die Hand sinken und trat einen Schritt zurück. »Verzeih mir, Schätzchen. Ich weiß nicht, was in mich gefahren ist.«

Louise stürzte hinaus in den Marmorflur, stieß beinahe gegen die Nachbildung von Michelangelos David und war schon halb die Treppe hinauf, als sie noch »Ich hasse dich« zu ihm herabbrüllte.

Als sie ihre Zimmertür schloss, hörte sie, wie ihre Mutter aus dem Arbeitszimmer kam, barfüßig über den weichen cremefarbenen Teppich in ihr eigenes Zimmer ging und leise die Tür zudrückte.

»Na klar, liebste Mummy.« Louise lehnte sich gegen den Morgenmantel, der an der Tür hing. »Schau mit deinem wunderschönen Botox-Gesicht ruhig wie immer ganz tief ins Glas.«

––––––

Aus den roten Samtvorhängen schien Blut zu sickern, an den Wänden wucherten Dornen. Leo Belfield hob den Kopf und ließ ihn augenblicklich aufs Kissen zurückfallen. Er blinzelte mit einem Auge. Das Zimmer drehte sich. Heftig.

Er streckte den Arm nach der Wasserflasche aus, die er neben sein Bett gestellt hatte, griff jedoch ins Leere. Keine Flasche. Und plötzlich erinnerte er sich.

Er fuhr auf und stürzte zu Boden, als sich seine Beine in den zerwühlten Laken verfingen. Wo war sie? Was hatte sie mit ihm gemacht?

Taumelnd durchsuchte er den Schrank, das Badezimmer, blickte hinaus in den Flur. Wieder im Zimmer, lehnte er sich gegen die Tür.

Bernie Kelly war verschwunden. Er blickte in seine Brieftasche. Karten vorhanden. Bargeld weg.

Er griff nach seinem Telefon und rief Lottie Parker an.

EINUNDZWANZIG

Auf der Rückfahrt nach Ragmullin entspannte Lotties Verstand sich ein wenig. Der Regen hatte aufgehört, und am Horizont leuchtete der Himmel rosa auf, als sie über die Autobahn brauste. Ihr Handy summte, und sie war versucht, es zu ignorieren. Das Display bezeichnete die Nummer als unbekannt, aber Lottie kannte sie inzwischen auswendig. Sie tippte auf Annehmen und war froh, dass sie den Freisprechmodus eingestellt hatte.

»Lottie? Bist du das?«

»Wer sollte es wohl sonst sein, Leo? Tut mir leid, dass das Treffen heute nicht geklappt hat, aber auf der Arbeit wurde es etwas hektisch.« Sie setzte den Blinker und nahm auf die Ausfahrt. »Ich bin ihn zehn Minuten wieder im Büro, wenn du dann noch einmal anrufen magst.«

»Nein. Nein, nicht auflegen. Das hier ist ernst.«

Seine Stimme klang panisch, und Lottie packte das Lenkrad so fest, dass die Knöchel weiß hervortraten. »Was ist passiert?«

»Sie ist weg. Bernie. Sie ist verschwunden.«

»Was? Leo, was hast du getan?«

»Hör zu. Es hat keinen Sinn, mir jetzt Vorwürfe zu machen. Was ich getan habe, sollte für uns beide von Nutzen sein. Aber jetzt ist sie weg.«

»Wo bist du? Du hörst dich betrunken an.«

»Ich glaube, sie hat mich unter Drogen gesetzt. Mein Schädel dröhnt, und alles dreht sich ...«

»Wo bist du?«

»Im Joyce.«

»Bleib da. Ich komme, so schnell ich kann.«

Sie legte auf.

Rief Boyd an.

Und trat das Gaspedal durch.

»So einen Scheiß kann ich jetzt überhaupt nicht gebrauchen. Was für eine Sauerei.« Lottie stürmte durch die Lobby des Joyce Hotels.

»Komm wieder runter«, sagte Boyd. »Du erreichst nichts, wenn du dich schon im Vorfeld aufregst. Hör dir an, was der Mann zu sagen hat, bevor du ausflippst.«

Belfield saß an der Bar, vor sich ein Getränk, das nach Whisky aussah. Er wandte sich um, als Lottie auf ihn zumarschierte. Der Drang, ihm eine zu verpassen, war stärker als ihre Furcht vor dem, was Bernie Kelly vorhaben mochte.

»Wie konntest du?«, fragte sie. »Warum, um Himmels willen, musstest du sie aus der Sicherheitsverwahrung holen?«

»Es tut mir leid. Ich wollte die Wahrheit herausfinden.«

»Und du hast ernsthaft geglaubt, dass ein intrigantes, hinterhältiges, mörderisches Miststück sie dir verrät?«

»Was immer ich geglaubt habe, ich weiß inzwischen, dass ich falsch lag.«

Lottie stopfte ihre Hände in die Jackentaschen. Das war sicherer. Gott, sie brauchte Valium oder eine Xanax. Eine

Krücke, auf die sie ihre Sorgen stützen konnte. Aber sie hatte sie sich ja abgewöhnt. Neues Haus, neues Leben, neue Lottie. Sie spürte Boyds Hand an ihrem Ellenbogen, die sie auf den Hocker neben ihrem Halbbruder zudirigierte.

»Erzählen Sie uns die genaue Abfolge der Ereignisse", sagte Boyd.

Als sie sich auf dem Hocker niederließ, stellte sie fest, dass Leo gealtert war, seit sie ihn das letzte Mal gesehen hatte. Er war nicht länger der unverbrauchte NYPD-Cop, er wirkte wie ein alter, gepeinigter Mann, dem sich ein körperlicher Schmerz ins Gesicht gegraben hatte.

Er nahm einen großen Schluck Whisky und sprach in sein Glas. »Ich habe sie gestern rausgeholt. Sie muss heute Abend zurücksein. Ich spare mir die Einzelheiten, wie es mir gelungen ist, es ist jedenfalls gründlich schiefgelaufen. Sie war so liebenswert und überzeugend, dass ich mich habe umgarnen lassen. Ich habe uns hier ein Doppelzimmer genommen – so dumm, ihr ein eigenes zu besorgen, war ich nun auch nicht. Und dann bin ich aufgewacht, und sie war weg.«

»Aber du hast mir doch heute Morgen geschrieben. Du wolltest mich heute um ein Uhr treffen«, sagte Lottie ungläubig.

»Nein, das habe ich nicht. Sie muss mein Handy benutzt haben.« Er deutete auf das Gerät auf der Theke.

»Schau nach, ob sie andere Nachrichten abgesetzt oder telefoniert hat.« Das Gefühl der Dringlichkeit setzte sich in Lotties Brust fest wie ein scharfer Schmerz. Das war ernsthaft übel. Eine Frau, die wegen Geistesgestörtheit eingesperrt worden war und an deren Händen das Blut von weiß Gott wie vielen Opfern klebte, war jetzt auf freiem Fuß. Übler ging's nicht.

Leo schüttelte den Kopf. »Nur die an dich.«

»Hast du den Manager befragt? Das Personal? Hat jemand sie gehen sehen?«

»Habe ich, und nein, niemand hat etwas gesehen.«

»Boyd, sag ihnen, sie sollen die Aufnahmen der Sicherheitskameras checken.« Lotties Stimme bebte vor Panik.

»Aber wir haben doch keine Ahnung, wann sie gegangen ist«, entgegnete Leo.

»Er hat recht«, sagte Boyd. »Sie könnte inzwischen überall sein. Und was nützt uns ein Bild von ihrem Rücken, während sie durch die Tür verschwindet?«

»Die haben auch Kameras an der Straße. Lass sie überprüfen. Das Material der letzten zwölf Stunden.«

»Ich habe keine Ahnung, wie lange ich weggetreten war«, sagte Leo.

»Das wird einen Shitstorm erzeugen.« Lottie rammte die Faust so fest auf den Tresen, dass die Gläser klirrten. »Ich habe zwei junge Frauen im Leichenschauhaus und eine ausgewachsene Ermittlung zu leiten. Ich kann so was nicht gebrauchen.«

Sie fing Boyds Blick ein. Er schüttelte den Kopf, um ihr wortlos klarzumachen, dass sie den Mund halten sollte. Und er hatte recht. Wenn sie die Beherrschung verlor, war nichts gewonnen. Aber sie wusste nicht, wie sie hiermit umgehen sollte.

»Was tun wir jetzt?«, fragte Lottie.

»Was tut *sie* jetzt, ist wohl die bessere Frage«, konterte Leo.

»Oh, sei still«, sagte Lottie. »Wir müssen sie finden. Oder nein, vergiss es. *Du* musst sie finden.«

———

Die Tatsache, dass das böse Miststück ungehindert durch ihre Stadt laufen konnte, legte sich wie ein schwarzes Tuch um Lotties Schultern. Sie hatte Leo auf die Suche geschickt und ihn angewiesen, sich jede Stunde zu melden. Sie hatten beschlossen – ob es richtig oder falsch war, wusste sie nicht –, dass sie Bernies Flucht für sich behalten würden. Zunächst wenigstens. Sobald sie wieder halbwegs klar im Kopf war, würde sie darüber nachdenken. Sie rief Katie an und befahl ihr, die Türen abzuschließen, danach Rose, um ihr dieselbe Anweisung zu geben. Sie hoffte, dass Chloe und Sean in der Schule in Sicherheit waren und stellte in ihrem Handy die Erinnerungsfunktion ein, um sie um vier abzuholen.

»Kirby, bitte sagen Sie mir, dass Sie gute Neuigkeiten für mich haben.« Sie ließ sich im Besprechungsraum auf einen Stuhl fallen und sah den Detective eindringlich an.

»Die Eltern beider Mädchen haben uns deren Computer gegeben, und McGlynn hat die Handys vorbeigebracht. Die Technik untersucht sie gerade. Bisher deutet nichts darauf hin, dass sie online ins Visier genommen wurden.«

»Und?«

»Was und?«

»Geben Sie mir mehr, Kirby. Der Tag war bisher zum Kotzen.«

»Ist das meine Schuld?«

Sie sprang auf, durchquerte den Raum und blieb vor einer der Tafeln stehen. Jemand hatte Bilder der Mädchen neben die Opferfotos geheftet. Sie zeichnete mit einem Finger die Umrisse erst von Amys, dann von Pennys Gesicht nach.

»Zwei junge Frauen, deren Leben noch vor ihnen lagen, sind wie Schlachtvieh abgestochen worden. Warum?«

Sie lehnte den Kopf an die Tafel und dachte nach. Und versuchte, das Bild ihrer wahnsinnigen Halbschwester aus ihrem Bewusstsein zu verbannen. Hoffentlich konnten sie sie schnell finden. Sollte sie ein Suchtrupp losschicken? Aber es war Leo, der es verbockt hatte, also konnte auch er sich gefälligst darum kümmern. Bis alles den Bach runterging. Sie drückte ihre Finger in die Handballen und kniff die Augen zu. Sie hatte einen Fehler gemacht, dessen war sie sich sicher, aber sie musste zwei Morde aufklären, und die hatten Priorität. Sie konnte nur inständig hoffen, dass sie ihre Familie schützen konnte.

»Die Münzen sind laut McGlynn selbstgemacht. Die Kanten wirken glatt, fühlen sich aber rau an. Es gibt keinerlei Gravierungen, sodass wir sie unmöglich zurückverfolgen können«, sagte Kirby.

»Wer organisiert die Befragungen?« Lottie wandte sich zu ihm um und setzte sich wieder.

»Wir brauchen mehr Leute, Boss.«

»Ich arbeite dran.« Sie würde noch einmal bei McMahon nachhaken müssen.

»Ich habe eine Liste zusammengestellt. Penny war arbeitslos, aber sie hat bei sich zu Hause Maniküre und Gel-Nägel gemacht, was immer das sein soll. Die Spurensicherung ist gerade da. Vielleicht gibt es ein Kundenverzeichnis.«

»Ich bezweifle, dass der Mörder Gel-Nägel hat«, sagte Lottie. »Aber ich fahre hin und schaue mich um. Was noch?«

»Amys Kolleginnen müssen noch einmal befragt werden. Das übernehme ich selbst.«

»Gut. Sehen Sie Ihre Notizen durch und fragen Sie alles ab, was Sie beim ersten Mal ausgelassen haben.«

»Mach ich.«

Sie fing seinen Blick auf. »Was ist?«

»Sind die Opfer sexuell missbraucht worden?«

»Es deutet nichts darauf hin.«

»Wenigstens ein kleiner Trost in dieser brutalen Welt.«

Sie stand auf und drückte seine Schulter. »Bleiben Sie dran, Kirby. Bleiben Sie in Bewegung. Es hilft.«

Sie ließ ihn zurück mit der Liste der Leute, die noch befragt werden mussten, und machte sich auf die Suche nach Boyd. Ihr war alles recht, um sich von Leo Belfield und dem, was er getan hatte, abzulenken.

ZWEIUNDZWANZIG

Penny Brogans Wohnung lag in einem dreistöckigen Block an der Columb Street, nur ein Stück vom Schrottplatz entfernt und direkt gegenüber einem Kohlelager. Die Straße war schwarz von den Reifen der Lastwagen, die vom Gelände fuhren. Lottie blickte auf die Hügel aus Kohlen und Briketts, die von einem klapprigen Plexiglasdach geschützt wurden.

»Erster Stock«, sagte Boyd.

»Ich komme.« Sie folgte ihm in den kleinen Hof.

Der Kleinbus der Technik stand vor dem Gebäude. Sie trat durch die offene Tür ein. Zwei Leute der Spurensicherung suchten nach Fingerabdrücken. Sie hätte zehn Minuten allein hier drin gebraucht, aber auch die Kollegen hatten ihre Arbeit zu erledigen.

»Klein wie eine Schuhschachtel«, sagte Boyd.

»Das sagt der Richtige. Deine ist doch auch nicht viel größer.«

»Ich schätze, sie war froh, ihre eigene Wohnung zu haben, obwohl es bei dieser Wirtschaftslage schwer gewesen sein muss, die Miete aufzubringen, zumal sie keinen Job hatte.«

Lottie entdeckte einen kleinen Tisch in einer Zimmerecke

und umrundete ein Sofa, das, wie sie annahm, auch als Schlafstatt diente. Auf dem Tisch befand sich alles, was man brauchte, um ein kleines, illegales Nagelstudio zu führen. Auf einem Holzregal standen Körbe mit farbigen Lacken, Überlacken und Reinigungsprodukten.

»Penny wird auch Amy die Nägel gemacht haben.« Lottie nahm ein durchsichtiges Kästchen, nicht größer als eine Streichholzschachtel, und schüttelte es. Die Strasssteinchen darin glitzerten.

Sie zog eine Schublade von einem nachttischähnlichen Schränkchen auf, das unter den Tisch geschoben worden war, und holte ein schwarzes Terminbuch in einer Plastikhülle heraus.

»Das könnte uns helfen«, sagte sie.

»Das wird uns nur noch mehr Kopfschmerzen bereiten«, wandte Boyd ein, »und zu tonnenweise weiteren Befragungen führen, die zweifellos nichts zu unserer Ermittlung beitragen werden.«

»Wie immer ganz der Optimist«, murmelte Lottie, als sie mit behandschuhten Fingern durch die Seiten blätterte. Nichts stach heraus, daher tütete sie das Buch ein und sah sich um.

Eine kleine Küche war durch einen etwa einen Meter langen Frühstückstresen mit zwei Hockern davor abgetrennt. Umgedrehte Becher und Teller standen auf dem Abtropfgestell, die Spüle war leer. Sie trat durch eine Tür zur Rechten. Ein kleines Bad, dessen Wände und Dusche mit Resten von Bräunungsspray beschmiert waren.

»Wie bei mir zu Hause«, sagte sie.

Boyd schaute über ihre Schulter hinein. »Deins ist etwas sauberer.«

Sie schob sich an ihm vorbei. »Wo hat sie ihre Kleidung?«

»Dort drüben steht ein Schrank.« Boyd deutete auf zwei Türen links neben einem Gasheizgerät.

Lottie öffnete den Schrank, in dem die Kleidung dicht an

dicht auf Bügeln hing. Darunter standen eine Reihe Schuhe und zwei Paar Stiefeletten. Sie durchsuchte jedes Kleidungsstück mit Taschen, wurde aber nicht fündig.

»Hier ist nichts«, sagte sie. »Wir müssen uns bei Amy zu Hause umsehen.«

»Viel Glück dabei, am Councillor vorbeizukommen«, sagte Boyd, während er den Korb mit den Lacken durchsuchte.

»Wusstest du nicht, dass Glück mein zweiter Vorname ist?«

»Wohl eher Glücklos. Was soll denn das darstellen?« Er hielt ein Fläschchen mit einer weißen Flüssigkeit hoch.

»Lass mal sehen.« Lottie nahm das Fläschchen und schüttelte es. »Sieht nicht nach einem Nagelprodukt aus.« Sie öffnete den Deckel und roch daran.

»Himmel«, sagte Boyd. »Das riecht ja wie Ammoniak.«

»Dann ist es Nagellackentferner.«

Boyd nahm das Fläschchen, schraubte den Verschluss wieder zu und stellte es zurück in den Korb. »Darum soll sich die Spurensicherung kümmern.«

Als sie sich zum Gehen wandte, bemerkte Lottie eine Jacke, die an der Tür hing. Sie durchsuchte die Taschen. »Bingo.« Sie hielt ihren Fund hoch.

»*Alter!*« Boyd riss die Augen auf.

»Das sind bestimmt mehrere hundert Euro.« Lottie fächerte mit dem Daumen die Kanten der zusammengerollten Banknoten auf.

»Kann man mit Maniküre so viel verdienen?«

»Kommt auf die Kunden an.«

Boyd klopfte auf das Terminbuch. »Vielleicht ist das doch nützlicher als gedacht.«

»Wir versuchen einen Mörder zu finden, Boyd, nicht, jemanden auf Steuersünden festzunageln. Verzeih das Wortspiel.«

»Ha. Ha. Unfassbar lustig.«

Als sie gingen, wandte sie sich noch einmal zu den zwei

Technikern der Spurensicherung um. Sie würden hier nichts finden, sofern der Täter nicht Nagelfetischist gewesen war. Allerdings ... wer wusste das schon.

Sie seufzte und ging hinter Boyd her zum Wagen.

———

Bernie Kelly drückte sich gegen die Mauer von Grove's Coal Suppliers. Es kümmerte sie nicht, dass der schwarze Ölfilm einen Fleck auf ihrer Jacke hinterlassen würde. Sie interessierte sich ausschließlich für Lottie Parkers große Gestalt mit Kapuze, die nun mit ihrem Sergeant ins Auto stieg. Sie musste den sommersprossigen Hals zwischen ihren Fingern spüren, wenn sie das Leben aus dieser Frau quetschen würde, die ihren persönlichen Rachefeldzug gegen die Familie, von der sie nie akzeptiert worden war, zum Stillstand gebracht hatte. Sie musste sich ein Messer besorgen. Sie würde es tief in Lotties Körper rammen, tiefer als das letzte Mal. Und dieses Mal würde es tödlich sein.

Ein Tropfen Wasser landete in ihrem Nacken. Sie wischte ihn weg. Die blauen Lichter im Kühlergrill blitzten auf, ehe der Wagen nach rechts abbog und davonfuhr. Sie trat aus der geschützten Ecke und machte sich in dieselbe Richtung auf.

Lottie Parker konnte warten.

Zeit für ein bisschen Spaß mit ihrer Familie.

DREIUNDZWANZIG

Conor Dowling saß auf einer Bank vor dem Gerichtsgebäude und rauchte die Zigarette, die er von Tony geschnorrt hatte. Von hier aus konnte er die Aktivität auf dem Parkplatz jenseits der Ratsgebäude sehen.

Polizisten. Jede Menge.

»Was beobachtest du?«

Beim Klang der Stimme sprang er auf. Cyril Gill stand drohend vor ihm. Conors Erwiderung erstarb in seiner Kehle. All die Worte und Sätze, die er sich in der Zeit im Gefängnis zurechtgelegt hatte, lösten sich in der nebligen Luft zu einer Ansammlung von Buchstaben auf; nichts fügte sich zusammen, nicht einmal zu einem richtigen Wort, von einem vollständigen Satz ganz zu schweigen. Er ließ die Kippe fallen und machte Anstalten, um seinen Chef herumzugehen.

Gill packte ihn am Arm und zog ihn heran. »Wenn du meine Tochter auch nur schief ansiehst, werde ich dir persönlich bei lebendigem Leib die Haut abziehen. Ist das klar?«

Conor schluckte und senkte das Kinn auf die Brust. Er hatte gedacht, dass Gill sich nicht an ihn erinnern würde.

Dumm. Natürlich wusste der Mann alles über ihn. Vielleicht hatte er ihn sogar aus einem bestimmten Grund eingestellt. Um ihn im Auge zu behalten. Ja, das klang wahrscheinlich.

Als er aufsah, stellte er fest, dass er wieder allein war. Gills Auto brauste die Gaol Street hinauf. Wie lange stand er schon hier wie ein Vollidiot und starrte auf seine schlammigen Stiefel? Zu lang. Er blickte auf die halb gerauchte Zigarette in der Pfütze herab. Er hätte nicht wieder damit anfangen dürfen, dachte er. Jetzt musste er sich ein Päckchen kaufen.

Mit einem letzten Blick zu den Polizisten, die die Fläche um die Wertstoffcontainer absuchten, holte er tief Luft und steuerte auf den Zeitungshändler zu. Vielleicht kaufte er sich besser gleich zwei Päckchen.

———

Richard Whyte widersetzte sich der Durchsuchung von Amys Zimmer nicht. Seine Augen waren trocken, und er telefonierte gerade mit einem Bestattungsunternehmen.

»Wann wird der Leichnam meiner Tochter freigegeben?«

»Sobald die Pathologin uns das Okay dazu gibt«, erwiderte Lottie. »Welches Zimmer ist es?«

»Die Treppe hoch, das dritte rechts.« Er wandte sich wieder seinem Telefongespräch zu.

Die Whytes wohnten in einem privaten Wohnkomplex, der nah an der Umgehungsstraße lag. Das Summen des Verkehrs drang durch die Dreifachverglasung hindurch, und das Haus schien zu beben.

Die Diele war geräumig, die Treppe gewunden, die Innenausstattung wirkte gedämpft und beruhigend. Amy oder ihre verstorbene Mutter mussten einen gewissen Einfluss darauf gehabt haben, dachte Lottie, denn es fiel ihr schwer, sich vorzustellen, dass Richard Whyte eine solche Sanftheit in sich hatte.

Ihre Füße sanken in dem hochflorigen, cremefarbenen Teppich ein, und sie überlegte, ob sie nicht besser die Stiefel ausgezogen hätte. Zu spät.

Oben gelangten sie in einen breiten Korridor mit einer Reihe weißer Türen mit Messingklinken. Sie drückte die erste herab.

»Er hat die dritte Tür gesagt«, bemerkte Boyd.

»Ich möchte nur mal sehen, wie die reichen Leute wohnen.« Lottie betrat ein Badezimmer. »Das ist so groß wie Pennys ganze Wohnung. Und keine Spur von Bräunungsspray.« Sie fuhr mit dem Finger über die weiße Keramik.

»Original Armitage Shanks«, kommentierte Richard die hochwertigen Sanitäranlagen. Er stand Schulter an Schulter mit Boyd im Türrahmen.

»Oh. Verzeihen Sie, Mr Whyte«, stammelte Lottie. In ihrer Hast, das Bad wieder zu verlassen, stolperte sie beinahe über ihre eigenen Füße.

»Schon okay. Dreimal die Woche kommt eine Haushälterin. Aber Sie müssten das Bad mal sehen, nachdem Amy sich zum Ausgehen fertig gemacht hat. Ich würde sagen, auf dem Broadway sind die Garderoben sauberer.«

Lottie lächelte dünn und schob sich an ihm vorbei. Als sie Amys Zimmer betrat, war sie verblüfft über den Kontrast zum Bad.

»Sie lässt die Putzfrau hier nicht rein. Das einzige Zimmer, das wie ein Saustall aussieht. Aber es ist Amys, und sie liebt ihre Privatsphäre. Das ist das Mindeste, was ich ihr nach allem, was sie durchgemacht hat, zugestehen kann.«

Lottie war durchaus aufgefallen, dass er von seiner Tochter noch immer im Präsens sprach, hatte aber nicht das Herz, ihn zu korrigieren.

»Was hat sie denn durchgemacht?«

Richard rieb sich die Hängebacken. »Diese Geschichte mit

Bill Thompson. Dann der Verlust ihrer armen Mutter an den Krebs. Und jetzt ... jetzt ist meine Amy auch tot.« Er sackte in seinem maßgeschneiderten Anzug in sich zusammen und sank gegen Boyd.

Sie bedeutete Boyd, ihn hinunterzubegleiten, und begann ihre Suche. Sie hasste es, die Sachen von Opfern zu durchwühlen, aber sie wusste, dass die Toten durch die Spuren auf ihrem Körper und in ihrem unmittelbaren Umfeld zu ihr sprachen. Dieses Zimmer war einer der letzten Orte gewesen, an dem Amy sich aufgehalten hat. Bitte verrate mir etwas, flehte sie stumm.

Das große Bett war mit schlichter weißer Baumwollwäsche bezogen. Hier und da entdeckte Lottie kleine Flecken Bräunungsspray, die sich der Wäsche widersetzt hatten. Sie musste sich ihren Weg durch verstreute Klamotten auf den Boden bahnen, ehe sie zu dem Schminktisch unter dem großen Fenster gelangte. Durch die Jalousien warf das Licht unheimliche, streifige Schatten an die Wand, als sie einen Finger zwischen die Lamellen schob und hinaussah. Bäume schützten das Ende des Gartens, doch dahinter konnte sie die vierspurige Schnellstraße sehen, auf der der Verkehr in hohem Tempo in beide Richtungen floss.

Sie setzte sich auf einen kleinen weißen Hocker und zog die Schubladen auf. Da sie nichts von Interesse für die Ermittlung entdeckte, schob sie sie rasch wieder zu. Bei diesem Teil der Arbeit kam sie sich immer wie eine Grabräuberin vor, doch jemand musste es tun.

Sie bewunderte die Ansammlung teurer Parfums auf dem Schminktisch. Ihre Mädchen hätten viel darum gegeben, auch nur eines davon zu besitzen. Das Make-up war durchgehend von Mac, die Pinsel aber verklebt und abgenutzt. Lichter umrahmten den Spiegel, und unter jeder Birne klemmte ein Foto. Sie kniff die Augen zusammen, als sie sie betrachtete. Die meisten Menschen würden wohl keine Abzüge mehr machen lassen. Normalerweise waren Fotos heutzutage auf Handys oder in Clouds gespeichert und mit einem Wischen verfügbar. Sie nahm das Bild einer Frau in den Vierzigern ab. Amys Mutter, wie sie annahm, und stellte plötzlich fest, dass alle Fotos dieselbe Person zeigten. Definitiv ihre Mutter.

Als sie die Fotos nacheinander anhob, bemerkte sie, dass an einer Rückseite ein kleiner Umschlag klebte. Sie nahm das Foto mitsamt Umschlag ab und legte es auf den Tisch. Behutsam pulte sie den Klebstreifen ab und starrte den Umschlag an. Auf der Vorderseite stand nichts als AMY. Keine Adresse, kein Poststempel. Sie hob die Lasche an und zog ein weißes Blatt heraus. Es war billiges Papier, und als sie es auffaltete, blieb ihr der Mund offenstehen.

Drei getippte Wörter standen dort.

Ich beobachte dich.

Sie kippte den Umschlag zur Seite, und eine einzelne silberne Münze fiel heraus.

Richard Whyte erklärte, nichts von dem Brief oder der Münze zu wissen. Er hatte auch keine Ahnung, wann Amy den Umschlag bekommen hatte. Er zuckte nur die Achseln, und Lottie glaubte ihm. Sie fuhren hastig zu Pennys Wohnung zurück, doch dort war weder Umschlag noch Nachricht noch Münze zu finden.

Im Büro kopierte Lottie den Zettel in der Beweistüte und heftete die Kopie an die Tafel im Besprechungsraum.

»Das ist eine unverhohlene Drohung«, sagte Boyd.

»Jemand hatte es auf sie abgesehen«, sagte Lottie. »Ist es wegen des alten Gerichtsverfahrens gewesen? Bei dem sie gegen Conor Dowling ausgesagt hat? Wir müssen ihn vorladen.

Ich will ihn befragen. Vorzugsweise, bevor er sich einen Anwalt nimmt. Wissen wir, wo er sich aufhält?«

»Ich frage bei der Bewährungshilfe nach.»

»Sofort.«

»Hat es nur diese eine Nachricht gegeben?«, fragte Kirby und trat zu Lottie an die Tafel.

»Ich habe das ganze Zimmer auseinandergenommen. Es war die einzige.«

»Und ihrem Vater hat sie nichts gesagt?«

»Er behauptet, nichts zu wissen. Aber ich werde ihn noch mal ausquetschen.« Ihr Telefon gab einen Laut von sich. Eine Erinnerung. »Fast vergessen. Ich muss Chloe und Sean von der Schule abholen.«

»Wieso? Sind die beiden nicht längst groß und frech genug, um allein nach Hause zu gehen?«

»Fragen Sie nicht, Kirby. Fragen Sie einfach nicht.«

Sie rannte aus dem Büro und die Treppe hinunter, wobei sie ihren Kindern schrieb, am Schultor zu warten, bis sie eintreffen würde.

———

Rose goss das Kartoffelwasser ab und holte den Stampfer. Sie würde später noch ein Spiegelei dazu machen, und das musste zum Abendessen reichen. Ihre Enkel fehlten ihr. Wie sie nach der Schule hereingestürmt waren, sich Teller und Besteck geschnappt hatten und manchmal am Tisch, öfter aber in ihren Zimmern gegessen hatten. Damals, als Lottie ein Kind gewesen war, hätte Rose ein solches Verhalten niemals geduldet, aber nun erschien ihr das Leben zu kurz für alberne Regeln. Sie stellte den Topf auf den hinteren Teil des Herds und nahm die Pfanne aus dem Regal.

Es klingelte an der Tür.

Lottie hatte sie angewiesen, die Tür nicht zu öffnen, aber sie konnte durch das Glas erkennen, dass es sich nur um eine Frau in einer Regenjacke handelte.

Als sie rückwärts in ihren eigenen Flur geschubst wurde, war ihr klar, dass sie einen Fehler begangen hatte.

Lottie würde sie umbringen.

Wenn Bernie Kelly ihr nicht zuvorkam.

VIERUNDZWANZIG

Kirby war froh über den Becher Kaffee, den Megan Price ihm in der Apotheke angeboten hatte. Sie saß ihm gegenüber, das dunkle Haar mit den vereinzelten grauen Strähnchen zu einem Pferdeschwanz zusammengefasst, und das schwarze Kleid, das vorne mit Messingknöpfen versehen war, verlieh ihrer Erscheinung etwas Royales. Als er eingetroffen war, hatte sie den weißen Kittel aufgehängt. Er atmete den antiseptischen Geruch der Medikamente ein, der von den Schachteln auf den Regalen ausging, und als sie ihn ansah, senkte er den Blick und trank einen Schluck Kaffee.

»Ich kann es nicht glauben«, sagte Megan. »Zwei reizende junge Frauen in der Blüte ihres Lebens. Wer tut denn so was?«

»Wir leben in einer brutalen Welt«, sagte Kirby. »Ich möchte, dass Sie noch einmal über alles nachdenken, was Sie über die beiden wissen. Leute, über die sie gesprochen haben. Ob irgendwann jemand hereinkam, auf den sie in irgendeiner Hinsicht ... sagen wir, ungewöhnlich reagiert haben.«

»Darüber muss ich erst nachdenken.«

Kirby stellte den Becher auf den Boden zwischen seine Füße und wurde sich bewusst, wie gammelig seine Schuhe aussahen. Die Spitzen waren abgestoßen, und als er einen Fuß anhob, bemerkte er, dass die Sohle sich löste. Gilly hätte ihn zur Schnecke gemacht. Er schluckte laut.

»Stimmt etwas nicht?«, fragte Megan Price. Ihre Hand strich leicht über sein Knie.

»Nein, nein, alles in Ordnung.«

»Sie wirken müde, und es liegt, wenn ich das sagen darf, eine tief verwurzelte Traurigkeit in Ihren Augen. Ich kenne diesen Blick.«

»Und was für ein Blick soll das sein?« Kirby versuchte ein ironisches Lächeln. Er wollte nicht über Gilly sprechen. Wie kam es nur, dass sie in den unpassendsten Augenblicken in seine Gedanken eindrang?

»Trauer. Unerbittliche, unnachgiebige Trauer. Kannten Sie sie gut?«

»Wen?«

»Die junge Polizistin, die im Sommer ermordet wurde.«

Er konnte die Tränen, die einzeln über seine Wangen kullerten, nicht aufhalten. Mit dem Handrücken wischte er sie fort.

»Kommen wir auf Amy und Penny zurück.« Er richtete sich auf dem kleinen Hocker auf. »Wann haben Sie sie zum letzten Mal gesehen?«

»Der Tod hinterlässt immer ein Riesenloch im Leben«, sagte Megan leise, ohne seine Frage zu beantworten. »Das ist das Schlimmste daran. Der Versuch, etwas zu finden, was es ausfüllt, und dabei doch zu wissen, dass es immer vorhanden sein wird. Wie war ihr Name?«

Kirby blickte in die Augen der Apothekerin. Sie waren freundlich und mitfühlend.

»Sie hieß Gilly. Sie war um einiges jünger als ich, daher fühlte ich mich auch jünger. Und sie hatte das verrückteste Lächeln, das man sich vorstellen kann. Nicht verrückt im Sinne von verrückt, wenn Sie wissen, was ich meine.«

Sie lachte nervös. »Ist ansteckend das Wort, das Sie suchen?«

»Das ist es. Ich werde nie wieder ihre Stimme hören. Wissen Sie, wie erschreckend das ist? Zu wissen, dass man die Stimme einer Person nie wieder hören wird?«

»Ich weiß es sehr gut. Es ist hart, Detective Kirby. Mit der Zeit wird der Schmerz nachlassen. Er wird niemals weggehen, aber man lernt, damit zu leben.«

»Sprechen Sie aus Erfahrung?« Er klopfte sich auf die Taschen. Er wäre gerne für eine kurze Rauchpause nach draußen gehuscht.

Sie erhob sich. Der vollgestopfte Raum schien noch beengter zu werden, obwohl sie dünn wie eine Bohnenstange war. »Genug von persönlichen Traumata. Ich werde noch einmal in mich gehen und mich bei Ihnen melden, wenn mir etwas zu Amy und Penny einfällt, das mir ungewöhnlich vorkam.«

»Das wäre gut.« Kirby schob sich an ihr vorbei.

Er bemerkte die gesenkten Köpfe der zwei Assistentinnen, die sich sofort beschäftigten, als Megan und er in den Verkaufsraum zurückkehrten. Er begrüßte die Vielfalt der Gerüche, die miteinander um die Vorherrschaft wetteiferten.

»Hatte Amy einen Spind? Einen Schrank für ihre persönlichen Sachen?«

Megan errötete. »Sie hatte einen in meinem Büro, aber ich habe heute Morgen schon hineingesehen, nachdem ich die Nachrichten gehört habe. Es war nichts drin.«

Kirby wandte sich an eine der Assistentinnen – Trisha laut Namensschild. »Haben Sie gerne mit Amy gearbeitet?«

Das Blut wich aus Trishas Gesicht, und sie begann zu schluchzen. »Sie war wunderbar. Wir haben sie alle geliebt. Nicht wahr?«

Ihm fiel auf, dass sie die Frage an Megan gerichtet hatte, nicht an die andere Assistentin. Megan nickte und steuerte

Kirby auf die Tür zu. »Ich habe ja Ihre Karte. Ich rede auch noch einmal mit den Mädchen und kontaktiere Sie, wenn uns noch etwas einfällt.«

Draußen auf der Straße konnte Kirby das Gefühl nicht abschütteln, dass ihm etwas entgangen war. Er kratzte sich am Kopf, doch ihm wollte nicht einfallen, was. Fest stand allerdings, dass er sich in Grund und Boden schämte. In dem klaustrophobisch engen Lagerraum hatte er feststellen müssen, dass er eine Dusche nötig hatte. Dringend.

———

Das Aufnahmegerät lief, die Namen und die relevanten Daten waren bereits aufgesprochen worden. Lottie hatte Chloe und Sean abgeholt und zu Hause abgesetzt, wo Katie zu ihrer Überraschung schon Abendessen gemacht hatte. Sie hatte jedoch abgelehnt, mitzuessen, und war stattdessen zur Arbeit zurückgeeilt, wo sie festgestellt hatte, dass Conor Dowling in den Verhörraum gebracht worden war. Boyd hatte die notwendigen Formalitäten für die Aufnahme erledigt, ehe sie begann.

»Also, Conor, Sie arbeiten für Cyril Gill, ist das richtig?«

»Das wissen Sie, denn Sie haben mich ja von dort abgeholt. Sparen Sie sich die dummen Fragen. Ich weiß, wie es läuft. Ich bin schließlich schon mal hier gewesen, nicht wahr?«

»Ja, das sind Sie. Wann sind Sie aus dem Gefängnis entlassen worden?

»Auch das wissen Sie.«

»Vor zwei Monaten. Und für Cyril Gill arbeiten Sie nun seit zwei Wochen.«

Er presste die Lippen zusammen, die Arme vor der Brust verschränkt, die Beine unterm Tisch ausgestreckt. Sein Mund war verächtlich verzogen. Seine Nägel waren schlammverkrustet, die Handrücken dreckig. Er hatte seine Arbeitsjacke auf den Boden geworfen und die Ärmel hochgekrempelt. Auf seinen Armen prangten zahlreiche Tätowierungen.

»Seltsam, sich ausgerechnet diesen Arbeitgeber auszusuchen«, sagte Lottie.

Dowling schwieg.

»Ich meine, Cyril Gill ist der Vater von einer der jungen Frauen, die vor zehn Jahren gegen Sie ausgesagt haben. Warum für ihn arbeiten wollen?«

Er schniefte. »Halte deine Freunde nah bei dir, deine Feinde aber noch näher«, sagte er schließlich. »Das ist mein Motto.«

»Sie betrachten Mr Gill als Ihren Feind?«

»Was denken Sie denn?«

»Er hat Ihnen nichts getan.«

»Das Miststück von seiner Tochter aber.«

»Hatten Sie in letzter Zeit Kontakt zu Louise Gill?«

Sie glaubte, eine leichte Röte in seinem Gesicht wahrzunehmen, aber er rieb sich hastig über die Wangen und den kahlen Schädel.

»Nein«, sagte er.

»Und Amy Whyte. Was wissen Sie über sie?«

»Sie hat auch gelogen.«

»Womit?«

Er sah sich mit verengten Augen um, bis sein Blick an Lottie hängenblieb. »Warum haben Sie mich hergeholt? Ich habe ein Recht auf einen Anwalt und einen Anruf.«

Lottie spürte, wie Boyd sie unterm Tisch anstieß. Es hatte nicht lange gedauert, bis der Satz gefallen war.

»Sie stehen nicht unter Arrest«, sagte sie.

»Dann kann ich also gehen?« Er löste die verschränkten Arme und machte Anstalten, aufzustehen.

Lottie schlug mit der flachen Hand auf den Tisch und spürte, wie Boyd gleichzeitig mit Dowling zusammenfuhr.

»Setzen Sie sich.«

»Ich sitze schon.«

»Hören Sie zu. Ich will erst Antworten auf ein paar Fragen, dann können Sie gehen, okay?«

»Na schön.«

Entweder war er dumm, oder er tat nur so. Sie war entschlossen, draufloszufeuern und es herauszufinden.

»Wann haben Sie Amy Whyte zum letzten Mal gesehen?«

Er senkte die Lider und musterte sie durch die Schlitze. »Könnte zweitausendsechs gewesen sein. Mein Erinnerungsvermögen ist nicht mehr das Beste nach all der Prügel, die ich im Knast bezogen habe. Wohin Sie und die beiden Lügnerinnen mich verfrachtet haben.«

»Sie sind seit zwei Monaten auf freiem Fuß. Haben Sie Amy in dieser Zeit kontaktiert?« Sie versuchte ihr Glück, beobachtete seine Miene, wartete darauf, dass er einknickte. Aber er blieb ruhig.

»Ich will diese Schlampe nie wieder sehen.«

»Ist auch nicht sehr wahrscheinlich, da sie tot ist.« Lottie ließ den Satz in der Stille hängen und musterte sein Gesicht auf eine Reaktion hin. Doch er sah sie nur unverwandt an.

»Wann haben Sie Amy zum letzten Mal gesehen?«

»Was soll das heißen?« Endlich. Die Erkenntnis begann sich auf seinem Gesicht abzuzeichnen. Er beugte sich vor. »Hören Sie, das ist doch ein Scherz. Sie haben mir schon einmal ein Verbrechen angehängt, ein zweites Mal tun Sie das ganz sicher nicht. Verpissen Sie sich, Sie dürre Schlampe.«

»Ich werte das mal als Kompliment«, sagte Lottie. Boyd stieß sie erneut an. Sie warf ihm einen finsteren Blick zu. Sie wollte Dowling provozieren, damit er vielleicht etwas sagte, das er nicht hatte sagen wollen. Vielleicht hatten sie Glück.

»Werten Sie das, wie immer Sie wollen«, knurrte er. »Ich schätze, Sie brauchen es in den Arsch.«

»Jetzt werden Sie ausfallend.«

»Und was wollen Sie dagegen machen?«

»Wo waren Sie am Samstagabend von elf Uhr an?«, fragte Lottie unbeirrt. Sie behielt einen ruhigen Tonfall bei, ihre Stimme war klar und kräftig. Dieser kahle Scheißkerl würde sie nicht aus dem Konzept bringen.

»Zu Hause.«

»Und den ganzen Sonntag?«

»Zu Hause.«

»Kann das jemand bestätigen?«

»Geht Sie nichts an.«

»Das geht mich sehr viel an.«

Er stieß einen erstickten Seufzer aus. »Meine Mutter ist die ganze Zeit da. Sie ist behindert. Chronische Arthritis, falls Sie's genau wissen wollen.«

»Sie kann also bezeugen, dass Sie das ganze Wochenende zu Hause waren?«

»Ja.«

»Und Sie waren zwischendurch nicht anderswo?«

»Ich musste Milch und Brot einkaufen.«

»Und wo?«

»Tesco.«

»Dann werden deren Sicherheitskameras das ja bestimmt bestätigen, wenn Sie mir die entsprechende Zeit sagen.«

»Keine Ahnung, wie spät es war. Ich bin kein Supermann mit Superhirn.«

»Nein. Definitiv nicht.«

»Wollen Sie mich verarschen?«

»Nein, aber Sie mich. Also, sagen Sie endlich die Wahrheit.«

»Ich sage gar nichts mehr, bis mein Anwalt hier ist.«

Lottie dachte nicht daran, aufzugeben. Sie schob die Ärmel ihres Shirts hoch und holte eine laminierte Seite aus der beigefarbenen Mappe vor sich.

»Was ist das?«, fragte Dowling.

»Lesen Sie«, antwortete sie. »Sie können doch lesen, oder?«

Er drehte das Blatt um und überflog es. »Und? Was hat das mit mir zu tun?«

»Das haben wir in Amy Whytes Zimmer gefunden. Haben Sie das geschrieben und ihr geschickt?«

»Sie haben mich noch gar nicht gefragt, ob ich schreiben kann.«

»Kommen Sie, Conor. Schluss mit den Spielchen. Das hier ist ernst«, sagte Lottie. Sie musste sich anstrengen, professionell zu bleiben.

»Beantworten Sie die Frage«, sagte Boyd.

»Was für eine Frage denn genau?« Conor seufzte laut. »Ja, ich kann schreiben. Und lesen auch. Zufrieden?«

»Nein, gar nicht.« Lottie nahm das Blatt und schob es in die Mappe zurück. »Und Ihre Impertinenz findet bei mir auch keinen Anklang.«

»Drauf geschissen.«

»Das hier ist das Foto einer Münze, die wir mit der Nachricht in dem Umschlag gefunden haben.« Sie zeigte ihm das Bild des runden Metallstücks, sprach aber die beiden Münzen, die sie bei den Leichen gefunden hatten, bewusst nicht an. Es war nicht nötig, ihre Karten zu früh offenzulegen.

»Noch nie gesehen.«

»Ich glaube schon. Beim letzten Mal haben Sie sich geweigert zu reden, aber bei diesem Verbrechen können Sie die Wahrheit sagen.«

»Verpissen Sie sich doch.« Sein Gesicht glühte jetzt, und die Knöchel der zu Fäusten geballten Hände traten weiß hervor. Er stand auf. »Ich gehe. Glauben Sie ja nicht, dass Sie mir das hier anhängen können, was immer das wird. Ein zweites Mal mache ich das nicht mit.«

Die Tür fiel hinter ihm zu.

„Interessanter junger Mann, findest du nicht?«, fragte Lottie.

»Ist dir aufgefallen, dass er gar nicht gefragt hat, wie sie gestorben ist?«, gab Boyd zurück.

»Vielleicht wusste er es schon.«

»Weil er etwas gehört hat?«

»Nein. Weil er es getan hat.«

———

Die Glocken der Kathedrale läuteten zur vollen Stunde, als Conor durch das schmiedeeiserne Tor ging. Er machte sich nicht die Mühe, die Schläge zu zählen. Die Zeit war sein Feind. Die Zeit hatte ihn verraten und tat es immer wieder. Das hatte er in der Zelle mit dem Gebrüll und Gejohle der Mitinsassen als Gesellschaft gelernt. Eine fette schwarze Krähe hockte auf einem Geländer vor ihm. Er hob eine Getränkedose vom Boden auf und spielte mit dem Gedanken, sie nach dem Vogel zu werfen. Als er näherkam, sah er, wie dick und hart der Schnabel war. Schwarze Augen musterten ihn. Er blieb stehen und starrte den Vogel an. Er regte sich nicht. Wer von uns hat die schwärzere Seele, fragte er sich, und dann musste er lachen. Vögel hatten keine Seele.

Er ließ die Dose fallen und kickte sie vor sich her, bis sie in der schlammigen Gosse landete. Dann rammte er seine Faust gegen eine Autotür. Sein Bewährungshelfer würde sauer sein, dass die Polizei ihn verhört hatte. Tja, Pech aber auch.

Er brauchte ein Pint. Hatte er Tony nicht versprochen, ihm nach der Arbeit eins auszugeben? Auf das Cafferty's hatte er keine Lust. Die meisten Gardaí gingen dorthin. Er holte sein Handy hervor und stellte fest, dass seine Hände zitterten. Verdammte Parker.

Er schrieb Tony eine Nachricht. Sie würden sich im Fallon's treffen.

Keine Antwort.

Er würde sich sein Bier trotzdem genehmigen und dann

nach Hause gehen, um zu sehen, was seine Mutter heute so getrieben hatte. Und dann fiel ihm ein, dass er heute Morgen die Waschmaschine angeschaltet hatte. Vermutlich waren die Sachen den ganzen Tag in der Trommel geblieben und würden nun stinken. Er würde sie noch einmal waschen müssen. Nach dem Pint.

FÜNFUNDZWANZIG

»Rosie, Rosie, du warst immer schon eine ganz Durchtriebene. Du und dein Ehemann. Er hat sich erschossen, habe ich gehört. Er hatte die Lügen satt, was? Oder hatte er von deiner frostigen Visage genug?«

Rose saß am Tisch und hielt die Hände fest verschränkt. Ihre Haut fühlte sich an, als hätten Tausend Spinnen die Herrschaft übernommen und spönnen nun unendlich viele Netze. Sie löste ihre Hände voneinander und legte sie flach auf die Knie.

Die Frau vor ihr hatte Augen, die vom Bösen durchdrungen waren. Rose war keine Psychiaterin, aber sie kannte diesen Blick. Aus Real-Life-Dramen im Fernsehen. Interviews mit Serienmördern. Dieser Blick. Ein schwarzes Nichts.

»Antworte mir.«

Bernie lehnte lässig an der Küchenwand, ihre schmutzige Jacke hing über einer Stuhllehne. Ihre dünnen Beine steckten in dunklen Jeans, der schwarze Pulli war fleckig. Ihr Teint war blass, Nase und Wangen waren jedoch gerötet, und um die Ohren sprossen Büschel wilden roten Haars, sodass sie aussah wie ein Clown, der abgehauen war, ehe die Maske ihre Arbeit getan hatte.

»Was willst du?« Rose stellte fest, dass ihre Stimme wie die einer anderen klang. War es das, was nackte Angst in einem bewirkte?

»Ich wollte dich sehen. Wollte sehen, was für ein Mensch einer anderen Frau das Baby stiehlt.«

»Ich habe niemanden gestohlen.«

»Aber dein Parasit von Mann.«

»Wag es nicht, so über Peter zu reden.«

»Peeeter!« Bernies Stimme klang spöttisch. »Er hat eine hilflose junge Frau vergewaltigt. Hat sie geschwängert und ihr dann das Kind geklaut. Weiß deine heißgeliebte Lottie, dass sie die Brut von Hass und Gewalt ist?«

Ein Energieschub wallte in Rose auf, und sie musste gegen den Drang ankämpfen, einen Satz auf den Messerblock zu zu machen. Sie musste ruhig bleiben. Gott allein wusste, was für eine Waffe Bernie bei sich hatte, obwohl Rose sich kaum vorstellen konnte, wie sie etwas an diesem Körper verbergen wollte.

»Komm meiner Lottie ja nicht zu nah!«

»Meine Lottie?« Bernie lachte. »Sie ist meine Halbschwester. Das Blut ihrer Mutter fließt auch in mir. Wir sind Blutsgeschwister, und du bist nichts.«

»Und sie hat nichts mit dir gemein. Halt dich von ihr fern.« Rose versuchte, ihrer Stimme einen drohenden Klang zu geben, aber alles, was ihr über die Lippen kam, war ein kläglicher Aufschrei.

»Ich hole mir, was ich haben will.«

»Und was soll das sein?«

»Rache. Lottie Parker hat mich vor meiner eigenen Tochter verraten. Sie hat mir meine Freiheit genommen. Wir hätten eine Familie sein können, aber nein! Diese Frau hat ihren Job über ihre eigene Schwester, ihr eigenes Blut gestellt. Und ich werde nicht eher ruhen, bis jeder einzelne Tropfen dieses Bluts vergossen ist.«

»Du bist doch wahnsinnig.« Rose duckte sich, als Bernie sich plötzlich von der Wand abstieß, um vor ihrem Stuhl zu knien.

»Du weißt, dass es gefährlich ist, so was zu einer *wahnsinnigen* Person zu sagen.«

Ihre Augen waren nun geweitete Sphären der Leere. Rose glaubte fast, durch sie hindurchsehen zu können – als blicke sie in den Schacht eines alten Brunnens. Was, wenn Bernie Kellys Innerstes aus einem straff geschnürten Knäuel Hass bestand und man nur an einem Fädchen zupfen musste, um damit einen Horror auszulösen, der ihre gesamte Familie auslöschen würde? Nein, das durfte sie nicht zulassen. Aber was sollte sie tun?

»Es tut mir leid«, sagte sie schließlich.

»Schon mal ein Anfang.« Bernie hievte sich hoch, setzte sich auf die Tischkante und ließ die Beine baumeln wie eine Fünfjährige. »Hör zu. Ich will, dass du Folgendes tust.«

──────

Auf dem Nachhauseweg fuhr Lottie zu einer Tankstelle und kaufte das letzte einsame Wurstbrötchen aus der Vitrine. Es sah alt und unappetitlich aus, aber sie hatte Hunger wie ein Wolf.

Im Auto startete sie den Motor, drehte die Heizung bis zum Anschlag auf, saß hinter der Scheibe, auf die der Regen prasselte, und aß das labbrige Gebäck. Sie kam zu dem Schluss, dass die Verbraucherschützer mit einer Klage gegen die Warenbeschreibung hier gute Erfolgsaussichten hätten. Mehr Teig als Wurst. Sie schob sich die letzten Krümel in den Mund und blickte auf die Uhr. Zu spät, um Louis gute Nacht zu sagen. Sie liebte den kleinen Kerl von ganzem Herzen, und seit der gefährlichen Episode bei Rose vor ein paar Monaten umso mehr. Ihre ganze Familie war wegen ihres Berufs in Gefahr, das wusste sie besser als jede andere, obwohl die Bedrohung manchmal schwer zu bemessen war. Es war kaum mehr ein Gefühl. Doch in den vergangenen Tagen war das Gefühl zwischen ihren Schulterblättern stark angewachsen – wie ein Jucken, an das sie nicht herankam.

Sie zerknüllte die Papiertüte und stopfte sie unter den Sitz. Zeit, nach Hause zu fahren. Als sie die Tankstelle verließ, freute sie sich auf einen friedlichen Abend, wusste jedoch gleichzeitig, dass sie das Gefühl der Einsamkeit, das sich in ihr festgesetzt hatte, niemals ganz würde loswerden können. Vielleicht war Boyd der Richtige für sie. Vielleicht auch nicht. Sie hatte keine Ahnung.

Sie blinkte, um links abzubiegen, dann fiel ihr wieder ein, dass sie nicht länger am Greyhound-Stadion wohnte. Hastig scherte sie wieder auf die richtige Spur ein. In diesem Moment bemerkte sie den Wagen hinter sich. Und wusste genau, um wen es sich handelte.

―――――

Sie parkte vor einem indischen Restaurant. Als sie ausstieg, umwehte sie der Duft von Gewürzen. Sie wartete, bis der Wagen, der ihr gefolgt war, auf der gelben Doppellinie hielt. Sie hätte ihm einen Strafzettel verpassen können, wenn ihr danach gewesen wäre.

„Leo. Ich kann nur hoffen, dass du gute Nachrichten für mich hast, denn ich habe einen richtig miesen Tag hinter mir.«

»Ich habe die ganze Stadt abgesucht. Ich habe keine Ahnung, wo sie steckt.«

»Hast du der Klinik gemeldet, dass du sie verloren hast?«

»Nein. Aber sie muss um neun Uhr zurück sein, also wird wohl spätestens dann der Teufel los sein.«

»Vielleicht solltest du aus Ragmullin verschwinden. Zum

Flughafen fahren. Nach Hause fliegen und mich nie wieder mit deinen Problemen behelligen.« Sie lehnte sich gegen ihren Wagen und spürte, wie die Feuchtigkeit durch ihre Jeans drang.

»Du musst mich nicht so behandeln. Wir hängen da gemeinsam drin.«

»Einen Scheiß tun wir.« Lottie stieß sich vom Wagen ab und stellte sich dicht vor ihn. Der Schweißgeruch, der von ihm ausging, war so stechend, dass sie ihn fast schmecken konnte. Belfield hatte große Angst. »Du hast Bernie Kelly aus der Sicherheitsverwahrung geholt. Du hast sie nach Ragmullin geholt. Du hast sie verloren. Du hast die Regeln gebrochen. Ich habe nichts damit zu tun.«

Er starrte sie an. Die exakte Kopie ihrer eigenen Augen war auf sie gerichtet. Es war auf unheimliche Art beunruhigend.

»Lottie, wir müssen in dieser Sache zusammenarbeiten.«

Sie mochte den flehenden Unterton in seiner Stimme nicht. »Es gibt hier keine Zusammenarbeit. Du wirst sie finden. Ich habe zwei tote Mädchen, um die ich mir Gedanken machen muss. Ich kann mir nicht leisten, mich für den Rest meines Lebens stets ängstlich umsehen zu müssen. Ich habe Arbeit zu erledigen. Richtige Arbeit. Finde sie und geh nach Hause. Hier in Ragmullin gibt es nichts für dich zu holen.«

»O doch, Lottie. Ich muss die Wahrheit herausfinden.«

„Rede mit deiner Mutter. Alexis ist diejenige, die dich und Bernie verraten hat. Sie ist die Einzige, die die Wahrheit kennt, und sie wird sie dir schon erzählen, wenn sie es für richtig hält.«

„Alexis ist gestorben.«

Das ließ Lottie innehalten. »Wann? Das wusste ich nicht. Tut mir leid.« Das stimmte nicht, aber so etwas sagte man eben. Alexis war die Schwester ihrer leiblichen Mutter gewesen, und sie hatte die Zwillinge als Kinder getrennt, Leo mit nach New York genommen und Bernie zurückgelassen, die in der Folge ihr halbes Leben lang in einer Einrichtung verbracht hatte.

»Vor wenigen Wochen. Deswegen bin ich zurückgekommen. Es frisst mich auf. Ich muss es einfach wissen, und ich hatte geglaubt, dass Bernie meine Wissenslücken füllen könnte.«

Die Tür des indischen Restaurants öffnete sich, und ein Mann trat mit zwei Tüten Essen zu Mitnehmen heraus. Lotties Magen begann zu knurren. Das Wurstbrötchen hatte das Loch in ihrem Magen nicht stopfen können.

»Du hast Anrufe zu tätigen. Viel Glück. Komm erst wieder zu mir, wenn du mir sagen willst, dass sie wieder eingesperrt wurde. Okay?«

Als Leo sich zu seinem Mietwagen umwandte, zog sich Lotties Herz schmerzhaft zusammen. Sie hatte schon einen Bruder durch die Tat eines Wahnsinnigen verloren – würde sie auch diesen verlieren? Leo bedeutete ihr etwas, aber sie wollte es ihm nicht zeigen. Sie hatte genug um die Ohren.

SECHSUNDZWANZIG

»Im Knast hatte ich es besser«, brummelte Conor, als er die schmutzige Kleidung seiner Mutter in die Maschine stopfte. Im Gefängnis hatte es wenigstens einen Wäscheservice gegeben. Er räumte die feuchten Sachen vom Morgen in den Trockner und hoffte, dass das Gerät vernünftig laufen würde, andernfalls hatte er für den morgigen Arbeitstag nichts anzuziehen.

»Was hast du gesagt?«

Sie hatte kein Problem mit ihren Ohren. Überhaupt keins. Auch wenn sie gerne die Märtyrerin spielte und ihn glauben machen wollte, dass neben ihrem Verstand auch ihr Gehör nachließ.

Er antwortete nicht. Tat, als habe er nicht gehört. Es war ein langer, elender Tag gewesen, und er wollte in sein Bett kriechen, ohne vorher noch ihres machen zu müssen. Aber sie gab ihm ein Dach über dem Kopf, wie sie ihm seit seiner Entlassung schon tausendmal gesagt hatte, und erwartete von ihm, dass er kleinere Aufgaben im Haus übernahm. Er schaltete die Maschine in den Schnellwaschgang und öffnete den Kühlschrank. Sie wollte jeden Abend ihre warme Milch.

»O nein«, sagte er zu der leeren Gerätetür.

»Was ist los?«

»Ich muss Milch holen. Wir haben keine mehr.« Er schloss die Tür und schnappte sich seine Jacke von der Stuhllehne, ehe er ans Wohnzimmer trat. »Hast du Kleingeld?«

»Wieso hast du nicht dafür gesorgt, dass genug da ist? Das liegt in deiner Verantwortung, solange du unter meinem Dach wohnst. Du hast deinen Teil beizutragen. Ich ...«

Er blendete sie aus. Entdeckte ihre Geldbörse auf dem Kaminsims. Nahm einen Fünf-Euro-Schein heraus.

»Das krieg ich wieder, wenn du deinen Lohn hast«, sagte sie.

»Klar.« Er knöpfte die Jacke zu. »Bin gleich wieder da.«

»Es regnet. Ich kann den Wind hören ...«

Sie redete immer noch, als er die Haustür zuzog. Er hatte keine Ahnung, wie lange er so weiterleben konnte. Im Gefängnis war es ihm besser gegangen. Und dort war es echt zum Kotzen gewesen.

———

Katie hauchte einen Kuss auf Louis' Kopf und knipste das gedämpfte Nachtlicht an. Er nuckelte hungrig an seinem Fläschchen, und sie lächelte. Er war wirklich so ein liebes Baby. Obwohl er ja kein Baby mehr war, dachte sie und sah vor ihrem inneren Auge, wie er zwei Tage nach seinem ersten Geburtstag die ersten Schritte getan hatte.

Wie hätte ihr Leben wohl ausgesehen, wenn Jason nicht ermordet worden wäre? In letzter Zeit fiel es ihr schwer, sich an Louis' Dad zu erinnern. Die einzigen Fotos von ihm, die sie gehabt hatte, waren beim letzten Update ihres Handys verschwunden. Aber sie erzählte Louis alles über ihn. Oder erfand das meiste, wenn sie ehrlich war. Sie war erst wenige Monate mit Jason zusammen gewesen, als er getötet worden war. Er hatte nicht einmal gewusst, dass sie schwanger gewesen war. Aber sie hatte das Baby behalten und ihre Entscheidung nicht bereut.

Sie schob die Vorhänge leicht auseinander und spähte hinaus. Die dunklen Abende verursachten ihr Gänsehaut, und sie hoffte nur, dass Louis es in seinem Schlafsack und der Fleece-Decke, die sein Großvater aus New York geschickt hatte, warm genug hatte. Ein Wind kam auf, und Blätter fielen von den immer kahler werdenden Ästen rauschend zu Boden. Sie mochte die neue Gegend. Es war ruhig hier. Vielleicht zu ruhig. Wäre der Wind nicht gewesen, hätte sie es als totenstill bezeichnet. Der Regen peitschte inzwischen schräg über die Straße und trieb die Blätter vor sich her. Schatten tanzten im Zwielicht, und sie wandte sich ab.

Das Saugen hörte auf, also nahm Katie ihrem schlafenden Sohn die Flasche ab. Ein Finger der Angst fuhr ihr plötzlich den Nacken herab. Sie eilte zum Vorhang zurück und blickte hinaus. War das ein Schatten gewesen, den sie auf der anderen Straßenseite hinter der Mauer gesehen hatte? Kauerte jemand an der Mündung der kleinen Straße, die zum rückwärtigen Teil des Seniorenheims St. Catherine führte? Doch dort war niemand mehr zu sehen. Warum hatte sie die Angst verspürt? Als sie sich wieder ihrem Sohn zuwandte, fiel ihr ein, dass sie gestern im Geschäft etwas Ähnliches empfunden hatte. Sollte sie es ihrer Mutter sagen? Gott, nein. Lottie würde sofort in den Polizeimodus gehen und ihre Freiheit beschneiden, selbst wenn sie sich alles nur eingebildet hatte.

Sie zog sich den alten Sessel heran, den sie aus dem Haus ihrer Großmutter mitgenommen hatte, setzte sich, zog die Füße unter und kuschelte sich in eine Decke. Sie hatte den Verdacht, dass sie heute Nacht nicht in ihrem Bett würde schlafen können. Sie musste über ihren Sohn wachen. Denn sie war überzeugt, dass jemand über sie wachte. Doch das nicht auf gute Art.

———

Tony Keegan nippte in der Parkland Hotel Lounge an seinem Pint und versuchte, die Hochzeitsgesellschaft zu ignorieren, die auf der anderen Seite des Raums lautstark sang. Stilettos und Bling-Bling machten ihn normalerweise total an. Dick geschminkte Mädchen, die Augen so stark getuscht, dass es wie Tinte aussah, die Beine mit Bräunungsspray eingesprüht, belagerten seine Gedanken. Obwohl er so tat, als bemerkte er sie nicht, konnte er nichts gegen den Ständer tun, der ihm ein Ziehen in den Lenden verschaffte. Sein Haar war noch feucht von dem Regen draußen. Es war ein elender Abend, um unterwegs zu sein. Er hätte Mitleid haben müssen mit der unbekannten Braut, die an ihrem Hochzeitstag der Sintflut draußen zu trotzen hatte, aber sie konnte ihn mal, sie und ihre Märchenvorstellungen. Das hier war das wahre Leben, wo es kein Happy End gab. Er jedenfalls hatte noch keins erlebt.

Das Bier schmeckte bitter. Wahrscheinlich der letzte Rest aus dem Fass. Er hätte es zurückgehen lassen können, aber das Mädchen hinter der Bar kämpfte bereits mit der Gästeschar. Sie hatte gute Beine, von Natur aus. Keine falsche Bräune. Unwillkürlich fragte er sich, ob sie im Urlaub in Spanien gewesen war. Das wäre mal eine nette Auszeit. Wenn er für so etwas das Geld hätte. Hatte er aber nicht. Und jetzt war Conor wieder da.

Er nahm einen großen Schluck von dem übel schmeckenden Bier und rülpste laut. Furchtbar. Er hob die Hand, um das Barmädchen heranzuwinken, aber entweder sah sie ihn nicht oder sie ignorierte ihn. Sie wusste, wer anständig Trinkgeld gab. Er jedenfalls nicht. Clevereres Ding. Das änderte nichts an der Tatsache, dass er Abwasser trinken musste.

Er leerte das Glas und stand auf. Trotz des Regens würde er sich draußen besser fühlen.

Er steckte das Wechselgeld ein, zog sich ungelenk seine

Jacke über und bahnte sich einsam einen Weg durch die fröhliche Menge. Er konnte ihr gar nicht schnell genug entkommen.

———

Cyril Gill schenkte sich einen doppelten Whisky aus der Karaffe ein und stellte sich ans Fenster seines millionenteuren Traumhauses, um hinauszusehen. Ausgerechnet jetzt, da die Geschäfte trotz der Verzögerung in seinem gegenwärtigen Projekt gut liefen, war diese Landplage wieder nach Ragmullin zurückgekehrt. Außer ihm konnte ihm nur eine Person richtig Ärger bereiten, und das war seine Tochter Louise.

Er trank seinen Drink aus und schenkte sich einen weiteren ein. Er war daran gewöhnt, seinen Willen durchzusetzen, aber wenn es um die Familie ging, war er machtlos. Er legte die Stirn an das kühle Fensterglas. Wie kam er aus der Nummer wieder heraus? Eins zumindest wusste er sicher: Er musste etwas unternehmen, und zwar schnell.

Das Handy in seiner Tasche vibrierte.

»Ich dachte, wir wären uns einig gewesen, jeglichen Kontakt zu vermeiden. Es ist zu einfach, nachzuverfolgen, wer ...«

»Amy. Sie ist tot. Irgendein Dreckskerl hat sie umgebracht. Was wirst du deswegen unternehmen? Los, sag's mir. Was zum Henker wirst du unternehmen?«

»Herrgott im Himmel. Amy? Ist tot? Aber was zum ...«

Richard Whyte legte auf.

Cyril ließ Handy und Glas einfach fallen und rannte die Treppe hinauf. »Louise! Louise! Wir müssen reden. Und zwar jetzt!«

———

Louise hielt es für sicherer, in diesem Augenblick lieber nicht im Haus zu sein. In ihren silbernen Parka gehüllt, eilte sie die gekieste Auffahrt hinunter auf die Straße. Es war dunkel. Natürlich war es dunkel. Ihr Vater hatte dieses Haus mitten in der Einöde gebaut.

Sie hasste es, außerhalb der Stadt zu wohnen, und da sie nie richtig fahren gelernt hatte, rostete ihr roter Mazda-Sportwagen in einer der vier Garagen hinter dem Haus vor sich hin. Noch so eine Extravaganz von ihres Vaters Seite. Wollte er etwas kompensieren? Aber was? Diese Frage trieb sie um, während sie den schmalen Weg, der die Straße säumte, entlangging.

Ihr Vater wieder! Wie er eben die Treppe heraufgepoltert war und gebrüllt hatte, dass Amy tot war! Das konnte nicht stimmen. Sie war an ihm vorbeigerannt und ohne Tasche oder Telefon in die Nacht hinausgelaufen. Sie musste es selbst herausfinden. Obwohl die Scheinwerfer vorbeifahrender Autos sie erfassten, ehe die Dunkelheit sie erneut einhüllte, fürchtete sie nicht um ihre Sicherheit. Sie wohnte schon ihr ganzes Leben lang in Ragmullin. Sie kannte diese Stadt in- und auswendig.

Das mit Amy konnte einfach nicht stimmen. Ihre Beziehung hatte schwer gelitten. Teeniefreundschaften schafften es selten ins Erwachsenenleben, das wusste Louise, aber sie wusste auch, dass sie beide durch ihre Vergangenheit untrennbar miteinander verbunden waren.

Wieder wurde die Straße in silbergraues Licht getaucht, als sich ein Auto hinter ihr näherte. Mit gesenktem Kopf ging sie weiter. Doch dieser Wagen fuhr nicht an ihr vorbei. Die Lichter blieben auf einer Höhe, dann hielten sie an. Louise setzte ihren Weg fort. Sie war fast da. Noch drei Minuten, dann käme das Parkland Hotel in Sicht, und Laternen würden den Weg zu Amy säumen. Vielleicht sollte sie rasch ins Hotel hineinspringen. Ein heißer Whisky mit einem mit Nelken gespickten Zitronenschnitz würde sie ein wenig aufwärmen, inzwischen begann sie die Kälte durch die Daunen ihrer Jacke zu spüren. Die Kälte und noch etwas anderes. Ein Anflug von Angst. Das Auto bewegte sich nicht.

Louise beschleunigte und begann zu laufen, als eine Hand ihren Arm packte und sie herumschwang. Sie öffnete den Mund, um zu schreien, aber nur ein Stöhnen untermalte das Prasseln des Regens, der auf die Straße fiel.

»Louise? Ich dachte mir doch, dass du das bist. Wie geht's dir?«

»O Gott!« Sie schauderte. »Du hast mich zu Tode erschreckt. Weißt du nicht, dass man sich auf einer dunklen Straße nicht an eine schutzlose Frau anschleicht?« Die Worte brachen nur so aus ihr hervor, als sie versuchte, die Panik, die ihr Herz zum Wummern brachte, zu verbergen.

»Lust auf einen Drink?«

Er drängte sie, ohne dass es danach klang. Es war seine Körpersprache. Der Kopf, der sich drehte und wendete. Um sich zu vergewissern, dass niemand sie bemerkt hatte? Ein Zucken im Mundwinkel, das ständige Schniefen. Sie musste ruhig wirken.

»Nein, danke. Ich brauchte nur frische Luft. Musste raus aus dem Haus. Alles gut. Ich liebe den Regen.«

Sie entzog ihm den Arm und setzte sich wieder in Bewegung. Er hielt mit ihr Schritt.

»Lass mich in Ruhe.« Tapfere Worte, doch sie zitterte inzwischen am ganzen Körper.

»Ach, komm schon. Ein Drink wärmt dich ein bisschen auf.«

Sie blieb stehen und wirbelte herum. Holte aus und schlug zu. Was sie genauso überraschte, wie es ihn schockierte. Seine Kinnlade fiel herab, und ihm blieb der Mund offenstehen.

»Das war ziemlich dumm von mir, nicht wahr?«

Sie nutzte ihre Chance, solange er offenbar wie betäubt von ihrer Tat war, wandte sich um und rannte los. Weiter in die Dunkelheit hinein, wo die Straße leer war.

Diese eine Sache, vor der sie sich am meisten gefürchtet hatte, war eingetreten.

Ihre Vergangenheit hatte sie eingeholt.

Und sie konnte nur versuchen, ihr erneut davonzurennen.

———

Megan Price nahm die letzte der Porzellanfiguren aus der Schachtel, die sie unter dem Bett versteckt hatte. Er hatte sie nicht gefunden, als er das Haus nach Wertgegenständen, die er verkaufen konnte, durchwühlt hatte. Sie nahm sie jeden Abend heraus, um sie zu polieren. Denn diese kleinen Figuren waren kostbar. Sie waren alles, was ihr von damals geblieben war.

Sie stellte sie auf den Kaminsims und schob sie herum, bis sie so standen, wie sie sollten. Wie er sie immer arrangiert hatte.

Sie erhaschte einen Blick auf ihr Abbild im Spiegel über dem Kamin und rieb sich mit dem gelben Staublappen einen Schmutzfleck von der Stirn. Ihr Vater hätte gesagt, sie sähe aus wie eine wandelnde Leiche. Und er hätte recht damit gehabt. Wenn er denn noch leben würde.

Als sie die Hand wieder herunternahm, streifte sie die Kante des Porzellanschuhs mit der feinen Goldverzierung, und ehe sie reagieren konnte, war die Figur auf dem nackten Holzboden zerschmettert.

Sie ließ sich auf die Knie sinken und versuchte hektisch, die Teile wieder zusammenzufügen. Mit Sekundenkleber mochte es gehen, doch die Bruchstellen würde man weiterhin sehen. Sie schloss die Finger um die Scherben in ihrer Hand, spürte die scharfen Kanten und ließ sie wieder los.

Sie brauchte Luft. Sie musste raus aus diesen erstickenden Wänden voller pulsierender Erinnerungen, ehe ihre ganze Welt auseinanderfiel.

———

Er folgte ihr nicht mehr. Sie hörte seine Schritte nicht länger auf den Weg, daher blieb sie stehen, rang nach Luft und wagte einen Blick über die Schulter.

Dunkelheit. Nichts. Niemand.

Louise atmete aus und setzte sich schnellen Schrittes wieder in Bewegung. Woher war er gekommen? Hätte sie doch nur ihr Handy mitgenommen, um ihren Dad anrufen zu können, damit er sie auflas! Es war unbedacht gewesen, einfach so aus dem Haus zu stürmen. Die Tat eines bockigen Teenies. Der sie einst gewesen war. Den hinter sich gelassen zu haben sie schon vor zehn Jahren geglaubt hatte. Ein leicht zu beeinflussender Teenie. Ja, dachte sie. Amy und sie hatten einiges auf dem Gewissen. Sie konnte nicht tot sein.

Amys Haus, das die Firma von Louises Vater gebaut hatte, stand auf einem eingezäunten Areal, wo niemals Wohnhäuser vorgesehen waren. Wahrscheinlich war es hilfreich gewesen, dass Mr Whyte im Rat saß. Sie tippte den Key-Code ein, den sie noch von früher kannte, und als die Tore aufschwangen, entdeckte sie die vielen Autos an der Straße vor dem Haus. Louise blieb wie angewurzelt stehen. Etwas stimmte nicht. Etwas stimmte ganz und gar nicht. Ihr Dad hatte recht gehabt. Amy war tot.

Sie zwang ihre Füße in Bewegung und steuerte auf das Haus zu. Nein. Nein, sie wollte da nicht rein. Sie wollte lieber zu jemandem gehen, der sie trösten würde. Sie drehte sich wieder um und huschte durch die sich schließenden Tore, ehe sie endgültig zufielen.

Als sie das Mehrfamilienhaus erreicht hatte, rannte sie die Treppe hinauf und hämmerte an die Tür. Sie öffnete sich, und sie fiel dem Mädchen vor ihr in die Arme.

»O Cristina«, schluchzte sie.

»Was ist los, Süße? Du bist ja pitschnass. Komm rein. Komm rein.«

Louise ließ sich einen Moment lang einfach nur halten, ehe

sie die behagliche Wohnung betrat. Im gleichen Moment flog die Tür hinter ihr krachend auf und Cristina wurde zu Boden gestoßen.

»Hallo, Mädels«, sagte eine Stimme.

Mit offenem Mund und am ganzen Körper zitternd, konnte Louise nur auf das Messer starren, das in der behandschuhten Hand glänzte.

»Wollt ihr mich nicht reinbitten?« Das Messer wanderte in die andere Hand.

Louise spürte ein Pieksen an ihrem Hals. Sie versuchte, aufrecht stehenzubleiben, doch sie fühlte sich plötzlich wie paralysiert. Ihre Beine gaben nach, und sie sackte gegen die Wand. Als ihre Lider sich senkten, hörte sie Cristina schreien.

SIEBENUNDZWANZIG

Bevor Lottie ins Bett ging, überprüfte sie, ob alle Türen und Fenster verschlossen waren. An der Haustür glaubte sie, einen Schatten hinter der Glasscheibe zu sehen. Boyd?

Sie löste die Kette, drehte den Schlüssel im Schloss und zog die Tür auf. Niemand da. Der Tag war anstrengend gewesen, und ihr ächzten die Knie vor Müdigkeit. Offenbar sah sie schon Gespenster. Das Bild der zwei ermordeten Frauen auf den Tischen im Leichenschauhaus wollte nicht verschwinden. Daran wird es liegen, dachte sie.

Doch als sie ansetzte, die Tür wieder zu schließen, entschied sie, nein. Lieber noch einmal richtig nachsehen. Sie ging den schmalen Weg entlang zur Straße. Keine Autos. Kein Hund, keine Katze. Der Regen hatte etwas nachgelassen. Frieden und Stille bis auf das träge Flüstern der Tropfen.

Sie kehrte zurück zum Haus und blieb im Licht, das aus dem Flur auf die Treppe fiel, stehen. Was war das? Sie bückte sich und musterte eine Ansammlung verstreuter Samen auf dem Beton. Waren sie schon da gewesen, als sie vor einem Moment hinausgegangen war? Sie fuhr herum. Niemand zu sehen.

Und dann wusste sie Bescheid. Wusste, wer das hier verstreut hatte. Waren die Samen eine Warnung oder eine Aufforderung zum Kampf?

Scharf durchfuhr sie die Angst. Es war, als habe etwas ihre Hauptschlagader durchtrennt, sodass das Leben aus ihr heraussickerte. Es gab nur eine Person, die eine ungesunde Affinität zu Samen und Kräutern hatte. Das hatte sie bei den Ermittlungen festgestellt, die zur Verhaftung ihrer Halbschwester geführt hatten.

Bernie Kelly war hier gewesen.

———

Die Frau zog sich aus dem Gebüsch zurück, als die Tür krachend zufiel. Sie lächelte.

Lottie hatte die Botschaft bekommen.

Sie schob die Hände tief in die Taschen und summte eine zusammenhanglose Melodie vor sich hin. Sie war nicht so dumm, um laut zu singen – singen konnte sie ohnehin nicht.

Sobald sie um die Ecke gebogen war, wanderte sie auf der Hauptstraße weiter, wobei sie dicht an den Hecken blieb. Nach einem Jahr hinter Schloss und Riegel und zudem meistens ans Bett gefesselt, tat es gut, sich an der frischen Luft zu bewegen. Es war ihr egal, wie lange diese Freiheit dauerte, solange sie ihr Vorhaben in die Tat umsetzen konnte.

Nun war es an Rose Fitzpatrick, die ihr zugedachte Rolle zu spielen und den zweiten Teil der Botschaft abzuliefern.

Und dann konnten sie endlich zur Sache kommen.

———

Er hatte die Milch vergessen. Aber sie schlief schon, als er nach Hause zurückkehrte, daher ging er direkt auf sein Zimmer. Er brauchte eine Dusche, aber die Strapazen der vergangenen

Stunden hatten ihn ausgezehrt. Er zog sich nackt aus und legte sich auf die harte Matratze.

Er hatte sich nicht die Mühe gemacht, die Vorhänge zuzuziehen. Das Licht von der Straße fiel auf die Wände, und er starrte auf die unzähligen Spinnennetze, die sich an die Glühbirne an der Decke klammerten. Genau wie er sich an die Wirklichkeit klammerte.

Ihre tiefgrünen Augen waren überall. Die scharf geschnittene Nase, die gnadenlosen Lippen. Und die Augen. An sie erinnerte er sich am deutlichsten. Wie sie ihn aus dem Zeugenstand angesehen und dabei ihre Lügen erzählt hatte. Sie wusste, dass es sich um Lügen gehandelt hatte, denn er kannte die Wahrheit.

Seine Finger krampften vor Kälte, seine Zehen waren eiskalt. Das Raynaud-Syndrom meldete sich wieder. Aber es war zu kalt, um wieder aus dem Bett zu steigen und Socken zu holen. Er zog die dünne Decke bis zum Hals hoch und dachte erneut an sie. Lottie Parker. Und ihr Hexenzirkel, der sich gegen ihn verschworen hatte.

Während er wach im Bett lag, überlegte er sich neue Methoden, um sie für die zehn verlorenen Jahre seines Lebens büßen zu lassen.

―――――

Das Wasser war zu heiß, aber Tony stand dennoch unter der Dusche und schrubbte sich, bis er beinahe wund war. Als er das Gefühl hatte, endlich sauber zu sein, stieg er aus der Dusche, schlang sich ein Handtuch um die Taille und ließ die pochende Haut an der Luft abkühlen.

Sie fehlte ihm. In Nächten wie diesen sehnte er sich nach ihrer verschwitzten Haut an seiner. Nach dem Geruch ihres Liebesspiels. Dem Geschmack ihres Körpers. Dem liebenden Ausdruck ihrer Augen. Nein. Stopp. Sie hatte nie einen liebenden Ausdruck in ihren Augen gehabt. Verachtung und Ekel, das war alles, was er in der Schwärze ihrer Augen je gesehen hatte. Und nun schauderte es ihn dabei.

Schließlich trocknete er sich ab, drehte das Wasser ab, machte das Licht aus und tappte plattfüßig und nackt ins Bett.

———

Bernie war vor Stunden gegangen, aber Rose saß noch immer in der gleichen Position da.

Was sollte sie tun? Sie musste es Lottie sagen. Aber wie?

Sie biss sich auf ihre bereits abgekauten Nägel und schüttelte den Kopf. Sie war über siebzig Jahre alt und hatte in ihrem Leben schon so viel erlebt, doch noch nie hatte sie eine solche Angst empfunden wie jetzt.

Sie konnte Lottie nicht weitergeben, was Bernie gesagt hatte. Aber sie musste ihre Tochter und ihre Enkel dennoch schützen.

Sie saß da und zupfte an ihren Nägeln, bis die Morgendämmerung erneut begann, die Küche zu erhellen.

ACHTUNDZWANZIG

Am Mittwochmorgen war der Himmel schöner, als er sich die ganze Woche über gezeigt hatte. Schon im Morgengrauen drangen ein paar goldene Strahlen durch die Bäume, in denen Vögel hockten, und winzige Fliegen schossen durch das diffuse Licht. Dennoch konnte Lottie das Unbehagen, das sich zwischen ihren Schulterblättern festgesetzt hatte, nicht abschütteln.

Sie nahm das Tütchen mit den Samen, die sie gestern Abend vor ihrer Schwelle aufgesammelt hatte. Es mussten um die fünfzig sein. Sollte die Anzahl ihr etwas sagen? Oder handelte es sich um eine wahllose Menge, die sie verwirren und dazu bringen sollte, sich über die Bedeutung den Kopf zu zerbrechen? Aber das Wissen, dass ihre Halbschwester ihrem Zuhause, ihren Kindern und ihrem Enkel so nah gekommen war, reichte aus. Sie hatte ihre Visitenkarte hinterlassen.

Die Wärme und Behaglichkeit ihres neuen Heims war plötzlich zu Finsternis zusammengeschmolzen, und ein Schauder der Beklommenheit kroch ihr Rückgrat hinauf. Stopp! Nie und nimmer würde sie der Frau zugestehen, ihr neues Glück zunichtezumachen. Lange genug hatten ihr

Geister das Leben schwergemacht, und sie würde nie wieder in dieses Verlies aus Verzweiflung und Ungewissheit hinabsteigen.

»Du kannst mich mal, Bernie«, sagte sie.

»Was?«

Lottie fuhr herum. »Katie! Mein Gott. Du hast mich zu Tode erschreckt.«

»'tschuldige, Mam.« Katie öffnete eine Schranktür und holte eine Packung Cornflakes heraus.

»Was hat dich denn so früh aus dem Bett getrieben? Ich habe Louis noch gar nicht gehört.«

Katie setzte sich an den Tisch und schaufelte sich eine Handvoll Cornflakes in den Mund. »Es war auch nicht Louis.«

»Sprich nicht mit vollem Mund, und wie wär's mit Schüssel und Löffel?«

Katie schob die Schachtel über den Tisch, umklammerte ihre Hände und senkte, ohne zu antworten, das Kinn auf die Brust.

Lottie zog sich einen Stuhl heran, setzte sich ihrer ältesten Tochter gegenüber und umfasste ihre Hände. »Was ist los? Du kannst es mir sagen.«

»Nichts. Alles okay.«

»Du bist doch nicht schwanger, oder?« Die Aussicht brachte Lotties Herz zum Stolpern. Mit diesem Szenario würde sie nie und nimmer umgehen können.

Katie blickte sie unter gesenkten Lidern an und grinste. »Sofern es sich nicht um eine unbefleckte Empfängnis handelt, eher nicht.«

Lottie stieß den Hauch eines Seufzers aus. »Was macht dir dann Sorgen?«

»Nichts. Wirklich. Nur mein Verstand, der Spielchen mit mir treibt.« Katie blickte weg.

Behutsam drehte Lottie den Kopf ihrer Tochter wieder zu sich und sah ihr in die Augen. »Es ist nicht nichts, sonst

würdest du um diese Zeit noch schlafen und nicht die Cornfla-
kesschachtel plündern.«

»Du hältst mich bloß für verrückt.«

»Nein, Schätzchen. Die Verrückte in dieser Familie bin
ich.«

»Ich habe einfach nur so ein blödes Gefühl. Dass mich
jemand beobachtet. Mich verfolgt.«

Lottie ließ ihre Hand sinken und setzte sich voller Unbehagen anders hin. »Wann? Wo?«

»Jetzt schalte nicht sofort wieder in den Polizeimodus,
Mam.«

»Sag schon.« Lottie entdeckte Louis' Wolljäckchen über
einer Stuhllehne. Sie nahm es und begann es zu falten. Sie
musste ihre Hände beschäftigen.

»Vorgestern. In der Stadt«, sagte Katie. »Es kam mir vor, als
ob mich jemand beobachtet, als ich bei Jinx Klamotten anprobiert habe. Und gestern Abend hatte ich das gruselige Gefühl,
dass jemand durch mein Fenster sieht. Was natürlich Quatsch
ist, da mein Zimmer oben ist. Ich bilde mir das alles wahrscheinlich nur ein. Hormone oder so.«

Oder so, dachte Lottie. Sie würde Bernie Kelly ausfindig
machen und sie am höchsten Baum Ragmullins aufhängen. Es
reichte jetzt.

»Mach dir keine Gedanken«, sagte sie und gab sich Mühe,
so nonchalant wie möglich zu klingen. Sie wollte ihrer Tochter
keine Angst machen, aber gleichzeitig musste Katie unbedingt
wachsam bleiben. »Es könnten die Hormone sein oder einfach
nur die Jahreszeit mit Halloween und all dem. Aber sei
trotzdem vorsichtig. Behalte Louis im Auge. Und Chloe und
Sean auch.«

Sie fuhr mit den Fingern über die weichen Strickrippen der
kleinen hellbraunen Jacke. Vielleicht sollte sie es Katie sagen,
sie warnen. Aber was hatte das für einen Sinn? Ihren Kindern
Angst einzujagen, würde Bernie nicht fernhalten. Im Übrigen

war sie sich sicher, dass ihre Halbschwester hinter ihr her war, nicht hinter ihren Kindern. Für alle Fälle würde sie jedoch ein Taxi organisieren, dass Chloe und Sean ab jetzt zur Schule fuhr und wieder abholte.

»Vielleicht solltest du heute zu Hause bleiben. Louis ist ja leicht erkältet, und da wäre es besser, ihn nicht wechselnden Temperaturen auszusetzen.« Sie legte die Strickjacke auf den Tisch.

»Du verschweigst mir doch was, Mam.«

»Halt einfach die Augen auf, das ist alles. Ich untersuche den brutalen Mord an zwei jungen Frauen, die nicht viel älter waren als du, man weiß also nie.« Sie hatte mit ihren Töchtern bereits über den Fall gesprochen, aber sie konnten sich nicht erinnern, an diesem Samstag im Club irgendetwas Ungewöhnliches bemerkt zu haben.

»Danke für die beruhigenden Worte«, sagte Katie.

»War das Zynismus?«

»Nein, Mam. Zynismus ist neben Verrücktheit *dein* Fachgebiet.« Katie stand auf, und Lottie spürte die Wärme ihrer Arme um ihre Schultern, als ihre Tochter sie drückte. Sie roch nach Louis, was einen beruhigenden Effekt auf Lottie hatte.

»Und jetzt hol dir Schüssel, Löffel und Milch. Ich muss zur Arbeit.«

Lottie nahm Louis' Jacke vom Tisch, um sie Katie zu reichen. Dabei hörte sie, wie etwas klirrend zu Boden fiel. Sie blickte auf die blendend weißen Fliesen. Was war das gewesen? Dann sah sie die kleine Scheibe, die im diffusen Licht, das durchs Fenster drang, schimmerte. Ihr stockte der Atem. Sie erkannte die Münze. Es war exakt die gleiche, wie sie sie am Tatort und in Amy Whytes Zimmer gefunden hatten.

»Mam, was ist?«

Lottie ließ sich auf die Knie sinken, um die Münze genauer zu betrachten. »Katie, wo warst du gestern? Und mit wem warst du zusammen?«

»Jetzt machst du mir Angst. Was ist das? Ist das aus Louis' Tasche gefallen?«

»Ich glaube ja. Wie ist es da reingekommen?«

»Keine Ahnung.«

»Wo bist du mit ihm gewesen, als er das Jäckchen anhatte?«

Katie zuckte die Achseln. »In der Stadt. Kurz bei Granny, dann in der Apotheke, um Hustensaft für ihn zu kaufen. Dann habe ich im Fallon's eine Suppe gegessen und bin wieder nach Hause gekommen. Das war alles.«

»Und du hattest Louis die ganze Zeit im Blick?«

»Ja, klar. Was ist denn los, Mam?«

»Bist du dir ganz sicher?«

Die Farbe, die Katie in die Wangen gestiegen war, wich ihr wieder aus dem Gesicht. Die Augen ihrer Tochter verdunkelten sich, was nicht allein an den verschmierten Mascararesten lag.

»Wann?«, fragte Lottie. »Wann hast du ihn möglicherweise nicht im Blick gehabt?«

»Ich weiß es nicht. Vielleicht als ich am Montag im Jinx die Sachen anprobiert habe. Aber June, die Verkäuferin, hat für mich auf ihn aufgepasst. Mam! Ich kriege langsam richtig Angst. Was ist das? Was ist denn los?« Katie ließ sich neben Lottie auf die Knie sinken.

Sie musste ihre Tochter augenblicklich beruhigen.

»Wahrscheinlich handelt es sich bloß um ein billiges, selbstgemachtes Plättchen. Vielleicht hat es jemand für einen Euro gehalten und Louis in die Tasche gesteckt, weil er nett sein wollte.« Natürlich glaubte sie das selbst nicht. »Jetzt sieh zu, dass du frühstückst, und überlass das hier mir.«

»Ist das irgendein Beweisstück oder so was?« Katie erhob sich, nahm sich eine Schüssel und gab Cornflakes und Milch hinein.

Lottie schüttelte langsam den Kopf. »Glaub ich nicht. Ich werde mich darum kümmern.«

Als Katie die Küche verließ, hastete Lottie zur Theke und holte Einmal-Handschuhe aus der Schachtel in der Schublade. Sie zog sie an, nahm einen kleinen Gefrierbeutel und tat die Münze hinein. Dann ging sie damit zum Fenster, wo auch das Tütchen mit den Samen lag. Was zum Teufel war hier eigentlich los?

NEUNUNDZWANZIG

Das Bauvorhaben war gegen die Wand gelaufen. Buchstäblich.

Der Vorarbeiter, Bob Cleary, kratzte sich mit einem dicken, schwieligen Finger am Kopf und stieß dabei seinen Helm zurück, sodass die Lampe an die Decke schien und die Backsteinmauer direkt vor ihm ins Dunkel getaucht wurde.

»Was zum Teufel soll das denn?« Er holte seine Taschenlampe hervor und zog den Bauplan aus der Tasche. Er drückte ihn aufgefaltet an die feuchte Mauer und richtete den Lichtstrahl darauf. Die Zeichnung stimmte nicht. Da gab es keine Mauer. Nur stand er aber gerade davor. Unfassbar, ehrlich.

Er raffte den Plan zusammen und stopfte ihn wieder in seine Tasche. Dann rückte er seinen Helm zurecht und sah sich um. Er hatte gewusst, dass es tief unter dem alten Gerichtsgebäude Tunnel gab, sie waren ja alle erfasst und deutlich gekennzcichnet. Doch diese Hürde oder Baumaßnahme oder was auch immer das sein sollte war in keinem Plan, den er zu sehen bekommen hatte, dokumentiert.

»Dieser verdammte Job wird jeden Tag schwieriger«, brummte er. Schon drei Monate im Verzug, und nun auch noch dieses unvorhergesehene Hindernis.

Er hämmerte mit der Faust gegen die Mauer, als würde sie dadurch verschwinden. Der Mörtel bröselte unter seinen Fingern. Er kratzte mit dem Fingernagel den Rand eines Ziegels entlang. Der Zement war nicht neu, nur durch das Grundwasser durchfeuchtet. Bob hatte keine Ahnung, wie lange diese Mauer hier schon stand, aber er musste sie loswerden, und das schnell.

Sein Handy hatte hier unten keinen Empfang, also machte er sich auf den Rückweg durch den Tunnel. Das hier würde viele Telefonate nach sich ziehen. Aber dieser Murks ging auf die Kappe des Architekten. Bob Cleary würde sich das jedenfalls nicht anlasten lassen.

»Ganz sicher nicht.« Seine Stimme hallte von den Wänden wider, als er die Stufen hinaufstieg.

Cyril Gill würde ihn deswegen total zur Sau machen. Fuck. Und Doppelfuck.

———

Auf dem Weg zur Arbeit sprang Lottie für einen Kaffee bei McDonald's rein. Sie war noch immer der Ansicht, dass es dort den besten Kaffee gab, obwohl Boyd im Augenblick Ragmullins neuestes Café, The Bank, in höchsten Tönen lobte. Aber sie hatte nicht die Geduld, erst einen Parkplatz zu suchen, das Vertraute war schlichtweg die einfachere Option. Auf einem Bildschirm lief ein Nachrichtenkanal, der rund um die Uhr sendete. Der Ton war ausgestellt, doch am unteren Bildrand waren Untertitel eingeblendet.

Sie stand vor einem Dilemma. Ihre Familie musste beschützt werden, aber wie sollte sie McMahon überreden, Mittel abzustellen, wenn sie ohnehin schon so knapp mit Personal waren? Wenn sie ihm den Grund für ihre Anfrage verriet, würde sie Bernie erwähnen müssen, und das wollte sie um jeden Preis vermeiden.

Während sie auf ihren Kaffee wartete, wurde ihr Blick von dem Fernsehgerät angezogen. Prompt fiel ihr die Kinnlade herab. Cynthia Rhodes stand vor Ragmullins Wache. Hastig las Lottie den Text, der unter dem kamelhaarfarbenen Mantel der Reporterin vorbeizog.

Bernie Kelly, eine Serienmörderin, die vor einem Jahr in Ragmullin ihr Unwesen getrieben hat, soll aus dem Central Mental Hospital entkommen sein. Wann es geschehen ist, ist nicht bekannt. Die Behörden bitten die Öffentlichkeit, nach ihr Ausschau zu halten, sich ihr aber keinesfalls zu nähern, sondern stattdessen die Leitstelle anzurufen.

»Können Sie das laut stellen?« Hektisch klopfte Lottie auf die metallene Theke, um den Barista auf sich aufmerksam zu machen.

»Sorry. Das wird vom Büro gesteuert.«

»Geben Sie mir einfach meinen Kaffee.« Sie warf zwei Euro auf die Theke und schnappte sich den Becher.

Als sie sich abwandte, erhaschte sie einen Blick auf die letzten Sätze, ehe zum nächsten Bericht geschaltet wurde.

Wie mir aus exklusiver Quelle zu Ohren gekommen ist, handelt es sich bei Bernie Kelly um eine Schwester der Polizistin, die sie verhaftet hat, Detective Lottie Parker.

»Verfluchter Bockmist.« Lottie rannte hinaus.

Sie parkte im Hof und überlegte, ob sie den Hintereingang nehmen sollte, als sie den Pulk aus Kameras und Reportern um die Ecke biegen und auf das Tor zustreben sah. Ihr blieb wohl nichts anderes übrig, als dem aufziehenden Sturm entgegenzutreten.

Natürlich führte Cynthia Rhodes den Mob an – das Mikrofon in der Hand, den Kameramann im Schlepptau und hinter ihr ein Meer aus hocherhobenen Smartphones. So ein Mist!

Lottie straffte die Schultern und hielt in der Absicht, ihrer Erzfeindin im Vorbeigehen den Ellenbogen in die Magengrube zu rammen, geradewegs auf sie zu.

Cynthia lächelte. »Detective Inspector Parker. Ist es wahr, dass Sie an Bernie Kellys Freigang beteiligt sind? Die Frau, die Sie selbst hinter Gitter gebracht haben?«

»Kein Kommentar.« Sie würde Leo umbringen. Sobald sie ihn ausfindig gemacht hatte. Und dann Bernie. Sobald sie auch sie gefunden hatte.

»Ist es wahr, dass Bernie Kelly Ihre Halbschwester ist?«

Lottie blieb stehen. Ihr Blut steuerte rasant auf den Siedepunkt zu. »Oh, Halbschwester jetzt, ja? Vor zehn Minuten war sie noch eine ausgewachsene Vollschwester.« Ihre Haut prickelte.

»Meine Quellen haben mir mitgeteilt, dass …«

»Welche Quellen?« Es war falsch, darauf einzugehen, aber sie wollte es wissen.

»Meine Quellen sind vertraulich. Können Sie mir sagen …«

»Kein Kommentar.«

»Hat sie etwas mit den zwei toten Frauen zu tun, die gestern gefunden wurden?«

Mit gesenktem Kopf drängte Lottie sich durch die Menge, ignorierte die Fragen und stolperte beinahe über die unterste Stufe, als sie die Treppe erreichte.

»Wo ist sie, Inspector?«, erklang Cynthias Stimme über den Pulk hinweg.

»Wenn ich das nur wüsste.« Lottie ließ die Tür langsam vor den Reportern zufallen.

In der Wache entdeckte sie Cyril Gill, der den Sergeant am Empfang zusammenfaltete.

»Mr Gill, kann ich Ihnen helfen?« Sie ließ ihren Schlüssel in ihre Tasche fallen, lotste den Mann von der Theke weg und schob ihn in den kleinen Verhörraum zu ihrer Rechten. »Was ist los?«

Die aalglatte Geschäftspersönlichkeit, die sie am Montag kennengelernt hatte, war durch einen nassen, zerzaust wirkenden Mann ersetzt worden. Sorgenfalten hatten sich in seine Kiefer gegraben, und unter seinen eingesunkenen Augen waren dunkle Ringe zu sehen. Er fuhr sich wütend mit einer Hand durchs Haar, während die andere sein Jackett auf und ab strich, als suche er etwas. Der Saum seines Hemds hing unordentlich über seinem Gürtel.

»Meine Tochter Louise. Sie ist gestern Abend nicht nach Hause gekommen. Ich habe keine Ahnung, wo sie sein könnte.«

»Bitte setzen Sie sich«, sagte Lottie, während sie ihre Jacke auszog. Besorgnis begann sich in ihr breitzumachen. »Möchten Sie, dass ich eine Vermisstenanzeige aufnehme?«

»Ich will, dass sie gefunden wird, das will ich!«

»Setzen Sie sich bitte.« Die Erfahrung hatte sie gelehrt, dass Leute, die außer sich waren, klare Anweisungen brauchten. Vielleicht sollte sie sich das selbst zu Herzen nehmen. Sie war überrascht, als Gill gehorchte.

»Wann haben Sie sie zum letzten Mal gesehen?«

»Gegen acht Uhr. Wir haben uns gestritten.« Dann schien er sich zu besinnen und fügte hinzu: »Nicht wirklich gestritten. Ich habe versucht ihr klarzumachen, dass Amy Whyte, eine alte Freundin von ihr, ermordet worden ist. Aber sie wollte mir nicht glauben. Sie ist ohne Handy oder sonst was aus dem Haus gerannt. Seitdem habe ich sie nicht mehr gesehen.«

»Wie alt ist Louise?« Aber Lottie wusste es bereits. Louise Gill hatte vor zehn Jahren mit Amy Whyte den Täter vom Schauplatz eines Verbrechens davonlaufen sehen und ihn als Conor Dowling identifiziert. Und Lottie konnte die Ahnung nicht abschütteln, dass Louises Verschwinden und Amys Tod zusammenhingen.

»Fünfundzwanzig«, sagte Gill. »Aber sie ist trotzdem noch mein kleines Mädchen.«

»Erzählen Sie mir mehr.«

Er seufzte und ballte die Fäuste auf dem Tisch. »Was gibt's da zu erzählen? Ich weiß nicht, wo sie ist, und mache mir Sorgen.«

»War sie noch mit Amy Whyte befreundet?«

»Ich bin mir nicht sicher. Ich glaube nicht.« Er schien plötzlich auszuweichen. »Ein paar Jahre nach dem Dowling-Prozess haben sie sich auseinandergelebt. College und all das.«

»Warum war sie so aufgebracht, als Sie ihr von dem Mord an Amy erzählt haben?«

»Ich weiß es nicht. Wirklich nicht.«

»Vielleicht ist sie zu Amy nach Hause gegangen. Haben Sie da mal nachgefragt?«

»Dort war ich heute Morgen als Erstes. Sie ist nicht dort gewesen. Richard ist am Boden zerstört.«

»Haben Sie sie angerufen?«

»Ich habe Ihnen doch schon gesagt, dass sie ohne Handy losgegangen ist. Inspector, meine Louise ist ein stilles Mädchen. Fast schon introvertiert. Sie tut den ganzen Tag praktisch nichts als lernen und an ihrer Diplomarbeit schreiben. Ich habe absolut keine Ahnung, warum sie nicht nach Hause gekommen ist.«

»Hat sie andere Freundinnen?«

Er hob langsam die Schultern, als hätte er Mühe, seinen Kopf aufrecht zu halten. »Nicht, dass ich wüsste.«

»Einen Freund?«

»Warum fragen Sie mich das?« Etwas blitzte in seinen Augen auf. Ärger? Oder Verzweiflung? Lottie war sich nicht sicher, aber sie wusste, dass er etwas verschwieg.

»Weil es sein kann, dass Louise bei einer Freundin oder einem Freund ist.«

»Das glaube ich nicht.« Er rutschte unruhig auf seinem Stuhl herum. Eine Lüge, dachte Lottie.

»Haben Sie ihr Handy mitgebracht?«

Er holte es aus seiner Tasche, entsperrte es und legte es auf den Tisch.

»Haben Sie Ihre Kontakte durchgesehen?«

»Ich habe jeden einzelnen angerufen. Die Liste ist nicht sehr lang, wie Sie sehen.«

Lottie, die bereits durch die Namen scrollte, war erstaunt, dass eine Fünfundzwanzigjährige so wenige Leute eingetragen hatte. Dann kam ihr ein Gedanke. »Hat sie ein zweites Handy?«

»Ein zweites Handy? Wozu denn das? Das ist das neuste Modell.«

Er hatte offenbar keine Ahnung, wie junge Leute funktionierten. Lottie sah sich die Social-Media-Apps an, in letzter Zeit keine Updates.

»Es muss jemanden geben, dem sie sich anvertraut.«

Er scharrte mit den Füßen. Biss sich auf die Innenseite der Wange. Rieb an einem imaginären Fleck auf der Tischplatte. »Da gibt da ein Mädchen, Cristina. Louise ist sich nicht bewusst, dass ich von ihrer ... Freundschaft weiß. Ich hab sie angerufen, aber es meldet sich keiner.«

»Wie ist ihr voller Name, und wo wohnt sie?« Lottie spürte intuitiv, dass ihm die Beziehung seiner Tochter zu diesem Mädchen nicht behagte.

Er nannte ihr Name und Adresse. Cristina Lee. Ein Name, den sie erst kürzlich gehört zu haben glaubte. Sie schrieb beides auf. »Und ist diese Cristina eine gute Freundin?«

»Ich habe keine Ahnung, was sie ist, aber ich will meine Louise zurück.«

»Ich verstehe Ihre Besorgnis, und ich werde sehen, was ich

tun kann.« In Anbetracht der Tatsache, dass Conor Dowling aus dem Gefängnis entlassen worden war und zwei junge Frauen ermordet im Leichenschauhaus lagen, war Lottie selbst mehr als nur ein wenig besorgt um Louises Wohlergehen, aber das durfte sie Cyril Gill nicht spüren lassen. »Strenggenommen müssen wir achtundvierzig Stunden warten, bis wir das hier als Vermisstenfall einstufen können, deshalb würde ich Ihnen raten, bis dahin alles zu tun, was Ihnen selbst möglich ist, um Ihre Tochter zu finden.«

»Was sind Sie nur für eine nutzlose Person! Ich gehe jetzt raus und rede mit den Reportern. Und dann sehen wir ja, wer die notwendigen Hebel in Bewegung setzt, um meine Tochter zu finden.«

»Mr Gill ...«

Doch er war schon weg.

Lottie hoffte, dass Louise nichts geschehen war, doch sie wusste instinktiv, dass hier etwas ganz und gar nicht stimmte. Langsam erhob sie sich. Mit was für einem Mist würde sie sich heute noch auseinandersetzen müssen?

DREISSIG

Kein Cyril Gill weit und breit, und ans Telefon ging er auch nicht. Bob Cleary spürte, wie sich der Schweiß der Verzweiflung zwischen seinen Schulterblättern sammelte und sein T-Shirt durchweichte. Er zerrte seine Arbeitsjacke von den Schultern und ging in der Enge des Containers auf und ab. Von den Wänden rann das Kondenswasser, und jeder Tropfen klang in seinen Ohren laut wie ein Hammerschlag. Gill würde ihn kreuzigen. Was zum Henker sollte er tun? Sich drum kümmern. Das würde sein Chef ihm sagen. Ja, das war es, was er tun musste.

Er steckte den Kopf nach draußen und sah sich nach ein paar Jungs um, denen er trauen konnte. Sobald er drei zusammengetrommelt hatte, lud er Drucklufthammer und Werkzeuge auf einen Karren und wies sie an, ihm zu folgen.

Mit vier Taschenlampen, die den Weg beleuchteten, schafften sie es schneller zu der störenden Wand, als er vorhin für den Rückweg gebraucht hatte. Barsch erteilte er Anweisungen, und die Männer machten sich an die Arbeit. Bob sah ihnen beim Bohren zu. Er war sich sicher, dass die Mauer kein Teil des ursprünglichen Tunnelsystems war. Vielleicht war das der Grund, warum sie auf keinem Plan oder Grundriss zu finden gewesen war. Wofür war sie also da? Warum hatte man sie errichtet?

Als das Loch eine gewisse Größe erreicht hatte, hielt er die Hand hoch, um die Arbeiten zu stoppen. Er steckte den Kopf durch die schmale Öffnung, die von seiner Helmlampe schwach beleuchtet wurde.

»Was zur Hölle ist denn das?«

»Was ist los, Boss?«

Einer der Männer schubste Bob zur Seite, und beinahe wäre er gegen die feuchte Tunnelwand geprallt.

»O mein Gott. Das sind Knochen!«, rief der Mann.

Bob erlangte sein Gleichgewicht zurück und riss sich zusammen. Er war schließlich der Vorarbeiter hier. »Gebt mir eine anständige Lampe«, sagte er.

»Sollen wir nicht ein bisschen mehr wegstemmen, damit Sie einsteigen können?«

»Gebt mir eine Minute, Herrgott noch mal.« Mit der Lampe leuchtete er die freigelegte Zelle aus – denn genau danach sah es aus. Sie schien von Menschenhand gebaut, und auf der anderen Seite befand sich eine weitere Öffnung. Er richtete den Blick wieder auf die Knochen. Sie waren mit wenig mehr als Lumpen umhüllt, aber es reichte aus, um ihm klarzumachen, dass er auf menschliche Überreste starrte. Männlich oder weiblich? Er hatte keine Ahnung. Und nun befand er sich in einem Dilemma. Sollte er die Polizei rufen oder erst versuchen, Mr Gill zu erreichen?

»Boss, ich glaube, das ist eine Leiche.«

»Was du nicht sagst, Einstein.« Bob bedachte Tony Keegan mit einer Grimasse. Der Mann war ein ziemlicher Trottel. »Lass mich mal genauer hinsehen. Oh, tatsächlich, du hast recht. Eine Leiche. Wie konnte mir das entgehen? Zum Glück bist du ja hier.«

Tony trat einen Schritt zurück, und eine Wolke übelriechender Luft schien seinen Platz einzunehmen.

»Die liegt schon länger hier unten«, sagte eine andere Intelligenzbestie.

»Wenn ich eure Meinung hören will, frage ich danach, ist das klar?«

»Okay, Boss, aber ich denke trotzdem ...«

»Halt die Klappe.« Bob bereute, dass er den Job nicht selbst erledigt hatte. Ohne Publikum. Nun würde das hier noch vor der Mittagszeit in der Stadt die Runde machen. Er musste schnell handeln.

»Also. Ihr mögt mit diesem Vorgehen nicht einverstanden sein, aber das hier bleibt unter uns, verstanden?« Hoffen konnte man ja, dachte er.

»Verstanden«, kam die Antwort im Chor.

»Wir werden die Sache vergessen, bis ich entschieden habe, was zu tun ist.« Er hob den Drucklufthammer auf und bedeutete den Männern, durch den Tunnel zurückzukehren. Das Ganze würde verdammt unangenehm werden, und zwar nicht nur bezogen auf die Bergung der Knochen. Sondern auch auf die Folgen für den Job. Auf das Nachspiel, das es haben würde.

Der Morgen war so hektisch, dass Lottie beinahe die Samen, die sie vor ihrer Tür aufgesammelt hatte, und die Münze aus Louis' Jacke vergaß. Sie war überzeugt davon, dass die Samen etwas mit Bernie zu tun hatten, aber im Augenblick machte sie sich mehr Sorgen um Louise Gill und die Münze. Letztere war eine handfeste Verbindung zu den zwei Morden, aber wieso war sie in der Tasche ihres Enkels gelandet? Die Forensiker würden sie untersuchen müssen. Sie musste sie vorschriftsmäßig melden und katalogisieren lassen.

Vielleicht würde die Münze ihr dabei helfen, Superintendent McMahon davon zu überzeugen, einen Streifenwagen abzustellen, der nach ihrer Familie sah. Falls er nicht einwil-

ligte, würde sie es selbst organisieren und auf die Konse-
quenzen pfeifen. Ihre Familie war wichtiger als der Job.

———

Conor folgte Tony um die Ecke des Gerichtsgebäudes und
nahm seinem Freund die Zigarette aus den bebenden Händen.

»Was faselst du denn da?«, fragte er und zündete zwei Ziga-
retten an.

»Ich schwör dir, da ist eine leibhaftige tote Leiche.«

»Du redest totalen Mist. Reg dich erstmal ab.« Conor zog
an der Zigarette und krümmte sich prompt in einem Hustenan-
fall. Er hätte niemals wieder damit anfangen sollen. Tonys
Schuld. Auch das. »Wo?«

»Da unten.« Tony deutete auf den Tunneleingang. Davor
lief Bob Cleary, das Handy ans Ohr geklemmt, aufgeregt im
Kreis umher.

Conor nahm einen weiteren Zug. Was hatten sie gefunden?
»Also schon lange tot?«

»Es sind nur noch Knochen übrig. Die Klamotten hängen in
Fetzen daran. Wer zum Henker mag das sein?«

»Jemand Totes, würde ich sagen.« Conor versuchte es mit
einer flapsigen Antwort, aber Tonys Worte verursachten ihm
ein tief gehendes Unbehagen. Er warf die Kippe zu Boden und
trat sie mit seinem schlammverschmierten Stiefel aus. »Was
will Cleary unternehmen? Das kann schließlich unsere Jobs
gefährden.«

»Ist das alles, was dir dazu einfällt?«, fuhr Tony ihn an.
»Irgendein armer Schwachkopf ist da unten eingeschlossen
gewesen und wahrscheinlich verhungert, und du machst dir nur
Gedanken um deinen Job? Du bist ja schlimmer als Cleary.« Er
wandte sich zum Gehen, aber Conor packte ihn am Ärmel und
zog ihn zurück.

»Wenn die Gardaí anfangen, hier herumzuschnüffeln,

nehmen die mich sofort ins Visier. Sie haben mich schon abgeholt, um mich zu den zwei Toten zu befragen, die in der Petit Lane gefunden wurden. Die werden mir auch das in die Schuhe schieben wollen.«

»Sei nicht so ein Idiot. Du bist zehn Jahre im Gefängnis gewesen. Das hat doch nichts mit dir zu tun.«

»Weiß ich, aber sag das mal meinem Bewährungshelfer. Das wird nicht gut aussehen. Die wollen mir doch jeden verflixten Todesfall anhängen, der in dieser Stadt passiert.«

»Du denkst immer nur an dich selbst. Warum verschwindest du dann nicht aus Ragmullin? Geh doch woanders hin.«

»Und was ist mit meiner Mutter?«

»Sie ist die letzten zehn Jahre auch ohne dich klargekommen, oder?«

Conor sah Tony hinterher, der sich von ihm entfernte, noch einmal stehenblieb und sich umwandte, dann aber endgültig davonging.

Sein Blick fiel wieder auf Bob Cleary. Er musste herausfinden, was dort unten im Tunnel los war.

EINUNDDREISSIG

Lottie erledigte den Papierkram wegen der Münze, die sie bei sich zu Hause gefunden hatte, und schickte sie zur Analyse. Dann blickte sie auf die Tafeln im Besprechungsraum. Die Nachtschicht hatte nichts hinzugefügt. Sie konnte nur hoffen, dass Louise Gills Verschwinden nicht mit Amys Tod zusammenhing. Doch die Chancen standen nicht gut.

Kirby aß ein Sandwich aus einer Plastikverpackung. Er hob eine Ecke Brot an, um den labberigen Käse darunter zu betrachten, und ihr fiel auf, dass die Butter fehlte. Es brach ihr beinahe das Herz, so sehr tat er ihr leid.

Sie nahm Boyd zur Seite. »Cyril Gill war unten am Empfang, als ich ankam.«

»Oh.« Boyd lehnte sich an die Wand. »Und was hat es da draußen mit den Reportern auf sich?«

Sie nippte an ihrem Kaffee, verzog das Gesicht, stellte den Becher ab und steuerte Boyd durch die Tür hinaus. Als sie McMahon um die Ecke biegen sah, nahm sie ihren Kollegen an die Hand und flüchtete die Treppe hinunter.

»Parker!« McMahons Stimme hallte von den Wänden wider.

»Lottie.« Boyd hielt an. »Sprich besser mit ihm.«

»Nein. Eine Freundin von Amy wird vermisst – Cyril Gills Tochter Louise. Diese Mädchen waren die Hauptzeuginnen in Conor Dowlings Prozess. Komm. Wir dürfen keine Zeit verlieren.« Sie warf ihm den Autoschlüssel zu. »Du fährst.«

Draußen blieb er am Wagen stehen und beugte sich über das Dach. »Ich gehe nirgendwohin, ehe du mir nicht erklärst, was los ist.«

Zwei Stockwerke über ihnen ging ein Fenster auf. McMahon steckte den Kopf hindurch. »Parker. Kommen Sie sofort zurück.«

»Bitte, Boyd«, sagte sie durch zusammengepresste Kiefer. »Louise könnte in echter Gefahr sein.«

Boyd schloss die Tür auf. Ein Bein schon im Wagen, schaute Lottie hinauf zu ihrem rotgesichtigen Vorgesetzten, der die Faust schüttelte. Sie musste etwas sagen.

»Sind in fünf Minuten zurück«, rief sie hinauf. »Ein Notfall.« Sie rutschte auf den Sitz und zog die Tür zu. »Blaulicht und Sirene, Boyd.«

»Wofür?«

»Eindruck schinden.«

Als sie auf die Main Street einbogen, wies sie Boyd an, die Sirene wieder auszuschalten. Die wachsende Zahl von Satellitenübertragungswagen vor der Wache hatten sie jedenfalls erfolgreich umschifft. Sie sank in ihren Sitz zurück und schob ihre Füße zwischen leere Getränkedosen und geruchsintensive Fastfoodverpackungen.

»Dein Auto ist eine Müllhalde«, bemerkte Boyd.

»Erzähl mir was Neues.«

»Du wirst richtig Ärger kriegen, weil du McMahon gerade hast stehenlassen.«

»Boyd! Was Neues!«

»Wer hat Amy und Penny umgebracht?«

Sie biss sich auf den Daumennagel. »Außer Conor Dowling, der seit Kurzem wieder auf freiem Fuß ist, haben wir keinen Verdächtigen.« Der Nagel brach ab. Dreck.

»Wenn er sich an Amy rächen wollte, weil sie gegen ihn ausgesagt hat, wie passt dann Penny ins Bild?«

Sie knabberte nachdenklich an der Seite ihres Daumens. »Genau das ergibt eben keinen Sinn.«

»Sagst du mir, wohin wir fahren?«

»Zur Park Lane. Da wohnt Cristina Lee.«

»Wer?«

»Eine Freundin von Louise Gill. Kannst du nicht schneller fahren?«

»In dieser Klapperkiste? Nein.«

Schließlich setzte er den Blinker und bog links ab, dann hielt er vor der Betontreppe, die zu Cristinas Wohnung im ersten Stock führte.

»Und du denkst, Louise könnte hier sein?«

»Laut ihrem Vater ist sie ohne ihr Handy aus dem Haus gelaufen, nachdem er ihr von Amys Tod berichtet hat. Ich könnte mir vorstellen, dass sie zu ihrer Freundin wollte.«

»Du meinst, sie sind zusammen?«

»Könnte sein.«

Lottie wartete, während Boyd den Wagen abschloss, obwohl sie es für Zeitverschwendung hielt. In dem Zustand, in dem das Auto war, würde es niemand stehlen wollen.

Oben auf der Treppe hielt sie inne, um zu Atem zu kommen. Ihre Lungen machten dicht. Stress. Sie musste hören, ob mit Katie und Louis alles okay war. Sie hatte für Sean und Chloe ein Taxi organisiert, sodass sie die beiden in der Schule in Sicherheit wusste. Sie schickte rasch eine Nachricht an Rose mit der Bitte, nach Katie zu sehen.

»Es ist offen«, sagte Boyd und holte sie aus ihren angespannten Überlegungen.

Augenblicklich holte sie ein paar Einmal-Handschuhe aus der Tasche und streifte sie über. Sie klopfte an die Tür, dann drückte sie dagegen.

»Da stimmt etwas nicht«, sagte sie. Als Boyd den Mund zu einer Antwort öffnete, fügte sie hinzu: »Handschuhe.«

Während er sich noch mühte, sein Paar über die Finger zu ziehen, machte sie einen Schritt in die dunkle Wohnung. Der kleine Flurtisch stand schief, Schlüssel und Jacken lagen auf dem Boden.

»Hallo? Jemand zu Hause?« Sie wartete, lauschte. »Boyd, wonach riecht es hier?«

Er reckte die Nase in die Luft, als er nach ihr eintrat. »Räucherstäbchen. Zimt oder irgendein anderes Gewürz.«

Instinktiv war ihr klar, dass sie besser Schutzüberzüge über die Schuhe gestreift hätte, aber sie musste herausfinden, warum die Tür offenstand und der Flur so unordentlich war. Vorsichtig bahnte sie sich einen Weg in das Zimmer vor ihr. Es war dunkel. Der Räucherduft war hier stärker, aber sie roch auch etwas anderes. Etwas Kaltes, Metallisches.

Sie fuhr mit der Hand an der Wand entlang, bis sie den Lichtschalter fand, und legte ihn um. Bei dem Anblick, der sich ihr bot, wich sie zurück und trat Boyd auf den Fuß.

»Ach du Schande!«, rief Boyd aus.

»Ruf Verstärkung!«, befahl sie. »Sofort.«

Während er telefonierte, starrte Lottie auf das Szenario vor sich, ohne sich zu regen. Sie durfte den Tatort nicht kontaminieren. Und es war nicht nötig, nach Lebenszeichen zu suchen. Die beiden Frauen waren tot. Ihre Kehlen aufgeschnitten. Das Blut war bis an die Wände gespritzt, und obwohl der Teppich – indisch oder türkisch – mit rotem Garn gewebt war, konnte sie die durchnässten dunklen Stellen erkennen.

Eine der beiden Frauen war deutlich asiatischer Herkunft. Mattschwarzes Haar, die helle Haut blutverschmiert. Sie war kaum bekleidet. Unterwäsche, aber darüber nichts als einen blauen Seidenkimono. Lottie versuchte sich vorzustellen, was passiert war. Cristina war aus dem Bett aufgestanden, um Louise die Tür aufzumachen. Und dann? Traurig musterte sie Cyril Gills einzige Tochter. Ihr langes, braunes Haar lag stumpf und wirr um ihr Gesicht. Ihre Kehle war ein einziger tiefer Schnitt, die Kleidung zerwühlt und unordentlich.

»Ich brauche so schnell wie möglich die Spurensicherung. Die Wohnung muss genau untersucht werden, und ich will wissen, ob bei den Leichen irgendwelche Münzen liegen.«

»Du hältst das für das Werk eines Serienmörders?« Boyd wollte einen Schritt in den Raum hineingehen, doch Lottie hielt ihn am Arm fest.

»Wir dürfen keine Beweise vernichten.«

»Das hat dich noch nie gestört.«

»Ich weiß, aber ... das hier ist anders. Hier ist McGlynns methodisches Arbeiten erforderlich, ehe wir das Risiko eingehen, etwas zu kontaminieren.« Sie lehnte sich an Boyd, seine Nähe beruhigte sie.

»Was ist los, Lottie? Was hält dich zurück?«

»Es gibt da etwas, das mir gerade jetzt besondere Angst macht.«

»Und was soll das sein? Eine Lottie Parker kann doch nichts aus der Ruhe bringen.«

»Das ist das Werk von jemandem, der schon früher getötet hat.«

»Derjenige, der auch Amy und Penny getötet hat?«

»Noch früher.«

Auf Boyds Gesicht zeichnete sich die dämmernde Erkenntnis ab. »Bernie Kelly? Nein, das ergibt keinen Sinn. Soweit wir wissen, hat sie nur Leute umgebracht, die sie für einen Teil der Familie hielt oder mit denen sie über illegale Tätigkeiten in Verbindung stand, und diese beiden Mädchen kann sie nicht gekannt haben. Sie ist doch erst gestern Morgen entkommen.«

»Und wenn sie jemanden engagiert hat, um Amy und Penny umzubringen? Um dann anschließend Cristina und Louise auf ähnliche Art zu töten?« Sie sah ihn eindringlich an. »Was denkst du?«

»Ich denke, du hast sie nicht mehr alle. Komm raus. Du brauchst frische Luft.«

»Nein.« Sie tippte das Kamera-Icon auf ihrem Handy an und fotografierte die Szene rasch. »Schauen wir uns die anderen Zimmer an.«

Sie wandte sich um und schob sich an ihm vorbei. Durch die Tür zu ihrer Rechten betrat sie ein beengtes Wohnzimmer. Zwei Sessel, ein Gasheizgerät und ein kleines Fenster. Sie zog die Jalousien hoch und blickte hinüber zu der abgeschlossenen Wohnanlage, in der Amy gelebt hatte. In der Ferne erklangen Sirenen. Ein Streifenwagen hielt vor dem Wohnblock, unmittelbar gefolgt von Jim McGlynns Kombi und dem Transporter der Technik.

Sie sah zu, wie McGlynn sich den Schutzoverall überzog und seine Ausrüstung aus dem Kofferraum nahm. Sein Team scharte sich um ihn, und Lottie fragte sich, wie sie alle in die winzige Wohnung passen sollten.

Als sie vom Fenster wegtrat, fiel ihr die unaufdringliche Einrichtung des Raums auf. An den Wänden hingen Darstellungen Buddhas und japanischer Gärten mit üppigem Grün und rosa Blüten. Auf einem schlichten Regalbrett in einer Ecke lagen Kristalle und eine durchscheinende Kugel, die das Licht vom Fenster an die Wand warf. Sie nahm sie in die Hand und sah, wie Lichtflecken in allen Regenbogenfarben um sie herumtanzten. Als sie die Kugel zurückstellte, erblickte sie ein Eckchen von einer weißen Karte und zog sie mit behandschuhten Fingern hervor. Eine Visitenkarte. Sie las den Namen darauf. Und schnappte nach Luft.

»Boyd!«, brüllte sie.

———

»Was machen Sie mitten in meinem Tatort?«, fragte Jim McGlynn wütend.

Lottie stellte sich vor, wie der Sprühnebel seiner Spucke seinen Mundschutz von innen durchfeuchtete.

»Der Tatort ist nebenan.«

Als er wieder hinausging, schob sie die Visitenkarte in eine Beweistüte und steckte sie ein.

Der Eingang zur Küche wurde durch das Team der Spurensicherung blockiert. Sie musste etwas über die Münzen herausfinden, ehe sie ging. Nirgendwo eine Spur von Boyd. Wahrscheinlich war er zum Rauchen nach draußen gegangen.

Als sie sich schließlich in die Küche durchgedrängt hatte, erteilte McGlynn gerade einem Mitarbeiter mit Videokamera Anweisungen.

»Irgendwelche Münzen?«, fragte sie.

»Würden Sie mir eine Minute Zeit geben?«

»Schauen Sie sich einfach um, ja? Ich habe keinen Fuß hier hineingesetzt. Ich hätte die Zeit dazu gehabt, wollte aber auf Sie warten.«

Er klatschte langsam in die Hände. »Sie haben bloß zwanzig Jahre gebraucht, um das zu kapieren, Inspector.«

»Ich kann heute durchaus auf Sarkasmus verzichten.«

»Und dabei war ich gar nicht sarkastisch.«

Sie unterdrückte eine weitere Erwiderung und sah gespannt zu, wie er neben der Toten, die ihm am nächsten war, in die Hocke ging. Louise Gill. Dann erfasste sie Panik. Sie würde Cyril Gill und seiner Frau die Nachricht überbringen müssen.

»Eine«, sagte McGlynn und hielt ein silbernes Plättchen hoch. Er ließ es in einen Beweisbeutel fallen, klebte es zu und beschriftete es mit dem Marker.

»Noch mehr?« Lottie ballte die Fäuste so fest, dass die

Nägel sich in ihre Haut bohrten. Nun hatten sie vier Leichen. Das war das Werk eines Serienmörders. Aber was hatte es mit den Münzen auf sich?

»Haben Sie eigentlich überhaupt keine Geduld?« Doch er machte weiter und fand eine zweite, dann eine dritte Münze.

»Verdammt!«, rief Lottie. »Was soll das bedeuten?«

»Das herauszufinden, ist Ihr Job.«

»Wie lange sind sie schon tot?«

McGlynn hielt inne, beide Hände in der Luft. In der einen hielt er eine Pinzette, in der anderen einen Beweisbeutel. »Vielleicht verschwinden Sie einfach für ungefähr eine Stunde. Wenn Sie die ganze Zeit reden, komme ich keinen Schritt weiter.«

»Grob geschätzt?«

Er schüttelte den Kopf, legte aber die Utensilien ab und untersuchte Louise Gills Körper vorsichtig. Als er ein Thermometer zückte, wandte Lottie sich ab und wartete.

»Nach Leichenstarre und Temperatur zu urteilen ... nicht länger als zwölf Stunden.«

»Okay, danke. Lassen Sie mich wissen, wenn Sie noch weitere Münzen finden, und schicken Sie mir die Handys, falls Sie sie entdecken. Alles andere ...«

»Ich weiß, ich weiß. Könnten Sie jetzt endlich verschwinden und mich arbeiten lassen?«

ZWEIUNDDREISSIG

Im Tunnel war es dunkel und feucht. Conor war in den vergangenen zwei Wochen wegen der Abstützvorrichtung für den Aufzugsschacht im neuen Abschnitt des Gerichtsgebäudes schon in anderen Gängen gewesen, in diesem hier jedoch noch nicht. Seine Furcht wuchs mit jedem Schritt. Als Cleary im Büro verschwunden war, hatte er die Chance genutzt, ohne zu wissen, warum er es überhaupt tat. Aber er musste sich die Sache selbst ansehen.

Die Lampe an seinem Helm warf unheimliche Schatten in den Gang vor ihn, und ein paarmal hatte er das Gefühl, als sei er nicht allein. Doch er schüttelte sein Schaudern ab und beschleunigte seine Schritte. Er musste schnell machen, ehe Gill eintraf.

Als das Loch in der Mauer vor ihm auftauchte, blieb er abrupt stehen. Das Herz rutschte ihm in die Hose. Verdammt.

Er nahm den Helm ab, schob ihn durch das Loch und steckte den Kopf hinterher. Sein Blick landete auf den menschlichen Überresten. Er versuchte, das Licht stabil zu halten, aber seine Hand zitterte so stark, dass er den Helm beinahe fallen gelassen hätte. Ihm stockte der Atem, und er befürchtete, dass sein Herz aus seinem Brustkasten springen würde. Es hämmerte so laut in seinen Ohren, dass er glaubte, taub zu werden.

Sobald er genug gesehen hatte, zog er den Arm zurück, setzte den Helm wieder auf und lehnte sich an die feuchte Wand, um nachzudenken. Doch seine Gedanken waren nur eine Ansammlung von Buchstabenfetzen, die er nicht zu Wörtern zusammenfügen konnte.

Als er langsam durch den Tunnel zurückkehrte, befand sich sein Verstand im freien Fall.

Diese Entdeckung mochte alles gefährden.

———

Lottie traf Boyd vor dem Wohnhaus an, wo er ein Team von Uniformierten zur Befragung der Anwohner einwies.

»Wir müssen mit Richard Whyte sprechen«, sagte sie und marschierte bereits über die Straße auf die Wohnanlage zu.

»Aber Cyril Gill und seine Frau müssen benachrichtigt werden«, protestierte er. Sie ging weiter. »Lottie. Nun warte doch.«

Sie drosselte ihr Tempo, bis er sie eingeholt hatte, dann beschleunigte sie wieder. Das Tor mit der Gegensprechanlage war nur mit Hilfe eines Codes zu öffnen. Lottie begann, wahllos auf die Klingeln zu drücken.

»Du sorgst nur dafür, dass jemand die Polizei ruft.« Er zog ihre Hand weg. »Schau mal, da stehen Namen. Das ist Whytes Klingel.« Er drückte die Taste, aber das Tor glitt bereits auf.

»Ich kann mich nicht erinnern, welches Haus es war«, sagte Lottie und sah sich auf der tadellos gepflegten Anlage um.

»Der schwarze Kranz an der Tür könnte ein guter Hinweis sein.«

»Schlaumeier.«

Lottie klingelte. Die Tür öffnete sich fast gleichzeitig, und vor ihnen stand Richard Whyte in einem zerknitterten weißen Hemd, beigefarbenen Chinos und Loafern.

»Kommen Sie rein«, sagte er und ging voran in ein riesiges Wohnzimmer. »Wissen Sie etwas Neues zu Amys Tod? Und was ist da drüben in dem Wohnkomplex los?«

»Mr Whyte, es tut mir leid, in unserer Ermittlung zu dem Mord an Amy hat sich noch nichts Neues ergeben, aber ich würde Ihnen gerne ein paar Fragen zu Cristina Lee stellen.«

»Cristina? Wieso? Was hat sie gemacht?« Er setzte sich in einen überdimensionierten Sessel.

Lottie bedachte Boyd mit einem verärgerten Blick, als auch er sich setzte. Sie selbst blieb stehen. An Whytes unrasiertem Kinn klebten Brotkrumen. Sie widerstand dem Drang, die Hand auszustrecken und sie wegzuwischen.

»Sie haben uns erzählt, dass Sie eine Haushälterin hätten. Ich habe in Ms Lees Wohnung eine Visitenkarte entdeckt, die besagt, dass sie einen Reinigungsservice anbietet. Putzt sie für Sie?«

»Ein paarmal die Woche, ja. Worum geht es hier?«

»In der Park Lane hat es einen Vorfall gegeben, zu dem wir gerade ermitteln. Ms Lee wohnt dort, ist das richtig?«

»Cristina? Ja.«

»Kannte sie Amy?«

»Ja, sicher. Aber wie ich Ihnen schon sagte, Amy hat sie nie in ihr Zimmer gelassen. Cristina macht ihre Arbeit sehr gut. Sie hat mir angeboten, mir zu helfen, wenn … Sie wissen schon, wenn Amy nach Hause darf und ich sie begraben kann. Wann wird das sein?«

»Sobald die Rechtsmedizinerin es erlaubt.« Lottie setzte sich. Sie sah keinen Grund, einen trauernden Vater einzuschüchtern. »Richard, das ist sehr wichtig. Sehen Sie mich an.« Als er den Kopf hob, blickte sie ihm in die Augen. »Hatte Amy in letzter Zeit Kontakt mit Louise Gill?«

»Mit Louise? Nein, ich glaube nicht. Wieso?« Er hielt inne

und rang die Hände. »Conor Dowling ist aus dem Gefängnis entlassen worden. Als ich von Amys Tod erfuhr, galt mein erster Gedanke ihm, aber dann dachte ich, nein, der Fall ist zu lange her. Aber wenn dieser Abschaum mein Mädchen umgebracht hat, dann kann ich für nichts garantieren.«

In dem Bedürfnis, die Situation unter Kontrolle zu behalten, ehe Richard auf die Idee kam, die Dinge selbst in die Hand zu nehmen, sagte sie: »Wir haben keinerlei Hinweise, die diesen Gedanken untermauern. Wir ermitteln in alle Richtungen. Nichts darf dem Zufall überlassen werden.«

Whyte beäugte Boyd, dann wandte er seine Aufmerksamkeit wieder Lottie zu. »Sind Sie sicher, dass Sie als leitende Ermittlerin die Richtige sind?«

»Selbstverständlich. Wie kommen Sie auf diese Frage?«

Sein Blick huschte zu einem schwarzen Bildschirm, der über ihren Köpfen an der Wand befestigt war.

Dreck, dachte Lottie. Cynthia Rhodes und ihr verfluchtes Reporterpack. »Ich gebe Ihnen mein Wort, dass ich alles in meiner Macht Stehende tun werde, um den Verantwortlichen dieses abscheulichen Verbrechens der Gerechtigkeit zuzuführen.«

»Das sollten Sie auch, andernfalls werde ich den Polizeipräsidenten persönlich anrufen und Sie entfernen lassen.«

Ihr war klar, dass er es ernst meinte und den Einfluss besaß, die Drohung wahrzumachen. Sie musste genau darauf achten, was sie tat und mit wem sie es zu tun bekam.

»Richard, wussten Sie, dass Cristina mit Louise Gill befreundet war?«

Ein nicht zu deutender Ausdruck huschte über sein Gesicht. »Nein, das wusste ich nicht. Worauf wollen Sie hinaus?«

»Standen Cristina und Amy sich nah?«

»Sie kannten einander kaum. Ich bin mir nicht einmal sicher, ob sie sich hier mehr als ein, zwei Male über den Weg gelaufen sind. Amy hat in der Stadt gearbeitet. Und wo Cristina sonst noch tätig war, weiß ich nicht. Vielleicht sind sie sich privat begegnet, ich habe keine Ahnung.«

»Wie lange ist Cristina schon bei Ihnen angestellt?«

Er wurde rot, und sie begriff, dass Cristina hier schwarzgearbeitet hatte. Womit sie etwas gegen ihn in der Hand hatte, falls die Dinge irgendwann den Bach runtergingen.

»Seit ungefähr einem Jahr«, antwortete er.

»Wie sind Sie auf sie gestoßen?«

»Nachdem meine Frau gestorben war, konnte ich mich nicht um Haus, Geschäft und Rat gleichzeitig kümmern. Amy hat ja auch gearbeitet. Dann habe ich eine Karte am Schwarzen Brett der Apotheke gesehen und die Nummer angerufen, und Cristina hat für mich zu arbeiten begonnen. In der Apotheke und auch hier. Sie hatte Licht und Glanz ins Haus gebracht. Ich glaube nicht, dass es je zuvor so gefunkelt hat.«

»Wie konnte sie sich die Wohnung leisten, wenn sie nur geputzt hat?«, fragte Lottie. »Ich nehme an, dass die Mieten dort drüben enorm sind.«

Er schoss aus seinem Sessel hoch und ragte über ihr auf. »Wenn Sie andeuten, was ich herauszuhören glaube, dann haben Sie wirklich Nerven. Cristina ist ein wunderbarer Mensch. Sie hat etwas Besonderes an sich. Meine Beziehung zu ihr beschränkt sich darauf, dass ich sie zu ihrer guten Arbeit beglückwünsche und ihr ihren Lohn aushändige. Vergessen Sie also diesen Einfall.«

Unbehagen durchfuhr Lottie. Sie hatte nicht einmal daran gedacht, dass Whyte eine Affäre mit Cristina haben könnte – nur, dass er ihr vielleicht die Wohnung bezahlt hatte. Doch nun, da er es ausgesprochen hatte, keimte Zweifel in ihr auf, den sie nicht einfach beiseiteschieben konnte.

»Hat sie irgendwelche persönlichen Gegenstände hier?«, fragte Boyd, und Lottie dankte ihm im Stillen, dass er die Situation entschärft hatte, ehe Lottie etwas sagen konnte, was sie bereuen würde.

»Nur das Zeug zum Putzen. Es steht im Schrank im Hauswirtschaftsraum. Ist Cristina etwas zugestoßen?« Ein Schatten der Besorgnis huschte über Whytes Gesicht.

»Können wir uns das einmal ansehen?«, fragte Boyd. »Falls es Ihnen nichts ausmacht, versteht sich.«

Whyte führte sie aus der Tür, durch die Küche und in den Hauswirtschaftsraum, der so groß war wie Lotties ganze Küche.

Doch in den Körben, in dem die Reinigungsutensilien ordentlich verstaut waren, gab es nichts, was für sie von Interesse war. Als Lottie einen der Körbe unten ins Regal zurückschieben wollte, stieß er gegen ein Hindernis. Sie ging in die Knie, fuhr mit der Hand über das Regalbrett und holte ein kleines, altmodisches Handy hervor.

Vergessen war alles Mitgefühl, als sie es hochhielt. »Gehört das Ihnen, Mr Whyte?«

DREIUNDDREISSIG

Kirby hatte noch immer Hunger. Er vermisste die Mittagspausen mit Maria Lynch und hätte sie eigentlich mal anrufen und sich erkundigen sollen, wie es ihr mit dem Baby erging, aber nicht jetzt. Noch nicht, denn er hatte keine Ahnung, wie man über ein solches Thema sprach. Er hatte den ganzen Morgen damit verbracht, die Aussagen aus der Anwohnerbefragung für die Mordfälle Whyte und Brogan zusammenzutragen. Darunter gab es nichts, was ihm aufgefallen wäre. Wie gewöhnlich wusste in dieser Stadt niemand etwas.

Als er zum Kopierer ging, spürte er das kleine Kästchen in seiner Hosentasche, und ihm wurde die Brust eng. Er schloss seine Finger darum, fühlte den glatten Samt, und erneut zerriss es ihm schier das Herz. Die Überraschung, die er Gilly hatte bereiten wollen. Der Ring, den er bestellt hatte, ihr aber nicht mehr hatte geben können. Erst gestern hatte der Juwelier angerufen, um ihm zu sagen, dass er fertig sei und Kirby ihn abholen könne. Er hätte sagen können, dass es zu spät war und er ihn nicht mehr brauchte, aber er hatte es nicht getan. Stattdessen war er hingegangen, hatte den Restbetrag beglichen und das kleine blaue Kästchen an sich genommen. Die Kraft, es zu öffnen und das Schmuckstück aus Weißgold und Diamanten zu betrachten, konnte er allerdings nicht aufbringen.

Sie war tot. Sie hatte nichts von seinen Absichten gewusst. Hatte nie seine nicht gestellte Frage beantworten können. Würde nie den Ring auf ihren sommersprossigen Finger schieben. Er unterdrückte ein Schluchzen, und war froh, dass er allein im Büro war. Alle anderen waren unterwegs. Und arbeiteten. Im Gegensatz zu ihm. Er musste etwas tun, oder er würde noch verrückt werden.

Er löste seine Finger von dem Kästchen seiner zerschmetterten Träume, griff sich seine Jacke und trottete aus dem Büro und aus der Wache hinaus.

Er musste etwas essen.

––––––

Als Boyd sie zur Wache zurückfuhr, legte Lottie ihren Kopf ans Fenster, doch als sie die Brücke nach Dublin erreichten, setzte sie sich aufrecht hin und blickte hinab in das Tal ihrer Stadt. Auf die spitzen Zwillingstürme der Kathedrale, den einzelnen Turm der protestantischen Kirche, und den Kran über dem Gerichtsgebäude, den Sean als Galgen bezeichnete. Sie erhoben sich über die Geschäfte und Privathäuser, die in ihrem Schatten kauerten, als seien sie es, die sie aufrechthielten. Vielleicht, dachte Lottie, würde es in ein paar Jahren etwas mehr Leben in Ragmullin geben.

»Du hättest nicht so zynisch sein müssen«, unterbrach Boyd ihre Gedankengänge.

»Was hast du denn erwartet, wenn wir es mit einem trauernden Vater zu tun haben, der lügt wie gedruckt?«

»Richard Whyte hat nicht gelogen.«

»Ach, komm schon, Boyd. Er hat so getan, als wisse er nichts von diesem Handy, aber das ist nicht wahr. Ich habe seinen Gesichtsausdruck beobachtet. Er ist einfach nicht davon ausgegangen, dass wir es finden würden. Und dann fing er an zu stammeln, es müsse sich um Cristinas handeln. Weißt du, was ich denke?«

»Nein, aber du wirst es mir bestimmt sagen.«

»Ich denke, dass das Amys geheimes Handy ist. Und jetzt habe ich es.«

»Und du glaubst, dass es uns zu ihrem Mörder führen wird?«

Sie antwortete nicht, sondern legte nur wieder den Kopf an die Scheibe. Die Ampel sprang auf Grün, und Boyd trat aufs Gaspedal.

»Lottie, das Handy lag in dem Regal mit den Putzutensilien, also ist die Wahrscheinlichkeit groß, dass es sich um Cristinas handelt.«

»Wir werden warten müssen, bis die Jungs aus der Technik einen Blick drauf geworfen haben.«

»Genau.«

»Was hast du denn jetzt?«

»Nichts, und du hast mir noch immer nicht gesagt, warum du McMahon aus dem Weg gehst.«

»Wegen Bernie Kelly. Und der Berichterstattung über ihr Entkommen. Ich bin heute Morgen von Cynthia Rhodes angesprochen worden. Dass McMahon deswegen komplett ausrastet, versteht sich von selbst.«

»Bist du dir dann sicher, dass du zur Wache zurückkehren willst?« Er bog bereits auf die Straße ein.

»Wir haben jetzt vier Morde zu untersuchen, also ja. Ich muss zurück.«

Sie betraten die Wache durch den Hintereingang und schoben sich an den Archivboxen vorbei, die den schmalen Flur säumten.

»Sorg dafür, dass die Tür hinter uns zu ist«, sagte Lottie zu

Boyd. »Nicht, dass die kleine Miss Neugier Rhodes hier hereinkommt.«

Das Mediengedränge vor dem Haupteingang war in den zwei Stunden, die sie fort gewesen waren, weiter angewachsen. McMahon noch länger aus dem Weg zu gehen, würde unmöglich sein.

»Ich denke, du solltest lieber direkt mit ihm sprechen, als dich den Rest des Tages vor ihm zu verstecken.«

Boyd hatte recht, das war ihr klar, aber die Aussicht auf McMahons Zorn weckte in ihr den Wunsch, die unausweichliche Begegnung um jeden Preis zu vermeiden. Die Entscheidung wurde ihr jedoch aus der Hand genommen, als sie den Besprechungsraum betrat. McMahon saß an einem Tisch und sah einen Stapel Protokolle durch. An einem anderen Tisch saß ein Fremder.

Der Superintendent hob den Kopf. »In mein Büro.«

Sie hatte noch immer keine Antwort parat, als er sich schon an ihr vorbeigedrängt hatte.

»Bring es besser hinter dich«, sagte Boyd.

»Wenn er mit mir fertig ist, habe ich es vielleicht ganz hinter mir.«

»Was willst du ihm sagen?«, fragte Boyd.

»Ich lass mir etwas einfallen.«

Sie ließ Jacke und Tasche auf einen Stuhl fallen und folgte ihrem Vorgesetzten.

———

Er hatte schon wieder das Büromobiliar umgestellt. Woher nahm er bloß die Zeit dafür? Lottie sah sich nach einem Stuhl um, auf den sie sich setzen konnte, entdeckte aber keinen. War das eine KGB-artige Technik, um sie zu schwächen, damit sie ihre Geheimnisse offenlegte? Verfluchter McMahon. Sie lehnte sich an die Wand und wartete, während er sich hinter seinem Tisch niederließ.

»Erklären Sie sich«, sagte er schließlich.

»Sir?«

»Stellen Sie sich nicht dumm. Ich kenne Ihren Typ.«

»Und was für ein Typ ist das?« Nach kurzer Überlegung fügte sie ein »Sir« hinzu. Sie sollte ihn lieber nicht reizen, obwohl sie den Verdacht hegte, dass er ohnehin jeden Moment in die Luft gehen würde.

»Der Typ, der sich vehement für unschuldig erklärt, während er genau das Gegenteil ist.«

Da sie den Worten, die aus ihrem Mund kommen mochten, nicht traute, schwieg sie.

»Ich werde Ihnen jetzt ein paar Fragen stellen und will klare Antworten.« Er legte einen einzelnen Stift von einer Seite seines Schreibtischs auf die andere. Dann beugte er sich vor und musterte sie finster. »Sind Sie mit Bernie Kelly verwandt?«

»Sir, lassen Sie mich erklären …«

»Beantworten Sie die Frage.«

»Ja. Ich denke schon.« Er konnte sie mal, dachte sie. Er würde sie ohnehin fertigmachen.

»Wussten Sie das bereits, als Sie im Oktober die Ermittlungen zu den Morden an Tessa Ball und Marian Russell geleitet haben?«

»Nein, Sir, das wusste ich nicht.« Lottie wand sich innerlich. Damals hatte sie erfahren, dass auch Marian Russell ihre Halbschwester gewesen war.

»Wann erhielten Sie Kenntnis von Ihrem Verhältnis zu Bernie Kelly?«

»Nachdem der Fall abgeschlossen war.«

»Die Wahrheit!«

»Das ist die Wahrheit. Ich bekam im Laufe der Ermittlungen einen Hinweis, aber erst als ich mich von meiner Verwundung erholte, stellte ich meine Mutter zu Rede, und sie erzählte mir, was sie für die Tatsachen hielt.« Lottie wäre am liebsten an der Wand herabgerutscht, um wie ein Kind am Boden zu sitzen und die Arme um die Knie zu schlingen, aber sie blieb mit hoch erhobenem Kopf stehen.

»Das ist doch Schwachsinn.«

»Das ist die Wahrheit. Fragen Sie meine Mutter.«

»Wenn ich Cynthia Rhodes glauben soll, ist Ihre Mutter in einem Irrenhaus gestorben.«

Das Keuchen blieb Lottie im Hals stecken. Er war wahrhaftig nichts als ein ausgewachsenes Arschloch. »Rose Fitzpatrick ist mit mir vielleicht nicht blutsverwandt, aber sie ist dennoch meine Mutter.«

McMahon schob den Stift erneut auf die andere Seite des Tischs. »Ich werde das im Moment so stehen lassen. Wann haben Sie erfahren, dass Bernie Kelly dem Gewahrsam entkommen ist?«

Zeit, die Wahrheit ein wenig zu frisieren. »Als Cynthia mir heute Morgen aufgelauert hat.«

Er schnaubte. »Damit haben Sie sich echte Schwierigkeiten eingehandelt.«

Lottie entging nicht, dass die Andeutung eines Hohnlächelns seine Lippen umspielte. Sag jetzt nichts Falsches, ermahnte sie sich. Das wollte er doch nur.

»Was werden Sie deswegen also unternehmen?«, spielte sie den Ball in sein Feld zurück. Sie würde es ihm nicht leichter machen als nötig.

»Sie haben die Aufklärung eines historischen Mordfalls gefährdet. Sie haben den gesamten Bezirk in den Fokus der Öffentlichkeit gezerrt. Ich kann nicht zulassen, dass Sie mir eine weitere Ermittlung versauen, zumal nun auch noch Ihre Halbschwester auf freiem Fuß ist.« Er hatte noch immer nicht gesagt, was er zu unternehmen gedachte, aber sie konnte zwischen den Zeilen lesen.

»Sie können mich nicht einfach von dem Fall abziehen. Ich bin die leitende Ermittlerin. Ich habe Verdächtige und Spuren, denen ich nachgehen muss. Zwei weitere Tote sind heute Morgen entdeckt worden, und ich ...«

»Sie sollten vor allem den Mund halten. Ich weiß, dass ich Sie nicht sofort von dem Fall abziehen kann. Ich habe Ihrem Team einen Detective aus Athlone zugewiesen. Sam McKeown. Seien Sie nett zu ihm.« Er machte eine Pause, und Lottie hielt den Atem an. Sie wusste, was kommen würde. »Das ist eine offizielle Verwarnung. Wenn Sie einen Schritt, auch nur einen winzigen Schritt aus der Reihe tanzen, suspendiere ich Sie.« Er hielt die Hand hoch, ehe sie noch etwas sagen konnte. »Sie sind noch nicht aus dem Schneider. Wenn Sie Bernie Kelly gefunden haben – und Sie werden sie finden –, erfahre ich ja doch die ganze Wahrheit über diese Geschichte.«

»Denken Sie etwa, dass sie Ihnen die Wahrheit erzählt? Dann sind Sie nicht ganz bei Trost, wenn ich das mal so sagen darf.« Sie konnte sich nicht mehr bremsen. Sie stieß sich von der Wand ab, stützte die Hände auf seinen Tisch und blickte auf ihn herab. »Bernie Kelly ist mit Lügen großgeworden. Sie lebt in einer Welt, die sie selbst erschaffen hat. Sie kann richtig und falsch nicht voneinander unterscheiden. Man hat sie für die Morde an Marian Russell und Tessa Ball nicht verurteilen können, weil sie als unzurechnungsfähig eingestuft worden ist. Und Sie wollen eher ihr glauben als mir? Kommen Sie schon! Sie hat mich bereits bedroht. Meine Familie und ich brauchen Schutz, keine Suspendierung oder Verdächtigungen.«

»Sind Sie fertig?«, fragte er.

Sie war außer Atem, also nickte sie und wich zurück, als er sich erhob. Sämtliche Vorsätze, die sie gefasst hatte, seit sie in das Haus gezogen war – eine gute Mutter und die Beste in ihrem Job zu sein und von ihrer Tabletten- und Alkoholabhängigkeit loszukommen –, lösten sich in diesem Moment in Nichts auf, und sie fühlte sich vollkommen verloren. Alles, was sie durch den Dunstschleier erkennen konnte, war eine Tatsache: Sie durfte ihren Job nicht verlieren.

»Sie hat Sie bedroht? Inwiefern?«

Sie konnte ihm von den Samen auf ihre Treppe erzählen, aber er würde es nicht begreifen. Sie hätte ihm von der Münze erzählen sollen, aber das wollte sie nicht. Also saß sie in der Klemme. Bevor sie den Mund öffnen konnte, sprach er schon weiter.

»Bringen Sie mir den oder die Mörder dieser jungen Frauen, ohne Richard Whyte und Cyril Gill, zwei wertvolle Mitglieder dieser Gemeinde, vor den Kopf zu stoßen, und ich werde noch mal darüber nachdenken, was ich mit Ihnen anstelle. Sie können gehen.«

Schwachsinn, dachte sie, als sie die Tür schloss.

VIERUNDDREISSIG

Conor straffte die Schultern, als er auf Bob Cleary zuging. Tony war über seinen eigenen Schatten gesprungen und hatte eingewilligt, ihm zur Seite zu stehen.

»Mr Cleary«, sagte er. »Kann ich Sie kurz sprechen?«

»Ich habe ihm von dem Tunnel erzählt«, fügte Tony hinzu. »Sie wissen schon ... was wir da unten gefunden haben.«

Cleary fuhr ihn an. »Kannst du keinen direkten Befehl befolgen? Habe ich euch nicht gesagt, dass ihr den Mund halten sollt?«

»Das haben Sie, aber Conor ist ... na ja, er ist mein Freund, und ich habe es jemandem sagen müssen. Er wird nichts verraten.«

Conor beobachtete den Austausch und entschied, dass er eingreifen musste, ehe Cleary Tony wirklich anging. Gott allein wusste, was dann geschehen mochte.

»Mr Cleary, Sir. Ich gehöre zu Ihrem Team. Ich brauche diesen Job. Ist es wahr, was Tony erzählt hat? Dass da unten jemand liegt, der schon lange tot ist?« Die beiden brauchten nicht zu wissen, dass er bereits unten gewesen war.

Cleary seufzte, schob seinen Helm zurück und fuhr sich

mit einer verschmutzten Hand durch sein strohiges Haar. »Ich weiß nicht, wie alt die Leiche ist. Aber ihrem Zustand nach zu urteilen liegt sie schon eine ganze Weile dort. Über kurz oder lang wird es da unten von Polizei, Archäologen und Hinz und Kunz wimmeln. Ich muss Mr Gill davon erzählen.«

»Warum?« Conor schob seine Hände in die Hosentaschen und neigte den Kopf zur Seite, um möglichst klug zu wirken.

»Warum was?

»Warum müssen Sie es ihm sagen? Können Sie nicht einfach so tun, als ob Sie nichts gefunden hätten, den Job erledigen, der in dem Tunnel gemacht werden muss, und das Ding wieder zumauern? So würde ich's jedenfalls machen.«

Cleary kratzte sich heftig am Kopf, sagte aber nichts.

Conor beschloss, es drauf ankommen zu lassen. »Wenn Sie es melden, wird die Baustelle stillgelegt. Es könnte Monate dauern, bis man uns weitermachen lässt. Das wird dem Boss nicht gefallen. Wir liegen im Zeitplan bereits zurück, nicht wahr?«

»Ja, stimmt«, gab Cleary zu.

»Der Tunnel ist in den letzten zweihundert Jahren nicht eingestürzt, und wer sagt, dass dort unten nicht noch mehr Leichen liegen. Diesen Fund zu melden, wird die Arbeit beeinträchtigen.«

»Das Gewicht des Aufzugsschachts, der gebaut werden muss, kann zu einer Absenkung führen. Das Ding muss abgestützt werden. Der Tunnel ist entscheidend für dieses Projekt.« Cleary sah sich hektisch um. »Oh, ich weiß nicht mehr, was ich denken soll.«

»Kann ich runtergehen und es mir ansehen, und dann entscheiden wir?«

»Seit wann bist du denn hier derjenige, der Entscheidungen trifft?«, fragte Cleary.

»Seit niemand sonst es tut.« Conor hielt den Atem an und wartete auf das Donnerwetter, aber es kam nicht.

»Okay. Sehen wir es uns noch einmal an.« Cleary marschierte auf den Tunnel zu.

Conor sah zu Tony, der mit den Achseln zuckte, und beide folgten ihrem Vorarbeiter.

———

Kirby öffnete die Tür für Megan Price und betrat nach ihr das Cafferty's. Es war still dort. Und sehr dunkel. Sie bestellten an der Theke Sandwiches und ließen sich dann in einer Ecke nieder.

»Um diese Zeit ist nie viel los«, sagte er.

»Es freut mich, dass Sie sich mit mir zum Mittagessen verabredet haben, auch wenn die Mittagszeit schon längst vorbei ist. Sie brauchen jemanden, mit dem Sie über Ihre Trauer sprechen können.«

»Ich hatte einfach Hunger«, sagte Kirby, »und mochte nicht allein essen.«

»Sie sind wirklich charmant.« Ihre großen Augen verschlangen ihn geradezu.

»Das hat man mir schon mal gesagt.«

Er versuchte, seine Nerven zu beruhigen, aber sein ganzer Körper war angespannt. Das hier war ein Fehler. Was hatte er sich nur gedacht? Megan war nicht Gilly. Sie war nicht einmal eine Freundin. Vor Gilly war er für sein impulsives Verhalten bekannt gewesen. Sie hatte ihm so gutgetan. Und nun war sie fort. Er schüttelte den Kopf.

»Was ist los?«

»Hören Sie, Megan. Ich glaube nicht, dass das eine gute Idee war.« Er würde sein Sandwich mitnehmen und es am Schreibtisch essen. Wie er es die vergangenen zwei Monate getan hatte.

Er spürte ihre Hand auf seiner und wand sich innerlich.

Das war nicht richtig. Aber sie wollte nur nett zu ihm sein. Also würde er sich zusammennehmen.

»Sie müssen etwas essen«, sagte sie. »Ich ebenfalls. Lassen Sie uns einfach auf unsere Bestellungen warten. Sie müssen nicht reden, wenn Sie nicht wollen.«

Sie hatte ihren Mantel über die Stuhllehne gehängt, und er bemerkte, dass der oberste Knopf ihres Kleids offenstand. War das eben schon so gewesen, als er sie in der Apotheke abgeholt hatte? Er konnte sich nicht daran erinnern. Sie glaubte doch hoffentlich nicht, dass er etwas von ihr wollte? Gott, nein, dachte er.

»Also gut«, sagte er und zog seine Hand unter ihrer hervor. Bewusst versuchte er, seine Muskeln zu lockern, um nicht wie eine gespannte Feder aufzuspringen und zur Tür zu fliehen.

»Erzählen Sie mir von Gilly«, sagte sie.

Ah, nein. Nicht von Gilly. Er konnte nicht über sie reden.

»Wie wär's, wenn Sie mir etwas über sich erzählen?«, fragte er.

»Da gibt's nicht viel zu sagen«, antwortete sie und lehnte sich an das Rückenpolster zurück. »Das würde Sie nicht interessieren.«

Die Veränderung war schlagartig gekommen. Er kannte die Anzeichen genau. Schließlich tat er jeden einzelnen Tag dasselbe – er entzog sich. Er versuchte es erneut.

»Wie lange arbeiten Sie schon in der Apotheke?«

»Eine Weile.«

»Wie ist Whyte als Chef?«

»Richard? In Ordnung. Er ist nicht allzu oft im Laden. Aber jetzt, da Amy ... da Amy nicht mehr bei uns ist, wird er entweder jemanden einstellen oder selbst den Kittel anziehen müssen. Der arme Mann.«

»Wo wir gerade von Amy sprechen ...«, sagte Kirby, doch in diesem Moment kam ihr Essen.

Mit Tassen, Untertassen, Teekanne und Tellern drohte der kleine runde Tisch umzukippen. Obwohl Kirby in den Wochen nach Gillys Tod abgenommen hatte, hatte die Kombination aus Take-away-Mahlzeiten und zu viel Alkohol seine beträchtliche Körpermasse wiederhergestellt. Zum ersten Mal seit langer Zeit war er sich seines Umfangs wieder deutlich bewusst. Lag es daran, wie Megan zusammenzuckte, als er einen zu großen Happen von seinem Sandwich abbiss? Oder daran, dass sie mit der Hand den Tisch stabilisierte, als er versehentlich mit dem Bauch dagegen stieß? Was immer es war, es löste eine gehörige Portion Befangenheit in ihm aus, und er legte sein Brot auf den Teller zurück.

»Entschuldigung, aber ich habe plötzlich keinen großen Appetit mehr.«

»Ein Mann von Ihrer Statur muss aber essen.« Mit grazilen Bewegungen trennte sie die Brothälften voneinander.

War das eine Beleidigung oder ernsthafte Besorgnis? Er bemerkte, dass sie alle Paprikastreifen von ihrem Sandwich genommen und säuberlich am Tellerrand aufgereiht hatte.

»Seit Gilly ... Sie wissen schon ... habe ich wenig auf Regelmäßigkeit geachtet, nicht nur, was die Mahlzeiten betrifft. Ich versuche einfach, bei der Arbeit mein Bestes zu geben, obwohl es manchmal weit unter dem Soll liegt.«

»Haben Sie sich freistellen lassen?«

»Ja, eine Woche. Und ich bin fast wahnsinnig geworden. Wenn ich arbeiten kann, geht es mir besser.«

»So ging es mir auch, als mein Mann mich verlassen hat. Ich konnte meine eigene Gesellschaft nicht mehr ertragen. Meine vier Wände und ich kommen nicht allzu gut miteinander klar.«

»Wie lange ist das jetzt her?« Wenn er sie dazu bringen konnte, weiter über sich zu sprechen, würde sie ihm keine Fragen stellen.

»Oh, schon eine ganze Weile. Ich bin darüber hinweg. Er war ein Mistkerl.«

»Wo wohnt er? Hier in der Gegend?«

»Ich möchte nicht über ihn reden.« Sie nahm einen winzigen Bissen ihres Sandwiches und kaute anmutig.

Ende der Unterhaltung, dachte Kirby und schaufelte sich einen Riesenhappen Hähnchen, Paprika und Chili in den Mund.

Sie musterte ihn erneut.

»Was ist?«, fragte er mit vollem Mund.

»Nichts.« Sie schenkte sich und ihm Tee ein. »Milch?«

»Das mache ich lieber selbst, danke.« Er hatte sich selten derart unbehaglich gefühlt.

»Mein Mann war und ist ein Vollidiot. Ich hätte ihn nie heiraten sollen. Er hat versucht, mich vollkommen auszunehmen, aber ich habe mich ihm entgegengestellt. Ich bin froh, dass ich ihn los bin.«

Kirby nickte nur. Er konnte nicht darauf vertrauen, dass er das Richtige sagen würde, und so musste er das Gespräch irgendwie auf sichereren Grund steuern.

»Erzählen Sie mir von Amy. Wie war sie? Bei der Arbeit, meine ich.«

»Hm. Der Detective hat sich nicht ohne Hintergedanken mit mir zum Lunch verabredet.«

Seine Wangen wurden warm, aber sie lachte. »Schon okay. Die meisten Leute wenden sich an mich, weil sie etwas Bestimmtes von mir wollen. Ich habe mich dran gewöhnt.«

»Entschuldigen Sie. Ich wollte nicht ...«

»Schon gut.« Sie trank einen Schluck Tee und stellte ihre Tasse ab. »Amy war eine Herausforderung. Zu Hause für ihren Vater, für mich auf der Arbeit. Sie ist privilegiert aufwachsen, hat sich aber dennoch an Penny Brogan gehängt. Unterschiedliche Schichten. Unterschiedliche Herkunft und Bildung. Amy spielte sich Penny gegenüber als etwas Besseres auf, aber in gewisser Hinsicht war Penny selbst schuld.«

»Wie meinen Sie das?«

»Sie hat nie versucht, etwas aus sich zu machen. Den

Arbeitgeber zu bestehlen – ich bitte Sie! Das war schon ziemlich dreist. Zumal Amy ihr die Stelle verschafft hat.

»Aber trotz der Unterschiede haben sie sich auch weiterhin gut verstanden?«

»Anscheinend. Gegensätze ziehen sich an, wie man so sagt.«

Kirby war sicher, dass sie mit den Wimpern geklimpert hatte, aber ihrer Miene war nichts anzumerken. Er musste es sich wohl doch nur eingebildet haben. Er schob den Teller weg und trank den Tee aus. »Was hat Mr Whyte davon gehalten, dass seine Tochter mit jemandem wie Penny Brogan befreundet war?«

»Dazu möchte ich nichts sagen.«

»Wieso nicht?«

»Sie werden Richard selbst danach fragen müssen. Ich will keinen Klatsch verbreiten.«

Zwischen den Zeilen hörte Kirby heraus, dass es wohl Unstimmigkeiten wegen Penny gegeben hatte, aber es blieb zu klären, inwieweit das eine Bedeutung für die Mordfälle hatte. Doch aus welchem Blickwinkel er die Geschichte auch betrachtete, er konnte sich nicht vorstellen, dass der Councillor seine eigene Tochter ermorden würde.

»Na dann«, sagte er. »Ich muss wieder zur Arbeit zurück.«

Er beglich die Rechnung, ohne auf Megans Bitte einzugehen, sie sich zu teilen.

»Es sind nur ein paar Euro«, sagte er, während er Megan in den Mantel half. Er hätte schwören können, dass ihre Hand etwas zu lang auf seiner liegenblieb. Nein, das wollte er nicht. Das alles war noch viel zu früh.

Er konnte es kaum erwarten, wieder zur Arbeit zurückzukehren.

FÜNFUNDDREISSIG

Niemand machte auf, als Lottie und Boyd bei Cyril Gill klingelten, deswegen fuhren sie zu der Baustelle am Gerichtsgebäude.

Er war ebenfalls gerade erst angekommen. Boyd parkte auf dem Weg vor dem Bauzaun, und Lottie sprang aus dem Wagen.

»Mr Gill? Kann ich Sie kurz sprechen?«

Er entließ den Mann, mit dem er geredet hatte, und wandte sich ihr zu.

»Können wir uns drinnen unterhalten?«, fragte Lottie.

Die Röte, die seine Wangen zum Glühen gebracht hatte, wich aus seinem Gesicht.

»Nein«, stöhnte er. »Bitte nicht. Bitte keine schlechten Nachrichten.«

Lottie nahm ihn am Ellenbogen und führte ihn an dem Mann vorbei, der mit offenem Mund an der Tür des Büros stand.

»Setzen Sie sich«, sagte sie.

Er gehorchte, und sie zog sich einen Drehstuhl heran und ließ sich ihm gegenüber nieder. Boyd trat ein und schloss die Tür. Die Luft erwärmte sich augenblicklich, und der muffigfeuchte Geruch blieb in Lotties Rachen kleben. Es gab nichts, was das hier einfacher machte. Tatsächlich kam es ihr vor, als würde es mit jedem Mal entschieden schwerer. Sie hoffte, dass sie niemals Empfängerin einer solchen Nachricht sein würde.

»Mr Gill, ich fürchte, wir haben tatsächlich sehr schlechte Nachrichten für Sie. Es ...«

Sie kam nicht weiter. Er fiel in sich zusammen und raufte sich die Haare.

»Nein. Nein. Tun Sie mir das nicht an. Nicht meine Louise. Ich hab doch sonst niemanden mehr.« Und, als fiele ihm erst jetzt ein, dass er verheiratet war: »Das wird ihre Mutter umbringen.«

»Es tut mir leid ...«, setzte Lottie neu an.

»Es tut Ihnen leid?« Er hob den Kopf, und seine Augen blitzten zornig. »Erzählen Sie mir nicht, dass es Ihnen leidtut. Ich will es nicht hören. Aber ich will wissen, was mit meiner Prinzessin geschehen ist.«

»Wir befinden uns erst im Anfangsstadium unserer Ermittlungen ...«

»Weichen Sie mir nicht aus. Sagen Sie es einfach.«

Wenn es das war, was er wollte, dann sollte er es bekommen.

»Wir haben Louises Leichnam in einer Wohnung am Stadtrand gefunden.« Sollte sie ihm von Cristina erzählen? Vielleicht noch nicht sofort. »Sie ist Opfer einer Gewalttat geworden.«

»Was meinen Sie damit? Was für eine Gewalttat?«

»Es wird eine Obduktion geben, aber wir stufen die Umstände als verdächtig ein.«

»Irgendein Schwein hat sie umgebracht?«

»Wie ich schon sagte ...«

»Ich hab's verstanden.« Er zog an seinen Haaren und drückte sich die Fäuste in die Augenhöhlen, doch die Tränen entkamen dennoch.

»Es tut mir so leid, Mr Gill«, wiederholte Lottie hilflos.

Er hob den Kopf, die Tränen strömten ihm nun ungehindert über die Wangen. »Sie ist doch erst fünfundzwanzig. Sie hat ihr Leben noch vor sich. Und dann tut jemand so was. Warum?«

Lottie setzte zu einer Antwort an, aber er hob die Hand.

»Ich will keine Entschuldigungen, ich will, dass Sie finden, wer immer das getan hat. Noch heute. Und ich will der Erste sein, der zuschlägt. Was hat er ihr angetan?«

»Ich halte es für das Beste, die Autopsie abzuwarten.«

»Steht Louises Tod im Zusammenhang mit dem Mord an Amy?«

»Ich möchte im Augenblick keine Vermutungen anstellen.« Aber Lottie wusste, dass sie es mit demselben Mörder zu tun hatte. »Kann ich jemanden für Sie anrufen? Sollen wir Sie nach Hause begleiten? Ihrer Frau Bescheid geben?«

»Nein, das mache ich selbst.« Er fand ein Taschentuch in seiner Tasche, wischte sich über die Augen und putzte sich die Nase.

»Fällt Ihnen jemand ein, der Louise etwas antun würde?«, fragte Boyd.

»Sie war doch noch ein Mädchen. Nicht viel unterwegs, sondern vor allem auf ihr Studium konzentriert ...« Er brach ab.

»Was ist?«, fragte Lottie, die das Gefühl hatte, dass er mehr sagen wollte.

»Sie hat Kriminalpsychologie oder so etwas Ähnliches studiert. Und dafür sogar mit Häftlingen gesprochen, oder was immer der politisch korrekte Begriff heutzutage dafür ist. Vielleicht hat einer von ihnen ...«

Er sprang auf und rannte zur Tür. Boyd hielt ihn auf. »Was ist los, Mr Gill?«

»Conor Dowling. Er ist auf der Baustelle. Ich habe ihn eingestellt, um ihn im Auge behalten zu können. Dieser miese Bastard. Wenn ich den in die Finger kriege ...«

»Setzen Sie sich wieder«, sagte Lottie bestimmt. »Überlassen Sie Mr Dowling uns.« Die Schultern des trauernden Vaters fielen nach vorne, und er kehrte zu seinem Schreibtisch zurück, wo er begann, ein Blatt Papier in lange dünne Streifen zu reißen. »Hier ist meine Karte«, fuhr Lottie fort. »Wenn Ihnen etwas einfällt, rufen Sie mich bitte an. Und wir werden uns Louises Sachen ansehen müssen.«

Er wedelte mit einer Handvoll Papierstreifen. »Klar. Aber lassen Sie mich zuerst mit Belinda, meiner Frau, sprechen. Sie wird manchmal hysterisch.«

»Okay, gehen Sie nach Hause, Mr Gill. Und halten Sie sich von Conor Dowling fern, hören Sie?«

»Ja. Aber das heißt nicht, dass ich den Mistkerl nicht doch noch mit bloßen Händen erwürge.«

»Lassen Sie der Gerechtigkeit ihren Lauf. Wir wissen nicht, ob er etwas getan hat.« Noch nicht, dachte sie.

»Ich verwette jeden Cent, den ich in mein Geschäft gesteckt habe, dass er darin verwickelt ist.«

»Sie halten sich fern«, warnte Lottie ihn erneut und strebte auf die Tür zu, die Boyd öffnete.

»Noch eins«, sagte Gill. »Sie haben gesagt, Sie hätten Louise in einer Wohnung gefunden.«

»Richtig.«

»Wessen Wohnung?«

»Cristina Lees.«

»Cristina? Ich habe vermutet, dass Louise mit diesem Mädchen eine Liebesbeziehung hatte. Ich konnte mich nie dazu durchringen, mit ihr darüber zu reden.« Er schüttelte müde den Kopf. »Das scheint nun so belanglos. Meine Kleine ist tot. War Cristina da? Ist ihr etwas passiert? Ist sie okay?«

Die Fragen kamen schnell hintereinander, und Lottie wusste, dass sie es ihm sagen musste.

»Leider nein, Mr Gill. Cristinas Leiche wurde bei der Ihrer Tochter gefunden.«

Als sie aus dem Büro hinaustraten, steuerte Lottie auf den Mann zu, den sie zuvor mit Cyril Gill hatte sprechen sehen.

»Ist Conor Dowling in der Nähe?«

»Eben war er noch hier. Wir haben im Tunnel gearbeitet. Soll ich ihn für Sie suchen?«

»Wie heißen Sie?«, fragte Lottie.

»Bob Cleary. Ich bin hier der Vorarbeiter.«

»Dürfen wir uns umschauen?

»Kann ich nicht machen. Arbeitsschutzvorschriften.«

»Ich muss mit Mr Dowling sprechen, dringend.«

»Was hat er gemacht?«

»Nichts, soweit ich weiß.« Sie reichte ihm ihre Karte. »Rufen Sie mich an, sobald Sie ihn gefunden haben.«

Sie schaute sich um. Boyd sprach mit diesem Ducky-Burschen am Pförtnerhäuschen. Zu ihrer Rechten drängten sich ein Grüppchen Bauarbeiter neben einem klaffenden Loch am Rand des alten Gerichtsgebäudes zusammen. Conor Dowling war unter ihnen und sprach mit einem übergewichtigen Mann in seinem Alter. Sie glaubte, ihn von irgendwoher zu kennen, konnte sich aber nicht erinnern, von wo genau. Sie machte einen Schritt vorwärts, doch Cleary trat ihr in den Weg.

»Inspector, unser Zeitplan ist sehr eng«, sagte er.

»Ach, hören Sie auf. Ich ermittle in einer Mordserie.« Sie schob sich an ihm vorbei und näherte sich den Männern. »Conor Dowling, bitte kommen Sie mit mir.«

»Ernsthaft?«

»Ja, ernsthaft.« Dowling verschränkte trotzig die Arme. Scheiß auf diesen Schwachsinn, dachte sie, und blieb dicht vor ihm stehen. »Jetzt ist nicht der Zeitpunkt, hier den Klugscheißer zu geben. Vier Frauen sind ermordet worden. Sie sind gerade aus dem Gefängnis gekommen und hatten eine Verbindung zu zweien von ihnen, also muss ich mit Ihnen reden.«

»Das ist reine Schikane.«

»Steigen Sie in den verfluchten Wagen.« Sie packte ihn am Ellenbogen und steuerte ihn über den Platz auf Boyd zu.

Sobald Dowling auf dem Rücksitz saß, stieß Lottie geräuschvoll den Atem aus. Sie hätte gedacht, dass er sich wehren oder zu fliehen versuchen würde, doch er hatte sich gefügt. Er hatte sich benommen wie ein Unschuldiger.

SECHSUNDDREISSIG

Wenig später saß Conor im Verhörraum, und Lottie machte sich auf die Suche nach jemandem, der ihnen allen Kaffee holte.

»Du hast nichts in der Hand, was rechtfertigt, ihn festzuhalten.« Boyd marschierte den Korridor auf und ab.

»Nicht so laut, sonst hört McMahon dich noch. Herrgott, sonst hört die ganze Stadt dich noch.«

»Na und? Es ist doch wahr. Du hast ihn dir rausgegriffen, nur weil er aus dem Gefängnis entlassen wurde und eine zehn Jahre alte Verbindung zu den toten Frauen gehabt hat. Das ist lächerlich. Du brauchst ein bisschen mehr.«

»Na schön, dann befrage ich ihn allein, und du kannst den Rest des Tages ins Blaue ermitteln.« Sie ging davon, blieb aber wieder stehen. »Und hol den verdammten Kaffee.«

»Hol ihn doch selbst«, sagte er und stampfte in die andere Richtung davon.

»Boyd!«

Aber er war schon um die Ecke verschwunden. Verdammt. Sie brauchte ihn an ihrer Seite. Da McMahons neuer Rekrut nirgendwo zu sehen war, würde sie nach Kirby suchen müssen.

Andererseits war es vielleicht nicht schlecht, Dowling eine Stunde lang schmoren zu lassen. Sie sah auf die Uhr. Nein. Es musste jetzt sein.

Sobald sie saßen und Kirby die einleitenden Sätze für die Aufnahme aufs Band gesprochen hatte, begann Lottie.

»Also, Conor, schön Sie wieder bei uns zu haben.«

»Müssen Sie mir nicht meine Rechte verlesen oder so was?« Er schniefte eine Schweißperle fort, die sich an seiner Nasenspitze gebildet hatte.

»Wollen Sie vielleicht Ihre Jacke ausziehen? Es ist warm hier drin.« Es ärgerte sie, nett zu diesem Abschaum sein zu müssen, der einen alten Mann ausgeraubt und ihn dann derart zusammengeschlagen hatte, dass er keine zwölf Monate später an den Folgen gestorben war. Es war zehn Jahre her, aber die Katze ließ das Mausen nicht, wie ihre Mutter zu sagen pflegte.

»Geht schon, danke.«

»Schön, dass Sie sich an Ihre Manieren erinnern.«

»Sie können mich mal.«

»Ah, alles wie gehabt.«

Lottie lehnte sich auf ihrem Stuhl zurück und klopfte mit dem Stift auf den beigefarbenen Ordner, als befinde sich darin eine erdrückende Beweislast. Tatsächlich war nichts darin. Aber das wusste er nicht.

»Erzählen Sie mir, wo Sie gestern Nacht waren.«

»Warum?«

»Weil ich nett gefragt habe?«

»Das geht Sie nichts an.«

»Sie wollen doch nicht wieder so anfangen, oder? Ich kann Sie für sechs Stunden festhalten. Und was soll Ihre arme, behinderte Mutter ohne Sie tun, falls wir Sie verhaften?«

»Sie ist in der Zeit, die ich Ihretwegen gesessen habe, bestens zurechtgekommen. Und ich werde nicht einmal eine

Stunde hier sein, von sechs ganz zu schweigen, da ich nämlich nichts getan habe.«

»Heute Morgen ist Louise Gill tot aufgefunden worden. Sie wissen, von wem ich spreche. Louise Gill, die mit Amy Whyte in dem Prozess gegen Sie ausgesagt hat.«

Sie musterte seine Miene genau. Suchte nach Anzeichen von Schuld. Aber sie sah nur, wie sein Gesicht mit den rötlichen Sommersprossen erbleichte und seine Lippen zu beben begannen.

»Das ist doch irgendein kranker Scherz. Sie sind pervers, das sind Sie.« Er richtete sich auf seinem Stuhl auf.

»Nein, bin ich nicht. Louise ist tot. Brutal ermordet worden, und mit ihr eine weitere junge Frau. Das sind vier Leichen in wenigen Tagen. Und zwei davon hatten eine Verbindung zu Ihnen.«

»Sie wollen mich über den Tisch ziehen.« Er wandte sich an Kirby.

Kirby schien eingeschlafen zu sein. Seine Lider waren schwer, seine Arme auf dem Tisch verschränkt und seine Brust hob sich regelmäßig. Lottie stieß ihn mit dem Ellenbogen an, und er wandte ihr den Kopf zu.

»Was ist?«

»Hören Sie zu?«, flüsterte sie.

»Natürlich.«

»Das ist doch ein Witz«, sagte Conor.

Lottie schlug mit der Hand auf den Tisch. Kirby fuhr zusammen. Conor saß still wie eine Statue da. »Hören Sie, Schlaumeier. Wo waren Sie gestern Abend?«

»Zu Hause.«

»Wann haben Sie Louise Gill zum letzten Mal gesehen?«

Er zögerte. »Vor zehn Jahren.«

»Sie scheinen sich nicht so sicher zu sein.«

»Ich bin mir sicher.« Sein Blick schien sie zu durchbohren. »Entweder Sie verhaften mich, oder Sie lassen mich gehen. Sie haben einen Scheiß gegen mich in der Hand.«

Sie musste zugeben, dass er in der Hinsicht recht hatte. Sie würde ihn dennoch nicht so leicht davonkommen lassen.

»Ich will eine DNS-Probe. Ich will Ihre Fingerabdrücke, und ich will eine genaue Aufstellung, wo Sie seit Samstag gewesen sind und wen Sie getroffen haben.«

»Und ich will meinen Anwalt.«

Sie musste Dowling in einer Arrestzelle lassen, während der Anwalt kontaktiert wurde, also schnappte sie sich Boyd und fuhr zu Gills Anwesen.

Die Gills wohnten in einer modernen Villa auf einem Hügel über der Stadt. Belinda Gill führte sie in einen Raum, den sie den Salon nannte. Die Decke war hoch und weiß. Die Wände, tiefrot, wirkten, als hätte jemand eine Wagenladung Blut darüber gegossen und sei dann gegangen. Hier und da hingen kostspielig aussehende Gemälde, aber es war das Mobiliar, das Lotties Aufmerksamkeit weckte. Sie warf Boyd einen Blick zu, der die Nase rümpfte.

»Schrott?«, flüsterte er.

»Alles antik«, sagte Belinda, die Lotties Interesse wahrgenommen hatte. Lottie hoffte nur, dass sie Boyds Bemerkung nicht gehört hatte. »Alles andere im Haus ist modern und hell, aber Cyril hat mir erlaubt, hier meine Leidenschaft für Auktionen auszuleben. Meiner Ansicht nach ist das, was in diesem Zimmer steht, mehr wert als das gesamte Haus selbst.«

Lottie fragte sich, ob Belinda überhaupt schon über Louises Tod informiert war. Die Frau zeigte keine Anzeichen von Trauer, obwohl ihr Blick glasig wirkte und ihre Worte leicht verschliffen klangen. Ihre Jeans war fleckig, ihr Hemd nicht richtig zugeknöpft. Das kurze Haar schien ungewaschen, ihr Teint war blass. Vielleicht war sie einst hübsch gewesen, sah nun jedoch vor allem ausgezehrt und verhärmt aus, obwohl sie nicht älter als fünfzig sein konnte.

»Sie sind wegen Louise hier, nehme ich an.«

»Ja«, sagte Lottie. »Sie wissen es?«

»Ja.«

»Mein Beileid. Ist Ihr Mann zu Hause? Möchten Sie ihn dabeihaben, während wir uns unterhalten?«

Belindas Lachen zerschnitt die Luft und hallte von der Decke wider. »Ich brauche Cyril für nichts. Wussten Sie, dass ich shoppen war, als er mich angerufen hat, um mir zu sagen, dass unsere Tochter tot ist? Dieser Schleimer hat doch Angst vor seinem eigenen Schatten.«

»Er hat Sie angerufen?« Lottie wusste nicht, was sie sagen sollte. Was für Mann tat seiner Frau so etwas an? Kein besonders netter, schloss sie.

»Wollen Sie einen Drink?«

Ehe Lottie oder Boyd antworten konnte, war Belinda schon zu einem ramponiert aussehenden Schränkchen neben dem gewaltigen schmiedeeisernen Kamin getreten. Sie schenkte sich einen gehörigen Schluck Gin ein, ohne ihn mit etwas zu verdünnen.

»Für uns nicht«, sagte Lottie. »Wir sind im Dienst.«

Belinda kehrte zurück und setzte sich. »Ich trinke. So! Das haben wir also schon mal geklärt. Ich bin eine Schande für Cyril. Ich schade seinem Ansehen in der Geschäftswelt, sagt er. Er trinkt auch, aber davon ist natürlich keine Rede. Er strickt sich seine Regeln, wie er sie braucht.«

Sie hob das Glas in Boyds Richtung, dann leerte sie es in einem Zug. »Seien Sie so gut und schenken mir nach.«

Lottie fing Boyds verblüfften Blick auf und nickte ihm zu.

»Mrs Gill ... darf ich Sie Belinda nennen?«

»Klar. Ich bin in diesem Haus von Miststück bis Hure schon als alles Mögliche bezeichnet worden, da ist es nett, zur Abwechslung den eigenen Namen zu hören.«

»Belinda«, sagte Lottie sanft. »Ist Cyril hier?«

»Nein. Bei der Arbeit. Wo soll er auch sonst sein? Dieses Projekt ist ihm wichtiger als sein eigen Fleisch und Blut. Was ist mit Louise passiert?«

Lottie konnte kaum fassen, wie distanziert sie klang. Es war, als sei die Tatsache, dass ihre Tochter tot war, noch gar nicht in ihr Bewusstsein gedrungen.

»Leider gehen wir von einem Mord aus, auch wenn es von der Gerichtsmedizin noch offiziell bestätigt werden muss. Können Sie mir sagen, wie sie sich in letzter Zeit verhalten hat? Ist Ihnen irgendetwas Ungewöhnliches oder Besorgniserregendes aufgefallen?«

»Meinen Sie, sie hat sich selbst umgebracht?« Sie zeigte anklagend mit dem Glas auf Lottie; die klare Flüssigkeit lief an der Seite herab.

»Ich versuche nur, mir ein Bild Ihrer Tochter zu machen, um vielleicht auf ein Motiv oder einen Verdächtigen zu stoßen.«

»Wie ist sie gestorben?«

Lottie warf Boyd einen Hilfe suchenden Blick zu.

»Wir können dazu noch keine Einzelheiten preisgeben, müssen aber wirklich so viel wie möglich über Louise erfahren.«

»Ich weiß nicht besonders viel, um ehrlich zu sein. Sie wollen wahrscheinlich auch ihr Zimmer sehen, nicht wahr?«

»Ja, bitte. Aber könnten Sie erst unsere Fragen beantworten?«, sagte Boyd in beruhigendem Tonfall.

Belinda nippte an ihrem Glas und schien zu überlegen. »Louise hatte Probleme. Seit dieser Geschichte mit dem Thompson-Fall. Ich war mir sicher, dass sie Depressionen hatte, aber ihr Vater hat mir nicht geglaubt. Ich habe heimlich einen Therapieplatz für sie organisiert, aber sie hat sich nicht darauf eingelassen. Sie hat immer nur auf ihren Vater gehört.« Sie hielt inne. »Warum, denken Sie, trinke ich wohl? Ich kann den Mann nicht ausstehen.«

»Sie könnten ihn verlassen«, sagte Lottie.

»So einfach ist das nicht.«

Lottie beschloss, dieses Thema fallen zu lassen. Ihr wichtigstes Ansinnen war es, so viel wie möglich über Louise herauszufinden. »Was für eine Beziehung hatte Louise zu Cristina Lee?«

»Cristina Lee? Den Namen habe ich noch nie gehört. Aber ich weiß nicht viel über Louises Freundinnen. Wir haben uns eigentlich nie richtig unterhalten.«

»Hat sie in letzter Zeit ungewöhnliche Post oder Nachrichten bekommen?« Lottie war der Zettel eingefallen, den sie in Amy Whytes Zimmer entdeckt hatte.

Belinda trank einen Schluck und zuckte die Achseln. »Keine Ahnung.«

»Kann ich in ihrem Zimmer nachsehen?«

»Ich bringe Sie hoch.«

Lottie strebte auf die Tür zu. Sie konnte nicht schnell genug von dieser Frau wegkommen. Etwas an ihrem Verhalten ließ die Alarmglocken in ihrem Kopf läuten. Vielleicht lag es daran, dass sie in Belindas Gegenwart daran erinnert wurde, wie der Alkohol auch sie damals nach Adams Tod in den Fängen gehabt hatte. Oder war es doch etwas anderes? Sie wusste es nicht.

Boyd verdrehte die Augen, als Belinda sich erst nachschenkte, ehe sie sie die Wendeltreppe hinaufführte. Oben auf dem breiten Absatz blieb sie vor einer Tür stehen. »Das ist ihr Zimmer. Ich glaube, ich lege mich für ein Stündchen hin. Wenn Sie etwas mitnehmen müssen, bringen Sie es bitte in einem Stück wieder.« Und damit verschwand sie hinter einer Tür am Ende des Flurs.

»Was zum Teufel war das denn?«

»Ich bin genauso ratlos wie du.«

Sobald Lottie Louises Privatbereich betrat, packte sie die

Trauer um den Verlust dieser jungen Frau. Eine Trauer, von der ihrer Mutter nichts anzumerken gewesen war. Lottie befand sich im Reich einer Fünfundzwanzigjährigen, die nie wieder in ihrem Bett liegen, durch ihr Handy scrollen oder ihr Studium beenden würde.

Das Zimmer war sauber und aufgeräumt. Die Kleidung im Schrank war ordentlich aufgehängt, die Utensilien auf dem Schminktisch standen in Reih und Glied. Auf der zerwühlten Bettdecke lagen T-Shirt und Jogginghose, die vermutlich als Nachtwäsche dienten. Auf dem Fensterbrett entdeckte Lottie Laptop, Notizblöcke und ein Ringbuch.

»Das müssen ihre Uni-Sachen sein«, sagte Boyd und nahm einen Ordner in die behandschuhte Hand.

»Müssen wohl, Sherlock.«

Lottie blickte aus dem Fenster. Drei Elstern saßen in den kahlen Ästen. Sie wandte sich ab und konzentrierte sich auf den Laptop. Er war geladen, hochgefahren und passwortgeschützt. »Mist. Wir brauchen ein Passwort.«

»Vielleicht weiß ihre Mutter es.«

»Das bezweifle ich sehr. Unsere Technik kann ihn sich ansehen.«

»Oder du könntest den Vater fragen.«

»Vielleicht.« Lottie war sich nicht sicher, ob sie in nächster Zeit mit Cyril Gill sprechen wollte.

»Brauchen wir sonst noch etwas?«, fragte Boyd.

Sie konnte nicht umhin, die Distanz wahrzunehmen, die sein Tonfall zwischen ihnen erschuf. Es war nicht richtig gewesen, ihn auf der Wache anzuschnauzen, aber der Tag war anstrengend gewesen. McMahon hatte sie aufs Korn genommen. Cynthia Rhodes wusste von Dingen, von denen sie nichts wissen sollte. Bernie Kelly schlich da draußen herum. Und um dem Ganzen die Krone aufzusetzen, gab es zwei weitere Tote.

»Ihr Handy.« Lottie entdeckte das mit Schmucksteinchen

besetzte iPhone auf dem Kissen. Sie tippte auf den Home-Button. Wie beim Laptop war eine PIN erforderlich.

Sie steckte das Handy in eine Beweistüte. Boyd tat dasselbe mit dem Laptop. Während er durch die Seiten eines Notizblocks blätterte, warf sie einen raschen Blick ins angrenzende Bad. Sie öffnete den Spiegelschrank über dem Waschbecken, ohne auf ihr Abbild zu achten. Zahncreme, eine elektrische Zahnbürste, ein Haarserum, kleine Fläschchen Duschgel. Keine Medikamente. Auch kein Verhütungsmittel. Sie schloss den Schrank.

Sie kehrte zum Schminktisch zurück und inspizierte die teuren Parfums und Nagellacke. In den Schubladen fand sich Schmuck in den Kästchen, in denen er gekauft worden war. Der übrige Platz war mit Unterwäsche gefüllt. Alles luxuriös, aber nichts Anrüchiges oder Erotisches.

»Nirgendwo eine Münze. Keine Nachricht«, sagte sie.

»Ihr Tod muss nichts mit Amy und Penny zu tun haben«, sagte Boyd.

»Es kann nicht anders sein. Bei ihren Leichen lagen Münzen. Es ist derselbe Mörder.«

Als Boyd ein schwarzes Moleskin-Notizbuch in die Hand nahm, hörte Lottie etwas zu Boden fallen.

»Was war das? Nicht bewegen. Bleib, wo du bist«, wies sie ihn an, während sich die Härchen auf ihrem Arm aufrichteten.

»Ich geh nicht weg.«

Sie ließ sich auf die Knie herab und suchte den Boden um seine Füße ab. »Etwas ist aus dem Notizblock gefallen. Ich hab's gehört.«

»Das hast du dir eingebildet.«

Sie griff unter das Bett. Nichts. Schob ihre Hand unter das Nachttischchen. Spürte etwas durch den Latexhandschuh, zog es hervor und hielt es ins Licht.

»Eine Münze«, sagte sie triumphierend.

SIEBENUNDDREISSIG

Die Stimme seiner Mutter drang durch den Flur, ehe er noch richtig eingetreten war.

»Was machst du denn um diese Zeit schon zu Hause?«

»Wir haben heute früher freibekommen«, log er und stellte einen Fuß auf die Treppe. Er hatte Glück gehabt. Diesmal noch. Der Anwalt hatte ihn sofort herausholen können. Die Polizei hatte keinerlei Indizien, auf deren Grundlage man ihn hätte festhalten können.

»Komm her.«

Er seufzte und ging ins Wohnzimmer. Seine Sinne waren inzwischen an den Gestank und den Schmutz gewöhnt, aber er konnte nicht übersehen, dass sich der Zustand verschlechtert hatte. Er musste seine Mutter wirklich in einem Pflegeheim unterbringen. Wie war sie nur zurechtgekommen, während er fortgewesen war? Er war sich nicht sicher, ob er das wirklich wissen wollte.

»Was ist?« Er blieb hinter ihr stehen.

»Komm hierher, damit ich dich sehen kann.« Sie klopfte mit ihrem Gehstock auf den Boden neben sich.

»Gib mir eine Minute.«

Zurück im Flur hängte er seine Jacke über das Geländer und ging in die Küche. Er brauchte etwas zu trinken. Im Kühlschrank befand sich nur ein Karton Milch. Er füllte sich ein Glas mit Wasser aus dem Hahn, trank es aus und kehrte zu seiner Mutter zurück.

»Okay, hier bin ich. Was gibt's?«

»Du musst mich waschen.«

Zum ersten Mal, seit er aus dem Gefängnis gekommen war, bemerkte er die kahlen Stellen auf ihrem Kopf. Rosa Kopfhaut schimmerte durch das schüttere Haar, und die verbliebenen Strähnen klebten fettig an ihrem Schädel. Mit einem Mal wurde ihm bewusst, dass ̄sie in den zwei Monaten, die er wieder hier war, kein einziges Mal geduscht oder sich auch nur gründlich gewaschen hatte. Kein Wunder, dass es hier so stank.

Er straffte die Schultern und wappnete sich innerlich gegen einen Kampf, auf den er nach dem heutigen Tag gut hätte verzichten können. »Mam, ich denke, du brauchst jemanden, der dich richtig pflegt. Ich kann nicht arbeiten und mich gleichzeitig um dich kümmern.«

Sie schwieg. Er nahm das als gutes Zeichen.

Er ging in die Hocke und sah in ihre wässrigen Augen. »Würdest du ein Pflegeheim in Erwägung ziehen? Ich könnte mich erkundigen und ...«

Der erste Hieb des Stocks traf ihn oberhalb des Ohrs, und er taumelte zurück. Der zweite Hieb krachte gegen sein Knie, sodass er stürzte und den Nachtstuhl umriss. Urin ergoss sich über den Boden und sickerte in seine Jeans. Warum benutzte sie nicht den Katheter?

»W-warum hast d-du das getan?«, stammelte er und betastete seinen Schädel, der Schlag musste eine Wunde hinterlassen haben, er war sich sicher.

»Du wirst mich nicht in ein Heim stecken, hörst du? Das ist mein Haus. Wenn einer geht, dann bist du das. Nichtsnutziger Knastbruder. Dieb. Mörder.«

»Ich hab niemanden ermordet, du verrücktes Miststück.« Er versuchte sich aufzurichten, um Furchtlosigkeit auszustrahlen, aber sie war die einzige Person auf dieser Welt, die ihn in ein wimmerndes Würmchen verwandeln konnte.

»Ist das der Respekt, den man im Gefängnis lernt? Für wen hältst du dich, dass du deine eigene Mutter verrücktes Miststück nennst?«

Sie hatte sich erhoben und stützte sich schwer auf den Stock, den sie eben noch so kraftvoll geschwungen hatte, und Conor fragte sich, ob sie bloß eine Show abzog. Er hatte sie in den vergangenen zwei Monaten kaum auf den Füßen erlebt. Doch schon gaben ihre Knie nach, und sie plumpste zurück in den schmuddeligen Sessel.

»Du brichst mir das Herz, Conor. Wie kannst du mir so was nur antun?«

Das Klopfen an der Tür ersparte ihm eine unaufrichtige Entschuldigung. Als er sich in Bewegung setzen wollte, hob sie erneut den Stock. »Schick weg, wer immer da ist. Du musst mich waschen. Und zwar jetzt.«

Er schob sich aus dem Zimmer und öffnete die Haustür. Tony drängte sich unsanft an ihm vorbei ins Haus.

»Setzt Wasser auf und erzähl mir von der langbeinigen Polizistin.«

Conor stöhnte, war aber ausnahmsweise froh über Tonys Anwesenheit.

———

Lottie unterdrückte ihren Ärger darüber, dass sie Dowling hatten gehen lassen müssen, und starrte im Besprechungsraum auf die Fotos der vier Opfer an der Tafel. An die zweite Tafel hatte jemand Fotos von Richard Whyte und Cyril Gill geheftet.

»Wer hat die dort angebracht?«

Die Detectives im Raum zuckten murmelnd die Achseln. Schließlich hob der Neue die Hand. »Das war ich, Inspector.«

»Wie war noch mal Ihr Name?«

»Sam McKeown.«

»Wo ist Kirby?«

Ihr Neuzugang hob die Schultern. Er sah auf robuste Art recht gut aus. Kantiges Kinn, rasierter Schädel, die Augen so grün wie ihre eigenen. Das Hemd zerknittert, die Ärmel bis zum Ellenbogen aufgekrempelt. Sie hoffte, dass das auf einen guten Arbeiter hindeutete. Die Zeit würde es zeigen.

Sie setzte an, die beiden Fotos der Väter wieder abzunehmen, besann sich dann aber wieder. Sollten sie hängenbleiben. Sie klappte eine Mappe auf, nahm Conor Dowlings Foto heraus und heftete es neben die anderen.

Er war ihr einziger echter Verdächtiger.

»Ich will alles über Conor Dowling wissen. Was er im Gefängnis getrieben hat und was ihn umtreibt, seit er wieder auf freiem Fuß ist.«

»Ja, Boss«, sagte McKeown.

Sie kehrte in ihr Büro zurück. Boyd hatte eine Tüte mit Notizbüchern und Mappen aus Louise Gills Zimmer auf ihrem Schreibtisch abgeladen. Vielleicht hatte sie Glück und würde etwas finden. Durch die offene Tür sah sie ihn an seinem Schreibtisch sitzen und an Louises Laptop herumfummeln.

»Ich dachte, du bringst das in die Technik.«

»Ich versuch's erst einmal selbst.«

»Du weißt doch nicht einmal, wie du es entsperren sollst.«

»Zumindest kann ich mir mein Passwort merken, ohne es auf Post-its zu schreiben«, erwiderte er, ohne den Kopf zu heben.

Sie schnitt eine Grimasse. Ihr fiel nicht einmal eine Entgegnung auf diese Spitze ein. Sie öffnete die Tüte und nahm eins der Notizbücher heraus. »Wo ist Kirby?«

»Vielleicht ist er etwas essen gegangen.« Er schaute auf.

»Ich hätte auch Hunger. Wie sieht's bei dir aus?« Dann grinste er.

»Später vielleicht.« Sie erwiderte das Lächeln. Vielleicht würde der Tag ja doch noch besser werden. Aber vielleicht auch nicht.

———

»Wie geht's Ihnen, Mrs D?«, fragte Tony und steckte den Kopf ins Wohnzimmer, zog ihn aber genauso schnell wieder zurück. »Was riecht denn da so?«, fragte er, an Conor gewandt.

»Scht. Sie hat miese Laune.« Conor stellte den Wasserkocher an und schüttelte den Milchkarton, um zu überprüfen, ob der Inhalt noch gut war.

»Mieser Geruch, wenn du mich fragst.«

»Ich frag dich aber nicht, also halt die Klappe.« Er stellte zwei Becher auf den Tisch. »Was ist passiert, nachdem ich weg war?«

»Wieso flüsterst du?«, fragte Tony. »Uh-oh. Du hast der lieben Mommy nichts gesagt?«

»Nein, hab ich nicht, und sie erfährt es auch nicht, wenn du deine Schnauze hältst.« Conor schob die Tür behutsam mit seinem Stiefel zu.

»Ich nehme auch eine Tasse von dem, was immer du gerade machst.« Die Stimme seiner Mutter aus dem Wohnzimmer war noch immer zu hören. Conor ignorierte sie und setzte sich an den Tisch.

Tony musterte ihn erwartungsvoll. »Los, erzähl. Was wollte die Polizistin? Nette Beine hat sie. Ich mag die ja so dünn. Und du?«

»Halt's Maul, Tony. Sie ist ein Bulle. Und sie ist diejenige, die mich in den Knast gebracht hat.«

»Ich dachte, das wären die zwei Zeuginnen gewesen.«

»Diese zwei Schlampen.« Wäre er noch im Gefängnis

gewesen, hätte er auf den Boden gespuckt, aber er besann sich eines Besseren.

»Zwei Schlampen, die jetzt tot sind.« Tony versuchte, die Arme über seiner Wampe zu verschränken, gab aber auf und legte die Hände in den Schoß.

»Tja, und deine langbeinige Polizistin meint, ich könnte etwas damit zu tun haben.«

»Echt?« Tony senkte den Blick, und Conor sah, wie ihm das Blut in die Wangen stieg.

»Angst, mit mir befreundet zu sein, jetzt wo ich ein Serienmörder sein könnte?«

»Nein. Gar nicht. Herrgott, Mann. Das ist doch alles ... total bescheuert.«

Tony um Worte verlegen zu sehen, machte Conor mit einem Mal klar, wie ernst die Lage tatsächlich werden konnte. Wenn Inspector Parker sich in den Kopf setzte, ihm die Sache anzuhängen, wie sollte er sie daran hindern? Er brauchte Tony an seiner Seite.

»Aber zu deiner Information – ich habe sie nicht umgebracht.«

»Wo bleibt mein Tee?« Die Stimme seiner Mutter war zu einem Kreischen geworden.

»Kommt sofort.« Conor warf einen Teebeutel in einen Becher. »Hier. Den bringst du ihr.«

»Nein, Mann. Dann muss ich kotzen. Riechst du das denn nicht?«

»Ach, verpiss dich doch.«

Er nahm einen Keks aus einer offenen Packung und brachte ihn mit dem Tee seiner Mutter.

»Gibt's keinen Teller?«

Conor verbiss sich eine Bemerkung, holte ihr einen Teller und kehrte zu Tony in die Küche zurück.

»Die treibt mich noch in den Wahnsinn«, murrte er und schnappte sich einen Keks aus der Packung, bevor Tony sie alle vertilgt hatte. »Was ist mit dem Toten im Tunnel?«, fragte er, begierig darauf, das Thema zu wechseln.

»Was soll damit sein?«, fragte Tony, dem Krümel in den Bartstoppeln hingen.

»Wird Cleary ihn melden? Was ist passiert, nachdem ich weg war?«

»Nicht viel. Der Boss war in heller Aufregung. Brüllte und tobte wegen seiner Tochter. Er hat dich gesucht. Und rumge-schrien, dass er dich aufknüpfen will.«

»Mich? Nur weil ich gesessen hab, hält mich jetzt jeder für einen Massenmörder.« Als Tony schwieg, fügte Conor hinzu: »Cleary hat ihm nichts von dem Gerippe im Tunnel gesagt?«

»Er hatte gar keine Chance, durchzukommen.«

»Ich meine, er sollte vergessen, was er gefunden hat, und einfach weitermachen. Wir brauchen die Arbeit alle. Wenn die Sache gemeldet wird, machen die uns die Baustelle dicht.«

»Ich glaube, den Boss interessiert jetzt eher der Mord an seiner Tochter als der Fund von ein paar alten Knochen, die wahrscheinlich schon hundert Jahre da unten liegen.« Tony schlürfte seinen Tee und tauchte einen Keksrest in die Flüs-sigkeit.

Conor wollte gerade einwenden, dass die Lumpen nicht ausgesehen hatten, als seien sie hundert Jahre alt, beschloss dann aber, den Mund zu halten. Er würde mit dem Vorarbeiter sprechen. Er durfte diesen Job nicht verlieren. Andererseits würde Gill ihn vielleicht sowieso rausschmeißen. Er hörte seine Mutter rufen.

»Conor? Nimm mir den Becher ab, ehe ich ihn fallenlasse. Meine armen Hände können nicht mehr.«

»Tony, sei ein guter Freund und mach's für mich.«

»Du kannst mich mal.«

»Bitte. Dann vergesse ich auch, dass du meine Werkstatt durcheinandergebracht hast.«

»Ich hab gar nichts durcheinandergebracht, du Wichser.

Was für ein Freund bist du eigentlich?« Tony schnappte sich seine Jacke und war draußen, ehe Conor noch ein Wort sagen konnte.

»Geht Tony schon wieder?«, rief Vera, als der Becher auf dem Boden zerschellte.

Conor ballte die Hände zu Fäusten.

ACHTUNDDREISSIG

Bernie Kelly wartete und beobachtete.

Leo Belfield drehte sich im Kreis und suchte sie überall dort, wo sie nicht war. Sie behielt ihn im Auge. Ein Katz-und-Maus-Spielchen, aber sie war so viel cleverer als er. Er hätte ihr leidtun müssen, aber so etwas wie Mitleid für ihn gab in ihrem Herzen nicht. Er hatte gedacht, er könnte sie bestechen, damit sie ihm Informationen lieferte, während sie die Fäden zog wie an einer Marionette.

Endlich kehrte er ins Joyce Hotel zurück, und sie konnte sich wieder erlauben, herumzustreifen. Sie hatte Pläne für ihn, aber noch nicht. Ihre Halbschwester Lottie Parker würde bitter dafür büßen müssen, sie zu den Irren gesperrt zu haben; Leute, die für unzurechnungsfähig erklärt worden waren. Bernie war nicht irre. Sie war einfach sehr, sehr schlau. Sie lachte, merkte aber dann, dass die Leute sich nach ihr umzudrehen begannen, und zog die Kordel an ihrer Kapuze enger um ihr Gesicht. Es war ein dunkler Abend, und das war ihr sehr recht.

Sie schlug den Weg zu Lotties Haus ein.

———

Rose wusste, dass Katie ihre Anwesenheit auf die Nerven zu gehen begann, aber sie musste bleiben, bis Lottie nach Hause kam. Sean und Chloe waren von einem Taxi an der Schule abgeholt und sicher abgeliefert worden. Keines ihrer Enkelkinder hatte eine Ahnung, warum ihre Mutter dies veranlasst hatte, aber Rose war erleichtert.

»Granny, warum gehst du nicht nach Hause?«, fragte Katie. »Wir kommen zurecht.«

Mit einem Blick auf den Wäschekorb holte Rose Bügeleisen und -brett hervor. »Ich mach das noch schnell fertig.«

»Mam bügelt nicht. Bei den meisten unserer Sachen glätten sich die Falten automatisch, wenn wir sie anziehen.«

»Zu meiner Zeit wäre man nicht ohne Bügelfalte in der Hose vor die Tür gegangen.« Sie fuhr mit dem Bügeleisen den Ärmel von Seans Schulhemd auf und ab.

Katie lachte. »Das ist tausend Jahre her.«

»Sei nicht so frech, Fräulein. So alt bin ich nun auch wieder nicht.« Oder doch, dachte Rose. Bernies Rückkehr hatte sie altern lassen. Es kam ihr vor, als habe jemand ihre Knochen in Sägespäne verwandelt. Wie sollte sie es Lottie nur erklären?

»Gran, ich weiß, du wolltest es mir vorhin nicht sagen, aber hat Mam dich gebeten, heute herzukommen?«

Rose hängte das Hemd auf einen Bügel und nahm sich ein zerknittertes T-Shirt von Lottie vor. Wie konnte sie so etwas nur ungebügelt anziehen? »Wie kommst du darauf?«

»Na ja, weil ... sie hat sich heute Morgen irgendwie komisch benommen.«

»Ist deine Mutter nicht immer irgendwie komisch?«

Katie lachte wieder. »Das stimmt allerdings. Aber seit wir umgezogen sind, ist sie viel ruhiger und auch besser drauf. Ich finde es toll, dass sie langsam wieder glücklich wird. Aber heute Morgen hat sie irgendwas erschreckt, und ich will nicht, dass sie wieder in den Zustand davor zurückfällt.«

»Was hat sie denn erschreckt?« Rose hielt den Atem an. Hoffentlich hatte Bernie nicht schon zugeschlagen.

»Ich weiß nicht genau. Wir haben uns unterhalten, und dann fiel plötzlich eine Art Münze aus Louis' Jäckchen, und sie ist beinahe ausgerastet.«

»Mach dir keine Gedanken. Ich rede mit ihr, wenn sie nach Hause kommt.« Blieb nur die Frage, wie dieses Gespräch wohl ausgehen würde.

———

Tony hielt sich an seinem Pint fest, schniefte in dem sicheren Gefühl, dass sich eine Erkältung anbahnte, und merkte, wie seine Gedanken zu Conor zurückkehrten. Mrs D zog eine Show ab, dessen war er sich sicher. Er hatte sie ein paar Wochen vor Conors Entlassung noch gesehen, und so schlimm war es nicht gewesen. Wollte sie ihn ein zweites Mal dafür büßen lassen, dass er ihr Schande gemacht hatte? Conor hatte seine Zeit abgesessen, aber Vera Dowling war eine stolze Frau, und wenn er richtig darüber nachdachte, wohl auch eine gefährliche.

Die cremige Krone seines Guinness' sickerte in die schwarze Flüssigkeit.

»Hier, Darren, mach da mal frischen Schaum drauf.« Er reichte dem Barkeeper sein Glas.

Wenn Tony ein bisschen nachgedacht hätte, wäre er noch verheiratet gewesen. Er hätte noch sein Haus gehabt und würde nicht in dem alten wohnen müssen. Ein Glück immerhin, dass er es nicht verkauft hatte. Seine Eltern fehlten ihm. Sie waren nacheinander gestorben, zwei Jahre war es her. Nur ein Monat hatte dazwischen gelegen. Und sie waren erst in den Sechzigern gewesen.

»Das Leben ist nicht fair.«

»Was ist los, Tony?«

»Ach, nichts, Darren. Ertränke nur meinen Kummer.« Er nahm das Pint und leerte es zur Hälfte in einem Zug.

»Traurig, die Sache mit diesen jungen Frauen.«

»Die ermordet wurden?«

»Genau. Die ersten beiden waren Samstagabend noch hier. Gesund und munter. Und jetzt sind sie tot.«

Tony stockte der Atem. »Traurig, wirklich.«

»War nicht eine der Frauen, die heute Morgen gefunden wurden, die Tochter dieses Bauunternehmers?«

»Cyril Gill.«

»Den meine ich. Du arbeitest für ihn, oder?«

»Du weißt wirklich alles, was in der Stadt vor sich geht, oder, Darren?«

»Tatsächlich weiß ich eine ganze Menge.«

Tony senkte den Kopf. Zu viele Leute wussten zu viel.

»Neulich war übrigens deine Ex hier«, sagte Darren.

»Interessiert mich nicht.« Aber Tony konnte spüren, wie sich der Alkohol in seinem Magen umwälzte.

»Mit einem Detective. Diesem Kirby. Hat vor ein paar Monaten seine Freundin verloren.«

»Darren, es kümmert mich nicht, was sie macht oder mit wem sie ausgeht.« Aber es kümmerte ihn sehr wohl. Herr im Himmel! Ein Detective. Das war wirklich das Letzte, was er gebrauchen konnte.

Er trank sein Pint aus und verließ den Pub eher verwirrt denn entschlossen.

———

Als er die letzte Wanne Schmutzwasser in den Abfluss gegossen hatte, zog Conor seiner Mutter saubere Sachen an. Jedes Mal, wenn er ihre Haut berührte, schauderte er. Das war nicht richtig. Söhne sollten so etwas nicht tun müssen. Wenn ihm nicht klar gewesen wäre, dass es unmöglich war, hätte er vermutet, dass sie ihre Behinderung entwickelt hatte, um ihn zu bestrafen.

Er stopfte ihre schmutzige Kleidung in die Waschmaschine und dachte einen Moment lang darüber nach. Sie hatte rheumatoide Arthritis, oder etwas nicht? Er konnte ja sehen, wie die knubbeligen Knochen überall an ihren Händen und Knien hervortraten. Aber wann war es so schlimm geworden? War es erst kurz vor seiner Heimkehr geschehen oder plagte sie sich schon seit Jahren damit? Er wollte den Nachbarn keine Fragen stellen, deren Antworten er als Sohn eigentlich hätte kennen müssen, und vermutlich hätten sie ihm ohnehin nichts erzählt. Er würde mit Tony reden müssen.

Er schaltete die Waschmaschine ein und trocknete anschließend das Geschirr ab. Als die winzige Küche halbwegs ordentlich war, spähte er ins Wohnzimmer. Sie schnarchte laut. Der Gestank hatte etwas nachgelassen. Er hatte jede Oberfläche, Boden und Vorhänge eingeschlossen, mit Febreze eingesprüht.

Als er sich durch die Tür hinausschlich, kam er sich vor wie ein Fünfzehnjähriger, der eine verbotene Zigarette rauchen wollte. Der Gedanke weckte das Bedürfnis nach Nikotin. Er hatte Tonys Päckchen, aber kein Feuerzeug. Vielleicht sollte er eben zu Tesco gehen. Die Luft war kalt, aber frisch. Der Himmel war dunkel. Ihm war es egal. Nach Jahren, die er im künstlichen Licht seiner Zelle verbracht hatte, war ihm der schwarze Himmel über ihm nur recht.

Als er am Ende seiner Straße angekommen war, näherte sich ein Wagen mit aufgeblendetem Licht und scherte auf den Gehweg ein. Conor sprang zur Seite und landete in einer penibel gestutzten Hecke. Dornen stachen durch seine Jeans und rissen ihm die Hände auf, als er sich wieder aufrichtete.

»He, was soll das?«, brüllte er. »Sind Sie nicht ganz bei Trost oder was ...?«

Die Worte erstarben in seiner Kehle, als eine Faust in sein

Gesicht krachte. Er konnte spüren, wie ein Zahn brach und Blut aus seinem Mund sprudelte. Ehe er sich wieder fangen konnte, traf ihn ein zweiter Hieb gegen die Kopfseite, und er flog erneut in die Hecke. Er versuchte, seinen Angreifer auszumachen, aber die Scheinwerfer blendeten ihn. Ein Tritt in den Magen, ein Treffer in die Eier, und er krümmte sich mit einem Aufschrei zusammen. Der Himmel, nur einen Augenblick zuvor schwarz wie Politur, schien plötzlich voller blinkender Sterne. Doch dann verschwanden sie einer nach dem anderen. Seine Lider wurden schwer, und noch einmal versuchte er, seinen Angreifer zu erkennen.

Die letzten Sterne verglommen, als sich die Schwärze wie ein Tuch über ihn legte.

Die Augen fielen ihm zu, und der Schmerz verschwand in der Bewusstlosigkeit.

NEUNUNDDREISSIG

Lottie spürte, dass etwas nicht stimmte, sobald sie ihr Haus betrat.

»Katie? Chloe? Sean? Wo seid ihr?«

Sie stürmte in die Küche. Ihre Mutter lehnte mit dem Rücken an der Theke und hatte die Arme vor der Brust verschränkt. Doch der rebellische Funken, der so oft in Rose' Augen glomm, fehlte.

»Was ist los? Wo sind die Kinder?« Lottie warf Tasche und Jacke über eine Stuhllehne und entdeckte erst jetzt den ordentlich gefalteten Stapel frisch gebügelter Wäsche.

»Sie sind oben.«

»Wieso? Was ist hier los?«

»Sie haben schon gegessen. In der Mikrowelle steht noch ein Teller für dich. Chloe und Sean machen Hausaufgaben – unter Protest, wie ich hinzufügen sollte –, und Katie bringt Louis ins Bett.«

Lottie seufzte erleichtert. »Oh. Gott sei Dank.«

Rose kam auf sie zu, aber Lottie schob sich an ihr vorbei und schaltete die Mikrowelle ein, weil sie plötzlich dringend etwas zu essen brauchte.

»Wir müssen reden«, sagte Rose und setzte sich.

»Ich muss was essen.«

»Sei nicht so widerborstig.«

»Bin ich nicht. Ich habe Hunger.«

Sie wartete ungeduldig, während der Teller sich in der funkelnagelneuen Mikrowelle drehte. Sobald es »Ping« machte, holte sie den Teller heraus, nahm sich Messer und Gabel und setzte sich Rose gegenüber an den Tisch. Das Steak sah lecker aus, und sie wusste, dass der Kartoffelbrei mit viel Milch und Butter zubereitet war.

»Wunderbar. Dank dir. Das weiß ich wirklich zu schätzen.«

»Erzähl mir von der Münze, die du in Louis' Jacke gefunden hast.«

»Katie hat's dir gesagt?«

»Ja.«

»Es ist nichts.«

»Es ist ein Zeichen.«

»Nun werde nicht gleich abergläubisch.« Wenigstens wusste Rose nichts von den Samen, dachte Lottie.

»Ich muss dir etwas sagen«, setzte Rose neu an.

Lottie hatte Hunger wie ein Wolf und wünschte sich nichts mehr, als endlich zulangen zu können, aber sie legte die Gabel wieder hin. »Also gut. Erzähl.« Sie sah ihre Mutter an – sah sie wirklich an – und stellte fest, dass die Falten auf ihrer Stirn tiefer und die Krähenfüße im vergangenen Jahr mehr geworden waren. So viel war geschehen, so viel hatte sich in ihrer beider Herzen eingegraben, und das meiste davon war nicht gut gewesen. Der einzige echte Lichtblick war Louis' Geburt vor über einem Jahr gewesen. Liebe, die mit Angst durchsetzt war, schnürte ihr Herz zusammen.

Rose atmete tief ein und aus. »Bernie Kelly ist gestern bei mir gewesen.«

»Was?« Mit offenem Mund starrte Lottie sie an. »Ist alles okay mit dir? Hat sie dir etwas getan?« Sie spürte, wie ihr Blut zu kochen begann und sich rasch dem hysterischen Siedepunkt näherte.

»Ich war nur etwas aufgewühlt. Sie hat mich nicht bedroht, mir aber Angst gemacht.«

Lottie versuchte, ihre Atmung unter Kontrolle zu bringen. »Was hat sie getan?«

»Nichts. Es war vielmehr das, was sie gesagt hat.«

»Weiter. Sag's mir. Ich muss wissen, was sie vorhat. Sie ist gefährlich.«

»Das weiß ich«, fuhr Rose sie an. »Du wusstest, dass sie entkommen ist?«

»Ja. Der landesweite Suchaufruf ist bereits raus.«

»Und du hast es nicht für nötig gehalten, mich – oder die Kinder, was das angeht – persönlich zu warnen?«

»Ich habe Maßnahmen ergriffen, um euch alle zu beschützen, aber ich habe vier Mordfälle, um die ich mich kümmern muss.« Das war keine Entschuldigung, Lottie wusste es. Sie wartete auf den Angriff.

»Und wieder hast du deinen Job vor deine Familie gestellt. Wirst du es eigentlich nie lernen? Die Frau hätte uns umbringen können, während du deiner Arbeit nachgegangen bist.«

»Ich habe meine Arbeit nicht vor meine Familie gestellt. Das tue ich nie.« Zumindest glaubte sie es. Nicht absichtlich jedenfalls. »Ich habe Katie angewiesen, zu Hause zu bleiben, und für den Schulweg von Chloe und Sean ein Taxi organisiert. Im Übrigen hätte Bernie bereits reichlich Gelegenheit gehabt, etwas zu tun, aber das hat sie nicht. Ich muss sie bloß finden.«

Rose rang die Hände. »Ich habe heute Morgen die Nachrichten gesehen.«

Oh, Mist, dachte Lottie. »Mit Cynthia Rhodes werde ich ein Hühnchen rupfen, sobald ich den Kopf wieder frei habe.«

»Du hast es deinem Vorgesetzten damals also nicht gesagt?«

»Was?«

»Dass Bernie mit dir verwandt ist.«

»Damals war er noch nicht mein Vorgesetzter.« Sie seufzte.

»Na ja, jetzt dürfte er es wohl kapiert haben.«

»Sei nicht so frech, Lottie, das steht dir nicht.«

»Sorry.« Wie gewöhnlich war es ihrer Mutter gelungen, sie wieder auf ihr inneres Kind zu reduzieren. Und das war nie gut.

»Jetzt wird mich jeder für eine Baby-Diebin halten.«

Das war's. Lottie riss der Geduldsfaden. »Dich! Es geht immer um dich! Was ist mit mir und meiner Familie? Was mein Vater getan hat, war unentschuldbar, aber dass du es mir nie gesagt hast, ist noch schlimmer. Du hast mir dieses Geheimnis mein ganzes Leben lang verschwiegen, und ich habe es erst von einer Frau erfahren müssen, die behauptet hat, meine Halbschwester zu sein, und die gleichzeitig mit dem Messer auf mich losgegangen ist. Sie hätte mir das Ding ebenso gut ins Herz rammen könne, so weh hat es getan. Ich habe schon Schlimmeres überstanden, aber jetzt muss ich es meinen eigenen Kindern erklären. Irgendein Vorschlag, wie ich das tun soll?«

Rose schüttelte müde den Kopf. »Es ist furchtbar, und ich weiß nicht, wie ich es wiedergutmachen soll.« Sie sah Lottie an, und in ihren Augen, die älter wirkten als sie war, standen Tränen. »Bernie hat mir eine Botschaft für dich gegeben.«

»Mir hat sie gestern Nacht auch eine hinterlassen. Eine Handvoll Samen auf meiner Treppe.«

»Woher willst du wissen, dass sie es war?«

»Wer sonst war denn nahezu besessen von solchen Sachen? Wer sonst hat verlangt, dass man ihr ein Buch über Kräuter in die Zelle brachte?«

»Ich wollte dir jedenfalls nichts sagen. Ich hatte es nicht vor, aber dann habe ich heute Morgen die Nachrichten gesehen und erkannt, dass ich es tun muss.«

»Dann los.« Doch Lottie war sich nicht sicher, ob sie wirklich hören wollte, was Bernie Kelly ihrer Mutter mitgeteilt hatte. Ihr war klar, dass diese Worte tödlich sein mochten.

»Sie hat ziemlich viel Unsinn geredet. Unzusammenhängendes Zeug. Dann meinte sie, ich soll dir sagen, dass sie sich nicht mehr einsperren lässt. Sondern untertauchen wird.« Rose' Stimme stockte. »Aber vorher will sie deine Kinder und deinen Enkel umbringen.«

Lottie spürte, wie bittere Galle in ihr aufstieg. »Nicht, solange ich lebe.«

»Was willst du tun?«, fragte Rose mit zitternder Stimme.

»Ich bring sie zuerst um.«

VIERZIG

Zuerst war der junge Mann nicht sehr entgegenkommend. Genauso wenig wie sein räudiger Hund. Aber sie brauchte einen Ort zum Schlafen, wo niemand Fragen stellen würde. Also nahm sie einen Fünfziger aus dem Bündel Scheine, das sie Leo Belfield abgenommen hatte, und schwenkte ihn in der Luft.

»Wie heißt du?«, fragte sie den Kerl mit dem schmutzigen Gesicht.

»Alle sagen Mick zu mir.«

»Also, Mick, hier ist ein bisschen Geld. Ich möchte deinen Schlafsack und diese Ecke für heute Nacht mieten. Einverstanden?«

Er schnappte sich das Geld, befreite sich von Kartons und Zeitungen und kroch taumelnd aus dem Schlafsack. Die Leine um die Hand gewickelt, marschierte er mit seinem Hund davon.

Sie sah sich wachsam um, ob jemand den kurzen Austausch mitbekommen hatte. Der Supermarkt auf der anderen Straßenseite schloss gerade, die Jalousien wurden herabgelassen, und der Parkplatz war buchstäblich leer. Die Ecke war abgeschieden genug. Für Obdachlose interessierte sich heutzutage keiner mehr. Sie waren Teil der Infrastruktur geworden.

Sie konnte mit ihrem Umfeld verschmelzen, sie war Meisterin der Verstellung. Und vieler anderer Dinge. Der Geruch störte sie nicht. Der junge Kerl hatte Schweißfüße gehabt, aber der Schlafsack war halbwegs sauber. Bernie Kelly zog ihn sich über den Kopf und begab sich zur Ruhe, um Pläne für den kommenden Tag zu schmieden.

EINUNDVIERZIG

Am Donnerstagmorgen kam Conor zu spät zur Arbeit. Er hatte schlecht geschlafen. Als ihn schließlich ein Passant mit einem Hund aus der Bewusstlosigkeit gestupst hatte, war er mit hämmerndem Schädel nach Hause gewankt. So leise wie möglich war er hineingegangen, die Treppe hinaufgeschlurft und auf sein Bett geplumpst.

Nun stahl er sich, den Kragen hochgeschlagen, auf die Baustelle, zog die Klettverschlüsse seiner Handschuhe an den Handgelenken fest und packte die Schubkarre.

»Wohin willst du damit?«

Bob Cleary kam kurzatmig auf ihn zu. Schlamm spritzte in alle Richtungen. Wenn Conor hier das Sagen gehabt hätte, hätte er die Flächen jeden Tag mit einem Schlauch gereinigt, Sauberkeit kostete nicht viel.

»Ich wollte die nach hinten bringen. Gerry braucht sie, für die nächste Fuhre Sand.«

»Gerry braucht gleich ganz andere Hilfe, wenn er nicht tut, was er soll. Setz die Karre ab und komm mit. Der Boss will dich sprechen«, erwiderte Cleary ohne auf Conors ramponiertes

Äußeres einzugehen, auch wenn er sich sicher war, dass Cleary sich seinen Teil dazu dachte.

»Ich hätte nicht gedacht, dass er heute kommt.« Besorgnis begann sich durch Conors Magen zu schlängeln.

»Und wieso sollte er nicht?«

»Wegen seiner Tochter. Wussten Sie nicht, dass sie ermordet worden ist?«

»Natürlich weiß ich das. Der Mann ist untröstlich. Das hindert ihn aber nicht daran zu arbeiten. Wahrscheinlich musste er raus von zu Hause und etwas Konstruktives tun. Komm mit.«

Etwas Konstruktives, dachte Conor. Wie zum Beispiel mich zu feuern. Er biss sich auf die Innenseite der Wange. Er wollte seinen Boss nicht sehen. Er war sich sicher, dass es Gill gewesen war, der ihm gestern Abend die Seele aus dem Leib geprügelt hatte.

»Ich muss das eben nach hinten bringen, sonst schmeißt Gerry mich raus.«

»Ich entscheide hier, wer rausgeschmissen wird, also stell das verdammte Ding ab und komm mit.«

Sollte er sich aus dem Staub machen oder bleiben? Conor beschloss, es darauf ankommen zu lassen.

Lottie hatte in der Nacht kaum ein Auge zugetan. Die altbekannte Furcht hatte sich tief in ihrer Magengrube festgesetzt, und sie wäre am liebsten zum Klo gerannt, um ihre Ängste auszukotzen.

Sie hatte in den Stunden der Dunkelheit immer wieder nach ihren Kindern gesehen, hatte ihnen im Schlaf übers Haar gestrichen und an Louis' Wiege gestanden und seinem Atem gelauscht. Sie würde es nicht überleben, wenn ihnen etwas zustieße. Sie musste sie beschützen.

Der Kaffee im Becher auf dem Tisch wurde kalt, während sie auf ihr Handy starrte. Wer konnte helfen? Leo Belfield? Nein. Schließlich hatte er Bernie überhaupt erst aus den Augen verloren, er war nutzlos, NYPD-Captain hin oder her. Von ihrem ohnehin reduzierten Team konnte sie auch niemanden entbehren. Sie hatten zu viel zu tun. Und ein Streifenwagen vor dem Haus würde nicht besonders viel ausrichten. Konnte sie ihrer Familie Hausarrest erteilen? Es war eine direkte Drohung ausgesprochen worden, aber McMahon würde nicht so auf ihrer Seite stehen, wie ihr ehemaliger Superintendent Corrigan es getan hätte. McMahon war zu sehr auf seine eigene Darbietung und die Leistung seines Bezirks fokussiert. Ohnehin knappes Personal freizustellen, um auf die Kinder einer Angestellten aufzupassen, stand nicht auf seiner Tagesordnung. Konnte sie Chloe und Sean zu Hause behalten, ohne ihnen den Grund dafür zu erklären? Sie wollte ihnen keine Angst einjagen, aber gleichzeitig mussten sie wachsam bleiben. Was war zu tun?

Das Schrillen der Türklingel riss sie aus ihren Überlegungen, und sie stieß prompt den Kaffeebecher um. Jeder Nerv zum Zerreißen gespannt, näherte sie sich vorsichtig der Tür. Cynthia Rhodes stand auf ihrer Schwelle.

»Nicht Sie«, stöhnte Lottie.

»Ich komme in Frieden.«

»Ja, klar, der war gut.«

»Kann ich reinkommen?«

»Cynthia, ich muss jetzt zur Arbeit. Ich habe keine Zeit.«

»Eine Minute, das ist alles. Ich glaube, dass ich Ihnen helfen kann.«

Lottie gab nach und ließ die Reporterin in die Küche. Während sie den verschütteten Kaffee aufwischte, fragte sie: »Tee? Kaffee?«

»Nein, danke.«

Als beide saßen, richtete Cynthia ihre schwarzgeränderte

Brille auf ihrer Nase und starrte Lottie an. »Sie sehen aus, als hätten Sie Schlaf nötig.«

»Was wollen Sie, Cynthia?«

»Ihre Story.«

»Hauen Sie ab. Sie verschwenden meine Zeit. Ich muss jetzt zur Arbeit.« Lottie erhob sich.

»Geben Sie mir zwei Minuten.«

Lottie blieb stehen und blickte auf Cynthias kurze dunkle Locken herab. »Dann los.«

»Ich will die ganze Bernie-Kelly-Story. Als Gegenleistung könnte ich Ihnen bei den Mordfällen helfen.«

»Ich lasse mich nicht erpressen.«

»Das ist keine Erpressung.«

»Hört sich aber so an.« Lottie nahm ihre Jacke von der Stuhllehne und begann, sie überzustreifen.

»Ich weiß etwas über Louise Gill.«

»Unsere Ermittlungen beginnen gerade erst, also muss alles, was Sie uns sagen können, von einem Mitglied unseres Teams aufgenommen werden. Sie müssen eine offizielle Aussage machen.«

»Wollen Sie hören, was ich weiß, oder nicht?« Cynthia tippte mit dem Fingernagel auf den Tisch.

Sie hatten nichts, wo sie bei den Morden an den Mädchen ansetzen konnten, daher fühlte Lottie sich unter Druck gesetzt. Aber sie wollte es wissen. »Ja. Aber versprechen kann ich Ihnen als Gegenleistung nichts.«

»Sofern ich von Ihnen nichts bekomme, könnte es für mich schwieriger werden.«

»Sagen Sie mir, was Sie wissen, und ich denke darüber nach.« Sie hatte keinerlei Absicht, der Reporterin irgendetwas zu verraten.

»Versuchen Sie nicht, mich übers Ohr zu hauen.«

»Oh, Herrgott noch mal, Cynthia. Was wissen Sie?« Die Jacke halb angezogen, setzte Lottie sich wieder.

»Louise hatte ein Seminar in Kriminalpsychologie belegt.«

»Das weiß ich.«

»Für dieses Seminar hat sie Häftlinge interviewt.«

»Ich habe ihre Notizen dazu.« Allerdings noch nicht gelesen.

»Dabei hat sie auch mit Conor Dowling gesprochen.«

»Kann schon sein.« Lottie stieg das Blut in die Wangen. Cynthia war ihr einige Schritte voraus.

»Im Verlauf dieser Befragung verriet sie Conor Dowling etwas, das die Rechtmäßigkeit seiner Verurteilung vor zehn Jahren in Zweifel ziehen könnte.«

»Sie haben zu viel *Making a Murderer* auf Netflix gesehen.« Lottie gab sich Mühe, sich nicht anmerken zu lassen, wie entnervt sie war, scheiterte aber. »Die Beweislage war eindeutig. Conor Dowling hat einen alten Mann in dessen Haus mit einer abgesägten Schrotflinte terrorisiert, und nachdem er ihn zusammengeschlagen hat, hat er das Haus geplündert. Louise Gill und Amy Whyte haben übereinstimmende Zeugenaussagen abgegeben. Beide haben Conor Dowling an besagtem Abend in der Gegend gesehen.«

»Louise hat nach ihrem Gespräch mit Dowling im Gefängnis mit mir geredet.«

»Und wieso das?«

»Ich hatte an einer Story gearbeitet, die zu seiner Entlassung herauskommen sollte. Letztlich ist sie doch nicht auf Sendung gegangen. Aber ich kann Ihnen sagen, dass sie von Schuldgefühlen geplagt war.«

»Weil sie gegen einen Verbrecher ausgesagt hat?«

»Sie hatte Zweifel.«

»Sagen Sie das noch mal.«

»Sie hatten keinerlei Sachbeweise gegen Conor Dowling. Sie haben damals weder die Schrotflinte noch das Geld gefunden. Nur hatte er nichts zu seiner Verteidigung anzubieten. Er wurde allein aufgrund von Zeugenaussagen verurteilt.«

»Soweit korrekt.«

»Louise und Amy hatten Bedenken, was ihre Aussagen betraf.«

»Was?« Das hatte Lottie nicht erwartet. Sie spürte, wie ihr die Kinnlade herabfiel, und schloss den Mund hastig wieder.

»Die beiden Mädchen waren sich nicht sicher, ob sie wirklich Dowling gesehen haben.«

»Sie haben unter Eid ausgesagt.«

»Zwei leicht zu beeinflussende Teenies.«

»Sie wussten Einzelheiten. Und er hat nie geleugnet. Er war schuldig.«

»Und das denke ich nicht.«

»Cynthia, das ist totaler Quatsch, und das wissen Sie.« Lottie verspürte einen Hauch Unbehagen. Was, wenn an der Aussage der beiden tatsächlich etwas nicht stimmte? Hatte sie einen Unschuldigen ins Gefängnis gesteckt? Sie glaubte es nicht, aber dennoch ...

»Louise war voller Reue. Die Sache quälte sie. Ich bekam den Eindruck, dass sie bereit war, sich alles von der Seele zu reden.«

»Und? Hat sie?«

»Nein. Als die Sendung von der Obrigkeit auf Eis gelegt wurde, habe ich einen neuen Termin mit ihr vereinbart. Ich konnte es nicht einfach auf sich beruhen lassen.«

»Wann war das?«

»Das ist es ja. Ich sollte sie Anfang nächster Woche treffen. Und jetzt ist sie tot. Wie Amy Whyte.«

»Und zwei weitere junge Frauen.« Lottie ließ sich Cynthias Worte durch den Kopf gehen. Doch egal wie sie sie drehte und wendete, sie ergaben keinen Sinn für sie. »Was genau hat Louise Ihnen gesagt?«

»Wenn ich Ihnen das erzählen soll, will ich etwas im Gegenzug von Ihnen wissen. Wie genau Sie in Bernie Kellys Geschichte passen.«

»Eine Geschichte – genau das ist es, nicht mehr. Bernie ist eine Lügnerin und eine Serienmörderin, falls Sie das vergessen haben sollten.«

»Das habe ich nicht vergesse, aber ich glaube, dass Sie und Ihre Familie in Gefahr sind.«

Lottie schluckte laut und schaute sich nach ihrer Tasche um, um nicht Cynthia ansehen zu müssen, die sie, wie sie wusste, anstarrte.

Wieder tippte die Reporterin auf den Tisch, diesmal triumphierend. »Das war Ihnen also bereits klar. Ich schließe daraus, dass Sie bedroht worden sind. Von Bernie selbst?«

»Das steht hier nicht zur Diskussion. Ich will wissen, was Louise gesagt hat. Gibt es Aufnahmen von dem Gespräch? Die hätte ich bitte gerne.«

Cynthia erhob sich. »Wenn Sie zur Kooperation bereit sind, könnte ich in Erwägung ziehen, sie Ihnen zu übergeben.«

»Ich kann Sie wegen Behinderung einer Mordermittlung verhaften lassen«, fuhr Lottie sie an.

»Das würde eine großartige Schlagzeile ergeben. Und Superintendent McMahon wird bestimmt begeistert sein, das als Thema in den Neun-Uhr-Nachrichten zu sehen. Denken Sie mal darüber nach.«

Ehe Lottie etwas erwidern konnte, stand sie schon allein in ihrer funkelnagelneuen Küche. Ihre Gedanken tosten.

Wenn Cynthia ihr nicht sagen wollte, was Louise ihr verraten hatte, musste sie es auf einem anderen Weg herausfinden. Vorher allerdings würde sie auf der Wache einen Streifenwagen mit zwei Polizisten anfordern, die ihr Haus bewachten. Mit McMahon würde sie sich auseinandersetzen, wenn es nötig wurde. Sie hinterließ eine Nachricht für Chloe und Sean, um ihnen mitzuteilen, dass das Taxi sie auch heute zur Schule bringen und wieder abholen würde und sie anschließend zu Hause bleiben sollten, bis Lottie von der Arbeit heimkehren würde.

Sie konnte nur hoffen, dass das ausreichte, um ihre Familie zu schützen.

ZWEIUNDVIERZIG

Die Heizung im Besprechungsraum war voll aufgedreht. Lottie streifte ihre Jacke ab und ließ sie neben dem Kopfende des Tischs zu Boden fallen. Boyd schlenderte auf sie zu.

»Du siehst furchtbar aus«, sagte er. »Was ist los?«

»Sag ich dir später. Wir müssen diese Ermittlung in Gang bringen.«

Sie wandte sich um, um anhand der dürftig bestückten Tafeln zu rekapitulieren, was für Fortschritte sie in den vergangenen Tagen gemacht hatten.

»Irgendetwas von den Überwachungskameras?«, fragte sie Kirby.

»Die Arbeit ist ziemlich mühsam, aber natürlich haben die Aufnahmen der relevanten Kameras in der Nähe der Petit Lane Priorität. Bisher jedoch nichts. Wir ziehen die Kreise jetzt weiter, aber wir sind so knapp mit Personal bestückt, dass es fast unmöglich zu schaffen ist.«

»Ich will nicht hören, was wir nicht haben. Ich will Antworten.«

»Ich kann nicht liefern, was nicht da ist, Boss. Zwei unserer Jungs sichten rund um die Uhr das verschwommene Material und werden allmählich blind davon. McKeown und ich übernehmen zwischendurch immer ein paar Stunden, aber bisher haben wir nichts entdeckt, was irgendwie verdächtig wirkt.«

»Die Kameras von Cristina Lees Wohnhaus. Habt ihr das Material schon?«

»Wir haben uns bisher auf die Bänder konzentriert, die die ersten beiden Morde betreffen, ich weiß also nicht, wann wir dazu kommen.«

»Kann einer die vielleicht rasch durchgehen? Um zu sehen, ob jemand die Wohnung betritt oder verlässt?«

»Ich mach das«, sagte McKeown. Er schien gefallen zu wollen, aber Lottie war es egal, solange die Arbeit getan wurde.

Kirby seufzte laut. »Boss, wir brauchen wirklich mehr Leute.«

»Ich weiß.« Sie blätterte durch den Bericht auf ihrem Tisch. »Die Autopsien der ersten beiden Toten sind beendet. Beiden wurde die Kehlen durchtrennt. Ich will jetzt nicht ins Detail gehen, aber keins der Mädchen wurde sexuell missbraucht. Keine fremde DNS auf ihren Körpern, soweit Jane sie bestimmen konnte. Keine Fingerabdrücke, was darauf schließen lässt, dass der Täter Handschuhe getragen hat. Auf der Kleidung beider Opfer wurden zwei Haare entdeckt, die zur Analyse eingeschickt worden sind. Doch da der Tatort häufig als Unterkunft für Obdachlose benutzt wurde, können wir nicht darauf zählen, durch diese Haare etwas Brauchbares an die Hand zu bekommen, sofern wir keinen Verdächtigen zum Abgleichen haben. Aber Jane hat einen winzigen Einstich am Halsansatz beider Mädchen gefunden und vermutet, dass dort etwas injiziert wurde. Auf den toxikologischen Bericht wartet sie noch. Wie ist der Stand der Dinge bei der Befragung der Leute, die an jenem Abend im Nachtclub waren?«

Boyd tippte auf seine Tastatur ein. »Der Türsteher sagt, Amy sei zuerst gegangen, Penny eine halbe Stunde danach. Die Sicherheitskamera an der Tür bestätigt das. Beide sind nach links gegangen, als sie hinausgetreten sind, was darauf schließen lässt, dass sie sich Richtung Petit Lane begeben haben. Pennys Wohnung liegt in der Richtung, und es könnte sein, dass Amy die Abkürzung durch die Unterführung nehmen wollte.«

»Jemand hat sie beobachtet und abgewartet. Können wir die Leute aus dem Club ausklammern?«

»Die, die wir kontaktieren konnten, ja. Wir haben mit allen Mitarbeitern gesprochen. Die Gäste ausfindig zu machen, ist eine andere Geschichte. Ducky Reilly hielt sich zeitweise mit beiden Mädchen zusammen im Club auf, blieb aber mit ein paar Kumpels dort, und die bestätigen das genauso wie die Aufnahmen der Sicherheitskameras. Er hat also ein Alibi.«

»Ich würde den Gedanken, dass mehr als eine Person an diesem Verbrechen beteiligt ist, noch nicht verwerfen.«

»Wieso?«, wollte Boyd wissen.

»Ich denke nur, dass es ziemlich aufwendiger Planung bedurfte. Nachdem der Mörder sich mit Amy beschäftigt hat, ist er zurückgekommen und hat sich ein zweites Mädchen geschnappt. Wir müssen herausfinden, wer von beiden das eigentliche Ziel gewesen ist – oder waren es beide? Die Morde an Louise Gill und Cristina Lee verkomplizieren den Fall zusätzlich.« Lottie brach ab, um Luft zu holen. Über die Opfer zu reden, ging ihr zunehmend an die Substanz, aber sie musste sich etwas von ihnen distanzieren, wenn sie diesen Job machen wollte.

»Die Autopsien von Louise und Cristina sollen heute noch fertig werden, und ich werde am späten Abend vorläufige Berichte bekommen. Neben der Tatsache, dass man allen vier Frauen die Kehle durchtrennt hat, ist der gemeinsame Nenner an beiden Tatorten die Existenz der Münzen. Hat jemand schon etwas darüber herausfinden können?«

Ausdruckslose Gesichter sahen ihr entgegen.

»Nichts?«

»So weit nichts.« Boyd schüttelte den Kopf. »McGlynn hält

sie für selbstgemacht. Es handelt sich definitiv nicht um ein Zahlungsmittel. Keine Symbole. Er versucht noch herauszufinden, mit was für einer Maschine sie hergestellt worden sind.«

»Bleib dran.« Sie überflog die Liste vor sich. »Das Telefon, das wir aus dem Haus der Whytes mitgenommen haben. Sagt mir, dass uns das etwas Nützliches verraten hat.«

Wieder ausdruckslose Gesichter. »Herrgott, Leute, würdet ihr bitte aufwachen? Irgendjemand muss doch daran arbeiten.«

»Das Handy befindet sich in der technischen Abteilung. Ein altes Nokia, die SIM-Karte fehlt. Auf dem Telefon selbst ist nichts gespeichert. Keine Fotos, keine Nummern. Wenn wir die SIM-Karte nicht finden, nützt es uns gar nichts.«

»Fingerabdrücke?«

»Haben wir genommen. Sie werden gegenwärtig mit Amys und Cristinas verglichen. Später wissen wir mehr.«

»Machen Sie Druck, Kirby. Das Handy hat entweder Richard Whyte gehört und einem der Mädchen. Warum es verstecken? Mit wem wurde darüber Kontakt aufgenommen? Und wo zum Henker ist die SIM-Karte? Wir müssen das Haus noch einmal gründlich durchsuchen. Boyd, frag bei Richard Whyte nach, ob das okay ist.«

»Mach ich.«

»Und wenn er nicht einwilligt, besorgen wir uns einen Durchsuchungsbeschluss.« Sie hielt einen Moment inne. »Die Handys der Mädchen lagen alle bei den Leichen, mit Ausnahme von Louises, das in ihrem Zimmer geblieben ist. Gab es auf den Geräten etwas von Interesse?«

»Die üblichen Social-Media-Apps«, antwortete Kirby. »Nichts Auffälliges, was vermuten lässt, dass sie von einem Serienmörder gestalkt worden sind.«

»Bis auf die Münzen, die wir in Louises und Amys Zimmern gefunden haben, und die Nachricht bei Amy. Ich habe Louises Notizbücher überflogen, und auf den ersten Blick scheint alles mit ihrem Studium zu tun zu haben. Jetzt könnten wir Lynch gut gebrauchen, um sie noch einmal gründlich durchzugehen.« Sie waren einfach alle zu eingespannt.

»Mit Louises Laptop sieht es ähnlich aus«, sagte Boyd. »Fast alles bezieht sich auf das Thema Kriminalpsychologie, und der Suchmaschinenverlauf weist ausnahmslos die Recherchearbeit dafür aus.«

Lottie fiel Cynthia Rhodes' Enthüllung ein. »Irgendetwas über Besuche im Gefängnis?«

»Bisher nicht«, sagte er. »Warum?«

»Lest euch alles genau durch. Achtet auf jedwede Bezugnahme auf Conor Dowling. Ich habe Grund zu der Annahme, dass Louise ihn in Mountjoy besucht hat.«

Boyd zog fragend die Brauen hoch. »Was hat dich dazu gebracht?«

»Spielt keine Rolle. Schaut einfach, ob er in irgendeiner Hinsicht in ihrer Arbeit erwähnt wird.« Sie krempelte die Ärmel ihres ursprünglich weißen, aber in der Wäsche grau gewordenen T-Shirts auf. Von der erdrückenden Wärme im Raum wurde ihr schwindelig.

»Was ist mit der Mordwaffe?«, fragte Boyd.

»Was soll damit sein? Wir haben sie noch nicht gefunden.«

»Ganz genau. Sollte wir da nicht etwas mehr Druck machen?«

»Unsere Leute haben alles um die Petit Lane abgesucht. Mülltonnen, Wertstoffcontainer. Gärten, Gleisbetten. Sie haben alles durchkämmt, auch am Kanal. Falls der Mörder bei Louise und Cristina dieselbe Waffe benutzt hat, können wir davon ausgehen, dass er sie behalten hat. Sobald wir alle Autopsieergebnisse haben, wissen wir es.«

»Na schön«, sagte Boyd. Lottie fand, dass er ziemlich mürrisch wirkte, und darauf konnte sie durchaus verzichten.

»Sind die beiden Jungs, die in dem Haus in der Petit Lane niedergeschlagen worden sind, noch einmal befragt worden, seit ich mit ihnen im Krankenhaus gesprochen habe?«

Kirby hob die Hand. »Ich habe die Abschriften hier. Nealon and McGrath waren mehr als nur ein bisschen zugedröhnt. Sie hatten am Kanal gesoffen und einen Ort zum Pennen gesucht. Sie glauben, dass sie zwei Wochen zuvor schon mal dort gewesen waren und können sich nicht erinnern, jemanden gesehen zu haben, ehe man sie angegriffen hat. Ihre Blutwerte waren unterirdisch. Alkohol und Cannabis.«

»Wie sind sie niedergeschlagen worden?«, fragte Lottie.

»Beide hatten Kontusionsverletzungen am Hinterkopf. Stumpfer Gegenstand. Da am Tatort nichts gefunden wurde, was als Waffe benutzt worden sein konnte, können wir wohl davon ausgehen, dass der Angreifer sie mitgenommen hat.«

»Und keiner von beiden kann eine Beschreibung abgeben?«

Kirby schüttelte den Kopf.

»Hat jemand noch etwas hinzuzufügen? Wir könnten eine Spur gebrauchen.« Sie ließ sich auf den Stuhl nieder und spürte, wie die Müdigkeit der schlaflosen Nacht in ihre Muskeln einsank.

»Die Botschaft aus Amys Zimmer«, sagte Boyd. »Wir haben sie zur Fingerabdruckanalyse geschickt. Aber wir wissen immer noch nicht, wie sie sie erhalten hat. Sollen wir weitere forensische Tests veranlassen?«

»Zum Beispiel?«

»Tinte. Papierart. Wo es vielleicht gekauft worden ist. Etwas Besonderes oder ein Massenprodukt? All diese Dinge eben.«

»All diese Dinge kosten Geld. Warten wir auf die Ergebnisse der Fingerabdruckanalyse. Die Wörter sind in Großbuchstaben geschrieben worden, eine Handschriftanalyse bringt also auch nichts. Behalte es im Kopf, aber im Moment wird nichts weiter veranlasst.«

»Es war eine unverhohlene Drohung gegen Amy. Und ist damit eine wichtige Spur. Wir müssen sie weiterverfolgen«, protestierte Boyd.

»Und wie sollen wir das deiner Meinung nach tun?«

»Durch einen Aufruf im Fernsehen?«

»Dann kriechen wieder all die Irren aus ihren Löchern. Mit den Münzen liegt der Fall anders. Wir müssen herausfinden, ob jemand sie erkennt. Vielleicht kann uns deine Freundin Cynthia hierbei helfen.«

»Sie ist nicht meine Freundin«, sagte Boyd.

Lottie ließ es gut sein. »Wir müssen die Befragung in Cristinas Nachbarschaft intensivieren. Wir müssen festlegen, wo sie wann zuletzt gesehen wurde, dasselbe für Louise. Ihr Vater sagt, sie hat am Dienstagabend das Haus irgendwann kurz nach acht verlassen. Ihre Leiche ist gestern Morgen gefunden worden. Ich brauche also ein Bewegungsprofil für diese Zeitspanne.« Sie wandte sich den Fotos der vier Opfer an der Tafel zu. »Welche Verbindung besteht zwischen diesen vier Frauen, dass sie zu Zielobjekten eines Mörders geworden sind?«

»Amy und Louise haben gegen Conor Dowling ausgesagt. Vielleicht will er nur Rache üben«, sagte Boyd.

»Aber warum dann Penny und Cristina ermorden?«, fragte Kirby. »Das ergibt keinen Sinn.«

»Um die Spuren zu verwischen?«, schlug Boyd vor.

»Penny hat zwischenzeitlich mit Amy gearbeitet«, sagte Lottie. »Haben Sie in der Apotheke etwas Brauchbares herausgefunden, Kirby?«

»Nur, dass sie wegen banalem Diebstahl entlassen wurde. Amy hat ihr den Job ursprünglich verschafft.«

»Pennys Kundinnen-Liste für ihr Nagelstudio«, sagte Lottie, als ihr das schwarze Terminbuch einfiel. »Taucht darin jemand auf, der irgendwie verdächtig sein könnte?«

»Ich überprüfe das«, sagte Kirby und klopfte sich auf die Brusttasche nach der nicht vorhandenen Zigarre, die er hier drinnen ohnehin nicht rauchen konnte.

Lottie fand, dass er heute Morgen ein wenig munterer wirkte. Nun, wenigstens einer von ihnen, dachte sie.

»Heutige Prioritäten. Erstens, bringt in Erfahrung, ob Louise Conor im Gefängnis besucht hat. Vielleicht findet sich etwas im Material zu ihrer Arbeit, falls nicht, kontaktiert Mountjoy. Boyd, mach du das. Zweitens müssen wir die Münzen näher bestimmen. Kirby, setzen Sie McGlynn darauf an. Und die Handys, vor allem das Nokia. Ich will die SIM-Karte haben. Sobald Richard Whyte sein Okay gibt, wird das ganze Haus durchsucht. McKeown, Sie bleiben außerdem auf dem Laufenden, was das Material der Sicherheitskameras angeht.«

»Mach ich«, sagte McKeown.

»Was machen wir mit Conor Dowling?«, fragte Boyd.

»Fordere eine Rund-um-die-Uhr-Überwachung für ihn an«, sagte Lottie. »Bis diese Ermittlung abgeschlossen ist, will ich genau wissen, was er isst und wann er aufs Klo geht.«

»Das sollte wir besser vom Superintendent durchwinken lassen.«

»Ich habe die Absicht, es ohne Umwege zu tun.«

»Viel Glück damit.«

»Und dann werden du und ich mit Dowlings Mutter reden.«

»Wozu das?«

»Um sein labiles Alibi ins Wanken zu bringen.«

DREIUNDVIERZIG

Tony lehnte an der Mauer an der Seite des Gerichtsgebäudes. Er sah, wie Bob Cleary Conor ins Büro beförderte, und nahm an, dass er ihn rauswerfen würde. In gewisser Hinsicht war er froh darüber. Conor jagte ihm eine Heidenangst ein, und das konnte er gar nicht leiden. Während er darauf wartete, dass Cleary zurückkehrte, ehe er sich wieder an die Arbeit machen würde, fragte er sich, ob schon eine Entscheidung getroffen worden war, was sie wegen der Knochen im Tunnel unternehmen sollten. Wenn es nach ihm ginge, würden sie auf Conors Vorschlag eingehen und die Sache ignorieren, damit sie weiterarbeiten konnten.

Er warf seine Zigarette in eine Pfütze und blickte auf, überrascht, Conor auf sich zukommen zu sehen.

»Was wollte der Boss von dir?«, fragte er.

»Nichts, was dich betrifft.«

»Wir machen uns besser wieder an die Arbeit, sonst schmeißen die uns noch raus.« Tony marschierte auf die Baustelle zu, wo Ziegel darauf warteten, mit dem Kran, der über ihren Köpfen knarrte, hochgehievt zu werden. Er war froh, dass es nicht windig war. »Ich traue diesen Mistdingern nicht.«

»Was für Mistdinger?«

»Die Kräne. Zu hoch, und nur ein Mann, der sie bedient. Stell dir vor, der dreht durch und beschließt, uns eine tonnenschwere Betonplatte auf den Kopf fallen zu lassen – was dann?«

»Dann wären wir tot, und es wäre uns total egal.«

Tony lachte.

»Worüber lachst du?«, fragte Conor.

»Ich fand's einfach lustig.«

»Du bist doch total bescheuert. Erst befürchtest du, dass jemand Amok läuft, dann kicherst du vor dich hin. Hast du sie nicht mehr alle?«

Sie hatten die Stelle erreicht, wo sie heute eingesetzt werden sollten, doch als Tony sich umdrehte und antworten wollte, war Conor fort. Er blickte sich um, doch da war keine Spur mehr von ihm. Wieder blickte er zu dem Kran auf, der in der Morgenbrise herumschwang. Der Stapel Holzlatten, der daran hing, rutschte bedenklich. Es sah alles andere als sicher aus.

———

Ohne McMahon um weitere Arbeitskräfte zu bitten, da sie genau wusste, dass er antworten würde, er habe ihr immerhin schon Sam McKeown zur Verfügung gestellt, schnappte Lottie sich ihren Schlüssel und strebte auf den Hof zu. Boyd kam hinter ihr die Treppe herunter.

»Was ist denn heute Morgen mit dir los?«, fragte er.

»Ich bin müde, das ist alles.« Sie schloss ihren Wagen auf und setzte sich hinters Steuer.

»Soll ich fahren?«

»Sieht's danach aus?«

Er stieg neben ihr ins Auto ein. »Bernie Kelly ist schuld, richtig?«

Lottie nickte. »Sie läuft hier irgendwo herum, und es macht mich wahnsinnig, dass ich nicht weiß, wo.«

»Schon was von Leo Belfield gehört?«

»Nein. Und er kommt mir am besten im Augenblick auch nicht zu nah, sonst erwürge ich ihn.« Sie legte den Gang ein, schoss vom Hof und bog auf die Main Street.

»Wohin fahren wir?«

»Ich will immer noch mit Conor Dowlings Mutter reden.« Sie drosselte das Tempo an der Ampel und scherte auf den Rechtsabbieger zur Gaol Street ein.

»Das ist aber nicht die richtige Richtung.«

»Ich will mich zuerst vergewissern, dass er bei der Arbeit ist.«

»Ehe du der alten Dame zusetzt?«

»So ungefähr.«

Die Ampel sprang auf Grün, und sie bog rechts ab und fuhr auf die Baustelle zu. Ducky Reilly grüßte und winkte sie durchs Tor. Sie parkte hinter Cyril Gills Mercedes.

»Sieht aus, als hätte sich Mr Gill keine Auszeit zum Trauern genommen.«

»Das ist kein Verbrechen«, sagte Boyd.

»Hab ich auch nicht gesagt.«

»Aber impliziert.«

»Boyd, kannst du dich bitte mal locker machen?« Sie stieg aus dem Wagen. Die Tür des Bürocontainers öffnete sich. Sie erkannte den Vorarbeiter von gestern. Carey? Cleary?

»Guten Morgen, Mr ...«

»Bob Cleary«, sagte er. »Kann ich Ihnen helfen, Inspector?«

»Ich habe mich nur gefragt, ob Conor Dowling heute bei der Arbeit ist.«

»Es war eine knappe Geschichte, aber Mr Gill lässt ihm die Stelle. Um ihn im Auge zu behalten, sagt er.«

»Ohne sich in meine Ermittlung einzumischen, hoffe ich.« Lottie gab sich Mühe, möglichst nicht belehrend zu klingen.

»Selbstverständlich.«

»Wo ist Dowling jetzt gerade?«

Cleary sah sich um, als habe er keinen Schimmer. »Irgendwo hier.«

»Sollten Sie als Vorgesetzter nicht wissen, wo Ihre Angestellten sind?«

»Wir haben sechs Trupps, die hier arbeiten. Ich glaube, ich habe ihn in den Tunneln eingesetzt. Wir müssen sie abstützen, ehe der Aufzugsschacht gebaut wird. Soll ich ihn für Sie holen?«

Während er das letzte Wort aussprach und sich umwandte, erschütterte ein ungeheurer Knall die Baustelle. Lottie duckte sich instinktiv, als Holzlatten, Bretter und Ziegelsteine auf sie herabregneten. Boyd prallte gegen sie und stieß sie zu Boden, und sie schluckte Dreck, als sie mit dem Gesicht im Schlamm landete. Sie versuchte, sich umzudrehen, konnte sich aber nicht regen, so groß war das Gewicht auf ihr. Alles war in Dunkelheit gehüllt.

»Boyd?« Ihre Stimme war heiser. Staub drang in ihre Nase, und sie musste würgen. Durch den Smog um sie herum war nichts zu erkennen. Dann hörte sie Stimmen. Rufe. Schritte.

»Hier!«, brüllte sie.

Noch immer regte Boyd sich nicht. Sein Gewicht hielt sie am Boden fest. Sie verharrte. Lauschte auf einen Herzschlag. Versuchte eine Bewegung zu erspüren. Aber er war still und reglos.

Mühsam brachte sie Luft in ihre Lungen. Schlamm fing sich zwischen ihren Lippen, und dann schmeckte sie es. Blut. Sie wusste nicht, ob es ihres oder Boyds war. Sie musste sich bewegen. Mit großer Anstrengung drehte sie den Kopf zur Seite und erkannte, dass sie beide unter einem Stapel Holz eingeklemmt waren. Staub, Schlamm und Dreck behinderten ihre Sicht, bis ein Lichtstrahl zu ihr durchdrang, als jemand die Trümmer wegzuräumen begann.

Lieber Gott im Himmel, betete sie. Ich weiß, ich traue dir nicht immer und glaube praktisch nicht an dich, aber ich flehe dich an, lass mit Boyd alles in Ordnung sein.

Die Stimmen wurden lauter.

»Ich hab sie. Hier sind zwei«, rief jemand über ihnen.

»Sei vorsichtig. Wo ist Ducky? Hat jemand Ducky gesehen?«

»Mach weiter. Ich suche nach ihm.«

»Und der Boss. Der war drinnen.«

»Wenn ja, dann ist er jetzt platt.«

Hände arbeiteten hastig, um sie zu befreien. Lottie ließ ihren Kopf wieder zu Boden sinken. Eine dunkle Wolke schob sich über ihr Bewusstsein, und sie dämmerte weg.

———

Conor hatte sich in den Tunnel herabgelassen, senkte den Kopf und betrat die Dunkelheit. Seine Helmlampe flackerte. Er musste sich beeilen. Er tastete sich vorwärts, griff in Schimmel und abgestandenes Wasser und erreichte die Wand, die Cleary entdeckt hatte. Er brauchte mehr Licht. Als ihm das Feuerzeug einfiel, hielt er es durch das Loch und entzündete es. Das Skelett war noch da. Er musste ganz sicher sein.

Er zwängte sich durch die Öffnung und plumpste mit einem dumpfen Laut zu Boden. Vorsichtig, um nichts daran zu verändern, schob er sich näher an die Gebeine heran. Er hatte einen Job zu erledigen.

»Autsch!« Er ließ das Feuerzeug fallen, da es zu heiß geworden war.

Hastig tastete er über den Boden und fand es wieder. Zündete es erneut an. Beugte sich über die Knochen und nahm das Skelett von der Schädeldecke abwärts über die leeren Augenhöhlen hinweg genau unter die Lupe. Sein Blick blieb an den Kleiderfetzen hängen. Ein Klumpen Spucke sammelte sich in seinem Rachen, und er musste gegen den Brechreiz ankämpfen.

Ein lautes Geräusch von irgendwo über seinem Kopf ließ ihn innehalten. Was, wenn jemand die Tunnelöffnung zuschüttete? Was, wenn man ihn hier unten für immer einschloss? Ausnahmsweise war es ihm egal. Dann erbebten die Wände des Tunnels. Feuchte Erde fiel ihm auf den Kopf. In klaustrophobischer Panik wurde ihm die Brust eng. Er konnte nicht atmen. Als mehr Erde zu Boden ging und Staub aufstieg, zog es ihm die Kehle zusammen, und er begann zu würgen. Er wich zurück und prallte gegen die Wand. Er würde hier sterben. Er hustete, um den sich sammelnden Schleim loszuwerden, doch der modrige Staub machte das Atmen schwer.

Er tastete an der Wand entlang, fand die Öffnung und quetschte sich hindurch, ohne sich darum zu kümmern, ob er etwas zurückgelassen hatte. Er musste sich retten.

———

Kirby war angefressen. Das Material der Sicherheitskameras durchzugehen, war das Langweiligste, was man sich vorstellen konnte. Er saß schon seit mindestens einer Stunde mit Sam McKeown in einer engen Kabine und sah langsam doppelt. Die Bänder aus der Petit Lane hatten nichts ergeben. Die Aufnahmen vom Nachtclub waren gesichtet und abgeglichen worden. Blieben die CDs und Bänder, die sie aus den umliegenden Geschäften bekommen hatten, und natürlich ihre eigenen Verkehrsüberwachungsaufnahmen. Der Komplex, in dem Cristina Lee gewohnt hatte, besaß keine funktionierenden Kameras, wie er hatte feststellen müssen.

Er stand auf. »Ich gehe eine rauchen.«

»Mach nicht so lange«, sagte Sam. »Wir haben noch Stunden mit Material durchzusehen.«

Kirby hätte ihn darauf hinweisen können, dass er hier das

Sagen hatte und tun konnte, was er wollte, aber er hatte keine Lust dazu. Dann wurde ihm plötzlich bewusst, dass McKeown und er den gleichen Rang innehatten, und er ging, ehe sein Mundwerk ihn in Schwierigkeiten brachte.

Als er an seinem Tisch vorbeikam, tippte er seine Tastatur an, um zu sehen, ob es neue Berichte gab. Nichts. Er versetzte seinen Rechner wieder in den Ruhezustand und ging hinaus.

Er zündete sich die Zigarette an und inhalierte tief. Was gab es sonst noch zu tun? Oh, klar. McGlynn wegen der Münzen anrufen. Er versuchte es auf seinem Handy, bekam aber keine Antwort. Also hinterließ er eine Nachricht. Es sei dringend, sagte er. Das wusste McGlynn selbstverständlich – es war immer alles dringend.

Das Nokia machte ihm Gedanken. Alle Opfer hatten schicke iPhones oder Samsungs. Wozu dieser alte Backstein? Warum die SIM-Karte herausnehmen, wenn man das Handy ohnehin versteckte? Das ergab keinen Sinn, und je länger er darüber nachdachte, umso stärker wurde seine Überzeugung, dass das Telefon tatsächlich Richard Whyte gehörte. Aber warum hatte er es versteckt?

Als er sich gerade vornahm, es herauszufinden, steckte Garda Tom Thornton seinen Kopf aus der Tür.

»Legen Sie einen Zahn zu, Kirby. Wir haben einen Notfall am Gerichtsgebäude.«

———

Man weiß, dass man etwas richtig gemacht hat, wenn alle Welt nach einem sucht. Man hat etwas getan, das sie wachrüttelt und aufmerken lässt. Dennoch muss man außer Sicht bleiben. Ungesehen und ungehört. Ich habe aber die Mittel, mich sicht- und hörbar zu machen. Das Metall fühlt sich kalt an, als ich es in die Maschine schiebe. Sie ist ein wenig antiquiert, aber etwas anderes habe ich nicht bekommen, und sie wird genügen.

Einmal muss es noch sein. Denn ich bin mir nicht sicher, ob Nummer eins gefunden worden ist. Es war riskant, sie in die Kinderjacke zu stecken, während die Mutter sich umgezogen hat, aber ich habe meine Chance gesehen und sie ergriffen.

Also noch diese eine, dann bin ich fertig. Es ist mir egal, ob man mich findet, sobald ich mein Zeichen gesetzt habe.

Ich lausche dem Surren der Maschine und lasse den Hebel sinken. Eine weitere perfekte Scheibe fällt in meinen Schoß.

Die ist für deine Familie, Lottie Parker.

VIERUNDVIERZIG

Als man sie schließlich hervorzog, herrschte um sie herum pures Chaos. Lotties Schädel pochte schmerzhaft, und Blut sickerte aus einer Kopfwunde. Sie fühlte sich zittrig, glaubte aber nicht, dass sie ernsthaft verletzt war.

Sie sah sich nach Boyd um. Wo war er? Panik durchfuhr sie, und sie glaubte, sich übergeben zu müssen. Sie versuchte, aufzustehen. Schwankte. Hielt sich an ihrem Retter fest. Sie hatte keine Ahnung, wer er war, und es kümmerte sie nicht. Sie musste Boyd finden.

»Mein Partner? Wo ist er?«

Der Mann deutete nach rechts. Boyd lag auf einer provisorischen Trage aus Holzlatten, während ein Rettungswagen verzweifelt versuchte, auf die Baustelle zu gelangen.

»Wie heißen Sie?« Sie glaubte, den Mann schon bei einem früheren Besuch gesehen zu haben.

»Tony.«

»Helfen Sie mir bitte zu Detective Boyd zu gelangen.« Sie stützte sich auf seinen Arm und setzte vorsichtig einen Fuß vor den anderen. Die Hosenbeine ihrer Jeans hingen in Fetzen herab.

»Machen Sie langsam«, sagte Tony. »Hier sieht's aus, als sei eine Bombe hochgegangen.«

»Ist es das, was passiert ist?«

»Nein. Der Kran ist zusammengebrochen. Aber das ist genauso schlimm.«

Ein Schmerz schoss ihr in den Nacken, als sie sich umsah. Sie konnte weder das Wachhäuschen noch den Bürocontainer entdecken. Beides war unter verbogenem Metall, Beton und Holz begraben. Sirenen gellten auf der Straße. Als sie Boyd erreichte, sah sie neben ihm drei Leichen aufgereiht, denen man ihre gelben Arbeitsjacken über die Köpfe gelegt hatte.

»Wie viele Tote, glauben Sie?«

»Keine Ahnung«, antwortete Tony. »Ich lasse Sie jetzt allein und helfe den anderen, okay?«

»Danke.«

Sie kniete sich neben Boyd auf den Boden, als auch schon der Notfallsanitäter kam, der sein Fahrzeug schließlich vor den Trümmern stehen gelassen hatte. Eine Menschenmenge sammelte sich. Sie sollte die Rettungsarbeiten koordinieren. Sie sollte etwas tun.

»Sie sind verletzt«, sagte der Sanitäter. Auf seinem Namensschild stand *Nigel*.

»Kümmern Sie sich nicht um mich, Nigel. Kümmern Sie sich um Boyd. Wird er wieder?« Ihre Stimme klang in ihren Ohren schwach und heiser.

»Ich brauche etwas Platz.«

Wackelig kam sie auf die Füße und sah zu, wie Nigel sich an die Arbeit machte. Boyd war leichenblass, seine Augen waren geschlossen, und sie konnte nicht erkennen, ob sich seine Brust hob und senkte. Nigel befestigte eine Sauerstoffmaske über seinem Mund und riss das Hemd auf. Lottie entdeckte ein Rinnsal Blut an Boyds Hinterkopf, das seinen Kragen dunkelrot färbte. Der Sanitäter legte Zugänge und Schläuche, und sie musste sich abwenden, als er eine Nadel in Boyds Handgelenk stach.

Betäubt. Das war es, wie sie sich fühlte. Ihr bester Freund und langjähriger Kollege lag vielleicht tot inmitten von Lärm und Dreck, und sie fühlte sich leer und allein.

Schließlich wurde die Zufahrt so weit geräumt, dass der Krankenwagen auf die Baustelle fahren konnte. Ein Feuerwehrwagen kam quietschend auf der Straße zum Stehen, und Männer rannten auf das Areal, weitere folgten ihnen. Überall hasteten Leute umher. Jemand musste die Kontrolle übernehmen, dachte sie, aber sie hatte nicht die Energie, Anweisungen zu erteilen.

Rauchwolken stiegen auf, als die Männer sich durch den Schutt zu arbeiten begannen, und wieder fragte sie sich, wie viele Menschen in diesem tragischen Gemetzel ihr Leben gelassen hatten. Sie wandte sich zu Boyd um, und ihr Blick begegnete Nigels. Sie neigte fragend den Kopf, und er nickte. Boyd würde es schaffen.

———

Kirby traf mit McKeown und Garda Thornton zum selben Zeitpunkt ein wie Cynthia Rhodes. Wie zum Henker machten Journalisten das bloß? Die Straße war blockiert, sodass er nur etwa bis zur Hälfte kam. Er ließ das Blaulicht an und parkte auf dem Gehweg, dann holte er das Absperrband aus dem Kofferraum und drängte sich durch die Menge.

Am Eingang des Gerichtsgebäudes offenbarte sich das Ausmaß der Vernichtung. Kirby schnappte sich McKeown und wies ihn an, das Band auszurollen, während er das andere Ende hielt. Er hatte die Geistesgegenwart besessen, seine Uniformjacke überzuziehen, und die Leute befolgten seine Befehle und traten zurück. Sobald das Band an Ort und Stelle war, wies er die Streifenpolizisten an, niemanden durchzulassen. McKeown kehrte zum Funkgerät zurück, um Verstärkung anzufordern.

Der große grüne Kran, der seit einem Jahr das Stadtbild beherrscht hatte, war nur noch ein Haufen Metallschrott. Ein Teil schien in einem Loch versunken zu sein. Es war unmöglich, noch näher an die Baustelle heranzukommen. Panik wallte in Kirby auf, als er hinter dem Tor Tote aufgereiht sah, und wieder musste er an Gilly denken. Er wusste, dass er die Trümmer nicht hätte betreten oder übersteigen sollen, aber er musste helfen. Zwei Männer versuchten, einen anderen unter einer eingestürzten Mauer hervorzuziehen, und er schlug ihre Richtung ein. Doch dann entdeckte er Lottie, die verloren, blutig und wie betäubt einfach dastand.

»Boss? Was zum Teufel machen Sie hier?«

Sie starrte ihn mit glasigen Augen an. Ihre Wange war aufgeschürft und von ihrem Schädel rann Blut herab.

»Boyd«, sagte sie und deutete auf ihn.

Kaum konnte er sie über dem Lärm der Maschinen hören, mit denen fieberhaft versucht wurde, weitere Verschüttete zu befreien.

»Kommen Sie mit«, sagte er und nahm sie am Ellenbogen. Sie sank gegen ihn, und er schlang einen Arm um sie und trug sie halb, halb schleifte er sie von der Baustelle. Als sie über eine Betonplatte stiegen, sah er, wie eine Trage in den Krankenwagen gehoben wurde, und steuerte Lottie darauf zu.

»Sie brauchen einen Arzt«, sagte er. »Sie bluten zu stark.«

Der Sanitäter schnallte die Trage im Wagen fest und warf Lottie einen Blick zu. »Helfen Sie ihr hoch. Wir nehmen sie auch mit.«

Kirby führte Lottie das Treppchen hinauf in den Wagen. Als er sich umwandte, um wieder auszusteigen, erkannte er, dass es Boyd war, der auf der Trage lag.

Der Krankenwagen wendete auf der Baustelle, da dies auf der schmalen, verstopften Straße nicht möglich war. Während er davonbrauste, entdeckte Kirby Cynthia Rhodes hinter der Absperrung eifrig in ihr Mikro sprechen. Vermutlich hatte sie mehr als genug Material für die nächste Sendung.

Superintendent McMahon kam auf ihn zu.

»Danke, Detective Kirby, aber ich übernehme jetzt.«

Kirby schüttelte den Kopf und ging davon. Er wusste, dass McMahon sich zum Affen machen würde. Er war müde, und er vermisste Gilly. Während er sich durch die Menge zurück zu seinem Wagen drängte, brannten seine Augen.

Wahrscheinlich von all dem Staub.

———

Geschützt von einer Traube neugieriger Gaffer, stand Bernie an einem Schaufenster dem Gerichtsgebäude gegenüber. Das Chaos erfüllte sie mit einer diebischen Freude – ähnlich dem Gefühl, das sie immer dann empfand, wenn sie eines ihrer Opfer niederstach oder erstickte. Das war die Gelegenheit, um zuzuschlagen. Lottie fuhr mit einem Krankenwagen davon. Mit etwas Glück würde man sie über Nacht dortbehalten. Aber falls nicht, blieb Bernie immer noch genug Zeit, um es ihrer Halbschwester heimzuzahlen. Und am tiefsten traf man jemanden, indem man sich gegen die wandte, die er liebte.

———

Tony zog die Handschuhe aus und zündete sich eine Zigarette an. Ein Feuerwehrmann befahl ihm knurrend, sie sofort wieder auszumachen. Es könne irgendwo Gas ausströmen, es könne zu einer Explosion kommen – alles Mögliche mochte passieren. Als hätte er das nicht selbst gewusst. Er grunzte, löschte sie und kaute auf seinem schmutzigen Daumennagel herum. Er hatte überall gesucht. Mit bloßen Händen Betontrümmer angehoben. Ziegel und Latten weggeschafft. Hatte Verletzte in Sicherheit gezerrt. Die Toten mit so viel Würde fortgebracht, wie es angesichts solch chaotischer Verhältnisse möglich war. Aber keine Spur von Conor. Wo zum Teufel war er?

Er betrachtete die Überreste des Krans, der den Container und das Wachhäuschen zerdrückt hatte. Man wartete zurzeit auf einen anderen Kran, mit dem dieser, der wie Lego umgeknickt war, angehoben werden sollte. Er kratzte sich am Schädel. Seine Kopfhaut fühlte sich an, als würde etwas darauf krabbeln. Er hätte ein Pint nötig. Oder zwei. Oder drei.

Es war anzunehmen, dass Bob Cleary und Ducky Reilly mitsamt ihrem Boss unter dem Schutt begraben lagen, denn man hatte sie noch nicht gefunden.

Bisher gab es zehn Tote. Und diese drei. Die Unglückszahl dreizehn.

Er zog seine Handschuhe aus der Tasche, verabschiedete sich von dem Gedanken an ein cremiges Guinness und ging um das Gerichtsgebäude herum, an dessen Seite ein provisorisches Leichenschauhaus eingerichtet worden war. Er würde einen letzten Blick auf die Toten werfen und dann nach Hause gehen. Vielleicht lag Conor inzwischen hier. Und falls ja, war Tony ihn für immer los.

———

Conor gelangte endlich an die Stelle, wo sich der Zugang zum Tunnel befinden musste, doch da war nichts mehr. Geröll und Schutt hatten die Öffnung komplett verschlossen. Sein Rückweg war blockiert. Und es herrschte totale Finsternis.

Er lehnte sich an die Wand, um Luft zu sparen; Staub und Kleinstpartikel schnürten ihm die Atemwege zu. Es gab nicht viel Sauerstoff. Er lauschte.

Über seinem Kopf konnte er gedämpfte Geräusche ausmachen, und er wusste, was sie verursachte. Schweres Gerät. Bohrend und schürfend. Immer mehr Mauerwerk fiel herab. Er wich von der Wand zurück und hörte das Tropfen von Wasser. Er konnte nichts sehen, aber er wusste, dass es aus einer unbekannten Quelle troff und sich zu seinen Füßen sammelte. Er tat einen weiteren Schritt. Wasser schwappte über den Schaft der Stahlkappenstiefel, die er trug. Über ihm mussten Rohre geplatzt sein. Er wusste, dass sich über einigen Tunnel hinweg eine Hauptwasserleitung zog. Er versuchte, sich daran zu erinnern, ob es neben diesem Tunnel einen weiteren gab. Und noch immer stieg das Wasser.

Der Tunnel würde geflutet werden. Wenn er nicht rechtzeitig herauskam, würde er ertrinken.

Er fürchtete sich nicht davor, unter der Erde zu sein, doch ihn packte das Entsetzen, vielleicht nie wieder hinauszukommen. Wie das Skelett hinter ihm. Und der Gedanke brachte ihn auf eine Idee.

Er wandte sich um und kehrte zurück zu den Knochen. Es mochte seine einzige Chance sein, zu entkommen.

FÜNFUNDVIERZIG

Man hatte die Wunde an ihrem Kopf versorgt. Der Schnitt an ihrer Wange war mit einem Antiseptikum behandelt und mit vier Stichen genäht worden. Lottie ließ sich in der überfüllten Notaufnahme vorsichtig von der Fahrtrage herab, doch als ihre Füße den Boden berührten, protestierte ihr ganzer Körper. Ein Schmerz schoss ihr vom unteren Rücken das Rückgrat herauf und setzte sich in ihren Schultern fest. Sie fühlte sich beschissen. Aber es gab zu viele andere Dinge, um die sie sich kümmern musste.

Lottie bahnte sich ihren Weg durch die Menge aus Krankenhauspersonal und Verwundeten, die noch gehen konnten. Sie brauchte Informationen. Aber sie entdeckte niemanden von ihrem Team. Oder Boyd.

Sie packte den Arm eines vorbeigehenden Arztes. »Marc Boyd. Er ist mit mir hergebracht worden. Wissen Sie, wo ich ihn finden kann?«

»Fragen Sie am Empfang nach«, antwortete er und eilte weiter.

Sie würde ganz sicher nicht hinaus zum Empfang gehen. Man würde sie nie wieder hereinlassen. Sie spähte durch die zugezogenen Vorhänge jeder einzelnen Kabine. Nirgendwo eine Spur von Boyd.

»Lieber Gott, lass ihn nicht tot sein«, flüsterte sie. Das Gefühl, das durch den Schock betäubt worden war, kehrte mit Wucht zurück.

Sie fing eine Schwester ab und stellte ihr dieselbe Frage.

»Behandlungsraum«, sagte die Schwester und wies ihr die Richtung.

Vor der Tür legte Lottie die Hand auf die Klinke und spähte durch das kleine gläserne Rechteck auf Augenhöhe. Dort war er. Er schien am Leben zu sein. Niemand sonst war zu sehen. Sie öffnete die Tür und eilte an seine Seite.

»Boyd, du verfluchter Idiot. Alles okay?«

Er schlug die Augen auf und grinste schief. Eine Reihe Stiche zog sich vom Rand seiner Unterlippe schräg übers Kinn herab. »Du siehst selbst ziemlich lädiert aus«, flüsterte er heiser.

»Klinge ich auch so komisch wie du?« Rauch und Staub hatten ihr Fetzen aus der Kehle gerissen.

»Ja.« Er klopfte auf die Bettkante. »Setz dich.«

Sie hockte sich aufs Bett und nahm seine Hand. »Ich dachte, du bist tot.«

»Unkraut vergeht nicht.«

»So ist es wohl.« Sie betrachtete die Geräte, die sein Bett umgaben. »Wozu sind die ganzen Überwachungsmonitore?«

»Zum Überwachen?«

»Blödmann. Was hat der Arzt gesagt?«

»Ich kann in einer Stunde nach Hause gehen.«

»Gelogen.«

»Nein, ernsthaft. Die Wunde am Hinterkopf ist genäht worden. Kann sein, dass ich eine Gehirnerschütterung habe, aber das macht mir keine Sorgen. Mein Rückgrat ist geprellt, gebrochen ist jedoch nichts.«

»Bist du geröntgt worden?«

»Ja, alles gut. Ich habe nichts.«

»Kernspin? Die müssen doch bestimmt eine Kernspintomographie machen, oder? Mir tut jeder Knochen weh, aber du bist derjenige gewesen, der alles abgefangen hat. Du gehst hier nicht weg, ehe man dich gründlich untersucht hat, kapiert?« Es gab in Ragmullins Krankenhaus kein MRT-Gerät, daher würde Boyd nach Tullamore transportiert werden müssen, und sie würde darauf bestehen.

Er versuchte sich aufzusetzen, zuckte aber zusammen und ließ sich zurücksinken. »Ich fühle mich etwas im Nachteil, wenn ich nicht mit dir auf Augenhöhe bin.«

»Genauso soll es sein.« Sie lächelte sanft.

»Was ist passiert, Lottie?«

»Der Kran ist zusammengestürzt. Wir hatten Glück. Ich glaube kaum, dass Cyril Gill oder sein Vorarbeiter Bob Cleary dasselbe sagen können. Der Bürocontainer ist zerdrückt worden. Ihre Leichen sind allerdings bisher noch nicht gefunden worden, soweit ich weiß. Hätten wir ein paar Schritte weiter links gestanden, wären wir jetzt nicht mehr hier.«

»Hm. Wir verbringen aber ziemlich viel Zeit in Krankenhäusern, findest du nicht?«

Sie tätschelte seine Hand. »Du weißt, was ich meine.« Sie versuchte, sich über seine Flapsigkeit zu ärgern, aber sie machte sich einfach nur Sorgen um ihn.

»Erst die Tochter, dann der Vater«, sagte er. »Glaubst du, dass es um ihn ging?«

»Was? Du meinst Gill? Willst du damit sagen, dass es vielleicht gar kein Unfall war?« Der Gedanke war ihr noch nicht gekommen.

»Möglich wär's doch, oder?«

»Ein bisschen extrem mit dem Kollateralschaden.« Aber vielleicht hatte Boyd nicht unrecht. »Es wird mit Sicherheit eine Untersuchung geben. Das Wachhäuschen ist auch getroffen worden. Ich hoffe, dass der junge Bursche, Ducky Reilly, nicht drin war, aber ...«

»Wahrscheinlich schon.«

»Ja.«

»Lottie, ich muss hier raus. Wir haben schon jetzt zu wenig Personal. Sprich mit einem Arzt. Sag ihm, ich komme wegen der weiteren Untersuchungen morgen wieder rein.«

»Es stehen also doch weitere Untersuchungen an. Alter Lügner.«

»Bitte.« Seine Finger schlossen sich um ihre.

Sie durfte seine Gesundheit nicht gefährden. Wenn er lügen konnte, dann auch sie. »Rühr dich nicht von der Stelle. Ich schau, was ich tun kann.« Sie beugte sich vor, schnitt vor Schmerz ein Gesicht, als sich ihr Nacken meldete, und küsste ihn sanft auf die unversehrte Wange. Er drehte den Kopf, und ihre Lippen berührten sich.

»Danke.« Wieder grinste er schief. »Es hat bloß einen einstürzenden Baukran bedurft, um dein Herz zu erweichen.«

»Wer hat denn gesagt, dass es weich geworden ist?« Sie fuhr ihm mit dem Finger über die Stirn und strich Sandkörnchen aus seinem Haar. »Boyd?«

»Was denn?«

»Stirb mir ja nicht weg. Ich glaube nicht, dass ich ohne dich leben kann. Also, ohne dass du mir den Rücken freihältst, meine ich.«

»Sprich mit dem Arzt. Hol mich hier raus.«

»Ich frag nach. Ruh dich aus.«

»Du auch.«

Sie lächelte und ging zur Tür.

»Lottie?«

Sie wandte sich zu ihm um.

»Ich liebe dich.«

Sie biss sich auf die Lippe. Sie wollte die Worte ausspre-chen, wollte ihm versichern, dass ihr Herz überquoll, aber sie konnte nicht. Sie öffnete die Tür und ging.

―――――

Als Conor die Mauer erreichte, war ihm klar, dass er sich wieder durch das Loch zu dem Skelett zwängen musste, um auf der anderen Seite hinauszugelangen. Er hinterließ überall Spuren. Beweise, die gegen ihn verwendet werden konnten. Aber er hatte einen legitimen Grund, hier zu sein. Er war im Tunnel gewesen, als oben auf der Baustelle etwas passiert sein musste, wodurch er eingeschlossen worden war. Dies hier war seine einzige Chance auf Entkommen. Er formulierte Antworten auf mögliche spätere Fragen in seinem Kopf, aber all das hing ohnehin davon ab, ob er jemals hinausgelangen konnte und sich jemand dafür interessieren würde, wo er gewesen war. Vielleicht war niemand mehr übrig, um Fragen zu stellen.

Ohne das Skelett anzusehen, kroch er durch die Öffnung in die Finsternis eines Tunnels, der, wie er inständig hoffte, nach oben und hinausführen würde, andernfalls war er verloren. Nein, lass es, ermahnte er sich selbst. Es hatte keinen Sinn, daran zu denken, was alles passieren konnte.

Hier war weniger Wasser, das war positiv. Mit gesenktem Kopf ging er weiter und ließ sich von der schwach flackernden Helmlampe leiten. Er bog um eine lang gezogene Kurve und gelangte an eine Abzweigung. Zwei Tunnel. Einer nach links, einer nach rechts. Er versuchte zu visualisieren, wo er sich im Verhältnis zum Gelände über ihm befand. Aber sein Orientierungssinn hatte ihn im Stich gelassen. Dann fiel ihm ein, dass ihm jemand einmal gesagt hatte, man solle im Zweifel immer rechts gehen. Doch nach etwa zwanzig Schritten war er sich nicht mehr sicher, ob es nicht vielleicht doch »links gehen« geheißen hatte.

Der Weg begann anzusteigen. Schließlich kletterte er auf Händen und Knien aufwärts. Und dann ging das Licht an seinem Helm aus, tauchte ihn abrupt in Dunkelheit, und er stürzte.

———

Der Himmel war von einer unheilverkündenden Schwärze, der Horizont verwaschen und wässrig. Nur von vereinzelten Blättern geschützt, hockten Vögel geduckt auf den fast kahlen Ästen. Zumindest war es nicht kalt. Man musste auch für die kleinen Dinge dankbar sein, dachte Kirby, als er auf Megans Klingel drückte.

»Tut mir leid. Ich wusste nicht, dass es Ihr freier Tag ist«, sagte er verlegen. Plötzlich kam ihm die Idee nicht mehr so gut vor wie noch vor einer Stunde. Superintendent McMahon hatte ihm gesagt, er solle sich ausruhen und zwei Stunden später wieder zum Gerichtsgebäude komme. Er hatte eine halbe Stunde auf der Wache gesessen und mit McKeown die Logistik durchgesprochen, ehe er realisiert hatte, dass er mit jemandem reden musste, der nichts mit der Katastrophe zu tun hatte.

»Das hat man mir in der Apotheke gesagt. Als ich bei Ihnen vorbeischauen wollte. Aber Sie waren nicht da. Oh, verdammt, ich weiß nicht, was ich da rede.« Er fuhr sich mit der Hand durchs Haar.

Sie lächelte, schwach nur, aber er sah es, ehe ihre Miene wieder ernst wurde. »Ich wollte mich gerade etwas hinlegen. Im Haus herrscht ein einziges Chaos. Ich kann Sie nicht hereinbitten.«

»O Gott, nein. So war das nicht gemeint. Darauf war ich gar nicht aus. Ich bin einfach bloß vorbeigekommen, aber ich bin schon wieder weg. Entschuldigen Sie die Störung.« Er ging davon. Den Weg hinab und unter den Bäumen durch. Er hatte die Hand an der Autotür, als sie ihn rief.

»Geben Sie mir eine halbe Stunde. Dann treffen wir uns in der Stadt, wenn Sie mögen.«

»Wirklich, Megan, alles gut. Ich muss arbeiten. Ich habe

nur eine Pause gemacht und dachte an einen Kaffee und einen Plausch.«

»Halbe Stunde. Cafferty's?«

»Die Straße ist wegen des Kranunfalls abgesperrt. Die ganze Stadt ist abgeriegelt. Vielleicht das Parkland Hotel?«

»Bestellen Sie mir einen Irish Coffee. Ich versuche es in zwanzig Minuten zu schaffen.«

Während Kirby zum Hotel fuhr, war ihm nach einem Lächeln zumute, doch er war zu müde, und sein Herz war schwer. Obwohl er nichts von Megan wollte – es lag auch nicht in seiner Absicht, ihr etwas vorzumachen –, hatte er niemanden sonst, mit dem er reden konnte.

―――――

Lottie entließ sich selbst mit einer schwungvollen Unterschrift auf einem dünnen Formular und bat den Arzt, dafür zu sorgen, dass man Boyd allen notwendigen Untersuchungen unterzog, um Knochenbrüche oder innere Verletzungen auszuschließen. Sie wollte, dass er zurück zur Arbeit kam, aber sie brauchte ihn gesund. In der Empfangshalle blickte sie sich in der Hoffnung um, Kirby, McKeown oder McMahon zu sehen. Ein beliebiger anderer Garda hätte es auch getan. Sie brauchte Informationen und eine Mitfahrgelegenheit. Aber die einzige Person, die ihren Blick auffing, war Cynthia Rhodes.

»Guter Gott, Inspector, Sie sehen ja furchtbar aus.«

»Danke, Cynthia. Ich fühle mich schon viel besser.« Sie blickte über den Kopf der kleineren Frau hinweg. Noch immer kein einziger Garda zu sehen. »Haben Sie eine Zigarette?«

»Wusste gar nicht, dass Sie rauchen«, sagte Cynthia.

»Tue ich auch nicht. Eigentlich. Aber jetzt könnte ich eine gebrauchen.«

»Ich habe keine, aber ich bin sicher, dass Sie draußen jemanden anschnorren können. Kommen Sie. Ich stütze Sie.«

»So schlecht geht's mir nicht. Ich kann allein gehen.«

»Sie sehen unter der Schicht Sand oder Zement, oder was auch immer in Ihrem Gesicht klebt, trotzdem aus wie ein Gespenst.«

Lottie fasste sich an die Wange, ihre Hand war grau von Staub.

Draußen wartete sie, während Cynthia sich bei einer Frau im Bademantel einschmeichelte, die hinter einer Säule rauchte. Auf dem gesamten Gelände war Rauchen verboten, aber schließlich wusste jeder, dass Regeln dazu da waren, gebrochen zu werden. Cynthia kehrte mit einer angezündeten Zigarette zurück und reichte sie ihr.

»Aber werden Sie mir bloß nicht ohnmächtig«, sagte sie.

»Danke.«

»Wollen Sie einen Kommentar abgeben?«

»Wollen Sie mich zur Wache fahren?«

»Nein. Aber ich fahre Sie nach Hause.«

»Ich muss zuerst auf die Wache und sehen, was zu tun ist.« Das Nikotin verursachte ihr Übelkeit. Sie lehnte sich mit dem Rücken gegen die Säule und beobachtete, wie ein dritter Krankenwagen sich zu den zwei anderen gesellte, die bereits vor der Notaufnahme standen. Zwei fahrbare Tragen wurden herausgeschoben und schnell ins Gebäude gerollt.

»Es gibt mindestens zehn Tote, habe ich gehört«, sagte Cynthia. »Viele Verletzte. Vermutlich sind noch weitere Personen unter dem Schutt begraben. Die Zahl der Todesopfer könnte also höher sein. Das sind wichtige Nachrichten, Inspector.«

»Und warum sind Sie dann nicht am Gerichtsgebäude? Dort ist doch Ihre Story.«

»Dort habe ich alles getan, was ging. Ihr Superintendent und der Feuerwehrhauptmann haben mir jeweils ein Statement gegeben. Wenn Sie, die Sie mittendrin waren, das auch täten, wäre das großartig.«

»Kein Kommentar.«

»Was habe ich diesen Satz satt.«

Lottie trat die Zigarette mit dem Stiefel aus und sah erst jetzt, wie zerfetzt und blutig ihre Kleidung tatsächlich war. »Falls Ihr Angebot, mich nach Hause zu fahren, noch steht, würde ich es annehmen.«

Cynthia rückte ihre Brille zurecht. »Okay. Aber ich hätte dennoch gerne ein Statement.«

»Wie wär's damit: Ich fühle mich zum Kotzen und brauche eine Dusche?«

———

Das Hotel gehörte nicht zu seinen Stammlokalen. Kirby war lieber von vertrauten Gegenständen und Leuten umgeben. Vertrautheit tat ihm gut. Meistens jedenfalls. Vielleicht war er in der Hinsicht ein wenig altmodisch. Hier war es ihm zu modern, zu sauber, zu bequem. Und zu laut. Da ist mir das Cafferty's doch zehnmal lieber, dachte er, als er ein Guinness bestellte und dann noch einen Whiskey hinzufügte.

Als er den Whisky heruntergekippt und die Getränke bezahlt hatte, steuerte er mit dem Guinness eine Nische in einer Ecke an, von der aus man die Tür sehen konnte. Dann erst stellte er fest, dass es zwei Eingänge gab. Bis Megan hier war, hatte er sich wahrscheinlich den Hals verrenkt.

Sie traf exakt zwanzig Minuten später ein. Er erhob sich umständlich, um ihr den Mantel abzunehmen.

»Ich würde ihn lieber anlassen, wenn es Ihnen nichts ausmacht. Mir ist etwas kalt.« Sie hielt eine Hand über den zugeknöpften Tweed.

Kirby fiel auf, dass sie keine Handtasche dabeihatte. Sie wirkte, als wollte sie jeden Moment die Flucht ergreifen. Plötzlich war er nervös, obwohl er keinen Grund dazu hatte.

»Was trinken Sie?«, fragte er.

»Ich hatte Ihnen doch gesagt, Sie sollten mir einen Irish Coffee bestellen.«

Das hatte er vergessen. Er wurde rot und wäre beinahe die zwei Stufen der Nische hinuntergefallen. Ihr Tonfall war scharf gewesen, und plötzlich wünschte er, er hätte sie nicht aufgesucht. Es war Ruhe, die er nach dem Irrsinn dieses Tages brauchte. Er war inzwischen sicher, dass Megan sie ihm nicht verschaffen würde, aber er bestellte den Drink dennoch.

Als er sich auf den Stuhl ihr gegenüber niederließ, fühlte er sich übergewichtig und hässlich. Er musste zum Friseur und brauchte frische Kleidung, aber andererseits wirkte sie so abgespannt wie er.

»Wie war Ihr freier Tag bisher so?« Smalltalk fiel ihm nicht mehr besonders leicht. Er würde wieder mehr unter die Leute gehen müssen.

»Ziemlich mies, um die Wahrheit zu sagen«, antwortete sie. »Ich habe von dem Unfall gehört. Schrecklich, das alles.«

»Meine Vorgesetzte und ein Kollege waren betroffen. Beide sind im Krankenhaus.«

»O Gott, wie furchtbar. Geht's ihnen gut?«

»Ich weiß es nicht. Ich muss mich erkundigen.« Kirby war plötzlich völlig durcheinander. Vielleicht war jetzt nicht der richtige Zeitpunkt, sein Handy herauszuholen und anzurufen.

»Wer sind die beiden denn?«

»Inspector Lottie Parker und Sergeant Mark Boyd. Die beiden gehören zu den Guten.«

»Und Sie zu den Schlechten?"

Ihre Stimme klang hart, und Kirby fragte sich, wieso er je geglaubt hatte, ihre Gesellschaft könne ihm guttun. Als ihr Getränk kam, überlegte er bereits, wie er entkommen konnte. »Ich bin, was die Leute in mir sehen wollen«, sagte er. »Eigentlich ist es mir egal. Ich mache meinen Job so gut es mir möglich ist.«

»Ich wollte damit auch nicht andeuten, dass Sie etwas

anderes sind als ein guter Polizist. Verzeihen Sie. Seit Amys Tod bin ich ein bisschen neben der Spur und wohl nicht die beste Gesellschaft. Vielleicht gehe ich besser.«

»Nein, gar nicht. Seit ich das Blutbad am Gerichtsgebäude gesehen habe, bin ich selbst ziemlich durch den Wind.« Sein Bier schmeckte sauer, aber vielleicht lag es einfach an der Galle in seinem Magen. Sie hatte ihr Getränk bereits zur Hälfte geleert.

»In den Nachrichten hieß es, dass unter den Trümmern noch mehr Tote liegen könnten. Und irgendwas von Tunneln unter dem Gericht, die den Zusammenbruch des Krans verursacht haben könnten. Stimmt das?«

»Das mit den Toten oder mit den Tunneln?«

»Beides, denke ich.«

»Ja, es gibt eine Reihe von Toten«, sagte er. »Und ich habe vor langer Zeit mal gehört, dass sich unter der ganzen Stadt ein Geflecht an Gängen und Tunneln befindet. Muss im Mittelalter entstanden sein. Ragmullin ist eine ehemalige Garnisonsstadt, und im neunzehnten Jahrhundert gab es hier ein Gefängnis. Kann sein, dass die Gänge dazu benutzt wurden, Häftlinge vom Gefängnis zum Gericht zu bringen.«

»Vielleicht konnte dadurch ja heute jemand dem Unglück entkommen. Ich meine, wenn jemand unter den Trümmern gefangen war, hat er vielleicht einen Ausweg durch die Tunnel finden können.«

»Sobald die Rettungsarbeiten abgeschlossen sind, kennen wir die genaue Anzahl der Toten.«

»Es gibt Gerüchte, dass Cyril Gill unter den Toten ist. Was für eine Tragödie für die Familie, die doch eben erst die Tochter verloren hat.«

»Wie hält Richard Whyte sich?« Kirby fiel wieder ein, dass er den Mann noch einmal auf die Suche nach der SIM-Karte ansprechen musste.

»Ich habe ihn noch nicht wieder gesehen. Er war nicht

mehr in der Apotheke, seit ...« Sie trank einen großen Schluck Irish Coffee. »Seit Amy ermordet worden ist.«

»Wer ist denn heute für Sie eingesprungen?«

»Der freie Tag steht mir zu«, sagte sie mit erhobenem Kopf.

»Verzeihen Sie, Megan, ich habe nur gefragt.«

»Wir haben einen Vertretungsapotheker. Der ist heute da.« Sie leerte ihren Becher und stand auf. »Ich gehe jetzt besser. Ich habe einiges zu tun. Ich drücke die Daumen, dass es Ihren Kollegen gut geht.«

Er erhob sich, um sie vorbeizulassen, und sie war fort, ehe er sich wieder gesetzt hatte.

Richard Whyte öffnete die Tür und ließ Kirby hinein.

»Möchten Sie einen Kaffee? Oder einen Drink? Ich habe besten irischen Whiskey.«

»Whiskey klingt gut.« Kirby schob sich auf einen Hocker am Frühstückstresen, während Whyte einen Schrank öffnete und mit zwei Gläsern zurückkehrte. Die Flasche stand bereits offen auf der Theke.

»Verzeihen Sie mir, ich bin etwas angetrunken«, sagte Whyte und setzte sich neben ihn.

»Mein Beileid.«

»Das Leben ist grausam.«

»Wie wahr.«

Beide Männer leerten ihre Gläser, und Whyte schenkte nach.

»Wissen Sie schon mehr darüber, wer Amy getötet hat?«

»Noch nicht. Aber wir arbeiten auf Hochtouren. Oder besser: Das haben wir, bis die Sache am Gerichtsgebäude passiert ist.«

»Ich hab's in den Nachrichten gesehen und versucht, Cyril zu erreichen, aber er geht nicht ran. Allerdings kann ich mir wegen Louise und all dem nicht vorstellen, dass er auf der Baustelle war.«

»Er ist bisher nicht unter den Toten. Aber wir glauben, dass noch einige unter dem Schutt begraben sind.« Kirby drehte sich auf dem Hocker, sodass er einen Blick auf Whyte werfen konnte. Der Mann starrte auf das flüssige Gold am Boden seines Kristallglases. »Ich wollte Sie um etwas bitten.«

»Schießen Sie los.«

»Was ist mit dem Handy, das wir hier versteckt gefunden haben? Es gehörte weder Cristina noch Amy, nicht wahr?«

»Ich habe keine Ahnung, wem es gehört.«

»Es ist kein Modell, das junge Leute favorisieren. Heute wollen alle Touchscreens. Sind Sie sicher, dass es nicht Ihres ist?«

Eingehend musterte Kirby den Mann ihm gegenüber, der offenbar mit sich rang, was er sagen sollte.

»Meine Kleine ist tot. Cyrils Kleine ist tot. Es spielt jetzt wohl keine Rolle mehr.«

»Das Handy gehört Ihnen?«

»Cyrils Idee.«

Blinzelnd musste Kirby diese Neuigkeit erst einmal sacken lassen. Der Boss war sicher gewesen, dass es etwas mit Amy oder Louise oder auch Cristina zu tun hatte.

»Erzählen Sie.«

SECHSUNDVIERZIG

Letztlich konnte Lottie Cynthia dazu überreden, sie auf der Wache abzusetzen, ehe sie sie mit einem Statement über das Mitgefühl mit den Opfern des Unglücks und ihren Familien ihrer Wege schickte. Sie nahm an, dass Cynthia diesen Satz bereits von McMahon gehört hatte, doch zu ihrer Erleichterung beharrte die Reporterin nicht auf mehr.

Nachdem sie einen relativ ruhigen Empfangsbereich durchquert hatte, stieg sie vorsichtig die Treppe zu ihrem Büro hinauf. Es war nahezu still. Offenbar waren alle an der Unglückstelle.

Ohne unter ihren Armen schnüffeln zu müssen, wusste sie, dass sie furchtbar roch, und sie hätte erst nach Hause gehen sollen, aber sie war noch zu vollgepumpt mit Adrenalin, um einen Gang herunterzuschalten. Sie klopfte an McMahons Tür und steckte den Kopf hindurch, ohne auf eine Antwort zu warten. Leer. Sie ging in den Besprechungsraum, der ebenfalls leer war, und trat an die Tafeln.

Vier junge Frauen. Alle tot. Und nun mindestens zehn weitere Tote durch das Unglück auf der Baustelle. Boyds Worte waren in ihrem Kopf hängengeblieben. War es wirklich ein

.

Unfall gewesen oder ein gezielter Anschlag auf Cyril Gill? Da musste es doch andere Mittel geben.

Ihre Augen ruhten auf dem Foto von Conor Dowling, das noch aus der alten Fallakte stammte. Er wirkte jung und verletzlich. Ein Abbild dessen, wie er jetzt aussah, tauchte vor ihrem inneren Auge auf. Die Haft hatte ihn hart werden lassen, aber sie fand, dass hinter seiner feindseligen Fassade noch immer dieselbe jugendliche Verwundbarkeit steckte. Konnte er aus Rache vier Frauen getötet haben? Mit einem Finger zeichnete sie seine unergründlichen Augen nach. Wo war er gewesen, als der Kran in sich zusammengestürzt war? War er vielleicht unter den Toten? Sie würde Kirby bitten, sich zu erkundigen. Sie betrat das Großraumbüro, doch keine Spur von Kirby oder irgendeinem anderen.

Sie musste sich zu Hause melden, um sich zu vergewissern, dass Chloe und Sean trotz der Verkehrsstörungen sicher zu Hause angekommen waren. Dann wurde sie sich bewusst, dass ihr Handy in ihrer Tasche steckte und ihre Tasche unter einem Haufen Schutt begraben lag.

Ihr Gesicht schmerzte, ihr Schädel hämmerte. Jeder Knochen in ihrem Körper fühlte sich an, als habe man ihn mit einem Betonklotz malträtiert. Was nicht so weit von der Wahrheit entfernt war. Sie beschloss, dass eine schnelle Dusche in der Umkleide ausreichen musste.

Also ging sie hinunter in den Keller, zog ihre verschmutzten Sachen aus und drehte den Hahn auf. Zu spät fiel ihr ein, dass sie keine Sachen zum Wechseln in ihrem Spind hatte und sie sich im Fundus bedienen musste. Und während das kalte Wasser auf sie herabtrommelte und ihr eine Gänsehaut bescherte, hoffte sie inständig, dass Boyd wieder auf die Füße kam. Sie brauchte ihn.

———

Sobald es ging, entwischte Tony in den Pub. Polizei und Rettungssanitäter hatten alles Menschenmögliche unter den Umständen getan. Man wartete nun auf das schwere Hebezeug aus Dublin, mit dem die Überreste des Krans geborgen werden konnten. Die Feuerwehr hatte Trennschleifer eingesetzt, aber das war zu gefährlich geworden, da der Boden immer wieder eingesackt war.

Er war gerade hineingegangen, als der Himmel seine Schleusen öffnete. Das würde ein schönes Chaos auf der Baustelle geben. Beinahe erwartete er, Conor mit einem Pint vor sich im Pub anzutreffen, aber er war nicht zu sehen. Der Laden schien voller Reporter und Journalisten zu sein. Rasch zog er seine Jacke aus, auf deren Rücken groß *Gill Constructions* prangte. Besser für einen der vielen Gaffer gehalten werden, dachte er. Er wollte keine unangenehmen Fragen beantworten müssen.

Während er sich durch die Menge drängte, schnappte er Gesprächsfetzen auf, wenn auch nichts dabei war, was ihn betraf. Er bestellte sein Bier und wartete. Zum ersten Mal seit zehn Jahren spürte er, wie sich eine Last von seinen Schultern hob. Nun musste er nur noch hoffen, dass Conor Dowling eine der Leichen unter dem Schutt war.

———

Das T-Shirt war zu lang, die Jeans zu eng, aber Lottie musste sich wohl oder übel hineinquetschen. Da ihre Jacke nicht zu retten war, nahm sie sich eine leichte Uniformjacke. Bevor sie heimkehrte, wollte sie bei Conor Dowlings Adresse vorbeifahren, denn dorthin waren sie auf dem Weg gewesen, als sie noch schnell den Abstecher zur Baustelle gemacht hatten. Eine kurze Rücksprache mit den Kollegen, die vor Ort waren, hatte ergeben, dass niemand ihn bisher hatte kontaktieren können.

Sie schnappte sich einen Wagen aus dem Fuhrpark im Hof,

nahm die Umleitung und hielt eine halbe Stunde, nachdem sie aus der eiskalten Dusche getreten war, vor Dowlings Haus. Sie fühlte sich so betäubt, dass sie keine Schmerzen spürte, und sie war sich nicht sicher, ob das gut war oder nicht.

Das Haus wirkte etwas heruntergekommener als die angrenzenden. Sie war selbst nicht gerade ein Putzteufel, aber sie musste dennoch den Drang unterdrücken, sich einen Lappen zu nehmen und die Fenster zu reinigen.

Sie hämmerte mit der Faust gegen das rissige Holz und verzog das Gesicht, als der Schmerz durch ihre Hand fuhr. Das Gras war hochgewachsen und an einigen Stellen niedergetrampelt. Jede Menge Unkraut, und an der Mauer lehnte eine verbogene Fahrradfelge. Lottie wollte sich gerade zum Gehen wenden, als sie ein Schlurfen hinter der Tür hörte und sie sich öffnete.

»Mrs Dowling?«

»Was soll der Lärm? Haben Sie denn gar keine Geduld? Ich darf eigentlich gar nicht aufstehen. Was wollen Sie?«

»Ich bin Detective Inspector Parker. Ich möchte mit Conor sprechen.«

Das Gesicht der Frau schien sich zusammenzuziehen. Lottie blickte auf den kahl werdenden Schädel herab und befürchtete plötzlich, Vera Dowling könne wie ein Kläffer nach ihrem Arm schnappen. Hastig schob sie ihre Hände in die Taschen der dünnen Jacke.

»Conor? Was wollen Sie von ihm? Sind Sie nicht diejenige, die ihn eingesperrt hat?« Nun nahm das Gesicht einen entschieden feindseligen Ausdruck an. »Miststück, das sind Sie. Mein Junge hatte nichts getan. Aber Sie haben ja lieber diesen beiden Gören geglaubt.«

»Kann ich reinkommen?« Lottie blickte über die Schulter und sah, wie sich auf der Straße gegenüber Vorhänge bewegten. »Sie wollen bestimmt nicht, dass Ihre Nachbarn etwas mitkriegen, oder?«

Mrs Dowling wandte sich, auf ihre Gehstöcke gestützt, um und bedeutete Lottie, ihr zu folgen. »Dann kommen Sie schon.«

Lottie musste warten, bis die Frau langsam den engen Flur entlanggeschlurft war, ehe sie eintreten und die Tür schließen konnte. Dann folgte sie ihr in ein Wohnzimmer, in dem die Frau offenbar lebte.

Denn nach dem, was Lottie sehen konnte, schien Vera Dowling hier zu essen, zu schlafen und sämtliche Dinge zu verrichten, die man gewöhnlich im Bad tat. In der Ecke stand ein Fernseher, in dem lautstark eine Spielshow lief. Es stank nach ungewaschenen Körpern und Kleidern, und Lottie hätte am liebsten ein Fenster aufgerissen, um frische Luft hereinzulassen. Es gab nirgends Platz zum Sitzen, also blieb sie stehen, sorgsam darauf bedacht, sich nicht an die Wand zu lehnen, an der Kondenswasser eine verblasste Tapete herabrann und ein hölzernes Kruzifix mit einem schwarzen Rosenkranz um Jesus' gesenkten Kopf hing. Ein vergilbter Standarddruck von einem Haus im Wald hing in einem geborstenen Holzrahmen über einem erloschenen Kamin.

Endlich hatte sich Mrs Dowling auf einem Haufen übelriechender Kissen niedergelassen, aus denen Staubpartikel aufstiegen, wie um dem Schicksal zu entkommen, vom Hintern der Frau geplättet zu werden. Lottie kam sich vor wie in einem sepiafarbenen Alptraum.

»Und warum wollen Sie mit Conor reden?«

»Könnten Sie vielleicht den Fernseher leiser drehen?« Lottie konnte kein Wort der Frau verstehen.

Nachdem Mrs Dowling es bei jeder einzelnen der vier Fernbedienungen auf der Armlehne ihres Sessels probiert hatte, schaffte sie endlich, die Lautstärke zu verringern. Ihre Finger waren knotig und geschwollen.

»Mrs Dowling, haben Sie schon gehört, dass es heute am Gerichtsgebäude ein Unglück gegeben hat?«

»Ein Unglück? Ist mit Conor alles okay? Hoffentlich hat er sich nichts getan. Er muss für mich sorgen.«

»Ich weiß nicht, ob ihm etwas geschehen ist«, sagte Lottie wahrheitsgemäß. »Ich versuche, ihn ausfindig zu machen. War er heute arbeiten?«

»Klar war er heute arbeiten. Er geht jeden Tag arbeiten. Er ist ein guter Junge, auch wenn Sie das sowieso nicht glauben. Er kommt bald nach Hause.«

»Von unseren Kollegen hat ihn bisher niemand erreichen können.«

Mrs Dowling bekreuzigte sich. »Heilige Mutter Gottes, wehe, wenn ihm etwas zugestoßen ist. Ich habe zehn Jahre lang auf den Tag gewartet, an dem er wieder freikommt und sich um mich kümmern kann, und jetzt das.«

»Machen Sie sich keine unnötigen Sorgen. Er taucht schon wieder auf.« Lottie war sich dessen ganz und nicht sicher, aber sie wollte nicht, dass Mrs Dowling in Panik verfiel. Nun, da sie hier war, brannte sie darauf, nach Hause zu fahren, um nach ihrer Familie zu sehen. Anschließend würde sie ins Krankenhaus zurückkehren, um sich zu vergewissern, dass Boyd sich nicht selbst entlassen hatte.

»Soll ich Ihnen einen Tee machen?« Warum in aller Welt hatte sie das gerade angeboten?

»Oh, da sag ich nicht nein. Zur Küche geht es da lang.« Mrs Dowling wies ihr den Weg mit ihrem Gehstock. »Die Arthritis frisst mich auf. Beine, Hände, alles tut weh. Ich bin auf Conor angewiesen.«

»Wie sind Sie denn zurechtgekommen, während er ... gesessen hat?«

»Sein Freund Tony hat sich gekümmert. Er arbeitet mit ihm auf der Baustelle. Ein treuer Freund, dieser Tony.«

»Ich mach dann mal Tee.«

In der engen Küche gab Lottie Wasser in den Kocher und schaltete ihn ein. »Nehmen Sie Milch?«

»Natürlich. Sonst wäre es ja wie Spülwasser.«

Im Kühlschrank stand ein Milchkarton. »Zucker?«

»Zucker steht im Schrank. Zwei Löffel. Und Tee ist in der Dose.«

»Ist Conor jeden Abend zu Hause?« Lottie durchsuchte den schmierigen Schrank.

»Ja, ist er.«

Sie bereitete den Tee zu und brachte Mrs Dowling einen Becher. »Ich hoffe, er schmeckt.«

»Ein bisschen dünn.« Die Frau schniefte.

»Und er geht für Sie einkaufen?«

»Sie glauben ja wohl nicht, dass ich einen Einkaufswagen schieben kann, oder?«

»War er Dienstagabend auch hier? Den ganzen Abend?«

Ihre Beine waren noch schwach von dem Unfalltrauma, und der Blick, den Vera Dowling ihr zuwarf, hätte sie beinahe niedergestreckt.

»Wollen Sie ihm was anhängen? So wie beim letzten Mal?« Tee schwappte über den Becherrand und rann über die Sessel- seite, aber die alte Frau schien es nicht zu bemerken. »Er war hier. Jeden Abend. Also verpissen Sie sich mit was immer Sie ihm in die Schuhe schieben wollen.«

»Ich wollte ihm nichts ...«

»Conor hat das, was Sie ihm vorgeworfen haben, nicht getan. Er hat den alten Mann weder zusammengeschlagen noch sein Geld geklaut.«

»Er hat es nie abgestritten.«

»Er hat's nicht getan.«

»Er hatte kein Alibi.«

»Wie denn auch? Ich habe damals noch gearbeitet. Nacht- schicht im Krankenhaus. Ich war Schwesternhelferin. Er war zu Hause. Allein.«

»War das so? Er hat es uns nie gesagt.« Damals hatte es an Lottie genagt, dass Conor nie eine Erklärung abgegeben hatte, wo er an dem Abend des Überfalls auf Bill Thompson gewesen war. Mangels Sachbeweise und einer Unschuldsbeteuerung des Angeklagten waren es letztendlich die Zeugenaussagen gewesen, die den Ausschlag gegeben hatten.

Mrs Dowling presste die Lippen zu einem dünnen Strich zusammen und musterte sie. »Er hat es nicht getan. Er hatte keinen Zugang zu einer Waffe. Haben Sie die Waffe je gefunden? Haben Sie das Geld je gefunden? Schauen Sie sich um, Inspector. Sehen Sie hier irgendwo Anzeichen von Reichtum?«

Lottie schüttelte den Kopf und zuckte die Achseln. Es hatte nichts zu bedeuten. Er konnte das Geld vergraben haben und auf den richtigen Zeitpunkt warten, es wieder hervorzuholen. Sie hatten nie herausgefunden, wie viel genau gestohlen worden war, aber das Barpersonal hatte den Betrag auf rund zehntausend Euro geschätzt. Bill Thompson hatte die Einnahmen nicht jede Nacht mit nach Hause genommen, gewöhnlich nur sonntags. Und es war ein betriebsames Wochenende gewesen. Conor Dowling war oft in dem Pub gewesen, er kannte Thompsons Gepflogenheiten. Louise Gill und Amy Whyte hatten geschworen, in jener Nacht gesehen zu haben, wie er aus der Richtung von Thompsons Haus gehastet war. Er hatte es nie abgestritten. Hatte nie etwas gesagt. Aber Lottie war zuversichtlich, dass sie damals den richtigen Mann eingesperrt hatten.

»Hier, nehmen Sie diese Brühe weg. Wollen Sie mich vergiften, oder was?«

Lottie brachte den Becher in die Küche zurück. Sie blickte hinaus in den Garten, während sie den Tee in die Spüle leerte. Hinten sah es ordentlicher aus als vorne, obwohl sie fand, dass die Bäume hätten zurückgeschnitten werden müssen – nicht, dass sie Ahnung von Gartenarbeit hatte. Der hölzerne Schuppen wirkte fehl am Platz, als habe man ihn einfach dort fallengelassen. Eine Seite war etwas niedriger als die andere, vielleicht war sie in den Boden eingesunken. Ein großes Bügelschloss hing am Riegel. Warum? Was war darin, das vor Diebstahl geschützt werden musste? Ein teurer Rasenmäher jedenfalls nicht, dachte sie, dazu war das Gras viel zu hoch. Gab es etwas zu verbergen? Das war schon eher wahrscheinlich.

Kopfschmerzen pochten hinter ihren Augen, während sie überlegte, wie sie Mrs Dowling dazu bewegen konnte, sie in den Schuppen zu lassen. Andererseits konnte sie auch einfach die Hintertür öffnen und hinausgehen, um einen Blick hineinzuwerfen, oder etwa nicht?

»Was machen Sie noch hier?« Die Stimme klang näher, und Lottie fuhr zusammen und wandte sich um. Vera stand auf ihre Stöcke gestützt im Türrahmen. »Sie schnüffeln hier rum, Sie hinterhältiges Biest.«

Sie straffte die Schultern und ignorierte den Schmerz, der ihr Rückgrat hinabschoss. »Ich habe mich nur gefragt, was Sie da wohl im Schuppen haben.«

»Da sind Conors Sachen drin. Geht Sie nichts an.«

»Was für Sachen denn?«

»Das möchten Sie wohl gerne wissen, was? Falls Sie reinschauen wollen, kommen Sie mit einem Durchsuchungsbeschluss. Und bevor ich Sie rauswerfe, will ich wissen, warum Sie mir diese ganzen Fragen stellen.« Mrs Dowling lehnte sich gegen den Rahmen und richtete den Gehstock auf Lotties Brust. Aber sie dachte ja gar nicht daran, sich von einer übelriechenden Alten einschüchtern zu lassen.

»In dieser Woche sind vier junge Frauen ermordet worden. Ich muss Conors Alibi überprüfen.«

»Raus, Sie mieses Stück.« Mrs Dowling hob nun auch den anderen Stock, und Lottie duckte sich, als sie ihn durch die Luft schwang. »Verschwinden Sie mit Ihren kranken Anschuldigungen aus meinem Haus.«

»Ich habe ihn nicht beschuldigt. Ich will nur wissen …«

»Raus, und kommen Sie ja nicht wieder. Meinetwegen können Sie in der Hölle schmoren.«

Mrs Dowlings Augen schleuderten Blitze, und Lottie stieg vor Ärger heißes Blut in die Wangen. Sie hatte es vermasselt. Ihr Schädel pochte, und ihre Glieder fühlten sich an wie Gummi. Sie würde gehen, aber nicht ohne einen letzten Versuch.

»Ich will wissen, wo Conor jetzt ist, wo er vor zwei Nächten und Samstagnacht war und was sich in diesem Schuppen befindet.«

»Neugierige Schlampe. Hauen Sie ab und kommen Sie nicht wieder, falls Sie keinen Durchsuchungsbeschluss haben.«

Lottie ließ die Haustür offen, damit die alte Frau durch den Flur humpeln musste, um sie wieder zu schließen, und ging langsam zum Wagen. Als sie über die Straße blickte, sah sie eine Gestalt hinter einem Vorhang. Morgen würde sie die Nachbarn befragen lassen. Vielleicht konnten sie Conors Aussagen ja bestätigen oder widerlegen, obwohl Lottie aus Erfahrung wusste, dass von ihnen nichts Brauchbares zu erwarten war. Doch dieser kleine Mistkerl mit seiner irren Mutter würde sie nicht für dumm verkaufen. Sofern er nicht ohnehin unter dem Schutt am Gerichtsgebäude begraben lag.

SIEBENUNDVIERZIG

Lottie wollte nur noch nach Hause, aber zuerst brauchte sie ein Handy. Auf der Wache würde es eines geben. Sie war durch die Ereignisse des Tages so durcheinander, dass sie zuvor nicht daran gedacht hatte. Sie kehrte über die Ringstraße zurück und schlängelte sich durch den Verkehr an der Eisenbahnbrücke. Wie es wohl Penny Brogans Familie ging? Sie musste sich unbedingt bei ihnen melden. Gleich morgen würde sie sich darum kümmern.

Sie stellte das Zivilfahrzeug, einen Mondeo, auf der nächstbesten freien Fläche ab, sprang heraus und rannte durch den Regen in die Wache. Im Gebäude begab sie sich in den Materialraum und griff nach einem Samsung. Sie hatte zwar keine einzige Nummer mehr, aber nun wenigstens ein Handy. Ehe sie wieder loszog, betrat sie das Großraumbüro. Noch immer leer. Ihr Blick fiel auf Boyds Tisch, wie immer der ordentlichste weit und breit. Hoffentlich würde er bald wieder hier sitzen. Sie schluckte die aufsteigenden Gefühle hinunter und ging in ihr eigenes Büro, um herauszufinden, wie das neue Handy funktionierte.

Sie sollte einen Bericht über ihren Besuch bei Dowling

verfassen. Sie musste wissen, was Conor in seinem Garten-schuppen verwahrte. Aber wie sollte sie an einen Durchsu-chungsbeschluss kommen? Ein Bauchgefühl war nicht genug. Sie würde darüber schlafen.

Auf ihrem Tisch lag ein Stapel Papiere mit einem Post-it, auf dem Sam McKeown unterzeichnet hatte. Der Neue. Sie hatte noch keine Chance gehabt, ihn kennenzulernen. Sobald dies hier vorbei war, würden sie mehr Zeit haben, sich vorzu-stellen und miteinander vertraut zu machen, dachte sie und schnitt eine Grimasse, bei der ihre genähte Wange prompt zu schmerzen begann.

Als sie durch den Stapel blätterte, erkannte sie Seiten aus Louise Gills Notizbüchern.

»McKeown!«, brüllte sie. Aber es war niemand da. Mit noch immer brennenden Augen begann sie zu lesen.

»Was ist denn?«

Sie fuhr heftig zusammen. »Schleichen Sie sich doch nicht so an.«

»Sie haben nach mir gerufen. Und das hat man bestimmt noch drüben in der Kathedrale gehört.«

Sam McKeown stand vor ihrem Tisch, die Ärmel bis zu den Ellenbogen aufgekrempelt. Keine Krawatte. Schweiß glänzte auf seinem kahlen Schädel unter der Leuchtstoffröhre.

»Wo sind Sie gewesen?«

»Eingesperrt in einer schrankgroßen Kammer, wo ich die Sicherheitsvideos durchgegangen bin. Das ist die reinste Sauna da.«

»Ich weiß. Hier ja auch. Der Superintendent redet ständig über unseren Etat, aber Heizöl verschwenden wir gleich gallo-nenweise.«

»Warum sagen Sie nichts?«

»Weil es, wenn wir die Heizung jetzt herunterdrehen, ein endloser Kampf wird, sie wieder hochzufahren, wenn die Temperaturen draußen richtig übel werden.«

»Kann ich eine Beobachtung anstellen?«

»Setzen Sie sich zuerst. Mir wird schwindelig, wenn ich zu Ihnen aufschauen muss.«

»Das ist Teil meiner Beobachtung.«

»Was meinen Sie damit?« Sie wollte über die Notizen reden, aber sie musste ihm zuhören, um ihn nicht vor den Kopf zu stoßen; für die Ermittlungen brauchte sie ihn motiviert und zugewandt.

Er hustete, räusperte sich. »Ich meine nur, dass Sie nicht besonders gut aussehen. Sie haben ein traumatisches Erlebnis hinter sich. Finden Sie wirklich, dass Sie arbeiten sollten?«

Was für eine Dreistigkeit. Er war kaum einen ganzen Tag hier und maßte sich bereits an, unsinnige Meinungen von sich zu geben!

»Detective, McKeown, ich bin Ihre Vorgesetzte. Stellen Sie nie wieder meine Arbeitsfähigkeit in Frage.«

»Ich wollte nicht ...«

»Haben Sie aber.«

»Tut mir leid. Aber haben Sie mal in den Spiegel gesehen? Sie sind grün und blau, Sie sind verletzt und bluten. Ich habe mir nur ernsthafte Sorgen gemacht, mehr nicht.«

»Ich blute?«

»Ja. An der Wange. Es sieht aus, als wäre die Naht aufgeplatzt.«

»Ach, Mist. Entschuldigen Sie, ich wollte Sie nicht anfahren. Sie haben recht, es war ein furchtbares Erlebnis, aber Boyd und mir geht es gut. Oder wenigstens wird es bald wieder. Meine Hauptsorge gilt den vier toten Frauen. Wenn ich herausgefunden habe, wer das getan hat, nehme ich mir eine Auszeit. Vorher nicht. Okay?«

»Okay.« Er rutschte auf seinem Stuhl herum und legte seine Hände flach auf die Knie.

»Erzählen Sie mir, was ich hier vor mir habe.« Sie deutete auf die Seiten mit Louises handschriftlichen Notizen, die teilweise mit rosafarbenem Marker hervorgehoben worden waren.

»Es war der Einzige, den ich finden konnte.«

»Was?«

»Den rosa Marker. Nirgendwo ein gelber. Und glauben Sie mir, ich habe lange gesucht.«

Lottie hoffte, dass er nicht der nächste Zwangsneurotiker im Team war. Ein Boyd war wahrhaftig genug. »Ich meinte den Text.«

»Oh, klar. Sorry.«

»Bitte entschuldigen Sie sich nicht noch einmal.«

»Okay. Dieses Notizbuch ist offenbar eine Art Tagebuch, das Louise im vergangenen Jahr über ihre Besuche im Gefängnis geführt hat. Darf ich?« Er nahm Lottie die Seiten ab und überflog sie, dann reichte er sie ihr zurück. »Das hier. Vor drei Monaten. Mountjoy Gefängnis. Sehen Sie den Namen des Häftlings, den sie besucht hat?«

»Ich habe vielleicht blutunterlaufene Augen, kann aber noch lesen.« Louise betrachtete blinzelnd die feine krakelige Schrift. »Louise hat Dowling einen Monat vor seiner Entlassung besucht?«

»Ihre Notizen lesen sich wie ein Geständnis. Im Prinzip entschuldigt sie sich bei ihm. Sie sei sicher gewesen, ihn damals gesehen zu haben, aber vielleicht habe sie sich doch geirrt. Und sie könne damit nur schwer leben.«

Lottie schluckte.

»Alles in Ordnung?«, fragte Sam.

»Ja, danke.«

»Brauchen Sie ein Glas Wasser? Ich kann Ihnen etwas besorgen. Oder lieber Kaffee?«

»Übertreiben Sie es nicht. Sie müssen mich nicht beeindrucken. Zurück zu Louise und Dowling.«

»Offenbar reagierte Dowling wütend auf dieses Treffen. Er muss ihr gesagt haben, dass er ihr nicht verzeiht, woraufhin sie ihm erklärt hat, dass sie etwas unternehmen würde, um die Wahrheit ans Licht zu bringen.«

»Die Wahrheit?«, fragte Lottie. »Was hatte sie vor?« Hastig blätterte sie durch die restlichen Seiten.

»Das schreibt sie nicht. Ich warte noch auf die Abschriften aus ihrem Rechner. Vielleicht finden wir dort mehr darüber.«

»Sie müssen herausfinden, ob sie sich nach Dowlings Entlassung mit ihm getroffen hat.«

»Wie machen wir das?«

»*Sie* machen das. Reden Sie mit ihrer Mutter. Ihren Freunden. Mit jedem, der sie kannte. Mit ihrem Seminarleiter. Nutzen Sie Ihren detektivischen Verstand.«

Ein Lächeln erschien auf seinem Gesicht, ein breites Lächeln, das viel Zähne zeigte, und Lottie musste sein Gebiss bewundern. Hätte Rose in ihrer Kindheit doch mehr Wert auf Zahnpflege gelegt! Dann müsste sie jetzt nicht immer mit geschlossenem Mund lächeln.

»Und ich rede mit Dowling, sobald ich ihn gefunden habe.«

Er stand auf. »Das erinnert mich an etwas anderes.«

»Ja?«

»Die Liste der Toten vom Gerichtsgebäude ist da. Bisher sind es zehn. Bei Tagesanbruch soll ein Kran ankommen, der bei der Bergung hilft. Es könnten noch mehr gefunden werden. Conor Dowling steht nicht auf der Liste.«

»Aber er könnte noch unter den Trümmern liegen.«

»Möglich. Ich habe aber einen Namen aus den Ermittlungsberichten im Fall Amy Whyte wiedererkannt.«

»Und welchen?« Hatte Cyril Gill es unverletzt geschafft?

»Dermot Reilly.«

Lottie stieß den Atem aus. »Armer Ducky.«

»Er war erst vierundzwanzig.«

»Furchtbar.«

»Ich mache mich besser wieder an die Arbeit.« McKeown steuerte die Tür an.

»Was haben denn die Sicherheitsaufnahmen ergeben, die Sie durchgesehen haben? Die vom Parkplatz an der Petit Lane.«

»Ich glaube nicht, dass wir etwas finden. Wer immer das war, scheint sich in Nichts auflösen zu können.«

Lottie blickte auf das Handy. Verdammt, sie hatte noch nicht einmal geschafft, es einzuschalten. »Wissen Sie, wie das hier funktioniert?«

»Klar.« Er drückte eine Taste an der Seite des Geräts, und der Bildschirm leuchtete auf.

»Danke«, sagte Lottie. «Es war ein langer Tag. Fahren Sie nach Hause und kommen Sie morgen um sechs zurück. Es ist früh genug, um Louises Freunde zu befragen.«

»Alles in Ordnung. Ich hänge noch ein paar Stunden in der Videokabine dran.«

»Wie Sie wollen.«

Als McKeown ging, trat Kirby ein.

Lottie bedeutete ihm, sich zu setzen. »Was ist denn mit Ihnen los? Sie sehen schlimmer aus, als ich mich fühle.«

Er ließ sich auf den Stuhl plumpsen und versuchte, mit seinen feisten Fingern seine Haare zu glätten.

»Ich rieche Alkohol«, sagte sie. »Seit ich ihm abgeschworen habe, sind meine Sinne geschärft. Whiskey, wenn mich nicht alles täuscht.«

»Deswegen sind Sie Inspector geworden und ich nicht.« Er grinste.

»Sparen Sie sich das Feixen. Sie können nicht einfach in einer laufenden Ermittlung abhauen, um sich zu betrinken.« Sie errötete, sie hatte es schließlich oft genug selbst getan. Aber diese Zeit lag hinter ihr. Hoffte sie.

»Tut mir leid, Boss. Kommt nicht wieder vor.«

»Gut. Und jetzt sagen Sie mir, dass Sie etwas Neues haben.«

»Councillor Whyte hat mir den Drink angeboten. Ich habe

ihn nach dem Handy gefragt, das Sie in einem Versteck bei ihm zu Hause gefunden haben.«

»Und?« Lottie rieb sich mit der Hand über die gerunzelte Stirn in der Hoffnung, die Kopfschmerzen lindern zu können, die hinter ihren Schläfen pochten. Kirbys Gesicht verschwamm immer wieder. Sie musste sich hinlegen. McKeown hatte recht. Es ging ihr gar nicht gut.

»Er hat mir gesagt, dass das Handy seines war. Er hat es benutzt, um mit Cyril Gill zu kommunizieren. Gill sei davon überzeugt, dass Smartphones nicht sicher seien und alles aufgezeichnet werden könnte, um es nachher gegen ihn zu verwenden.«

»Wieso? Was hat er denn zu verbergen?«

»Das hatten wir schon einmal, Boss. Hochrangige städtische Mitarbeiter und Bauunternehmer. Zweifelhafte Deals. Schmiergelder. Whyte war nicht allzu entgegenkommend, als ich nachgehakt habe.«

»Da geht es bestimmt wieder um Korruption.« Lottie schlug mit der flachen Hand auf den Tisch. »Er kann Ihnen allen möglichen Schwachsinn erzählt haben.«

»Seine Tochter ist tot. Er hat nichts mehr zu verlieren. Er hat versprochen, uns die SIM-Karte zu schicken, wenn er sie findet.«

Lottie lehnte sich zurück und verzog das Gesicht. Ihr Rücken war völlig im Eimer. »Jetzt hat er vermutlich Zeit genug, das Ding entweder durchs Klo zu spülen oder es komplett zu löschen.«

»Er war ziemlich betrunken. Ich glaube, er hat mir die Wahrheit gesagt.«

»Geben Sie mir Bescheid, sobald Sie die Karte haben. Noch was?«

»Die Sicherheitsvideos scheinen eine Sackgasse zu sein.«

»Bleiben Sie und McKeown dran.«

»Ja, Boss.« Kirby erhob sich schwerfällig und wandte sich der Tür zu.

»Würden Sie mir einen Gefallen tun?«

»Klar.«

»Nehmen Sie sich noch einmal die Akte Bill Thompson vor.«

»Der schwere Raubüberfall, für den Conor Dowling zehn Jahre gesessen hat?«

»Ja. Versuchen Sie, die Akte so unbelastet wie möglich durchzuarbeiten. Ich will wissen, ob ich bei der Ermittlung damals etwas übersehen habe.«

»War nicht Superintendent Corrigan der leitende Ermittler?«

»Ja, aber ich habe ihm zugearbeitet.«

»Ich fange gleich morgen früh damit an.«

»Und falls Sie etwas finden«, fügte Lottie hinzu, »dann bin ich die Einzige, die es erfährt.«

Conor rieb seinen schmerzenden Knöchel und beschloss, dass er weitermachen musste, anstatt sich selbst zu bemitleiden. Die Dunkelheit füllte seine Lungen, als sei sie ein Nebel. Er tastete sich den steilen Anstieg hinauf und schob seine Füße in Kerben im Mauerwerk. Er hatte Helm, Handschuhe und Jacke ausgezogen. So ließ es sich besser klettern, zumindest so gut es unter diesen Umständen möglich war. Seine Fingernägel waren abgebrochen, seine Hände bluteten, und sich festzuhalten tat höllisch weh. Doch er mühte sich weiter. Er wusste, dass es hier einen Weg hinaus geben musste.

Seine Finger berührten etwas, das sich nicht wie Stein anfühlte. Er hob den Kopf und stieß ihn sich heftig. Mit der Hand tastete er ab, was er für eine Einstiegluke aus Metall hielt, und er hoffte auf einen Riegel oder einen Griff, mit dem man das verdammte Ding öffnen konnte. Doch es war glatt und solide und bewegte sich nicht. So leicht gab er jedoch nicht auf. Er stützte sich mit den Füßen in dem Schacht ab, atmete ein paarmal tief die modrige Luft ein und aus, und zwang die letzten Reserven in seinen Körper.

Endlich spürte er eine leichte Bewegung. Die Luke war rund, vielleicht musste man sie also drehen. Er versuchte es erneut und hörte ein Zischen. Ja!, dachte er. Nun kam er ein Stück weiter. Und hoffentlich hinaus.

Und dann rutschte er aus und stürzte erneut hinab.

ACHTUNDVIERZIG

Zu Hause angekommen, verfluchte Lottie die Schwerfälligkeit des Mondeo. Aber vielleicht lag es auch an ihr und nicht an dem Wagen. Sie würde noch einmal zum Krankenhaus fahren und nach Boyd sehen müssen. Aber zuerst musste sie sich vergewissern, dass ihre Kinder gut zu Hause angekommen waren und etwas gegessen hatten.

Drinnen inhalierte sie tief den Geruch des Neuen, um den Gestank aus Dowlings Haus loszuwerden, der ihr immer noch im Rachen klebte. Dann öffnete sie erneut die Eingangstür und spähte hinaus. Keine Spur von dem Streifenwagen, den sie angefordert hatte, um auf ihre Familie aufzupassen, solange Bernie Kelly auf freiem Fuß war. McMahon musste alle zum Gerichtsgebäude beordert haben.

Sie warf einen Blick ins Wohnzimmer. Louis saß, mit dem Rücken an ein Kissen gelehnt, auf der Couch, nuckelte an einer Schnabeltasse mit Saft und hatte die Füßchen auf Seans Knie gelegt.

»*Feuerwehrmann Sam?*«, fragte Lottie.

»Er sieht es gerne. Und ist dann schön ruhig.« Sean massierte Louis' Füße.

»Hast du gegessen?« Sie war immer wieder erstaunt, wie Louis Seans Stimmung beeinflusste. Ihr Sohn wirkte vollkommen entspannt und gänzlich frei von der inneren Zerrissenheit, die ihn in letzter Zeit so oft plagte.

»Gran hat einen Auflauf vorbeigebracht. Davon habe ich ein bisschen gegessen.« Er verzog das Gesicht und starrte Lottie an. »Was ist denn mit dir passiert? Deine Wange sieht böse aus.«

»Ich weiß. Ich wasche mich gleich.«

Sean setzte sich etwas gerader auf. »Wir haben uns Sorgen um dich gemacht. Warum bist du nicht an dein Handy gegangen?«

Sie strubbelte ihm durchs Haar und setzte sich auf die Armlehne der Couch. »Ich war bei dem Unglück am Gericht dabei und habe dort meine Tasche mit dem Handy verloren. Ich habe mir ein neues auf der Wache besorgt, aber darin sind meine Nummern nicht eingespeichert. Jetzt bin ich ja da.«

»Gut.«

»Ich gehe anständig duschen und ziehe mich um. Wo sind die Mädchen?«

»Wie gesagt, wir haben uns Sorgen gemacht, weil wir weder dich noch Boyd erreichen konnten. Deshalb sind Katie und Chloe in die Stadt gegangen, um zu sehen, was los ist.«

»Sie hätten doch auf der Wache anrufen können.«

Er zuckte die Achseln. »Daran haben sie wohl nicht gedacht.«

»Schickst du ihnen bitte eine SMS, dass ich jetzt zu Hause bin?«

»Klar. Aber Katie hat eben schon geschrieben, dass sie gehört haben, du seist im Krankenhaus. Sie fahren jetzt mit irgendeiner Frau hin.«

»Was für eine Frau?« Augenblicklich richteten sich die Härchen in Lotties Nacken auf, während Gänsehaut ihre Arme überzog. Einen Moment lang bekam sie keine Luft mehr.

»Keine Ahnung«, gab Sean zurück. »Wahrscheinlich jemand, den sie in der Stadt getroffen haben. In der ersten Nachricht hieß es, sie würden zu Fuß zum Krankenhaus gehen, dann haben sie eine zweite geschickt, dass sie von einer Frau mitgenommen werden. Ein bisschen komisch.«

»Wann war das? Wann sind sie aufgebrochen?« Lottie zählte, wie oft Sean die Achseln zuckte. Sie versuchte, ruhig zu sprechen. Louis sah sie mit riesigen Augen an. Sie durfte ihn nicht beunruhigen. »Sean, denk nach«, flüsterte sie eindringlich.

»Nicht lange, nachdem wir aus der Schule gekommen sind. Mam, müssen wir jetzt immer mit dem Taxi fahren? Das ist total peinlich. Die Jungs glauben doch nachher, dass ich Angst habe, zu Fuß nach Hause zu gehen.«

»Hat Katie dir ihren Namen gesagt?«

»Wessen?«

»Sean, hör mir bitte zu. Die Frau, die sie in der Stadt getroffen haben. Mit der die Mädchen mitgefahren sind. Wer ist sie?«

»Weiß ich nicht. Katie hat mich gebeten, auf Louis aufzupassen. Sie meinte, es würde nicht lange dauern. Und vielleicht zwanzig Minuten später hat sie mir geschrieben. Hier.« Er hielt ihr sein Telefon hin.

Lottie las Katies Nachricht genau. Sie klang nicht hysterisch, nicht ängstlich, nicht nach einer Warnung. Da stand nur, dass eine Frau sie zum Krankenhaus bringen wollte.

»Kann ich das für ein paar Minuten haben?«

»Klar. Solange du nicht bei Instagram oder Snapchat rumschnüffelst. Oh, ich glaube, ich muss es laden. Halt Louis mal. Ich komme sofort wieder runter.«

Gierig atmete Lottie den Duft aus dem Haar des kleinen Jungen ein, seinen Babygeruch, sein Lächeln. Sie überzog seine Wange mit Küssen und versuchte, sich keine Sorgen zu machen, aber es war unmöglich.

Wo war Rose, wenn sie sie brauchte? Wo waren die Mädchen? Sie musste sich vergewissern, dass es ihnen gut ging. Andernfalls würde dieser höllische Tag in einen verfluchten Alptraum münden.

Ihr Herz hämmerte so heftig, dass sie eine Panikattacke befürchtete. Den Mädchen geht es gut, sagte sie sich eisern. Louis gurgelte leise, und sie strich behutsam seine Kleidung glatt und setzte ihn auf den Boden ab, als Sean zurückkehrte.

»Such bitte Grannys Nummer raus.«

Er tat es und reichte ihr das Handy. Sie ging in die Küche und seufzte, als sie das Chaos der Teller mit Auflaufresten sah, die an den Rändern hart wurden. Doch im Augenblick war das schmutzige Geschirr die geringste ihrer Sorgen.

Als Rose den Anruf annahm, bat Lottie sie, herüberzukommen, um bei Sean und Louis zu bleiben. Vermutlich hatte man ihr die Angst anhören können, denn Rose stand sieben Minuten später vor der Haustür. Falls ihre Töchter bei Bernie Kelly waren, musste Lottie augenblicklich handeln, denn es war nicht auszudenken, was passieren mochte.

»Halt mich auf dem Laufenden», sagte Rose, als Lottie bereits zu ihrem Wagen rannte.

»Mach ich. Und sag Sean nichts.«

———

»Wenn ihr ruhig bleibt, passiert euch nichts.«

Das war es, was die Frau gesagt hatte, als sie sie hergebracht hatte. Sie befanden sich in einem Haus. Einem Zimmer. Aber darüber hinaus hatte Katie keine Ahnung, wo sie festgehalten wurden. Sie machte sich allergrößte Sorgen. Und sie wusste, dass sie reingelegt worden waren.

Chloe und sie waren zu der Unfallstelle am Gericht gegangen, um nach ihrer Mutter Ausschau zu halten. Sie hatten auch Boyd nicht erreichen können, und Katie war überzeugt, dass

Lottie etwas zugestoßen war. Als die Frau aus der Menschenmenge auftauchte und sie ansprach, glaubte Katie sie zu erkennen, obwohl sie nicht sicher war.

»Ich weiß, wo eure Mutter ist. Soll ich euch zu ihr bringen?«

»Wo ist sie denn?«

»Man hat sie ins Krankenhaus gebracht.«

»Oh, schon okay. Wir gehen zu Fuß, danke.« Katie hatte Sean rasch eine Nachricht geschickt, um ihm zu sagen, wohin sie gehen würden.

»Sie ist aber jetzt nicht mehr dort«, hatte die Frau gesagt. »Ich bringe euch zu ihr.«

»Sagen Sie uns einfach, wo sie ist, dann kommen wir schon allein hin.«

Und dann hatte das gelassene Gesicht einen Ausdruck intensiver Bösartigkeit angenommen. »Kommt mit mir, ohne einen Laut von euch zu geben – sofern du nicht willst, dass deinem hübschen kleinen Jungen etwas zustößt.«

Katies Mund war plötzlich so trocken geworden, dass kein Laut mehr herauskam. Sie spürte, wie Chloe an ihrem Jackenärmel zupfte, um sie zum Weglaufen zu bewegen, aber sie blieb wie angewurzelt stehen. Lieber Gott, diese Frau bedrohte ihren Sohn! Sie tippte hastig eine neue Nachricht ein und drückte auf Senden, als die Frau es ihr auch schon aus der Hand riss.

»Habt ihr die Münze gefunden, die ich euch hinterlassen habe?«

»Münze? Welche Münze?«, brachte Katie hervor, als ihre Stimme ihr wieder gehorchte. Und dann fiel ihr wieder ein, wie das Blut aus dem Gesicht ihrer Mutter gewichen war, als die kleine, runde Scheibe aus Louis' Jackentasche gefallen war. War die Frau vor ihr jene Person, die ihr gefolgt war? Die ihr das Gefühl gegeben hatte, beobachtet zu werden?

»Das ist doch alles Schwachsinn«, sagte Chloe und wandte sich zum Gehen.

»Sei still, Chloe.« Das hier war doch surreal. Sie standen mitten in einer Menschenmenge. Wer war diese Frau? »Geht es unserer Mutter gut?«

»Kommt mit und seht selbst. Macht keinen Aufstand. Denkt immer an euren schutzlosen kleinen Jungen.«

Was hätte sie tun sollen? Also waren sie ihr durch das Gedränge gefolgt, ohne dass jemand ihnen hätte helfen können. Und nun waren sie in diesen Raum eingeschlossen, und von ihrer Mutter keine Spur. Chloe hatte unaufhörlich gegen die Tür gehämmert, bis ihre Knöchel zu bluten begonnen hatten.

»Das ist Zeitverschwendung«, sagte Katie. »Dieses Haus ist entweder schalldicht oder mitten im Nirgendwo. Lass uns lieber überlegen, wie wir aus diesem Mist wieder herauskommen.«

»Und was ist, wenn sie sich gerade Louis und Sean holt? Hast du mal darüber nachgedacht, Miss Supercool?«

Das hatte Katie, doch sie versuchte, es zu verdrängen. »Musst du immer die Drama-Queen rauskehren? Ich überlege mir was, wenn du nur mal für eine Minute den Mund halten könntest.«

»Ja, ist klar.«

»Chloe, bitte! Lass mich nachdenken!«

Doch ihre Gedanken kreisten nur um ihren Sohn und ihren Bruder, und sie betete inständig, dass ihnen nichts geschehen würde.

NEUNUNDVIERZIG

Der Mondeo zog nach einer Seite, und Lottie schwor sich, dass sie ihn stehenlassen und losrennen würde, falls er einen platten Reifen hatte. Der Wind drückte gegen das Fahrzeug, und die nassen Blätter auf der Straße brachten es zum Schleudern. Ohne eine warme Dusche oder frische Kleidung und ohne einen Happen gegessen zu haben, rief sie von Seans Handy aus die Nummern der Mädchen an. Keine war erreichbar. Sie machte einen Abstecher zum Krankenhaus und beschrieb den Sicherheitsleuten ihre Töchter. Doch im Grunde wusste sie, dass die beiden nie hier gewesen waren.

Schließlich hielt sie vor der Wache. Vollgepumpt mit Adrenalin rannte sie hinein und hinauf in den Besprechungsraum. Das Team der Nachtschicht bediente die Telefone und schrieb die Ergebnisse der Befragungen aus beiden Mordfällen nieder. Keine Spur von Kirby oder McKeown. Sie hastete zum Videoraum. McKeown hatte recht gehabt. Es war nichts als ein stickiger Wandschrank. Um Atem ringend winkte sie beide hinaus in den Flur.

»Was ist denn jetzt los?«, fragte Kirby.

»Sie müssen diese beiden Handys für mich orten.« Sie gab

den beiden Katies und Chloes Nummern. »Ich muss wissen, wo sie sind. So schnell wie möglich.«

»Müssen Sie nicht Anträge dafür stellen?«

Lottie bohrte die Nägel in ihre Handinnenfläche. Es brachte nichts, ihn anzufahren. »Das sind die Nummern meiner Töchter. Sie sind vor zwei Stunden zusammen in die Stadt gegangen, und sie machen ihre Handys niemals aus. Also will ich wissen, wo sie sind.«

»Übervorsichtig?«, fragte McKeown und zog eine Augenbraue hoch.

»Klappe«, sagte Kirby.

»Nein, ich bin nicht übervorsichtig.« Sollte sie ihnen von Bernies Drohung erzählen? »In dieser Woche sind zweimal jeweils zwei junge Mädchen ermordet worden. Irgendeine Frau hat meinen Töchtern gesagt, dass sie sie zu mir bringen würde, und nun kann ich sie nicht ausfindig machen. Für mich klingt das ziemlich suspekt, finden Sie nicht?«

Sie musterte McKeown und erkannte den Zweifel in seinem Blick.

»Eigentlich nicht«, sagte er.

Also musste sie es erklären. »Ich bin bereits einmal Zielobjekt gewesen. Bernie Kelly, die behauptet, meine Halbschwester zu sein, ist aus der Geschlossenen entkommen, wie Sie ja wissen. Sie ist vorgestern Abend bei meiner Mutter gewesen und hat Drohungen gegen meine Familie ausgesprochen.«

»Ich habe den Fernsehbericht über Kelly und das Verwandtschaftsverhältnis zu Ihnen gesehen«, sagte Kirby.

»Nicht jetzt, Kirby«, schnaufte Lottie. Die Angst schnürte ihr den Atem ab. »Wichtig ist jetzt nur, dass ich das für ihr Werk halte. Jeder Bezirk im Land sucht nach ihr, bisher jedoch erfolglos. Ich glaube, dass sie meine Töchter entführt hat, um sich an mir dafür zu rächen, dass ich sie vor einem Jahr habe einsperren lassen.«

McKeown stieß einen Pfiff aus. »Gott, sorry. Ich kenne jemanden, der sich sofort darum kümmern kann.« Schon setzte er sich in Bewegung.

»McKeown?«, rief Lottie.

»Ja?«

»Das hat mehr als die höchste Dringlichkeitsstufe.«

»Verstanden.«

Als er verschwunden war, nahm Kirby Lottie am Ellenbogen und führte sie in Richtung der Schreibtische. »Denken Sie, wir sollten den Superintendent informieren?«

»Nein. Er wird mir nur eine Predigt halten, und davon hatte ich schon eine. Fahren Sie zum Joyce Hotel. Reden Sie mit Leo Belfield. Wir müssen herausfinden, ob er wusste, was Bernie vorhatte. Ich traue ihm nicht. Er kann ebenso gut mit ihr unter einer Decke stecken.

»Mach ich sofort. Aber, Boss, ich habe mich noch nicht um diese Thompson-Akte gekümmert. Soll das warten?«

»Ja. Meine Töchter zu finden, hat oberste Priorität.« Sie ging um die Tische herum. »Jetzt könnte ich Boyds Kompetenz gebrauchen.«

»Ich reiche Ihnen also nicht?«

Sie warf ihm einen Blick zu, aber er lächelte. »Reden Sie mit Belfield.«

»Schon unterwegs.«

Leo Belfield war ein Wrack. Kirby traf ihn in der Bar des Joyce', wo er sich an seinem Brandy festhielt.

»Und Sie haben Bernie seitdem nicht mehr gesehen?«

»Nein. Als ich aufwachte, war sie weg. Das habe ich Lottie alles schon gesagt. Ich habe die ganze Stadt abgesucht. Bin zum ehemaligen Haus der Familie gefahren. Habe die Seeufer abgelaufen. Sie ist verschwunden.«

»Leute verschwinden nicht.«

»Da, wo ich herkomme, schon. Meistens im East River.«

»Das hier ist Ragmullin, nicht New York.« Kirby spürte, wie ihm das Blut in die Wangen stieg. Am liebsten hätte er Belfield geschüttelt. »Und Lotties Töchter werden vermisst. Ich könnte also Ihre Hilfe gebrauchen.«

»Ich habe Ihnen doch schon gesagt, dass ich überall gesucht habe.«

»Hat sie irgendetwas gesagt, als Sie sie für diesen einen Tag herausgeholt haben? Einen Hinweis darauf, was sie vorhatte, vielleicht?«

Belfield schüttelte den Kopf. »Sie hat gar nichts gesagt.«

Kirby glaubte ihm keine Sekunde. Er scheuchte Belfield vom Hocker. »Sie kommen mit. Holen Sie Ihren Mantel.«

»Wohin?«

»Zu Lottie Parker. Und ich warne Sie: Besser Sie sagen ihr, was Sie wissen.«

———

Lottie betrat den Besprechungsraum, ignorierte die gesenkten Köpfe der Detectives und Uniformierten, die an dem Fall arbeiteten, und studierte die Tafel.

Vorher-nachher-Bilder der vier Opfer. Die jeweils zu zweit ermordet worden waren. Kalte Angst überfiel sie, und das Blut pumpte hinter ihren Augen einen finsteren Takt. Die Fotos verschwammen. Hatte die Person, die das Leben dieser jungen Frauen so brutal beendet hatte, nun ihre Töchter in ihrer Gewalt? Der Gedanke ließ sie schwindeln, und sie lehnte sich gegen den Tisch. Das konnte nicht sein. Nein, sie war sicher, dass Bernie Kelly sie entführt hatte, und sie war nicht der Mörder, den sie suchten.

Kelly konnte die Morde nicht begangen haben, denn sie war noch eingesperrt gewesen, als die ersten beiden sterben mussten. Was also war schlimmer? Der Gedanke, dass ein unbekannter Mörder ihre Töchter entführt hatte oder Bernie Kelly? Sie wusste, wozu Kelly fähig war. Hatte sie nicht sogar die Tochter ihrer besten Freundin in einer Wassertonne ertränkt? Ein Mädchen, das, wie sich herausgestellt hatte, Bernies eigene Nichte war?

Lottie seufzte tief und versuchte sich darüber klar zu werden, was sie als Nächstes tun sollte, während sie darauf wartete, dass McKeown die Handys ausfindig machte.

Boyd. Sie brauchte seine Klugheit und seine geradlinige Art zu denken. Sie wandte sich um, um den Raum zu verlassen.

»Lottie. Ich bin gekommen, sobald ich es erfahren habe.« Boyd nahm sie am Arm und ging mit ihr in den Flur hinaus.

»Welch ein wohltuender Anblick für meine entzündeten Augen«, versuchte sie zu scherzen, doch Schluchzer stiegen in ihrer Kehle auf, und sie schluckte sie herunter. Sie lehnte sich an die Wand, und er tippte ihr mit dem Zeigefinger unters Kinn. »Wie hast du davon gehört?«, fragte sie.

»Kirby hat einen Abstecher zum Krankenhaus gemacht und mich hergefahren«, sagte er. »Ich habe versucht dich anzurufen. Warum hast du dein Handy abgeschaltet?«

»Sprich mich bloß nicht auf Handys an. Meins ist weg, und ich kapiere nicht, wie das Modell, das ich mir aus dem Lager geholt habe, funktioniert.« Sie hielt inne. »Du solltest bestimmt noch im Krankenhaus sein.«

»Lass gut sein, Lottie.« Er hielt eine bandagierte Hand hoch. »Ich bin ein bisschen lädiert, und mir tut alles weh, aber das ist nichts Lebensbedrohliches. Erzähl mir, was mit Katie und Chloe ist.«

Sie biss sich auf die Lippe, als Emotionen in ihr aufwallten. Sie hatte Angst, dass sie zusammenbrechen würde, wenn sie zu sprechen begann, doch dazu hatte sie nun keine Zeit.

»Sag's mir«, bat er sanft.

Sie schüttelte den Kopf und kniff die Augen zu, unfähig,

auch nur ein Wort herauszubekommen. Er schlang die Arme um sie und zog sie an seine Brust.

»O Boyd.«

»Sch. Das ist eine verspätete Schockreaktion. Du hast ein traumatisches Erlebnis hinter dir. Du kannst deine Töchter nicht finden. Weine ein bisschen.«

»Ich glaube, dass Bernie Kelly sie hat.«

»Wie kannst du dir da sicher sein?«

»Bin ich ja nicht. Ihre Handys sind abgeschaltet. McKeown versucht, sie zu orten.« Sie berichtete Boyd, was sie wusste.

»Vielleicht sind sie ja noch an der Unglücksstelle.«

»Kirby sagt, alles sei inzwischen abgesperrt, die Schaulustigen sind weggeschickt worden. Bernie Kelly war vorgestern bei meiner Mutter und hat gedroht, meinen Kindern etwas anzutun. Deswegen hatte ich den Streifenwagen angefordert und Sean und Chloe mit dem Taxi zur Schule geschickt.«

»Aber du hast gesagt, dass eine Münze aus Louis' Tasche gefallen ist. Das ist nicht Kellys Visitenkarte. Sie ... du weißt schon, sie stammen von den Tatorten.«

»Ich weiß nicht, was ich denken soll.«

»Wir setzen uns zusammen und überlegen eine Strategie.«

„Du musst dich ausruhen.«

»Unsinn. Wir müssen deine Töchter finden.«

Sie hakte sich bei ihm ein, und sie betraten den Besprechungsraum. Wenn jemand ihre Töchter finden konnte, dann Boyd.

———

Augenblicke später barst Superintendent McMahon durch die Tür.

»Ich dachte, Sie beide stünden unter medizinischer Beobachtung«, sagte er. »Was machen Sie hier?«

Er sah zerzauster aus, als Lottie ihn je gesehen hatte, und

die Erschöpfung zeichnete sich in Falten wie Dinosaurier-klauen unter seinen Augen ab.

»Wir sind durchaus in der Lage zu arbeiten«, sagte sie, obwohl ihre Stimme kaum mehr als ein Flüstern war.

»Also gut. Die Krisensituation am Gericht hat sich gerade noch einmal verschärft. Offenbar besteht die Gefahr eines Gaslecks, obwohl das in den nächsten Stunden behoben werden soll, und wir haben noch immer nicht alle Opfer gebor-gen. Ich habe eine Liste der bereits identifizierten Toten, und ihre Familien müssen benachrichtigt werden. Außerdem will ich wissen, wer nach aktuellem Stand noch vermisst wird und vermutlich ebenfalls tot ist. Der Feuerwehrhauptmann hat in der Stadtverwaltung eine Einsatzzentrale eingerichtet, der Bezirksleiter und ich sind seine Stellvertreter. Wir warten noch auf das Hebegerät aus Dublin, damit wir herausfinden können, was unter dem Kran begraben liegt und wie es zu diesem Unglück gekommen ist.«

Lottie starrte ihren Chef an. Ein Viertel seines Adrenalins hätte ihr im Moment schon gereicht.

»Sir«, sagte sie, »wir haben noch ein anderes Problem.«

»Ich weiß.«

»Tatsächlich?«

»Noch läuft ein Mörder frei herum. Vier junge Frauen, und wir haben noch keine einzige Spur.«

»Wir arbeiten mit Hochdruck daran«, sagte Boyd. »Conor Dowling ist unser Hauptverdächtiger, aber er könnte bei dem Unglück umgekommen sein.«

»Sein Name steht nicht auf der Liste der Toten«, gab McMahon zurück.

»Das war nicht das Problem, das ich ansprechen wollte«, sagte Lottie. Die Erschöpfung drang in ihre Knochen und verschlimmerte ihre Schmerzen, aber sie hielt sich aufrecht. Sie musste dafür kämpfen, dass man sie nach ihren Töchtern suchen ließ.

»Was ist es dann? Spucken Sie es aus.«

Ihr war klar, dass er sie rasch abzufertigen versuchen würde. »Ich habe Gründe anzunehmen, dass meine Töchter Katie und Chloe entführt worden sind.« Ihr Herz begann in alarmierendem Tempo zu schlagen, und sie atmete ein paarmal tief ein und aus.

»Erklären Sie das genauer«, sagte er, drehte ihr aber bereits den Rücken zu.

»Sir, sie sind in die Stadt gegangen, um nach mir zu suchen. Sie hatten angenommen, dass ich in den Unfall verwickelt war, wussten aber nicht, dass mir nichts weiter passiert ist, weil mein Handy unter dem Schutt liegt. Am Unfallort sind sie jemandem begegnet, der behauptet hat, sie zu mir bringen zu können.«

»Parker, ich habe es mit mindestens zehn Toten, einer unbekannten Anzahl von Vermissten und einem möglichen Gasleck zu tun, das diese Stadt dem Erdboden gleichmachen könnte, und Sie kommen zu mir und klagen, dass Sie Ihre Töchter nicht finden können. Wachen Sie auf. Sie sind shoppen gegangen. Oder etwas trinken. Rauchen wahrscheinlich irgendwo einen Joint. Das wäre ja nichts Neues, habe ich recht?«

Mistkerl, dachte Lottie, sagte aber: »Ich muss sie finden. Ich kann mich momentan auf nichts anderes konzentrieren.«

»Inspector, ich befehle Ihnen, sich am Riemen zu reißen. Sehen Sie zu, dass Sie etwas Schlaf kriegen. Sie sehen aus wie etwas, das die Katze aus der Mülltonne geholt hat. Morgen früh sind Sie wieder hier, und dann will ich den Mörder dieser vier jungen Frauen in einer Zelle sehen.«

Du klingst wie eine Schallplatte mit einem Sprung, dachte sie.

»Sie wiederholen sich«, sagte Boyd, und Lottie musste trotz allem lächeln. Es war erstaunlich, wie gleich sie manchmal dachten. »Wir müssen Inspector Parker ernst nehmen, wenn sie sagt, dass ihre Töchter verschwunden sind. Wir haben Grund zur Annahme, dass Bernie Kelly sie entführt hat.«

»Dieselbe Kelly, die mit Ihnen verwandt ist, Parker. Das ist eine Familiensache, und ich habe nicht die Absicht, unsere begrenzten Polizeiressourcen darauf zu verschwenden. Wir lassen landesweit nach der Frau suchen. Wir werden sie finden. Und Sie haben in dieser Hinsicht noch immer eine Menge zu erklären, wie ich hinzufügen möchte.«

»Den Schlaf, den Sie eben erwähnt haben«, sagte Lottie. »Den werde ich mir jetzt genehmigen.«

McMahon starrte sie mit offener Kinnlade an. Sie wandte sich um und ging. Boyd folgte ihr.

In ihrem Büro stieß sie auf McKeown.

»Gibt es etwas Neues zu den Handys?«

»Nichts. Die letzte Triangulation, die möglich war – inoffiziell und nur, weil ich jemanden kenne, der bei dem Provider arbeitet – verortet sie in der Nähe der Gaol Street, wo der Unfall passiert ist.«

»Danach nichts mehr?«

»Nein.«

»Okay. Was tun wir jetzt?«

»So, wie wir Kelly bisher kennen, wird sie wollen, dass du weißt, wer deine Töchter hat«, sagte Boyd. »Sie wird dich kontaktieren.«

»Du denkst also, wir sollten abwarten?«

»Ja, das denke ich.«

»Aber wenn sie mich anruft, kommt es nicht an. Ich habe mein Handy nicht mehr. Es sei denn ...«

»Was?«, fragten Boyd und McKeown gleichzeitig.

»Meine Mutter. Sie war schon bei ihr. Sie könnte es noch einmal versuchen.«

Kirby betrat das Büro. »Sie vergessen eins.«

»Und was wäre das?«

»Vielleicht ist es nicht Kelly, die die Mädchen entführt hat.«

Hinter Kirby trottete Leo Belfield mit hängendem Kopf und der Haltung eines Verurteilten herein.

»Was meinen Sie genau?«

Leo streifte die Jacke ab. »Himmel, ist das heiß hier drin.« Er ließ sich auf den nächstbesten Stuhl fallen. »Falls es Bernie war, will sie damit nur deine Aufmerksamkeit.«

»Die hat sie jetzt ganz sicher. Also, wo ist sie jetzt?«

»Du musst dein Handy zurückbekommen«, sagte Boyd.

»Oder Sie übernehmen Ihre alte Nummer«, schlug Kirby vor. »McKeown kann das machen.«

»Danke«, sagte Lottie. Warum hatte sie nicht selbst daran gedacht? Warum hatte sie an so viele Dinge nicht gedacht?

Sie wandte sich Leo Belfield zu. »Hat sie mit dir Kontakt aufgenommen?«

»Nein.«

»Und du hast sie nirgendwo gesehen?«

»Nein.«

Lottie wanderte in ihrem Büro auf und ob, obwohl die Bewegung ihre Kopfschmerzen verschlimmerte. »Sie ist also irgendwo da draußen, ohne Transportmittel, ohne Geld und ...«

»Geld hat sie vielleicht.«

Lottie blieb vor ihm stehen und blickte auf seinen Scheitel herab. »Was soll das heißen?«

»Meine Brieftasche. Mein Bargeld ist weg. Meine Karten sind noch drin, aber sonst ...«

»Und dir ist nicht in den Sinn gekommen, mir das direkt mitzuteilen?«

»Du hast nicht danach gefragt.«

»Herrgott.« Lottie riss die Augen auf. »Und du willst Captain des NYPD sein? Der Himmel steh uns bei!«

Belfield zuckte nur die Achseln und hielt den Kopf gesenkt.

»Ihre Nummer ist jetzt auf das neue Handy übertragen«, sagte McKeown.

Lottie zog das Telefon aus der Tasche, um sich zu vergewissern, dass es geladen war. Alles schien okay. Was nun? Warten? Das konnte sie nicht.

»Boyd, hast du dein Handy noch?«

Er klopfte auf seine Tasche. »Ja, obwohl das Display kaputt ist.«

»Hast du Cynthia Rhodes' Mobilnummer?«

Er blinzelte durch die Risse auf dem Bildschirm und rief die Kontakte auf. »Ja. Wieso?«

»Ruf sie an. Vielleicht weiß sie etwas.«

»Was soll sie denn wissen?«

»Sie ist Journalistin.«

Boyd tippte auf das Display und ging zu seinem Tisch. Lottie hörte nicht hin. Sie konzentrierte sich auf Belfield.

»Leo, sie muss etwas gesagt haben.«

»Sie wollte nur das ehemalige Haus der Familie sehen. Tut mir leid, Lottie. Ich kann dir nicht helfen.«

Boyd hielt eine Hand hoch, als er den Anruf beendete. »Cynthia will versuchen, etwas in den Neun-Uhr-Nachrichten zu bringen, aber sie kann es nicht garantieren.«

»McMahon wird ausrasten«, sagte Kirby.

»Der kann mich mal«, gab Lottie zurück.

———

Ich habe sie mitgenommen. Ich hatte nichts Besonderes vor, beobachtete das Chaos auf der Baustelle von der gegenüberliegenden Straßenseite und sah eine Gelegenheit. Der Streifenwagen vor dem Haus der Parkers ist abgezogen worden. Die Mädchen waren mehr als begierig darauf gewesen, mitzukommen und sich zu vergewissern, dass ihrer Mutter nichts passiert war. Ihnen zu befehlen, keinen Aufstand zu machen

und an ihren Bruder und das Baby zu denken, war ein Genie-
streich gewesen. Vielleicht ist Lottie ja bei dem Unfall umgekommen. Ich hoffe nicht. Ich will, dass sie den Verlust ihrer beiden
Töchter betrauert. Ich will ihren Schmerz sehen, wenn sie ihre
geliebten Mädchen mit durchgeschnittenen Kehlen findet. Das
wird ihr eine Lehre sein.

Immerhin hat das Gehämmere jetzt aufgehört. Ich hoffe, die
beiden sind eingeschlafen. Sie können nicht aus dem Zimmer,
und hören kann sie auch niemand. Ich muss sie eine Weile
alleinlassen. Aber ich komme zurück, um den Rest meines Plans
in Gang zu setzen. Und dann wird jeder erkennen, warum man
mich hätte wahrnehmen müssen. Ich bin nicht unsichtbar.

FÜNFZIG

Lottie blieb die ganze Nacht wach und wartete, doch es gab nichts Neues, was ihr hätte sagen können, wo Katie, Chloe oder Bernie Kelly sich aufhielten. Louis, der offensichtlich seine Mutter vermisste, war unruhig. Sean hatte sich in seinem Zimmer eingeschlossen, und sie besaß keine Energie mehr, um sich mit ihm auseinanderzusetzen. Rose, die ein Auge auf Louis hielt, döste irgendwann auf Katies Bett ein.

In der Küche kochte Boyd frischen Kaffee. Sie sprachen nicht. Es gab nichts zu sagen. Cynthia war es am Abend zuvor gelungen, einen dreißig Sekunden langen Beitrag in den Nachrichten unterzubringen, der nun wiederholt auf der App des öffentlich-rechtlichen Senders lief.

Lottie hatte mit Seans Handy jede Freundin, jeden Freund der Mädchen angerufen, bis das Guthaben verbraucht war und sie online neues kaufen musste. Es war, als hätten ihre Töchter sich buchstäblich in Luft aufgelöst. Die Furcht fraß sich immer tiefer in ihr Herz, und sie hatte keine Ahnung, wie sie sie aufhalten sollte. Bevor Adam starb, hatte sie ihm versprochen, ihre Kinder um jeden Preis zu schützen. Und was hatte sie seitdem getan? Sie immer und immer wieder Gefahren ausgesetzt. Alles nur wegen ihres verfluchten Jobs und ihrer verworrenen Herkunft. Sie ballte die Fäuste und drückte sie in ihre Augenhöhlen.

Boyd stellte zwei Becher mit dampfendheißem Kaffee auf den Tisch und gab reichlich Zucker hinein. »Trink das. Du musst bei Kräften bleiben. Wenigstens bis Katie und Chloe wieder zu Hause sind.«

»Und wann wird das sein, Boyd?« Sie fuhr mit den Fingern über die raue Wolle von Chloes Schulpulli. Hob ihn an ihr Gesicht und atmete den Geruch ihrer Tochter ein.

Er gab keine Antwort, sondern saß schweigend da, und sie wusste, dass ihr Gesicht genauso übel zugerichtet aussah wie seins. Als er die Arme um sie schlang, legte sie ihren Kopf an seine Schulter und ließ sich von seinen sanften Worten beruhigen. Sein Herzschlag war der einzige Trost, den sie ertragen konnte.

Die ersten Lichtstrahlen drangen durch die Dämmerung, und die Elstern flatterten in den Bäumen auf und riefen lauter als die Krähen. Lottie erhob sich, faltete Chloes Pullover zusammen, kippte den Kaffee in die Spüle und ging hinauf, um ihre Mutter zu wecken.

Kirby war am Freitagmorgen schon früh auf der Wache. Seit Gillys Tod bestand sein Schlafrhythmus aus einer einzigen durchwachten Nacht. Er hatte sein letztes sauberes Hemd angezogen und alles, was auf dem Boden lag, in eine Tasche gestopft, um damit später in den Waschsalon zu gehen.

Sam McKeown und er gingen zu Fuß von der Wache zur Unglücksstelle, um sich die Rettungsarbeiten anzusehen. Dort wurde deutlich, dass es sich nunmehr um eine Bergungsmission handelte. Die Hebeausrüstung war eingetroffen, und der Mast des umgestürzten Krans war bereits auf die Ladefläche eines Lkw-Zugs gehievt worden.

»Tragische Geschichte«, sagt McKeown und schob die Hände in seine Hosentaschen.

Kirby stellte seinen Kragen auf und zog den Reißverschluss seiner Jacke bis oben hin zu. Die Luft war beißend kalt. Schwarze Wolken verdeckten den Himmel. Die Baustelle war bereits ein einziges Schlammbad; mehr Regen konnten sie nicht gebrauchen.

Er duckte sich umständlich unter dem Absperrband durch und grunzte, als McKeown das Band locker überstieg. Gilly hatte ihm immer wieder gesagt, dass er abnehmen solle, aber hatte sie ignoriert, und sie hatte ihn nie ernsthaft gedrängt. Doch vielleicht war es nun an der Zeit, sich ihr Geisterflüstern zu Herzen nehmen und aktiv zu werden.

Sie traten auf Feuerwehrhauptmann Cox zu. »Haben Sie noch weitere Tote geborgen?«, fragte Kirby.

Der Mann tippte sich zur Begrüßung an den Helm. »Zwei. Noch unbestätigt identifiziert als Cyril Gill und Bob Cleary. Wir wollen gerade einen weiteren Teil des Krans anheben und nachsehen, ob nicht noch jemand darunter begraben wurde.«

»Gibt es etwas, was wir tun können?«, fragte McKeown.

»Mir nicht im Weg stehen, wenn's Ihnen nichts ausmacht«, sagte Cox. »Und ohne die entsprechende Sicherheitsausstattung dürfen Sie nicht auf der Baustelle herumlaufen.«

Kirby hatte einen Mann mit einer Sicherheitsjacke entdeckt, der an einer Seite des Gebäudes fieberhaft Steine und Mauerwerk entfernte. Er setzte den Helm auf, den ihm ein Feuerwehrmann reichte, und ging auf ihn zu.

»Wie geht's voran?«

Der Mann hob den Kopf. Er keuchte vor Anstrengung. »Langsam. Hier drunter befindet sich ein Netz aus Gängen, und ich glaube, dass noch jemand drinsteckt.«

»Warum holen Sie sich keine Hilfe?«

Der Mann richtete sich gerade auf und blickte Kirby finster an. Sein Gesicht wurde von schwarzen Locken eingerahmt, die unter seinem Helm hervorlugten. »Meine Kollegen sind tot, oder haben Sie noch nicht mitgekriegt, dass ein verdammter Riesenkran auf die Baustelle gekracht ist?«

»Warum warten Sie denn nicht, bis die Bergungsarbeiten an dieser Stelle angekommen sind?«, fragte Kirby.

»Warum verpissen Sie sich nicht einfach?« Der Mann schüttelte den Kopf und bückte sich wieder, um seine Arbeit fortzusetzen.

»Wie heißen Sie?«, fragte Kirby.

»Wer will das wissen?« Der Mann fuhr fort, mit behandschuhten Händen Holztrümmer aus dem Haufen zu ziehen.

»Detective Larry Kirby.«

Den Rücken gebeugt, die Hände ausgestreckt, erstarrte er mitten in der Bewegung. Dann richtete er sich langsam auf und wandte sich um. Sein Gesicht war voller Schmutz, die Augen wie dunkle Gewehrkugeln, die Metall durchschlagen konnten.

»Sie sind also der Kerl, der sich an meine Ex ranmacht.«

Kirby legte den Kopf schief und musterte den Mann. »Was soll das denn heißen?«

»Und jetzt wollen Sie mir weismachen, dass Sie sie gar nicht kennen.«

Kirby sah sich nach Unterstützung um; McKeown unterhielt sich noch immer mit dem Feuerwehrmann. »Wen kennen?«

Der Mann lächelte spöttisch. »Sie ist nicht übel, was?«

Kirby stopfte seine Hände in die Taschen. »Wer sind Sie?«

»Tony Keegan. Megan Price ist meine Ex.«

Kirby wich einen Schritt zurück. Er hatte das Bedürfnis, Abstand zu Keegan einzunehmen. Es lag etwas in seinen Augen.

»Da läuft nichts, wenn Sie es unbedingt wissen müssen.« Warum versuchte er, etwas zu erklären?

»Sie können sie gerne haben«, sagte Keegan. »Dann lässt sie mich wenigstens in Frieden. Kann ich jetzt mit dem weitermachen, womit ich gerade beschäftigt war, ehe Sie mich gestört haben?«

»Klar.« Kirby sah zu, wie der Mann sich wieder an seine Arbeit machte. »Wer, denken Sie, könnte da unten begraben sein?«

»Mein Freund.«

»Und wer ist das?«

Keegan arbeitete weiter. »Sagt Ihnen der Name Conor Dowling etwas?«

Und ob. »Und wie kommen Sie darauf, dass er da unten ist?«

»Weil ich ihn sonst nirgendwo finden kann. Seine Mutter hat mich heute Morgen belämmert. Völlig aufgelöst. Niemand hat ihr Frühstück gemacht. Dumme Ziege. Wie ist sie nur die vergangenen zehn Jahre klargekommen?«

Gute Frage. Kirby bahnte sich seinen Weg über den Schutt zurück zu McKeown.

Während sie die Straße entlanggingen, fragte McKeown: »Wenn Dowling unter den Trümmern liegt, was bedeutet das dann für unsere Ermittlungen?«

»Immerhin haben wir dann seine DNS und können sie mit dem Material abgleichen, das wir an den Leichen und den Tatorten gefunden haben.«

EINUNDFÜNFZIG

Megan Price betrat die Apotheke und spürte die Dumpfheit, die die Wände durchdrang. Ohne Richards übliche Geschäftigkeit war die Stimmung seltsam. Er hatte ihr den Schlüssel gegeben und die Leitung übertragen, bis er, wie er ihr gesagt hatte, sich wieder gesammelt und Amys Bestattung organisiert hatte.

Sie ließ die ersten beiden Assistentinnen ein und bat Trisha, Tee zu machen. Sie hängte ihren Mantel auf und zog den weißen Kittel an. Das war zwar altmodisch, aber ihr gefiel es, da es ihr ein Gefühl von Bedeutung verlieh und sie sich dadurch außerdem von den Untergebenen abhob, die sich tagtäglich abstrampeln mussten. Wenigstens war Amy mit ihren neunmalklugen Sprüchen und dem aufdringlichen Parfum nicht mehr da. Sie hoffte, dass die Assistentinnen heute in Topform waren, denn sie musste für ein paar Stunden weg.

Die Tür ging auf, und sie blickte über die Theke. Detective Kirby kam auf sie zu.

»Hi«, sagte sie.

Er blickte sich flüchtig um, dann neigte er sich ihr zu und flüsterte: »Sie haben mir nichts von Tony Keegan erzählt.«

»Was ist mit ihm?«

»Sie waren mit ihm verheiratet.«

»Das geht niemanden etwas an.«

»Er ist ein Freund von Conor Dowling.«

Megans Gesichtsausdruck war neutral. »Na und?«

»Dowling ist in Hinblick auf die Mordfälle für uns von Interesse. Ich hätte gedacht, dass Sie mir von Ihrer Verbindung zu ihm erzählen.«

Megan sah rot. »Was maßen Sie sich an? Ich habe keine Verbindung zu Dowling, genauso wenig wie zu Tony. Was wollen Sie damit andeuten?«

Kirby wich zurück. »Nichts. Ich weiß nicht. Ich hätte es gerne gewusst.«

»Ein Sandwich und ein Irish Coffee bedeuten nicht, dass da zwischen uns etwas ist. Ich dachte, Sie suchten Gesellschaft, jemanden, mit dem Sie Ihre Trauer teilen können, aber ich habe mich wohl geirrt.« Sie hielt inne, um durchzuatmen. »Gehen Sie jetzt bitte.«

»Keine Sorge, das mache ich.«

Er wandte sich um und verließ den Geschäftsraum. Sie hatte halb erwartet, dass er die Tür knallen ließ, aber er zog sie behutsam zu. Erst da nahm sie die Hände von der Theke und stellte fest, dass die Knöchel weiß hervortraten, so stark hatte sie sich festgeklammert.

———

Sam McKeown grinste von einem Ohr zum anderen, als Kirby die Apotheke verließ.

»Worüber lachst du?« Kirby schlurfte an ihm vorbei.

»Über dich. Was hast du ihr vorgeworfen?«

»Vergiss es. Komm.«

Auf der Wache gab es noch immer keine Neuigkeiten von Parker oder Boyd, was die verschwundenen Mädchen betraf.

McMahon steckte den Kopf durch die Tür. »Wo ist sie?«

»Wer?«, fragte Kirby betont unschuldig.

»Inspector Parker natürlich.«

»Weiß nicht genau.« Neutral bleiben, dachte er.

»Sie soll sofort in mein Büro kommen, wenn sie auftaucht.« McMahon zog murmelnd davon. »Wenn ich die erwische ... Die Nachrichten zur besten Sendezeit für ihre kriminellen Gören zu nutzen ...«

»Der ist aber gereizt heute Morgen«, bemerkte McKeown.

»Das ist doch noch gar nichts. Geh heute die restlichen Videos durch, okay?«

»Mach ich.«

Kirby zog die Thompson-Akte zu sich heran und klappte sie auf.

———

»Lottie, wir sind heute Morgen schon zweimal hier entlanggefahren.«

»Ich weiß, aber sie müssen irgendwo sein. Fahr da drüben rechts ran.«

Boyd stellte den Wagen ab, ließ den Motor aber laufen. »Was hast du vor?«

»Sie sind hier irgendwo. Das spüre ich in meinen Knochen.«

»Ich spüre meine Knochen auch, und die tun ziemlich weh, das kann ich dir sagen.«

»Danke, dass du mich gerettet hast.«

»So hatte ich das nicht gemeint.« Er öffnete die Tür, stieg aus und zündete sich eine Zigarette an.

Sie gesellte sich zu ihm und nahm einen Zug, doch prompt wurde ihr schwindelig, also gab sie ihm die Zigarette zurück. Ihr Atem hing in der kalten Luft, und sie blickte über den Parkplatz. Die Häuser an der Petit Lane befanden sich zu ihrer

Rechten, und automatisch dachte sie an Mrs Loughlin. Ob ihr inzwischen noch mehr zu jenem Wochenende eingefallen war? Doch sie konnte sich jetzt nicht auf die Ermittlungen konzentrieren.

»Bernies Großmutter, Kitty Belfield, wohnte im Farranstown House. Es steht leer. Niemand ist mehr dort gewesen, seit Kitty gestorben ist. Es könnte klug sein, es zu überprüfen. Schick jemanden hin, der nachsieht.«

»Mach ich. Ist der Nachlass schon geregelt?«

»Ich habe keine Ahnung.« Lottie wollte nicht über ein Erbe reden, das anzutreten sie kein Bedürfnis verspürte. »Ich bin sicher, dass Leo etwas weiß«, sagte sie. »Was hat er sich nur dabei gedacht, sie aus der Sicherheitsverwahrung zu holen?«

»Impulsives Verhalten scheint euch in den Genen zu liegen.« Boyd nahm einen tiefen Zug von der Zigarette und sah dem Rauch nach, der in der Luft hing.

»Lass das, Boyd. Mit dieser Familie will ich nichts zu tun haben. Komm. Wir müssen uns auf der Wache melden.«

Während sie davonfuhren, sah sie den Schatten der Hebeausrüstung über dem Gerichtsgebäude. Rauch waberte in der Luft. Sie wussten noch immer nicht, ob Cyril Gill tot oder am Leben war. Und dann war da noch Conor Dowling, über den sie sich Gedanken machen musste.

———

Detective Sam McKeown war sich nicht sicher, ob er es noch lange in Ragmullin aushalten würde. Jeder hier schien ein Problem mit dem einen oder anderen zu haben. Er legte die nächste Disc der Sicherheitsaufnahmen ein, suchte im Schnelldurchlauf die entsprechende Zeit und lehnte sich zurück, um sie sich anzusehen. Er war sie schon einmal durchgegangen, ohne etwas zu finden. Der schlimmste Job der Welt.

Per Mausklick sprang die eingeblendete Zeit auf dem Bildschirm voran. 01:00. 01:30. Er gähnte. 01:35. Er setzte sich mit einem Mal kerzengerade auf. Klickte erneut. Zoomte heran. Er sah das körnige Abbild eines geparkten Wagens. Den hatte er auch schon beim ersten Mal gesehen. Doch nun war ihm ein Schatten aufgefallen. Zwei Schatten. Außerhalb des Bildes, am Heck des Autos. Er zoomte weiter heran, um das Nummernschild zu erkennen. Aber es war total verdreckt. Absichtlich oder nicht, ließ sich nicht sagen.

Er klickte sich vorwärts durch die Bilder, langsamer diesmal. Die Schatten verschwanden aus dem Bild. Um 03:02 tauchte ein Schatten erneut auf, dann verschwand der Wagen. Der war so geparkt worden war, dass die Türen nicht sichtbar waren und er den Fahrer nicht erkennen konnte. Wer immer das war, wusste genau, wo sich die Kameras befanden. Er rief die Aufnahmen der Verkehrskameras aus dieser Zeit auf, doch der Wagen blieb verschwunden. Um die Häuserreihe herum, in der die ersten Opfer gefunden worden waren, gab es keine Überwachung. Er rief die Kameras der Verwaltungsbüros auf und suchte nach den relevanten Zeiten, aber auch hier wieder nichts.

Er machte mit Montagnacht weiter. Sah die beiden jungen Männer über den Parkplatz auf die leerstehenden Häuser zutorkeln. Ging in der Zeit zurück. Immer wieder aufs Neue. Ein Schatten bewegte sich an der Mauer entlang, die den Parkplatz umgab, und bewegte sich auf das Bürogebäude zu. Was war das? Zu groß für ein Tier, also musste es menschlich sein.

Er nahm sich den Bericht über das Ereignis von Montagnacht vor. Jemand war im Haus gewesen, als die Jungs dort eingedrungen waren. Sie waren niedergeschlagen worden, und laut Mrs Loughlin war eine Person wieder hinausgelaufen. Er rieb sich die Augen mit den Handballen, dann riss er sie weit auf. Konzentrier dich, dachte er. Denk nach.

Langsam ließ er die Aufnahme weiterlaufen und fixierte

die Mauer. Wartete. Sah genau hin. Und da war er wieder. Der Schatten bewegte sich in die andere Richtung und verschwand.

Vielleicht hatte es keine Bedeutung, aber vielleicht ja doch. Er druckte ein paar Bildschirmfotos aus und machte sich auf die Suche nach Kirby.

Kirbys Augen fühlten sich an, als würden sie ihm bald aus dem Kopf fallen. Die Zeilen auf der Seite verschwammen ineinander. Er war enttäuscht von sich selbst. Das mit Megan heute Morgen war dumm gewesen. Welchen Unterschied machte es denn, ob sie mit Tony Keegan verheiratet gewesen war? Sie hatte recht. Das ging ihn absolut nichts an. Sie waren nur ein-, zweimal Kaffeetrinken gegangen. Du bist ein echter Arsch, sagte er sich.

Er blinzelte und blätterte um. Polizeiberichte waren sterbenslangweilig.

Bill Thompson. Vierundsechzig Jahre alt. Pubbesitzer und Councillor. Interessant. Kirby hatte im Verlauf der letzten Tage kein einziges Mal jemanden erwähnen hören, dass Thompson Councillor gewesen war. Er machte sich eine Notiz. Las weiter. Blätterte um. Und sah dann einen Namen, bei dem es ihm den Atem verschlug. Das konnte doch nicht sein. Da musste ein Irrtum vorliegen. Oder nicht? Er sah sich um. Wo war Parker? Aber weder sie noch Boyd war bisher aufgetaucht.

Warum hatte noch niemand diese Verbindung geknüpft? Er nahm die Akte, um damit zu McKeown zu gehen.

Doch McKeown stand bereits mit einem Stapel Blätter in der Hand hinter ihm.

»Das musst du dir ansehen«, sagten beide unisono.

ZWEIUNDFÜNFZIG

Als Lottie auf die Wache kam, sah sie Kirby und McKeown nebeneinander mit gesenkten Köpfen an Kirbys Tisch sitzen.

»Irgendetwas Neues über meine Töchter?«

Beide Männer sahen auf.

Kirby ergriff das Wort. »Nein, Boss. Nichts.«

»Ich habe all ihre Freunde angerufen, aber niemand hat sie gesehen. Haben Sie schon eine Suche eingeleitet?«

»Superintendent McMahon genehmigt sie nicht. Er hat sich über Haushaltspläne und Zielvorgaben ausgelassen und schimpft, dass die Kosten für die Ermittlung jetzt schon seine sorgsam ausbalancierte Bilanz sprengen. Und er will Sie sprechen.«

Lottie wandte sich um und stieß gegen Boyd. »Ich muss mit McMahon reden.«

Boyd hielt sie am Ellenbogen fest. »Warte noch. Mach nicht sofort die Pferde scheu. Lass uns erst sehen, was wir haben.«

»Meine Töchter jedenfalls nicht.«

»Ich meine ja nur, dass du dich besser mit neusten Informationen zu den Mordfällen bewaffnest. Das hat Priorität für McMahon, und das weißt du.«

»Nicht für mich, und das weißt du.«

»Sei vernünftig. Wir müssen uns auf den neusten Stand bringen.«

Sie sank gegen einen Tisch und spürte die Blicke der drei Detectives auf sich. Die Hitze war erdrückend, und das Herzrasen und die Angst um ihre Töchter taten ein Übriges, so dass ihr die Knie nachzugeben drohten.

Boyd rollte einen Stuhl unter einem Tisch hervor, und sie setzte sich.

»Ich gehe davon aus, dass Bernie Kelly noch nicht gesichtet worden ist?«

»Nein«, erwiderte Kirby.

»Irgendwas zu Farranstown House?«

»Wir haben einen Streifenwagen vorbeigeschickt. Nichts.«

»Und es ist keine weitere Suche organisiert worden?«

»Nein«, antwortete McKeown. »Aber die Verkehrspolizei und die Streifen halten die Augen auf. Und um Sie vorzuwarnen: Der Superintendent ist wegen Cynthia Rhodes' Beitrag von gestern Abend auf dem Kriegspfad.«

»Der kann mich mal. Sind danach irgendwelche Anrufe eingegangen?« Lottie konnte nicht verhindern, dass sich Mutlosigkeit in ihr festsetzte. Die Angst hielt ihren Verstand im Klammergriff und bescherte ihr dröhnende Kopfschmerzen.

»Ein paar Spinner, aber sonst nichts.«

»Okay. Dann bringen Sie mich in der Mordermittlung auf den neusten Stand, ehe ich zum Superintendent gehe.«

Kirby stand auf und ging in dem vollgestopften Büro auf und ab. »Ich habe heute Morgen noch einmal die Thompson-Akte durchgesehen, wie Sie mich angewiesen haben.«

»Und?«

»Ich habe festgestellt, dass Thompson damals Ratsmitglied war.«

»Stimmt. Aber soweit ich mich erinnere, stand das in keinem Zusammenhang mit der Tat. Er war vor allem als Gastwirt bekannt und hat viel Geld als solcher verdient. Geld, das in jener Nacht gestohlen und nie gefunden wurde.« Sie erhob sich und trat ans Fenster. Die scharfe Kälte des Morgens war einem diesigen Regen gewichen. »Sie haben also festgestellt, dass er Councillor war. Weiter.«

»Ich habe mich gefragt, ob es abgesehen von dem Geld noch einen anderen Grund gegeben haben könnte, warum er damals überfallen worden ist.«

»Welchen anderen Grund denn?« Lottie runzelte die Stirn. Es fiel ihr schwer, Kirby zu folgen. Worauf wollte er hinaus?

»Ich habe den Vorfall mit lokalen Zeitungsberichten abgeglichen, um herauszufinden, was um diese Zeit herum in Ragmullin sonst noch passiert ist.«

»Und?« Sie lauschte dem Tappen, das Kirbys Schuhe erzeugte.

»Cyril Gill hatte ziemlich ambitionierte und innovative Pläne für ein städtisches Sanierungsprojekt vorgelegt. Der größte Teil des Gebiets lag in direkter Nachbarschaft zu den Verwaltungsbüros und dem Gerichtsgebäude. Mit anderen Worten: Gaol Street und Petit Lane. Und wir wissen, dass Thompsons Pub auf der Gaol Street lag. Eine öffentliche Versammlung zur Umwidmung des Bebauungsplans wurde im Joyce Hotel abgehalten, *The Tribune* hat darüber berichtet. Einer der lautesten Gegner war Bill Thompson. Er wurde in dem Artikel zitiert.«

Lottie starrte weiterhin aus dem Fenster. War ihr vor zehn Jahren etwas entgangen?

»Wann, in Bezug auf den Überfall auf Thompson, hat diese Versammlung stattgefunden?«

»Drei Wochen vorher.«

»Das hatte damit nichts zu tun«, sagte sie und versuchte, Überzeugung in ihre Stimme zu legen. Superintendent Corrigan hatte damals die Untersuchung geleitet, sie hatte unter ihm ermittelt. Sie konnte sich nicht erinnern, ob sie damals diese Verbindung geknüpft hatten. Sie würde die Akte lesen müssen. Wenn sie die Zeit dafür fand. Wenn ihre Töchter wieder zu Hause waren.

Sie wandte sich zu ihren Kollegen um. »Lassen Sie es mich zusammenfassen. Cyril Gill stand hinter einem Antrag für eine Stadtsanierung ...«

»... von der EU mit Millionen subventioniert«, fügte Kirby hinzu.

»... und Bill Thompson, der damals im Rat saß, war gegen die Umwidmung. Ist das so weit richtig?« Himmel, ihr Hirn war heute Morgen auf links gezogen.

»Korrekt«, gab Kirby zurück.

»Okay. Und dann ist Thompson überfallen und ausgeraubt worden. Wir hatten damals zwei Zeuginnen, die Conor in der Nähe des Tatorts gesehen haben.«

»Cyril Gills Tochter Louise«, sagte Kirby, »und Councillor Richard Whytes Tochter Amy.«

»So ein Dreck. Hat Whyte Gills Pläne unterstützt?«

»Und wie.«

»Doppelt Dreck.« Lottie rieb sich mit den abgekauten Fingernägeln über das lädierte Kinn. »Das klingt wie eine Verschwörungstheorie. Wollen Sie mir sagen, dass Conor Dowling unschuldig war und ein anderer Bill Thompson zusammengeschlagen hat, um dessen Protest zu unterbinden?«

»Ich weiß nicht«, gab Kirby zu.

»Aber wie haben Gill und Whyte ihre Töchter dann dazu gekriegt, so glaubhafte Lügen zu erzählen?«

»Das weiß ich auch nicht. Die andere Frage ist, ob Conor Dowling wirklich zu Unrecht verurteilt wurde, oder ob er im Auftrag von Cyril Gill gehandelt hat und von ihm anschließend im Regen stehengelassen wurde.«

»Dowling hat uns nie ein Alibi geliefert oder irgendetwas zu seiner Verteidigung hervorgebracht«, sagte Boyd.

»Aber«, meldete sich McKeown zu Wort, »Louise Gill

erwähnt in ihren Notizbüchern einen Besuch bei Dowling im Gefängnis. Sie schreibt, dass es ihr leidtäte und sie die Wahrheit herausfinden wolle.«

»Aber was für eine Wahrheit?«, fragte Lottie. »Louise ist tot, wir können sie also nicht mehr fragen. Amy ist ebenfalls tot. Haben die Mordfälle tatsächlich eine Verbindung zu dem Überfall auf Thompson? Aber dann bleiben noch die Morde an ihren Freundinnen, Penny Brogan und Cristina Lee. Und das ergibt keinen Sinn.«

»Und Cyril Gill wird vermisst und ist wahrscheinlich bei dem Unglück am Gericht umgekommen«, sagte Boyd.

»Gibt es dazu etwas Neues?«

»Wir waren heute Morgen dort«, sagte Kirby. »Gill steht auf der Liste der Todesopfer.«

»Und Conor Dowling?«, fragte Lottie. »Irgendeine Spur von ihm?«

»Mrs Dowling hat Conors Freund Tony Keegan angerufen und gesagt, dass ihr Sohn nicht nach Hause gekommen ist.« Kirby unterbrach sich und warf sich so mächtig in die Brust, dass Lottie befürchtete, seine Hemdknöpfe würden jeden Moment abspringen. »Ich habe noch eine weitere Unregelmäßigkeit in der Thompson-Akte entdeckt.«

»Lieber Himmel«, sagte Lottie. »Nachher sitzt mir noch der Commissioner im Nacken, weil ich den Fall damals vermurkst habe.«

»Immer mit der Ruhe«, sagte Boyd. »Bisher sind das alles nur Hypothesen. Oder nicht, Kirby?«

»Eigentlich nicht, um ehrlich zu sein.« Kirby trat an seinen Tisch und blätterte in der Akte ein paar Seiten zurück. »Tony Keegan war Conor Dowlings bester Freund. Er wurde nach Conors Verhaftung befragt.«

Plötzlich standen Lottie die Haare im Nacken zu Berge. »Sie haben die Akte vor sich. Was steht da?«

»Es ist nur eine halbe Seite. Eine kurze Befragung. Nur, um

zu bestätigen, dass er in der fraglichen Zeit nicht mit Conor zusammen war.«

»Okay. Worauf wollen Sie hinaus?«

»Ich habe heute Morgen erfahren, dass Tony Keegan mal mit Megan Price verheiratet war.«

»Mit wem?«

»Megan Price ist die Apothekerin in Richard Whytes Laden, in dem auch Amy gearbeitet hat.«

»Ich kann Ihnen nicht folgen, Kirby.« Lottie wollte endlich zum Verschwinden ihrer Töchter kommen. Die Angst um ihre Sicherheit fraß sie innerlich auf.

»Megan Price wird ebenfalls in der Akte erwähnt.«

»In welcher Hinsicht?«

»Sie ist Bill Thompsons Stieftochter. Ihre Mutter starb fünf Jahre vor dem Überfall auf Bill.«

Lottie ging auf und ab, dann marschierte sie in ihr eigenes Büro und setzte sich.

»Alles okay?«, fragte Boyd, der ihr gefolgt war.

»Ich denke nach.« Sie regte sich nicht.

»Du siehst nicht aus, als ginge es dir gut.«

»Guck dich mal an. Mach die Tür zu, und gib mir ein paar Minuten.«

Sie hörte, wie die Tür mit einem sanften Klick geschlossen wurde. In einem Schwächeanfall legte sie den Kopf auf die auf dem Tisch verschränkten Arme und spürte die Kühle der Tischplatte an ihrer Wange.

———

Boyd wandte sich Kirby und McKeown zu. Kirby versuchte, einen der Heizkörper herunterzudrehen. Ein Rattern drang durch das Großraumbüro, als das Wasser in den Rohren abkühlte.

»Alles okay mit dem Boss?«, fragte McKeown.

»Gönnen wir ihr ein paar Minuten. Sie hat gerade einiges auszustehen.«

»Sie sehen auch nicht aus, als seien Sie in Bestform«, bemerkte Kirby.

»Was denken Sie über diesen Tony und Megan Price?« Boyd setzte sich und wollte seine Füße auf den Tisch legen, doch ein Schmerz schoss durch seine Hüfte, sodass er sie lieber nur auf einem Aktenstapel deponierte.

»Ich weiß nicht, was ich denken soll.«

»Könnte es da eine Verbindung zu unseren Mordfällen geben?«, fragte McKeown. Da weder Kirby noch Boyd antwortete, fügte er hinzu: »Wahrscheinlich ist alles möglich. Aber ich würde auf Conor Dowling tippen.«

»Wir müssen Keegan und Price vorladen und Dowling finden«, sagte Boyd.

Kirby zuckte die Achseln. »Er ist wahrscheinlich in einem der Tunnel begraben. «

»Was für Tunnel?«

Kirby gab wieder, was er durch Tony Keegan erfahren hatte.

»Interessant.« McKeown wedelte mit dem Stapel Papier, den er in der Hand hatte. »Ich habe hier Screenshots der Sicherheitskameras von der Nacht, in der die betrunkenen Jungen in das Haus in der Petit Lane eingebrochen sind.« Er legte die Ausdrucke auf Boyds Tisch.

»Und was genau sehe ich da?«

»Schatten.«

»Herrgott. Und was hat es mit diesen Schatten auf sich?«

»Lassen Sie dem Mann einen Augenblick Zeit«, sagte Kirby und fuhr mit dem Finger an der Mauerkante entlang.

»Ich seh's.« Boyd legte die Ausdrucke nebeneinander.

»Und sobald er diesen Punkt erreicht, verschwindet er.« McKeown klang triumphierend.

»Wahrscheinlich ein Fuchs«, überlegte Kirby.

»Was ist da unten?«, fragte Boyd.

»Weiß ich noch nicht. Aber als von Tunneln die Rede war, bin ich ins Nachdenken gekommen.»

»Das ist gefährlich», bemerkte Kirby.

McKeown ging nicht auf den Scherz ein. »Ich fahre zum Parkplatz und gehe das Wegstück ab, wo der Schatten verschwunden ist. Mal sehen, was sich herausfinden lässt.«

»Tun Sie das«, sagte Boyd.

»Jetzt?«

»Ja, jetzt.«

»Soll ich mitkommen?«, fragte Kirby.

»Nein, ich will mit Ihnen über diesen Tony Keegan reden.«

Die Bürotür krachte gegen die Wand. Im Türrahmen stand McMahon, die Haare wirr, die Wangen wütend aufgebläht.

»Ist sie schon da?«

»Wer?«, fragte Boyd.

»Kommen Sie mir nicht so.« Er stampfte durch den Raum, stieß beinahe gegen den Stapel Akten und platzte in Lotties Büro.

———

Lottie hob so hastig den Kopf, dass ihr Blut nicht schnell genug nachkam und der Schwindel ihre Sicht verschwimmen ließ: Sie sah zwei McMahons, die auf sie zuhielten. Sie blinzelte und schüttelte den Kopf.

»Verzeihung, Sir. Wollten Sie zu mir?«

»Warum stehe ich wohl sonst hier? Wie kommen Sie dazu, eine landesweite Nachrichtensendung dazu zu bringen, etwas über Ihre Töchter auszustrahlen? Sie kennen die Vorschriften. Diese Mädchen sind über achtzehn.«

»Chloe ist erst siebzehn.«

»Sie werden gerade erst seit ein paar Stunden vermisst, wenn überhaupt. Grundgütiger, was haben Sie sich bloß dabei gedacht? Nein, sagen Sie nichts, ich will es gar nicht wissen. Aber eins sollten Sie sich klarmachen: Sie stecken bis zu Ihren blutunterlaufenen Augen in der Scheiße, Inspektor Parker. Richtig tief drin.«

Seine Predigt erforderte keine Antwort, also presste Lottie die Lippen fest zusammen. Für alle Fälle.

Doch als könne er ihr Schweigen nicht ertragen, fuhr er sie an: »Sagen Sie was!«

Sie zuckte die Achseln.

»Keine Ausreden?«

Sie starrte ihn an. »Haben Sie Kinder, Sir?«

»Keine, von denen ich wüsste.«

Sie straffte den Rücken und nahm die Schultern zurück. »Wenn Sie welche hätten, würden Sie verstehen, dass meine Kinder die wichtigsten Menschen in meinem Leben sind. Nichts anderes zählt.« Sie holte tief Luft. »Ich weiß, dass ich den Familien der Opfer und meinem Team gegenüber Verantwortung trage, aber jetzt muss ich Katie und Chloe finden.«

»Dennoch müssen Sie dazu nicht Ihren Rang missbrauchen. Sie machen eine Lachnummer aus unserer Wache. Sie haben Ihren Ruf beschädigt, und auch wenn das nicht schwierig gewesen ist, machen Sie außerdem mich zum Gespött.«

»Über meinen Ruf kann ich mir Gedanken machen, wenn ich meine Mädchen wieder sicher zu Hause weiß.«

Er schniefte. Verächtlich, nahm sie an, aber sie war sich nicht sicher. »Haben Sie den Medien das Foto dieser Kelly zugespielt? Cynthia Rhodes?«

»Ich bin mir sicher, dass Cynthia es bei den Akten hatte.« Sie musste sich ja nicht noch tiefer hineinreiten.

»Dennoch haben Sie keinerlei Beweise, um Kelly in dieser vermeintlichen Entführung, die Sie sich da zusammengestrickt haben, ins Licht der Öffentlichkeit zu stellen.«

»Da steht sie mit ihrem Foto seit ihrer Flucht doch schon.«

Lottie ahnte, dass sie besser den Mund hätte halten sollen; sie konnten diesen Kampf gegen McMahon nicht gewinnen.

»Sie können nichts tun außer warten. Rufen Sie sich Ihre Ausbildung in Erinnerung. Das ist es, was wir Eltern vermisster Kinder sagen. Bleiben Sie zu Hause und warten Sie ab. Ich verlange nicht, dass Sie zu Hause bleiben, aber sehen Sie zu, dass Sie mit der Ermittlung zu den Mordfällen weiterkommen, während Sie warten.«

»Ja, Sir.«

»Der Vorfall am Gerichtsgebäude hat die Medien vorübergehend abgelenkt, aber sie werden den Fokus bald wieder auf uns richten und nach Blut und Antworten schreien.«

»Ja, Sir.« Sie können mich mal, Sir, fügte sie im Stillen hinzu.

»Ihr Team braucht Anleitung. Führung. Können Sie das leisten?«

Im Moment nicht, dachte sie, sagte aber: »Ja, kann ich.«

»Dann machen Sie sich an die Arbeit. Und halten Sie sich von der Kelly-Sache fern, oder ich ziehe Sie auch von der Mordermittlung ab. Habe ich mich klar ausgedrückt?«

Sie nickte.

»Ich bin die ganze Nacht wach gewesen, um die Rettungsarbeiten an der Baustelle zu koordinieren. Ich muss mich auf Sie verlassen können.«

»Das können Sie.« Mistkerl.

Als McMahon gegangen war, betrat Boyd das Büro. »Alles okay?«

»Schon was Neues in Bezug auf Bernie Kelly?«

»Noch nichts. Belfield hat angerufen und gesagt, dass er sich heute wieder auf die Suche nach ihr macht und die Straßen abläuft.«

»Er ist der Meinung, dass sie nicht Katie und Chloe entführt hat. Ich weiß nicht, was das schlimmere Szenario ist.«

»Was meinst du damit?« Boyd war blass, sein Haar wirkte

ergraut. Es war, als laste das Gewicht der Trümmer noch immer auf seinem Rücken.

»Dass Kelly sie hat oder unser Mörder.« Sie versuchte sich zu erinnern, ob sie McMahon gesagt hatte, dass sie die Münze in Louis' Jacke gefunden hatte. Falls nicht, war jetzt vielleicht der richtige Zeitpunkt dafür. Wenn er einsah, dass es hier eine direkte Verbindung zu ihren Mordfällen gab, würde er vielleicht endlich handeln.

»Beruhig dich, Lottie.«

»Nicht, Boyd. Sag mir nicht, dass ich mich beruhigen soll.« Sie bemühte sich um einen gleichmäßigen Tonfall, doch ihre Stimme wurde lauter. »Die Münze, die ich in Louis' Tasche gefunden habe, passt einfach nicht ins Bild.« Sie machte sich daran, ihre Jacke anzuziehen, nur um festzustellen, dass sie sie noch trug. »Ich fahre noch einmal durch die Stadt.«

»Überlass das der Verkehrsüberwachung. Was sagen wir immer den Eltern vermisster Kinder? Bleiben Sie zu Hause.«

»Vor nicht einmal zwei Minuten habe ich exakt dasselbe gehört. Hast du gelauscht?« Sie seufzte. Sie fühlte sich so hilflos. Sie musste die Sache wie eine Außenstehende anpacken. Die Emotionen aus dem Spiel lassen. Sie musste alle Hinweise wie ein Detective untersuchen, nicht wie eine panische Mutter.

»Hör mal«, sagte Boyd. »Vielleicht haben wir was zu den Mordfällen.«

»Was denn?«

»Komm mit, ich zeig's dir.«

Hauptsache, sie konnte sich beschäftigen, dachte sie, als sie ihm ins Großraumbüro hinaus folgte.

DREIUNDFÜNFZIG

Eine Rauchwolke hing über der Stadt, als sie zu Fuß zum Parkplatz an der Petit Lane gingen. Der Verkehr durch die Innenstadt war umgeleitet worden, sodass die Bergungsarbeiten an der Baustelle ungehindert fortgesetzt werden konnte. Lottie warf einen Blick zu dem Reihenhaus, in dem die ersten beiden Opfer gefunden worden waren. Mrs Loughlin stand am Törchen. Sie erwiderte Lotties Winken und kehrte ins Haus zurück.

Kirby und McKeown gingen ein Stück vor ihnen die Mauer ab, die den Parkplatz umgab. Lottie und Boyd hatten den Wagen zuvor dort abgestellt. Lottie hatte die Aufnahmen der Sicherheitskameras gesehen und glaubte nicht, dass sie eine Bedeutung hatten. Dennoch hatte sie diesem Unternehmen zugestimmt.

»Auf der Jagd nach Schatten«, brummte sie. »Ich kann mir nicht vorstellen, dass McMahon besonders zufrieden mit uns wäre.«

»Er ist nur zufrieden, wenn sein Haushaltsplan stimmt«, sagte Boyd.

Dem musste sie zustimmen. Während sie hinter ihm

herlief, entging ihr nicht, wie er immer wieder zusammenzuckte. Auch ihre Knochen taten weh, aber keiner von ihnen beschwerte sich. Für Klagen und Mitgefühl war keine Zeit. Solange sie noch gehen konnten ...

»Ungefähr hier ist der Schatten verschwunden.« McKeown war ein paar Schritte vor ihnen stehengeblieben. Er hielt den Ausdruck des Standbilds hoch, dann sah er sich um.

»Hier ist ein Kanaldeckel.« Kirby bückte sich. »Er ist vor Kurzem geöffnet worden.«

»Wahrscheinlich sind die Abflüsse gereinigt worden«, sagte Lottie.

»Aber das ist kein Abwasserkanal. Da fehlt die korrekte Markierung.« Er blickte hoffnungsvoll auf. »Hat jemand einen Schraubenzieher? Oder ein Messer?«

Als McKeown ein Messer aus einer Scheide am Knöchel zog, lehnte Lottie sich fassungslos an die Mauer und musste aufpassen, dass ihr nicht die Kinnlade herabfiel. »Das ist nicht erlaubt«, sagte sie.

»Ich hab nichts gesehen«, sagte Kirby und nahm das Messer.

Lottie wandte sich ab und hörte, wie Kirby die Klinge um den Rand des Deckels zog. Es knirschte, als er sich bewegte.

»Ich hab's!«, sagte Kirby.

Sie wandte sich ihm wieder zu. Eine Bö wehte Abfall auf, und der Himmel wählte diesen Moment, um seine Schleusen zu öffnen. Sie zog die Kapuze hoch, als der Regen auch schon auf ihren Kopf prasselte. »Das ist nur ein Abwassserkanal.«

»Nein, ist es nicht.« McKeown ging neben Kirby in die Hocke. »Das ist definitiv der Zugang zu einem Tunnel.«

»Und trotzdem ein Kanal«, sagte Lottie stur. Sie beugte sich über Kirbys Schulter. Ein irrer Gedanke tauchte in ihrem Kopf auf. Konnten ihre Töchter dort unten stecken? »Worauf warten Sie noch?«, sagte sie mit frischer Energie. »Sie haben den Zugang gefunden. Gehen Sie runter.«

Kirby stieß McKeown mit dem Ellenbogen an. »Du hast den Schatten auf den Aufnahmen gesehen, du solltest hinuntersteigen. Hast du an deinem anderen Fußknöchel zufällig eine Taschenlampe?«

Boyd fischte eine kleine Stablampe aus der Tasche und reichte sie McKeown. Er nahm sie und richtete sie in die Dunkelheit.

Eine Stimme drang von unten zu ihnen herauf.

Lottie prallte rückwärts gegen Boyd, McKeown sah Kirby an.

Dann hörten sie es wieder.

»Holt mich hier raus.«

McKeown forderte über Funk Hilfe an, während Kirby über den Parkplatz zum abgesperrten Baustellenbereich trottete und mit einer Leiter und zwei Feuerwehrleuten zurückkehrte.

Lottie kniete mit der Lampe in der Hand vor dem Einstieg und leuchtete in den Tunnel. Das schlammverschmierte Gesicht Conor Dowlings starrte aus fünf bis zehn Metern Tiefe zu ihr auf.

»Alles okay mit Ihnen?«, rief sie.

»Nein. Ich muss hier raus.« Seine Stimme war heiser. Wahrscheinlich vom Schreien, dachte sie.

»Sind Sie verletzt?«

»Ich hab Hunger und Durst.«

Regen prasselte herab, und Wasser strömte in die Öffnung.

»Machen Sie schnell«, wies Lottie die versammelte Crew an.

Nachdem die Leiter in den Schacht geschoben worden war, stieg ein Feuerwehrmann herab, um sich zu vergewissern, dass Dowling noch genug Reserven hatte, um aus eigener Kraft hinaufzusteigen.

»Ist noch jemand bei Ihnen?«, fragte Lottie.

»Nein«, hallte die Antwort wider. Nun näher. Er war bereits auf der Leiter.

Lottie bot ihm ihre Hand, als er das Straßenniveau erreicht hatte. Er ignorierte sie und stemmte sich selbst hoch. Dann streckte er sich auf dem Rücken aus und sog die frische Luft ein. Ein Streifenwagen kam. Boyd nahm einem der Polizisten die schwere Jacke ab, richtete Dowling in eine sitzende Position auf und legte sie ihm um die Schultern.

»Sie kommen mit uns«, sagte er. »Wir werden Sie auf der Wache durchchecken lassen.

Lottie konzentrierte sich ganz auf Dowling. Er war dreckig, zitterte, doch seine Augen waren lebhaft und durchdringend. Er erwiderte ihren Blick, ehe er zum Gerichtsgebäude hinübersah.

»Was ist da passiert?«

»Ich dachte, das könnten Sie uns sagen«, sagte Boyd.

»Ich hatte nichts damit zu tun. Ich habe im Tunnel gearbeitet und wollte raus, aber der Zugang war verschüttet. Ich war die ganze Nacht dort unten und hab schon gedacht, dass man mich nie mehr finden wird.«

»Vielleicht wären Sie besser im Gefängnis geblieben«, sagte Lottie. »Gehen Sie mit McKeown. Wir unterhalten uns später.«

Während Dowling zum Wagen eskortiert wurde, blieb Lottie am Zugang zum Tunnel stehen. Der Feuerwehrmann machte Anstalten, die Leiter hochzuziehen.

»Warten Sie noch«, sagte sie. »Ich will mich da unten umsehen.«

Boyd legte ihr eine Hand auf den Arm. »Ich denke, Amys und Pennys Mörder hat diesen Tunnel benutzt.«

»Wegen des Schattens auf den Aufnahmen der Sicherheitskameras?«

»Ich kann mir nicht vorstellen, dass er hierdurch geflohen ist, aber es ist der ideale Ort, um eine Tatwaffe loszuwerden.«

Kirby meldete sich zu Wort. «Wir brauchen zuerst Baupläne oder Skizzen. Wahrscheinlich ist das da unten ein echtes Labyrinth. Nicht, dass sich nachher noch einer verirrt.«

»Und keiner von euch Genies hat daran gedacht, ehe wir von der Wache losgefahren sind?«

Alle schüttelten den Kopf.

»Ich geh da jetzt runter«, sagte Lottie. »Vielleicht sind Katie und Chloe dort.«

»Boss«, sagte Kirby. »Dowling ist seit dem Unfall dort unten gewesen, er kann Ihre Töchter also nicht entführt haben.«

»Das ist mir egal. Ich muss mich selbst vergewissern. Leuchte mir mit der Taschenlampe, Boyd, und komm mir nach, wenn ich unten bin.«

Ohne auf weitere Einwände zu warten, packte Lottie die Holme der Leiter, schob sich über die Öffnung und stieg vorsichtig hinab.

———

Die Finsternis war allumfassend. Die Mauern standen zu nah, die Decke hing zu tief. Sie krümmte den Rücken und tastete ihre nächste Umgebung ab. Feucht und kalt.

Das Licht kehrte zurück, als Boyds Füße neben ihr auf den Boden trafen und Schlamm über ihre Stiefel und Beine spritzte. Sie schnappte sich die Lampe und wandte sich um.

»Ich denke wirklich, dass wir uns erst einen Plan beschaffen sollten«, protestierte er.

»Komm mit oder geh zurück.« Adrenalin speiste ihre Entschlusskraft. Konnten ihre Töchter hier unten sein? Die Logik sprach dagegen, aber jegliche Vernunft hatte sie verlassen. »Ich hoffe, du hast frische Batterien in der Funzel.«

»Selbstverständlich.«

Sie kamen an Dowlings Jacke und Helm vorbei.

»Vielleicht solltest du das Ding aufsetzen«, sagte Boyd.

Sie ging weiter, bis eine Gabelung sie ausbremste. »Was meinst du, welchen Weg sollen wir nehmen?«

»Ich würde auf rechts tippen.«

»Dann gehen wir dort entlang und schauen, wo es uns hinführt.« Sie hoffte nur, dass ihnen keine Ratte über den Weg lief, denn dann würde sie Boyd vermutlich auf den Arm springen, und danach war ihr gerade überhaupt nicht zumute.

Die Luft wurde immer knapper, und das wenige, das noch blieb, roch muffig und klebte an ihr, als habe es eine eigene Gestalt. Ihr Fortkommen wurde durch die schmalen Gänge und niedrigen Decken erschwert, und ihr war, als seien sie schon eine Ewigkeit gegangen, obwohl sie vermutlich kaum fünf Minuten unterwegs waren.

»Warte«, sagte sie und blieb stehen. Sie biss sich auf die Unterlippe, und das Licht fuhr auf und ab, während sie versuchte zu finden, woran der dünne Strahl eben hängengeblieben war. »Boyd, was ist das?«

Sie trat in eine Art Höhle. Der Weg vor ihnen war durch eine Backsteinmauer blockiert, obwohl ein Loch hineingeschlagen worden war. Steine und Zement bildeten einen Haufen davor. Aber das war es nicht, was ihre Aufmerksamkeit geweckt hatte. Unsinnigerweise glaubte sie plötzlich, Katie oder Chloe gefunden zu haben, und ihr Herz schien seine Tätigkeit einzustellen, ehe es wieder einsetzte und wie ein Sprinter losjagte. Sie ließ sich auf die Knie fallen und spürte Boyds Atem in ihrem Nacken.

»Ein Toter«, sagte er. »Und schon eine Weile hier, wie es aussieht.«

»Weiblich oder männlich?« Sie starrte auf die skelettierten Überreste.

»Fetzen von Hemd und Jeans. Könnte sowohl als auch sein. Jedenfalls dürften die Ratten anständig geschmaust haben.«

»Boyd, halt die Klappe.« Sie blickte sich um und leuchtete mit der Taschenlampe über die Wände und den Boden. »Kein

Schuhwerk, keine Tasche oder sonst etwas, das einen Hinweis auf die Identität geben könnte.«

»Wir müssen die Spurensicherung rufen.«

»Entweder ist diese Person ermordet oder zum Sterben hier unten gelassen worden. Diese Wand sieht neuer aus als der Rest des Tunnels.« Sie deutete auf das Mauerwerk, durch das die Öffnung gebrochen worden war. »Aber wieso? Und wer war das? Herrgott, ich habe keine Ahnung, was hier vorgeht.«

»Wir kehren besser um und machen Meldung.«

»Was hat Dowling hier gemacht, als der Kran kollabiert ist? Und warum war er allein hier unten?«

»Das werden wir ihn fragen müssen.«

Erneut ließ sie den Lichtstrahl über die menschlichen Überreste gleiten, die an der Wand lehnten. »Sollen wir das Skelett nicht ein Stück abrücken? Vielleicht liegt etwas Aufschlussreiches dahinter oder darunter.«

»Lass es so. Die Forensiker müssen es sich an Ort und Stelle ansehen können. Du willst doch nicht versehentlich etwas beschädigen, das uns einen Hinweis darauf geben kann, wer diese arme Seele war oder warum sie hier zurückgelassen wurde.«

»Du hast recht. Ich habe ohnehin Kopfschmerzen. Komm.« Ihre Töchter waren nicht hier. Sie hätte erleichtert sein sollen, aber es war kein Trost. Sie wusste noch immer nicht, wo sie sein konnten.

Als sie sich zum Gehen wandten, erhaschte sie einen Blick auf etwas Silbriges am Boden, direkt neben den Knochen der linken Hand.

»Fuck«, sagte Boyd.

»Doppel-Fuck«, stimmte Lottie zu.

VIERUNDFÜNFZIG

Lottie taten die Knie weh, und ihre Fußknöchel schrien nach einer Pause, als sie ihre Hand nach oben ausstreckte und sich von Kirby aus dem Schacht ziehen ließ. Sie war froh, wieder ins Tageslicht zu gelangen, auch wenn die dichten Unwetterwolken am Himmel nur wenig durchließen. Erleichterung verspürte sie jedoch nicht. Ihre Töchter wurden noch immer vermisst.

»Fordern Sie die Spurensicherung an«, sagte sie dem Detective.

»Was haben Sie denn gefunden?«, fragte er.

Boyd stemmte sich neben Lottie aus dem Loch. »Eine Leiche. Ein Skelett vielmehr.«

Kirby kratzte sich seinen vom Regen triefenden Kopf. »Noch aus der Zeit, als es das Gefängnis gab?«

»Sehr viel später als neunzehntes Jahrhundert. Es sei denn, man hat damals schon Jeans und karierte Hemden getragen«, sagte Lottie. Während Kirby den Anruf tätigte, überprüfte Lottie ihr eigenes Telefon. Nichts. »Seid ihr sicher, dass meine Nummer mit diesem Gerät verbunden ist?«

»McKeown hat es doch eingerichtet, oder nicht?«

»Ja.« Sie steckte das Handy weg und sah sich nach einem Wagen um, der sie zur Wache zurückbringen konnte. Sie glaubte nicht, dass ihre Füße sie noch viel weiter tragen würden.

Sie erspähte einen Streifenwagen am Rand des Parkplatzes und steuerte darauf zu, während Kirby begann, den Zugang zum Schacht abzusperren. Sie drehte den Plastikbeutel mit den zwei Münzen zwischen ihren Händen und fragte sich, welche Geheimnisse das Tunnelnetz unter Ragmullin wohl noch offenbaren mochte.

———

Lotties Kehle war trocken und so wund wie der Rest ihres Körpers, und als sie auf den Verhörraum zuging, begann ihre Jeans zu dampfen.

»Ich wusste ja immer schon, dass du heiß bist, aber dass jetzt sogar die Scheiben beschlagen ...«

»Das ist jetzt nicht der richtige Zeitpunkt, Boyd. Ist Dowling da drin?«

»Ja, er wartet. Der Arzt sagt, es geht ihm gut. Er hat Glück gehabt und ist bald wieder so gut wie neu. Im Gegensatz zu uns.«

Sie zog ihre Jacke aus und rollte sie zu einem Bündel zusammen, als McKeown aus dem Verhörraum kam.

»Hat er was gesagt?«

»Außer dass wir es nicht seiner Mutter verraten sollen, nichts.«

»Was sollen wir ihr nicht verraten?«

»Dass er wieder auf der Bildfläche erschienen ist, würde ich mal tippen, obwohl er mir nicht wie der Typ vorkommt, der vor seiner Mutter Angst hat.«

»Ich bin ihr begegnet. Ich könnte es ihm nicht verübeln.«

»So schlimm?«

»Schlimm genug.« Sie wandte sich Boyd zu. »Legen wir los. Ich will hören, was er zu Katie und Chloe zu sagen hat.«

Lottie öffnete die Tür und betrat den erdrückend kleinen Raum. Der Geruch des unterirdischen Tunnels schien mit ihr hineinzukommen, aber vielleicht ging er auch von Dowling aus. Er hatte die Ellenbogen auf den Tisch und den Kopf in eine Hand gestützt. Sein Gesicht war sauber, die Hände gewaschen. Allerdings trug er noch immer die schmutzigen Kleider an seinem dünnen Leib. Er schien zu schlafen, aber als sie die Jacke in eine Ecke stopfte, setzte er sich gerade auf.

»Sie haben sich Zeit gelassen«, sagte er.

Boyd schaltete das Aufnahmegerät ein und sprach Datum, Zeit und Namen der Anwesenden aufs Band.

»Hey, Moment mal«, sagte Dowling. »Ist das ein offizielles Verhör? Ich hab nichts getan. Das ist doch Schikane.«

»Halten Sie verdammt noch mal die Klappe«, sagte Lottie.

»Inspector.« Boyd deutete mit dem Kopf auf den Rekorder.

Lottie beugte sich über den Tisch. Musterte Dowling. »Was Sie für Schikane halten, interessiert mich einen feuchten Kehricht. Ich will wissen, was Sie mit meinen Töchtern gemacht haben.«

»Ich würde sie ordentlich rannehmen, wenn ich sie kennen würde.«

Lottie musste sich die Nägel in die Handinnenflächen bohren, um ihm nicht über den Tisch seine Unverfrorenheit aus dem Gesicht zu schlagen.

»Warum waren Sie in dem Tunnel?«

»Ich habe gearbeitet, wie ich Ihnen schon gesagt habe.«

»Ganz allein.«

»Ja.«

»Erlaubt der Arbeitsschutz das denn?«

»Muss er wohl, denn das war es, was ich getan habe.«

»Welche Art von Arbeit haben Sie gemacht?«

»Den Tunnel überprüfen, um sicherzustellen, dass er nicht einstürzt, wenn der Aufzugsschacht gebaut wird.»

»Und dazu sind Sie qualifiziert?«

»Ja. Fragen Sie Tony Keegan. Oder Bob Cleary, unser Vorarbeiter, wie Sie ja wissen.«

»Cleary ist tot«, sagte sie. »Wie Cyril Gill und eine ganze Reihe Ihrer Kollegen.«

»Pech für sie. Glück für mich.«

»Ich glaube, dass Sie in den Tunnel gegangen sind, weil Sie wussten, dass dort eine Leiche liegt.«

Er riss die Augen auf. »Eine Leiche? Wo?«

Lottie schlug ihre Hand so fest auf den Tisch, dass sogar Boyd erbebte. »Spielen Sie hier nicht den ahnungslosen Vollidioten, Conor.«

Er schniefte und zuckte die Achseln. Als er die Arme verschränkte, wurde der muffige Modergeruch stärker.

»Antworten Sie.«

»Dann stellen Sie eine Frage.«

»Wer ist das?«

»Wer?«

»Die Leiche.«

»Keine Ahnung.«

»Was haben Sie im Tunnel gemacht?«

»Gearbeitet, wie ich Ihnen eben schon sagte.«

»Ich glaube Ihnen nicht. Soll ich Ihnen sagen, was ich denke?«

»Habe ich eine Wahl?«

»Ich denke, Sie haben das Chaos, das durch den Kranunfall entstanden ist, ausgenutzt, um runterzugehen und das Skelett wegzuräumen, das Sie irgendwann dort abgelegt haben.«

»Ich hatte keine Ahnung, dass es einen Unfall gegeben hat, bis ich versucht habe, aus dem verdammten Gang wieder rauszukommen.«

»Wie genau ist es abgelaufen?«

Er stieß einen langen, erschöpften Seufzer aus. »Ich hatte eine Besprechung mit meinem Vorarbeiter und dem Chef. Mr Gill war sauer und wollte sich vergewissern, dass ich nichts mit dem Mord an seiner Tochter zu tun hatte. Was ich, zu Ihrer Information, nicht habe. Dann habe ich das Büro verlassen und zu arbeiten angefangen. Das war's. Oh, ich habe vorher noch eine mit Tony geraucht. Er wird es bestätigen, wenn er noch lebt. Lebt er noch?«

»Ja.«

Sein Gesicht verschloss sich. Lottie hätte nicht sagen können, ob es ihn freute oder nicht.

Er fuhr fort. »Dann war ich unten eingesperrt und habe versucht, mich durchzuschlagen, um einen Ausweg zu finden. Zum Glück sind Sie aufgetaucht.« Er zog fragend die Augenbraue hoch. »Warum eigentlich? Wussten Sie, dass ich dort unten stecke?«

Lottie ging nicht auf die Frage ein. »Was ist mit dem Skelett?«

Conor lehnte sich zurück. »Wollen Sie mir das jetzt auch noch anhängen?«

»Beantworten Sie einfach die vermaledeite Frage«, sagte Boyd.

Conor stieß säuerlich riechenden Atem aus. »Das Skelett lag da, als ich durch das Loch in der Mauer gekrochen bin. Ich konnte nicht auf dem Weg raus, den ich gekommen war, also musste ich es in die andere Richtung versuchen. Irgendwann habe ich begriffen, dass ich festhing. Das erste Mal, dass ich froh war, euch Bullen zu sehen.«

Lottie wünschte sich, sie hätte einen Notizblock oder eine Akte als Gedankenstütze vor sich gehabt. Die Erschöpfung fraß sich zunehmend in ihre Knochen, und sie brauchte all ihre Energie, um sich zu konzentrieren. War er wirklich nur zufällig über das Skelett gestolpert wie sie vorhin, oder war hier etwas anderes im Gang? Ihr Bauchgefühl sagte ihr, dass er mehr wusste, als er zugeben wollte. Wie ihn dazu bringen?

»Ich habe in dieser, sagen wir mal, Gruft etwas Interessantes gefunden.«

»Gruft?«

War er wirklich so begriffsstutzig wie er tat? Sie verlor langsam die Geduld. So kamen sie nicht weiter. «Zwei Münzen.«

Sie sah ihn eindringlich an und glaubte, ihn erbleichen zu sehen, aber sie konnte sich nicht sicher sein. Abgesehen von ein paar Sommersprossen auf seiner Nase, war seine Haut tödlich blass.

»Keine Ahnung, was es damit auf sich hat«, sagte er und kaute auf der Innenseite seiner Wange.

Zeit, die Taktik zu wechseln. »Ich habe gestern Ihrer Mutter einen Besuch abgestattet.«

Seine Wangen färbten sich rot. Augenblicklich. »Meine Mutter! Was zum Henker haben Sie da zu suchen gehabt?«

»Eigentlich wollte ich zu Ihnen.«

»Lassen Sie meine Mutter aus dem Spiel.«

»Ich musste Ihr Alibi überprüfen.«

»Was für ein Alibi?«

Er war aufgebracht. Gut, dachte sie.

»Ihr Alibi für die Morde an Amy Whyte und Penny Brogan. Und auch für die an Louise Gill und Cristina Lee. Haben Sie nicht gesagt, dass Sie am vergangenen Samstag- und Dienstagabend zu Hause gewesen waren?«

»Ich bin jeden Abend zu Hause. Bis auf gestern, versteht sich, denn da war ich in diesem verdammten Loch gefangen.«

»Stimmt.«

»Halten Sie sich von meiner Mutter fern, ist das klar?« Er schlug mit der Faust auf den Tisch.

»Drohen Sie mir, Mr Dowling?«

»Sparen Sie sich den Mister.«

Nun, da sie ihn wütend gemacht hatte, schlug Lottie eine andere Richtung ein. »Katie und Chloe. Kennen Sie sie?«

»Wer ist das?«

»Meine Töchter.«

»Die Armen.«

Boyd stupste Lotties Fuß an, aber sie schenkte ihm keine Beachtung. Sie würde sich von Dowling nicht provozieren lassen. »Meine Töchter sind entführt worden. Mir ist klar, dass Sie es nicht selbst gewesen sein können, aber vielleicht wissen Sie ja, wer es getan haben könnte.«

»Ich weiß absolut nichts über Ihre Töchter. Wollen Sie mir eigentlich jedes Verbrechen anhängen, das in dieser Stadt passiert? Wissen Sie was? Ich will meinen Anwalt. Jetzt. Genau in dieser verfickten Minute. Ich kenne meine Rechte.«

»Davon gehe ich aus. Schließlich haben Sie zehn Jahre gesessen.«

»Für etwas, das ich nicht getan habe.«

»Sie sind vor Gericht gestellt und verurteilt worden.«

»Das hat in diesem Land doch keine Bedeutung. Sie haben es sich passend gemacht, wie Sie es jetzt auch wieder versuchen. Ich habe keine Ahnung, wo Ihre bescheuerten Töchter sind, aber wenn Sie meine Mutter wären, würde ich zusehen, dass man mich nie mehr finden kann.«

Sie ermahnte sich selbst, sich nicht provozieren zu lassen. »Sie haben uns damals kein Alibi für den Überfall auf Thompson geliefert. Warum nicht?«

»Kein Kommentar.«

»Sie wollen doch nicht wirklich wieder damit anfangen, oder?«

»Kein Kommentar.«

Eine kleine Notlüge hatte noch nie geschadet, also beschloss sie, es zu probieren. »Ich habe mich ein wenig in dem Schuppen hinten im Garten Ihrer Mutter umgesehen.«

Der Wechsel in seinem Verhalten kam urplötzlich. Er fuhr

auf, langte über den Tisch und griff in Lotties Haar. Eher vor
Schreck als vor Schmerz schrie sie auf. Boyd sprang von seinem
Stuhl und packte Dowlings Handgelenk, und gemeinsam
brachten Lottie und er den jüngeren Mann wieder unter
Kontrolle.

»Sie sind ein hinterhältiges Miststück«, spuckte Dowling
aus. »Wegen Ihrer Unfähigkeit habe ich zehn Jahre gesessen,
und ich kann Ihnen garantieren, dass ich keine Sekunde länger
hinter Gittern verbringe. Das Justizsystem in diesem Land ist
ein Witz. Ein Witz, hören Sie?«

»Tätlicher Angriff auf einen Polizisten ist eine ernste Straf-
tat«, sagte Boyd. »Setzen Sie sich.«

Lottie hatte es die Sprache verschlagen. Ihre Kopfhaut
pochte, und sie entdeckte Haare zwischen Dowlings Fingern.

Nach ein paar Atemzügen schien er zu begreifen, was er da
angerichtet hatte, denn er sagte: »Tut mir leid. Das wollte ich
nicht.«

Lottie schluckte herunter, was sie am liebsten erwidert
hätte. »Ich könnte Ihre Entschuldigung annehmen, wenn Sie
uns Informationen geben.«

Er nickte. Schweißtropfen glitzerten auf seinem rasierten
Schädel.

Sie neigte sich Boyd zu und bat ihn flüsternd, Amy
Whytes Akte zu holen. Während sie auf seine Rückkehr
warteten, blickte sie unverwandt auf Dowlings gesenkten
Kopf. Sie dachte zurück an den jungen Mann vor Gericht, der
die Augen ungläubig aufgerissen hatte, als er verurteilt
worden war. Damals hatte sie einen Moment lang Panik
erfasst – hatte sie den richtigen Mann festgesetzt? Nun
empfand sie dasselbe wieder. Vor zehn Jahren war die
Forensik noch nicht so weit gewesen wie heute. Sie hatten
keinerlei Sachbeweise gehabt, die ihn mit der Tat verbunden
hätten, sondern nur zwei Augenzeuginnen, die behauptet
hatten, sie hätten ihn aus dem direkten Umfeld des Tatorts

rennen sehen. Corrigan war damals Inspector gewesen, außerdem der leitende Ermittler. Hatte er Lottie in eine Richtung gelenkt, in der er sie haben wollte? Damit der Fall möglichst schnell abgeschlossen werden konnte? Um von etwas anderem abzulenken? Vielleicht musste sie den Fall doch noch einmal durchgehen. Sobald ihre Töchter wieder zu Hause waren.

Der Gedanke daran, dass Katie und Chloe gegen ihren Willen festgehalten wurden – oder Schlimmeres –, katapultierte sie wieder ins Jetzt zurück. Boyd betrat mit der Akte den Raum. Lottie schlug sie auf und schob einen Zettel über den Tisch.

»Schauen Sie sich das an, Conor. Ich habe es Ihnen schon einmal gezeigt, und Sie haben geleugnet, es Amy geschickt zu haben. Wollen Sie die Geschichte noch einmal ändern?«

Er las laut. »›Ich beobachte dich.‹«

»Und?«

Seine Schultern fielen nach vorne, als er den Zettel zu ihr zurückschob. »Okay. Ja. Ich habe den Zettel geschrieben. Zufrieden?«

Sie warf Boyd einen Seitenblick zu. Er zeigte ihr heimlich den erhobenen Daumen.

»Wann haben Sie ihr das geschickt?«

»Eine Woche, nachdem ich entlassen worden bin. Ich wollte ihr Angst machen. Sie hat gelogen, als sie damals behauptet hat, mich gesehen zu haben.«

»Warum hat sie gelogen?«

»Ich weiß es nicht.«

»Und die Münze?«

»Was für eine Münze?«

»Die mit der Nachricht im Umschlag war.«

Sein Blick verriet ihr, dass er keine Ahnung hatte, wovon sie sprach.

»Ich weiß nichts von einer Münze.« Er starrte auf den

Zettel, ehe er den Blick erneut hob. »Es gab auch keinen Umschlag.«

»Und wie haben Sie ihr die Nachricht zukommen lassen?«

»Ich habe sie in der Apotheke vorbeigebracht, wo sie gearbeitet hat. Haben Sie eine Kopie der Rückseite?«

Worauf wollte er hinaus? Lottie nahm ein zweites Stück Papier aus der Akte. *AMY* stand auf einer Hälfte. Offensichtlich hatte man die Nachricht gefaltet und den Namen auf die Außenseite geschrieben. Lottie war es sofort aufgefallen, aber sie hatte dem keine besondere Bedeutung beigemessen. Schließlich hatten sie die Nachricht in einem Umschlag gefunden.

»Da, sehen Sie«, sagte er. »Ich bin in die Apotheke gegangen, weil ich dachte, ich würde Amy dort antreffen. Ich wollte ihr in die Augen sehen, wenn ich ihr den Zettel gebe, aber es war niemand vorne im Laden. Dann hörte ich, wie irgendwo eine Tür aufging, und ehe mir klar wurde, was ich tat, habe ich das Ding schon auf der Theke liegen lassen und bin abgehauen. Das ist die Wahrheit. Kein Umschlag. Keine Münze.«

»Wem haben Sie die Nachricht gegeben?«

»Wie ich schon sagte, ich habe sie einfach liegen lassen. Ich habe auch niemanden gesehen. Ich wollte bloß weg. Kann ich jetzt gehen?«

»Nein, können Sie nicht.«

»Hören Sie, Inspector, ich hatte keinen Grund, eins von diesen Mädchen umzubringen.«

»Louises und Amys Aussagen haben zu Ihrer Verurteilung geführt.«

»Louise hat mich im Gefängnis besucht. Sie hat mir gesagt, wie leid es ihr tut. Sie hat mir keine Einzelheiten verraten, aber gesagt, dass sie alles tun wollte, um das Unrecht wiedergutzumachen. Ich hab Bill Thompson weder überfallen noch ausgeraubt, und wenn Louise etwas erreicht hätte, wäre ich rehabilitiert gewesen. Warum hätte ich sie umbringen soll?«

Gute Frage, dachte Lottie. »Sie haben sich damals nie verteidigt. Warum nicht?«

Er zuckte die Achseln und senkte den Kopf.

»Warum haben Sie Amy diesen Zettel gegeben?«

»Ich war mies drauf. Hab mir selbst leidgetan. Ich wollte, dass sie sich ein bisschen fühlt wie ich mich im Knast. Da drin wird man rund um die Uhr beobachtet. Das war alles, das schwöre ich.«

Konnte sie ihm glauben? Falls ja, hatte sie vor zehn Jahren auf unverzeihliche Weise Mist gebaut. Oder vielmehr ihr Chef, Corrigan. Aber wenn Dowling Thompson nicht überfallen hatte, wer dann?

FÜNFUNDFÜNFZIG

Kirby kam mit Kaffee und Croissants aus der Kantine zurück. Lottie nahm sich einen Becher und spürte, wie sich die warme Flüssigkeit in ihrem leeren Magen sammelte.

»Du musst was essen«, sagte Boyd. »Ich kann das Knurren bis hierhin hören.«

»Noch immer nichts?«, fragte sie Kirby.

Er wusste, dass sie sich auf ihre Töchter bezog, und schüttelte langsam den Kopf.

McKeown, der gerade telefoniert hatte, legte auf. »Das war interessant. Könnte etwas sein oder auch nicht.«

Lottie nahm sich ein Croissant und setzte sich auf die Kante seines Tischs. Lynchs Tisch. Auf eine komische Art vermisste sie Lynch. Die Polizistin schaffte es zumindest, sich Zeit für ihre Familie zu nehmen, während Lottie die ihre immer nur wieder in Gefahr brachte.

»Das war Miranda von Flame, einem Friseur und Kosmetikstudio. Jedenfalls glaube ich, dass sie Miranda hieß.« McKeown blinzelte auf das unleserliche Gekritzel auf seinem Notizblock.

»Weiter«, sagte Lottie ungeduldig.

»Sie hat Bernie Kelly auf dem Foto erkannt, das gestern in

den Nachrichten gezeigt wurde. Gestern Morgen sei eine Frau, auf die die Beschreibung passt, in den Salon gekommen. Hat sich die Haare kurz schneiden und eine Bräunungsdusche verpassen lassen. Diese Miranda ist hundertprozentig sicher, dass es Kelly war.«

»Kein Wunder, dass sie keiner findet«, bemerkte Kirby. »Sie wird vollkommen verändert aussehen.«

»Außerdem hätte die Frau zwei Tüten von Primark dabei-gehabt und sich nach der Bräunungsdusche umgezogen. Die alten Klamotten hat sie in den Tüten dagelassen.«

»Beschreibung der Sachen?«, fragte Lottie.

»Schwarze Leggings, langes schwarzes T-Shirt, Stiefel und ein grüner Parka mit schwarzem Fell an der Kapuze.«

»Das trägt halb Ragmullin bei diesem Wetter.« Lottie versuchte sich Bernie Kelly ohne ihre langen roten Haare vorzustellen. »Gehen Sie mit Kellys Foto zu dieser Miranda und lassen Sie sich die neue Frisur beschreiben. Dann können wir ein angepasstes Bild rausgeben. Vielleicht bringt es jemanden dazu, uns anzurufen.«

»Du wirst das mit dem Superintendent abstimmen müssen«, sagte Boyd.

»Ich muss Kelly finden. Ich will meine Töchter zurück.«

»Eben in der Vernehmung hast du Dowling praktisch vorgeworfen, etwas mit ihrem Verschwinden zu tun zu haben. Kapiere ich nicht.«

»Ich will alle Möglichkeiten abdecken.«

Sie stellte den Becher ab und stand auf. Sie wusste nicht, was sie denken sollte. Die Münze in Louis' Tasche verwies auf den Serienmörder, die Samen auf der Schwelle auf Bernie Kelly.

Sie schob die Hände tief in die Hosentaschen. »Je länger es dauert, umso geringer die Chance, dass ich meine Töchter lebend wiedersehe«, sagte sie und unterdrückte den Schluchzer, der aus ihr herauszubrechen drohte. Ein

Arm schlang sich um ihre Schultern, und Kirby zog sie an sich.

»Wir finden sie«, sagte er. »Niemand, der zu uns gehört, wird mehr in Jane Dores Leichenschauhaus landen, hören Sie?«

Sie brachte ein schwaches Lächeln zustande, doch Kirbys Worte flößten ihr mehr Angst als Hoffnung ein.

»Noch irgendwas?« Sie musste sich konzentrieren.

Kirby schlenderte zu seinem Tisch. »Ich habe einen Streifenwagen losgeschickt, um Tony Keegan zu holen, wie Sie es wollten. Keegan wartet im Verhörraum zwei.«

»Gut.« Sie wandte sich an McKeown. »Wenn Sie bei dieser Miranda waren, gehen Sie die Abschriften von Louise Gills Computer durch. Und Kirby, rufen Sie noch einmal jeden aus Pennys Terminbuch an.« Sie brach ab, um ihre Gedanken zu sortieren. »McKeown. Diese Aufnahmen der Sicherheitskamera. Haben wir irgendetwas, womit wir *beweisen* können, dass unser Mörder durch den Tunnel verschwunden ist? Ich habe zumindest nichts gesehen.«

»Ich habe Jim McGlynn gebeten, seine Leute durch möglichst viele Gänge zu schicken und nach Spuren zu suchen, die darauf hinweisen, dass jemand kürzlich dort unten war. Vielleicht finden sie sogar die Mordwaffe. Die Münzen legen ja nahe, dass sich jemand da aufgehalten hat.«

»Es sei denn, sie liegen schon seit der Zeit da, in der die arme Seele dort zum Verwesen liegen gelassen wurde.« Sie dachte einen Moment lang nach. »Die durchbrochene Ziegelmauer. Sie sieht neuer aus als das Tunnelwerk. Versucht herauszufinden, wann sie gebaut worden ist. Und von wem. Vielleicht führt uns das zu einer Antwort, wer der Tote war und warum er dort liegt.«

»Ich schaue nach, was ich für Pläne finden kann«, sagte McKeown. »Bestimmt gibt es hier in der Stadt einen Historiker, der uns behilflich sein kann.«

Lottie nickte und wandte sich an Kirby. »Ich möchte, dass Sie sich beim Personal von Whytes Pharmacy nach Folgendem erkundigen. Dowling hat gesagt, dass er die Nachricht an Amy ohne Umschlag abgegeben hat. Als ich sie in ihrem Zimmer gefunden habe, steckte sie aber mit einer Münze in einem Umschlag.«

»Mach ich.«

Mit einem weiteren Blick auf ihr stummes Handy, sagte Lottie: »Gib mir fünf Minuten, Boyd, ehe wir uns anhören, was Mr Keegan zu sagen hat. Ich möchte mir noch einmal rasch die Akte von dem Überfall auf Thompson ansehen.«

Sie schlug die Akte auf und begann zu lesen. Sie musste selbst herausfinden, ob sie im Laufe der ursprünglichen Ermittlung auf die falsche Fährte geraten oder geführt worden war. Sie hoffte inständig, dass sie nicht den falschen Mann ins Gefängnis gebracht hatte. Doch ihr Inneres krampfte sich beharrlich zusammen; sie war inzwischen fast sicher, dass der Angriff auf Bill Thompson in Verbindung mit den neusten Morden stand.

Sie nahm die Fotos des Tatorts zur Hand. Hielt sie dicht vor ihre Nase, um zu sehen, ob sie irgendwelche Münzen erkennen konnte. Oder etwas, was ihnen damals entgangen war. Sobald Dowling von den beiden Augenzeuginnen identifiziert worden war, hatten sie sich auf ihn gestürzt. Da er kein Alibi zu bieten hatte, war er verhaftet, angeklagt und verurteilt worden. Fall abgeschlossen.

Sie legte die Fotos weg und las weiter.

Bill Thompson, der nach dem Überfall einen Gehirnschlag erlitten hatte, hatte sich nie wieder richtig erholt. Er hatte nicht mehr sprechen, seinen Angreifer nicht beschreiben können. Die Befragung der Nachbarn hatte nichts erbracht. Der Safe war offen, das Geld gestohlen worden.

Der Safe.

Wieder nahm sie die Fotos zur Hand. Ein Boden-Safe. Der durch einen Schlüssel geöffnet worden war. Die Klappe lag neben dem klaffenden Loch auf dem Boden.

Sie schloss die Augen. Versuchte sich an die Szenerie zu erinnern. Aber es war zehn Jahre her. Dann fiel ihr etwas ein. Woher hatte der Räuber den Schlüssel gehabt?

Sie suchte nach einem Foto von Bill Thompson. Es gab keins von ihm am Tatort. Der Notarzt war vor der Polizei eingetroffen und hatte ihn sofort ins Krankenhaus gebracht. Von dort aus war er nach Dublin geflogen worden, wo er sich einer fünfstündigen Hirnoperation unterzogen hatte.

Das Bild, das sie schließlich ganz hinten in der Akte fand, zeigte einen aufgeweckten Vierundsechzigjährigen mit ergrauendem Haar und einer großen Nase. Er hatte gut ausgesehen, bemerkte sie, und fit. Hatte er den Schlüssel direkt bei sich gehabt? War er gestört worden, als er die Einnahmen in den Safe gelegt hatte? Wenn nicht, woher hatte der Täter von dem Safe gewusst?

Sie legte das Foto hin und durchsuchte die Unterlagen nach einer Erwähnung des Schlüssels. Aber da war nichts.

Sie schloss die Augen und versuchte sich erneut zu erinnern. Ging wieder die Akte durch, bis sie Conor Dowlings Verhaftungsprotokoll fand. Auch bei seinen Sachen war kein Schlüssel aufgeführt. Genauso wenig wie Geld, was das anging.

Wieder betrachtete sie die Fotos. Und entdeckte ein weiteres von dem offenen Safe. Münzen lagen auf dem Boden verstreut, als wären sie aus dem Geldsack einer Bank gefallen.

Shit.

SECHSUNDFÜNFZIG

Lottie konnte kaum glauben, dass sie tatsächlich eine weitere Befragung durchführten, während ihre Töchter noch immer vermisst wurden. Bevor sie den Raum betrat, rief sie ihre Mutter an, um sich zu vergewissern, dass mit Sean und Louis alles in Ordnung war und das Haus noch immer von einem Streifenwagen überwacht wurde. Sie musste weiterarbeiten, wenn sie nicht verrückt werden wollte.

Tony Keegans Bauch drückte gegen die Tischkante. Das fettige Haar fiel ihm bis auf die Schultern, einzelne Locken rahmten seine Stirn ein. Er blickte von Lottie zu Boyd, versuchte, einen Punkt über ihren Köpfen zu fixieren, gab dann aber auf und betrachtete seine feisten Hände, die auf dem Tisch lagen. Hätte Lottie ihn beschreiben sollen, hätte sie ihn als grobschlächtig aber verschlagen bezeichnet. Sie würde tief unter die Oberfläche seiner äußeren Erscheinung tauchen müssen. Mörder kamen in allen möglichen Gestalten daher, wie sie wusste, und bisher war der Killer der vier jungen Frauen so greifbar wie eine Feder im Wind.

»Kann ich meine Jacke ausziehen?«

»Klar.« Diesmal hatte Lottie eine Akte dabei, damit sie so tun konnte, als lese sie darin, ehe sie sich an ihn wandte.

Boyd erledigte die Einleitung für den Mitschnitt.

Lottie begann. »Mr Keegan, was können Sie mir über Conor Dowling sagen?«

»Ah, na ja, Sie wissen doch eigentlich alles über Conor, oder? Er ist ja noch nicht lange wieder aus dem Gefängnis raus.«

»Dann erzählen Sie uns etwas, was wir noch nicht wissen.«

»Woher soll ich wissen, was Sie wissen oder nicht?«

»Tun Sie mir einfach den Gefallen«, erwiderte sie und kämpfte die aufsteigende Verärgerung nieder. Bestimmt konnten Boyd und Keegan ihren Herzschlag hören, so groß war ihre Besorgnis. Sie musste ihre Töchter finden, ehe es zu spät war. Sie wollte ihren jugendlichen Duft einatmen, nicht den Schweißgeruch dieses Idioten. Aber sie musste weitermachen, um Informationen aufzudecken, die sie vielleicht zu ihnen führen würden. Sie musste sich konzentrieren. Das Ziel fokussieren.

Die verschlagenen Augen richteten sich auf sie. »Er behauptet, dass Sie ihn schikanieren.«

»Ich rede von den Morden, Schlaumeier.«

»Oh. Darüber weiß ich nichts.«

Ihr Frust kochte über. »Lesen Sie Zeitung? Lesen können Sie doch, oder? Oder sehen Sie fern oder sind auf Twitter oder Facebook? Sie haben bestimmt schon von Amy Whyte, Penny Brogan, Cristina Lee und Louise Gill gehört.«

»Natürlich habe ich von ihnen gehört. Das heißt aber nicht, dass ich etwas über sie weiß.«

»Cyril Gill ist Ihr Chef. Ich bin sicher, dass Louise Ihnen schon begegnet ist.«

»Ich kannte alle vier vom Sehen.«

Lottie sah ihn scharf an. »Und woher?«

Er setzte an, die Arme zu verschränken, aber sein Körperumfang machte es ihm in der beengten Position schwer. Der Geruch abgestandenen Zigarettenqualms wehte Lottie entgegen, und sie bereute, das Croissant gegessen zu haben. Säure brannte in ihrem Magen. Der Mangel an frischer Luft in ihren Vernehmungsräumen war ein ständiges Ärgernis.

Keegan kaute geräuschvoll auf einem Stück Kaugummi herum. »Amy habe ich gesehen, wann immer ich in der Apotheke war, was nicht oft vorgekommen ist, weil ich versuche, meiner Ex-Frau aus dem Weg zu gehen. Sie arbeitet da.« Er hielt inne, als hätte er etwas Fauliges in den Mund bekommen. »Dann Penny – sie habe ich in den Clubs gesehen, wenn ich mal unterwegs war, was auch nicht oft vorkommt.«

»Und Louise Gill?«

»Selten. Sie kam nie auf die Baustelle. Ich glaub nicht, dass sie und ihr Daddy sich besonders gut verstanden haben. Ihre lesbische Freundin habe ich auch mal gesehen. Obwohl ich meine Zweifel habe, dass Gill von der Beziehung wusste.«

»Sie meinen also, dass Cyril Gill mit Louises Wahl nicht einverstanden gewesen wäre?«

»Shit, ganz sicher nicht. Er hasste den ganzen Schwulen-Lesben-Kram. Durch und durch bigott war er. Und hat damit auch nicht hinterm Berg gehalten.«

»Hatten Sie je Meinungsverschiedenheiten mit ihm?«

»Eigentlich nicht. Nein.« Das Kauen ging weiter.

»Seit wann arbeiten Sie für Cyril Gill?«

»Seit ich von der Schule abgegangen bin.«

»Das war wann?«

»Ich bin nicht bis zum Abschluss geblieben. Ich muss um die sechzehn gewesen sein. Das wären jetzt fast zwanzig Jahre, plus minus.«

»Erstaunlich, dass Sie nie in den Rang eines Vorarbeiters aufgestiegen sind.« Sie konnte sich allerdings auch kaum vorstellen, dass Keegan die richtige Geisteshaltung für eine solche Aufgabe besaß. Ohne auf eine Antwort zu warten, sagte sie: »Megan Price zu heiraten, muss Sie die Leiter ein Stück hinaufgeschubst haben. Wie haben Sie sie kennengelernt?«

»Meine Ehe hat mit all dem nichts zu tun.«

»Das entscheide ich.«

Je mehr er auswich, umso stärker wurde Lotties Drang, hinauszustürmen. Nach Katie und Chloe zu suchen. Doch sie musste diese Vernehmung zu Ende bringen, denn es mochte sein, dass Keegan durch seine Verbindung zu Dowling etwas über sie wusste.

»Fahren Sie fort«, sagte sie. »Sie wollten mir gerade von Ms Price erzählen.«

»Wollte ich nicht. Sie hören mir ja nicht einmal zu.« Er holte tief Luft und stieß sie als Seufzer wieder aus. Sie konnte das Kaugummi an seinen Zähnen kleben sehen. »Megan und ich, das war kompliziert.«

Ist es nicht bei uns allen so?, dachte sie. »Kannten Sie sie schon, bevor ihr Stiefvater überfallen worden war?«

»Wir waren manchmal zusammen unterwegs. Mit ein paar anderen. Conor war auch dabei. Megan war ziemlich wild damals, obwohl sie auf dem College war. Sie hat immer auf uns herabgesehen, aber ich hielt sie für eine Göttin.«

»Sie hätten alles für sie getan?«

»Ich war in sie verliebt. Das heißt nicht, dass ich immer noch alles für sie tun würde. Doch damals konnte ich es gar nicht glauben, als sie auf meine Frage, ob sie mich heiraten will, tatsächlich ja sagte. Wenn ich jetzt so darüber nachdenke, war es kurz nachdem Bill Thompson gestorben ist, also hat sie mich vielleicht nur genommen, um sich über den Tod hinwegzutrösten.«

»Hinwegzutrösten?«

»Sie wissen schon. Sie hat den alten Mann geliebt, und als er tot war, stand ich eben als Nächster in der Schusslinie.«

»Seltsame Wortwahl.«

Er zupfte an einem Hautfetzen am Nagel, bis es zu bluten

anfing. »So ist es dann am Ende geworden. Ich stand immer in ihrer Schusslinie.« Er hustete, kaute, sah Lottie an. »Ich verstehe nicht, was das alles mit den Morden zu tun haben soll.«

Das tat Lottie auch nicht. Noch nicht. Aber das würde sie Keegan nicht verraten. »Sie hätten also alles für Megan getan?«

»Na ja, schon. Damals. Heute nicht mehr.«

»Sie haben sogar dabei geholfen, Ihrem Freund Conor ein Verbrechen anzuhängen. Damals«, fügte sie hinzu.

Seine Augen quollen förmlich aus den Höhlen. »Moment mal. Was wollen Sie mir denn da unterstellen?«

Szenarien entstanden in ihrem Kopf. Was, wenn Megan an das Geld ihres Stiefvaters hatte kommen wollen? Nein, das ergab keinen Sinn. »War es vielleicht dann Cyril Gill, der Sie dazu gebracht hat, Ihren Freund ans Messer zu liefern?«

Keegan schüttelte den Kopf; Schuppen drifteten wie Glühwürmchen durch die Luft. »Ich kapiere überhaupt nicht, was Sie meinen.«

Gut, dachte Lottie. Den Feind musste man in Verwirrung stürzen. »Es ist möglich, dass Cyril Gill vor zehn Jahren Interesse daran gehabt hat, Bill Thompson aus dem Weg zu räumen, damit er mit seinem Bauantrag weiterkam.«

»Ich habe absolut keine Ahnung, wovon Sie reden.«

»Von dem Stadtsanierungsprojekt. Und das wissen Sie. Sie haben mir doch eben selbst gesagt, dass Sie schon fast zwanzig Jahre für Gill arbeiten.«

Er presste die Lippen zusammen.

Lottie fuhr fort. »Entweder haben Sie oder Dowling die Drecksarbeit für Gill gemacht, indem Sie Thompson aus dem Bild genommen haben. Wer von Ihnen es auch getan hat, Dowling hat die Schuld dafür bekommen und mit zehn Jahren seines Lebens bezahlt.«

Keegans ohnehin schon braunrote Wangen nahmen eine

purpurne Färbung an. Seine Nase lief, und er zog sie hoch. »Damit hatte ich nichts zu tun.«

Lottie wandte sich an Boyd. »Ich finde, er protestiert zu viel, denkst du nicht?«

Boyd nickte, und sie nahm an, dass er zu wissen glaubte, worauf sie hinauswollte, aber er irrte sich. Sie hatte selbst keine Ahnung. Mindestens zum hundertsten Mal an diesem Tag wünschte sie sich, ihre Gedanken würden nicht ständig abschweifen.

Sie nahm ein Foto aus der Akte. Den Blick auf Keegans Miene gerichtet, schob sie es über den Tisch. Er schob den Unterkiefer vor und fuhr sich bei geschlossenen Lippen mit der Zunge über die Zähne. Überlegte er sich eine Geschichte? Sie wusste, dass er das Motiv auf dem Foto erkannte.

Er schüttelte den Kopf. Zu vehement. »Keine Ahnung, was das ist.«

»Eine Münze. Eine von einer ganzen Reihe, die neben den Leichen der jungen Frau gefunden wurden.«

»Na und?« Sein Blick war noch immer auf das Foto geheftet.

»Erklären Sie es mir. Sagen Sie mir, was das bedeutet.«

»Weiß ich nicht.«

»Doch. Wissen Sie.«

Er zuckte mit seinen massigen Schultern. »Sieht für mich wie eine Art Medaille aus.«

Sie warf Boyd einen Blick zu. Eine Medaille? Sie waren so davon überzeugt gewesen, Münzen vor sich zu haben, dass sie gar nichts anderes in Betracht gezogen hatten. Auf keiner der Scheiben war eine Inschrift zu sehen.

»Was für eine Medaille?«, fragte Boyd.

Wieder ein Achselzucken. »War nur eine Vermutung. Ich habe die noch nie gesehen.«

Sie nahm sich vor, später auf seine Vermutung zurückzukommen. »Erzählen Sie mir etwas über das Skelett im Tunnel.«

Nun wurde sein purpurnes Gesicht blass. »Sie wissen davon?«

Bingo!

»Allerdings.«

Er sah sich hektisch in dem kleinen Raum um. »Verdammt. Wenn Gill noch leben würde, würde er durchdrehen.«

»Cyril Gill wusste auch davon?«

Fest verschlossene Lippen verrieten Lottie nun, dass Keegan sich seines Fehlers bewusst war: Er hatte etwas gesagt, was er nicht hätte sagen dürfen.

»Weiter, Tony. Sie haben angefangen, dann können Sie jetzt auch zu Ende sprechen.«

»Dafür kriege ich Riesenärger.«

»Ich muss mich mit vier Toten befassen, und nun dieses Skelett. Den Riesenärger haben Sie schon.«

»Ach, verdammt«, sagte er und beugte sich vor. Seine Miene wirkte aufrichtig. »Irgendwann diese Woche, Mittwoch vielleicht, ist unser Vorarbeiter, Bob Cleary auf eine Ziegelmauer im Tunnel gestoßen. Er musste die Gänge erkunden, um einzuschätzen, was zu tun war, um den Aufzugsschacht abzustützen, wissen Sie.« Lottie nickte, als sei ihr alles klar. »Er kam wieder hoch, rief ein paar Leute zusammen und führte uns runter, um einen Durchbruch zu machen. Und dann haben wir die Knochen gesehen. Cleary hat getobt. Er hat uns schwören lassen, es niemanden zu sagen, bis er wusste, wie er es dem Boss beibringen sollte.«

»Und haben Sie es weitererzählt?«

»Nur Conor. Keine Ahnung, ob Bob es dem Boss gesagt hat oder nicht. Und das ist alles, was ich darüber weiß. Das schwöre ich.«

Lottie war sich nicht sicher, ob sie ihm glauben sollte. Aber wenn er es seinem Freund erzählt hatte, hatte Dowling zumindest gelogen, als er behauptet hatte, dass er von dem Skelett zuvor nichts gewusst hatte. Aber hatte sie ihm diese Frage überhaupt gestellt? Sie musste nachher Boyd danach fragen und die Abschrift lesen. Sie fuhr sich mit der Hand durchs Haar. Sie drehten sich im Kreis. Und sie war der Frage, wo ihre Töchter waren, noch keinen Schritt nähergekommen.

»Wo sind Katie und Chloe Parker?«

»Wer?«

»Sie haben mich verstanden.«

»Kenne ich nicht.«

»Das sind meine Töchter. Sie werden vermisst.«

»Was machen Sie denn dann hier? Wenn das meine Töchter wären, wäre ich jetzt auf der Suche nach ihnen.«

»Klugscheißer«, sagte Boyd.

Lotties Herz setzte einen Schlag aus. Keegan hatte recht. »Eine letzte Frage. Was macht Dowling in dem Schuppen in seinem Garten?«

»In dem Schuppen? Weiß ich nicht.«

Aber sein Gesichtsausdruck sagte Lottie, dass das nicht stimmte. »Was ist in dem Schuppen? Und jetzt sagen Sie nicht, ich solle selbst nachsehen.«

»Werkzeuge, hauptsächlich. Er hat früher Sachen mit Holz gemacht und so was.«

»Sachen mit Holz?«

Keegan stieß seinen übelriechenden Atem aus. »Sie wissen schon, kleine Holzspielzeuge und so. Und später hat er Schmuck gemacht.«

»Was für Schmuck?«

»Schmuck eben. Fragen Sie ihn.«

»Werde ich.«

Sie wandte sich Boyd zu, um sich mit einem Blick zu erkundigen, ob er noch weitere Fragen habe.

»Die Münze, die wir Ihnen gezeigt haben«, sagte Boyd. »Könnte Conor die gemacht haben?«

Keegan biss sich auf die Lippe. »Möglich wär's, nehme ich an. Ja.«

SIEBENUNDFÜNFZIG

Lottie saß an ihrem Tisch und rief erneut Rose an. Noch immer nichts Neues. Sean und Louis ging es gut. Sie wusste, dass sie beschäftigt bleiben musste, während es sie die ganze Zeit über innerlich zerriss.

Sie versuchte alles, was sie aus den beiden Vernehmungen erfahren hatte, einzuordnen. Sie würde beide Männer gehen lassen müssen. Sie hatte nichts gegen sie in der Hand, und sie konnte sie nicht allein aufgrund ihres Instinkts festhalten. War es möglich, dass Dowling diese Münzen hergestellt hatte? Wie sollte sie sich einen Durchsuchungsbeschluss für den Schuppen beschaffen? Kein noch so kleines Indiz brachte ihn mit einem der beiden Verbrechen in Verbindung, und Bauchgefühl allein überzeugte keinen Richter. Es sei denn, sie versuchte, Vera Dowling weichzuspülen. Boyd war gut in solchen Dingen.

»Boyd.«

Er humpelte hinein.

»Du musst mit mir zu Dowling fahren. Ich will, dass du Vera Honig um den Bart schmierst. Ihr Tee machst oder sonst etwas, während ich mich im Gartenschuppen umsehe.«

»Spinnst du?« Müde lehnte er sich an den Türrahmen. »Du musst einen schlimmeren Schlag auf den Schädel abbekommen haben als ich.«

»Dann musst du eben deinen Charme spielen lassen, damit sie uns die Erlaubnis gibt.«

»Lottie, du denkst nicht geradeaus. Wir haben so viel anderes zu tun.«

Sie stand auf. »Kommst du jetzt mit, oder willst du einfach nur herumstehen und dir leidtun?«

Harsche Worte, denn er sah wirklich furchtbar aus.

»Ich habe wohl keine Wahl.«

———

Kirby schaute in Whyte's Pharmacy vorbei. Trisha, die Assistentin, teilte ihm mit, dass Megan gegangen war, um sich vor der Spätschicht etwas zu essen zu besorgen.

»Wann kommt sie zurück?«

»Wir haben bis neun auf, also sollte sie bald wieder hier sein.« Sie sah auf die Uhr über der Tür. »Vielleicht in fünfzehn Minuten. Wollen Sie warten?«

»Nein, ich muss wieder los.« Er überlegte rasch. »Sagen Sie ihr nicht, dass ich hier war.«

»Okay.«

An der Tür fragte er: »Denken Sie, dass sie für die Pause nach Hause gegangen ist?«

Trisha zuckte die Achseln.

Er musste mit Megan sprechen. »Ich komme wieder.«

Draußen spürte er die Dunkelheit des Nachmittags schwer auf seinen Schultern lasten. Er vermisste Gilly in solchen Momenten besonders. Ihre tröstenden Worte, ihre albernen Bemerkungen. Unwillkürlich fragte er sich, wie Lottie Parker funktionieren konnte, während ihre Töchter verschwunden waren. Gott, er wollte nicht das Schlimmste denken. Ihnen war bestimmt nichts geschehen. Aber tief in seinem Herzen glaubte er nicht daran.

»Verdammt«, sagte er. Er sprang in den Wagen, den er im absoluten Halteverbot geparkt hatte, und fuhr zu Megans Adresse.

———

Dieses Mal war Mrs Dowling ein wenig entgegenkommender. Boyd knipste sein magisches Lächeln an, kochte ihr Tee und breitete eine Decke auf ihren Knien aus. Sie gestattete ihm, sie Vera zu nennen.

Sobald es ihm gelungen war, die Lautstärke des Fernsehapparats herunterzudrehen, fragte er: »Vera, ist es okay, wenn mein Inspector sich ein wenig umsieht?«

»Ich mag sie nicht«, flüsterte Vera verschwörerisch, »aber ich habe nichts zu verbergen.« Sie blickte zu Lottie auf. »Aber nehmen Sie ja nichts weg.«

»Mach ich nicht.«

Lottie schnappte sich einen neu glänzenden Schlüssel von einem Haken in der Küche. Sie öffnete das Schloss an der Schuppentür und betrat den kalten, feuchten Verschlag. Sie entdeckte ein Seil fürs Licht, zog daran und betrachtete die Gerätschaften vor sich. Mit behandschuhten Händen nahm sie ein quadratisches Metallblech in die Hand. Es ähnelte in Dicke und Farbe den Münzen, die sie bei den Toten und im Tunnel gefunden hatten.

Sie suchte die Werkbank ab, entdeckte Drechselgerätschaften, aber nichts, was so aussah, als könne man es dazu benutzen, Münzen oder Medaillen aus Metallblechen zu stanzen. Während sie sich umsah, wurde ihr Blick von einer Lücke in der Werkbank angezogen. Ein Loch war ins Holz gebohrt worden, und als sie mit der Hand vorsichtig hineinfuhr, blieben winzige Metallsplitter an ihren Fingerspitzen hängen. Sie hielt sie hoch, wo sie im Licht glänzten.

Wo war die Maschine, die hier hineinpasste? Sie würde die Spurensicherung holen müssen, um Proben zu nehmen, die sie mit den Münzen der Tatorte vergleichen konnte. Darüber hinaus entdeckte sie nichts von Interesse, also kehrte sie durch das nasse Gras zurück und betrat wieder das Haus.

Sie lächelte Boyd zu. Er wirkte geschafft. Folter, dachte sie. Das hatte er nicht verdient. Zeit, ihn zu erlösen. »Mrs Dowling, hat sonst noch jemand Zugang zu Conors Schuppen?«

»Seine Werkstatt, meinen Sie. Der Bursche hatte immer was gehämmert oder gesägt, jeden Abend. Hat mal davon geträumt, Architekt zu werden. Bevor ihr ihn reingelegt habt.« Ihre Augen verengten sich zu Schlitzen.

Lottie ließ sich nicht beirren. »Architekt?«

»Er hat in Teilzeit als Lehrling für diesen Cyril Gill gearbeitet, bevor er im Gefängnis gelandet ist.«

Nun, da Vera es erwähnte, erinnerte sich Lottie aus dem Thompson-Fall vage daran.

»Da scheint ein Gerät zu fehlen. Wissen Sie vielleicht, wer es genommen haben könnte?« Wenn Conor es nicht selbst entsorgt hatte, dachte sie.

»Er hat geflucht, als er aus dem Gefängnis zurückkam. Ich hätte jemanden in seine Werkstatt gelassen, hat er behauptet. Aber das was fehlt, hat er nicht gesagt.«

»Wer hatte denn Zugang dazu?«

»Ich hab jedenfalls niemandem erlaubt, was wegzunehmen. Wollen Sie das etwa sagen? Beschuldigen Sie mich?«

»Nein, tue ich nicht.« Lottie bohrte ihre Nägel in die Handinnenfläche. »Wer kann in diesem Haus ein und aus gehen?«

»Die Leute von Essen auf Rädern. Und die Gemeindeschwester, obwohl die seit einer Ewigkeit nicht mehr hier war.«

»Sonst noch jemand?«

»Conors Freund Tony. Er hat mir manchmal ausgeholfen. Mit einkaufen und so was. Einmal hat mich die nette Frau von ihm besucht. Reizendes Mädchen.«

»Megan Price?«

»Oh, heißt sie nicht Keegan? Sie waren jedenfalls verheiratet, wissen Sie.«

»Ich glaube, sie haben sich getrennt. Oder sie hat nie ihren Namen geändert«, sagte Lottie. Vielleicht sollte sie das überprüfen, aber im Moment gab es Dringenderes zu tun. »Waren sie jemals zusammen hier? Megan und Tony?«

»Nicht, dass ich wüsste.«

»Wann war das letzte Mal einer von beiden hier?«

»Daran kann ich mich nicht erinnern.«

So kamen sie nicht weiter. »Hat Conor sonst noch etwas über seine Werkstatt gesagt? Dass etwas verändert wurde vielleicht?«

»Der Junge jammert doch nur noch, seit er wieder nach Hause gekommen ist.« Vera stieß ihren Gehstock auf den Boden.

»Mrs Dowling«, sagte Lottie. »Ich muss jemanden aus unserer Forensik herholen, um sich die Werkstatt anzusehen. Möglicherweise finden sich Indizien, die mit einem Verbrechen in Verbindung stehen.«

»Ich wusste es! Sie! Sie!« Vera deutete mit dem Stock auf Boyd. »Sie mit Ihrem Lächeln, dem Tee und der Plauderei, nur damit diese Frau hier herumschnüffeln kann. Aber wissen Sie was? Ich hab Ihnen vielleicht einmal erlaubt, sich umzusehen, aber wenn Sie mir Männer in weißen Overalls schicken wollen, dann besorgen Sie sich besser einen Durchsuchungsbeschluss. Und jetzt verschwinden Sie, beide. Und kommen Sie ja nicht wieder. Sie wollen meinen Jungen nur wieder in die Pfanne hauen. Korrupt, das sind Sie. Ihr Gardaí seid doch alle gleich.«

Lottie und Boyd flohen, ehe Vera Dowling einen von ihnen – oder sie beide – mit dem Stock traktieren konnte.

»Für eine Frau mit chronischer Arthritis«, sagte Boyd, »hat sie ordentlich Kraft.«

ACHTUNDFÜNFZIG

Lottie bat Boyd, einen Antrag auf einen Durchsuchungsbeschluss für Haus und Grundstück der Dowlings zu stellen, und tippte auf das Display ihres Handys, um ihre Mutter erneut anzurufen, als McKeown in der Tür auftauchte.

Sie drückte den Anruf wieder weg. »Haben Sie etwas gefunden?«

»Die Handys ihrer Töchter.« Er hielt zwei Plastikbeutel hoch. Darin erkannte sie, was zweifelsfrei Katies und Chloes Smartphones waren.

Ihr Herz begann zu jagen, während Galle in ihrer Kehle aufstieg. »Wo sind sie gefunden worden? Wo sind meine Töchter?«

»Die Handys lagen in der Mülltonne der Clerk Lounge Bar, gegenüber dem Gerichtsgebäude. Ich habe schon angeordnet, die Aufnahmen der Sicherheitskameras der umliegenden Geschäfte abzurufen, aber da das ganze Gebiet noch abgesperrt ist, wird es dauern. Selbstverständlich sichten wir bereits die Aufnahmen der Stadtverwaltung von gestern für die entsprechenden Zeiten.«

»Wie können zwei Mädchen einfach so verschwinden?«

»Das wissen Sie, Boss, auch ohne dass ich es für Sie aussprechen muss.«

Ja, sie wusste es. »Vielleicht sind die unterirdischen Tunnel benutzt worden. Ich will endlich die Karten und Skizzen auf meinem Tisch.«

»Ich habe schon versucht, jemanden zu finden, der mir die Informationen beschaffen kann, aber es ist schwierig.«

»Das Leben meiner Töchter steht auf dem Spiel. Erzählen Sie mir nicht, dass es schwierig ist.«

Er öffnete den Mund und klappte ihn wieder zu.

»Warum stehen Sie noch da?« Sie ballte die Fäuste so fest, dass die Knöchel weiß hervortraten. Der Drang, sie gegen eine Wand zu rammen, war kaum zu bezwingen. »Haben Sie mit dieser Miranda aus dem Salon geredet?«

»Im Augenblick ist ein Officer bei ihr und nimmt ihre Aussage auf. Aber darf ich etwas sagen?« Er zupfte an seinen ungeschickt aufgekrempelten Ärmeln. »Ich habe ein paar Verbindungen geknüpft und wollte sie mit Ihnen besprechen. Es hat nichts mit Bernie Kelly oder Ihren Töchtern zu tun, aber ... Na ja, soll ich damit lieber später noch einmal wiederkommen?«

Sie brauchte etwas, auf das sie sich konzentrieren konnte. »Reden Sie, McKeown.«

»Bei der Durchsicht von Penny Brogans Terminkalender hat Kirby festgestellt, dass Belinda Gill, Cyrils Frau, Stammkundin gewesen ist. Meinen Sie, ich sollte mal mit ihr reden?«

»Das mache ich selbst. Mit etwas Glück gelingt es mir vielleicht sogar, einen vernünftigen Satz aus ihr herauszubekommen.« Lottie wusste noch allzu gut, wie Belinda einen Gin nach dem anderen getrunken hatte, als sie nach Louises Tod bei ihr gewesen waren.

»Außerdem sind die Abschriften von Louises Laptop interessant. Dieses Seminar, das sie belegt hatte, scheint irgendetwas mit ihrem Verstand gemacht zu haben.«

»Inwiefern?«

»Plötzlich ging es nur noch um Justizirrtümer, und ein sehr großer Teil ist dem Dowling-Fall gewidmet.«

»Haben Sie sich die Thompson-Akte noch einmal angesehen?«

»Hab ich. Kirby hat sie mir gegeben.« Voller Unbehagen trat er von einem Fuß auf den anderen. Dreck, dachte Lottie.

»Sie haben etwas entdeckt, das mir vor zehn Jahren entgangen ist?«

»Vielleicht nicht Ihnen. Aber ich glaube, dass Superintendent Corrigan die Ermittlungen in eine bestimmte Richtung gelenkt hat.«

»Was meinen Sie damit?« Aber sie hatte es ja selbst schon befürchtet.

»Er war ein großer Befürworter von Cyril Gills Projekt.«

»Das heißt nicht automatisch bestechlich.«

»Ich meine ja nur.«

»Was noch?«

»Wir haben die offizielle Bestätigung, dass die Leiche Cyril Gills von der Unglücksstelle am Gerichtsgebäude geborgen worden ist.«

»Ein Toter kann keine Fragen mehr beantworten.«

»Leider nein.«

»Ist das alles?«

»Jim McGlynn ist jetzt so weit, das Skelett aus dem Tunnel zu bergen. Er geht davon aus, dass es eine ziemlich mühsame Angelegenheit wird.« McKeown holte tief Luft. »Er schätzt, dass es bis zu zehn Jahre dort gelegen haben könnte.«

»Woher will er das wissen, ehe es von der Gerichtsmedizin untersucht worden ist?«

»Offenbar befand sich in der Hemdtasche eine Quittung mit Datum.«

»Der Körper war verwest. Es gab nur noch Knochen und Stofffetzen. Eine zehn Jahre alte Quittung muss sich doch auch aufgelöst haben.«

McKeowns Augen weiteten sich in seinem Eifer, sein Wissen weiterzugeben. »McGlynn hat versucht, mir zu erklären, wie ein menschlicher Körper verwest. Es hat etwas damit zu tun, dass die Körperflüssigkeiten der Schwerkraft folgen und abwärts sickern. Die Quittung befand sich in der Brusttasche. Daher ist sie erhalten geblieben.«

»Herrgott.« Lottie kratzte sich am Kopf, während sie zu verdauen versuchte, was McKeown ihr gesagt hatte. »Was für eine Quittung denn?«

»Er hat gesagt, er schickt jemanden vorbei, der sie uns bringt. Ich habe nur den Anruf entgegengenommen.«

»Okay.« Sie musterte ihn. Er schien noch etwas sagen zu wollen, und sie fuhr mit den Fingern über die Beweisbeutel mit den Handys ihrer Töchter. »Was ist los, McKeown?«

»Ich versuche gerade, meine Handschrift zu entziffern. Oh – ja. McGlynn schließt aus der Knochenstruktur, dass das Skelett asiatischer Herkunft ist. Und weiblich. Zumindest seiner Ansicht nach, sagt er.«

Lottie überlegte, wie diese neuen Informationen einzuordnen war. »Ich weiß, dass Sie bis über beide Ohren in Arbeit stecken, aber könnten Sie rasch eine Suche in der Vermisstendatenbank starten? Asiatische Frau, seit zehn Jahren vermisst?«

———

Leo Belfield blickte aufs Display, als sein Handy eine E-Mail meldete. Detective McKeown hatte ihm eine neue Beschreibung von Bernie geschickt. Er betrachtete das Bild. War er nicht vor ein paar Stunden jemandem begegnet, der so ausgesehen hatte? Er lehnte an einem Schaufenster und suchte mit Blicken die Straße ab. Es war viel los, aber er vermisste den

Lärm und die Hektik New Yorks. Er beschloss, seinem Erbe und dem Farranstown House ein für alle Mal den Rücken zu kehren, sobald er den Fehler, seiner Schwester zur Freiheit verholfen zu haben, wiedergutgemacht hatte. Sollte Lottie die Geschichte ihrer zerrütteten Familie doch für sich behalten. Aber vorher würde er vielleicht noch ein letztes Mal hinausfahren und sich umsehen.

Er drückte sich von der Ladenfront ab und kehrte zu seinem Mietwagen zurück. Eine Fahrt aufs Land war vielleicht genau das Richtige, um seinen detektivischen Verstand in Gang zu setzen.

———

Kirby war zwar gestern noch bei Megan gewesen, aber erst jetzt erinnerte er sich aus der Thompson-Akte an das Gebäude. Megan wohnte noch immer im Haus ihres Stiefvaters. Er hatte vorher keinen Grund gehabt, diese Verbindung zu knüpfen.

Er stieg aus dem Auto, zündete sich eine Zigarre an und nahm einen tiefen Zug. Hustete den Rauch aus und sah sich um. Bäume umgaben das alte zweistöckige Gebäude. Die Laternen vom Gehweg am Kanal warfen ein gelbes Licht auf die nackten Äste. Unwillkürlich fragte er sich, wie Louise und Amy Conor Dowling hier gesehen haben wollten. Und wieso waren sie so spät nachts noch unterwegs gewesen? Sie waren damals erst vierzehn Jahre alt gewesen. Er musste sich ihre Aussagen noch einmal ansehen.

Im Parterre gab es einen Erker, die Garage war am Haus angebaut. Ihm fiel auf, dass die blaue Farbe der Eingangstür rissig war und abblätterte. Megan hielt das Haus offenbar nicht besonders gut in Schuss. Nicht, dass er es besser gemacht hätte.

Er klingelte. Lauschte. Wartete. Klingelte wieder. Ging ums Haus herum und hämmerte dort gegen die Tür. Dann hörte er etwas. Ein gedämpftes Kläffen. Hatte Megan einen

Hund? Er hatte keine Ahnung. Vielleicht hätte er zuvor besser einen Blick auf ihren Facebook-Account geworfen.

Er legte das Ohr an die Tür.

Stille.

Er zündete die Zigarre erneut an und kehrte nach vorne zurück. Er zog an der Zigarre, ließ den Rauch entweichen und blieb abrupt stehen. Konnte Megan in ihrer Pause etwas zugestoßen sein? Verdammt. Er ging zur Garage. Ein Doppeltor aus Holz. Ein Flügel war mit einer kleinen silbernen Klinke mit Stiftschloss versehen. Er drückte sie herunter. Nichts bewegte sich. Nie war es einfach.

Als er sich zum Gehen wandte, hörte er das gedämpfte Geräusch erneut. Die Eingangstür öffnete sich, und Megan trat heraus.

»Was zum Teufel machen Sie denn hier?«

———

Lottie wäre überall lieber gewesen als in diesem Haus, das Geld und Kälte ausstrahlte.

Sie sah zu Boyd, um ihm zu bedeuten, die Führung zu übernehmen, doch er starrte auf den Marmorboden. Belinda Gill schenkte sich mit glasigem Blick Wasser aus einem Spender ein, der in ihren riesigen schwarzen Kühlschrank integriert war.

»Das muss ein furchtbarer Schock für Sie sein. Wenn es etwas gibt, was wir tun können, lassen Sie es uns bitte wissen.«

»Ich denke, Sie haben genug getan. Erst kommen Sie, um das Zimmer meiner ermordeten Tochter zu durchsuchen, dann teilen Sie mir mit, dass mein Mann tot ist.« Wild blickte sie sich in dem Mausoleum ihrer Küche um. »Ich brauch einen anständigen Drink.«

»Setzen Sie sich, Belinda. Wir müssen mit Ihnen reden.«

»Kommen Sie besser mit ins Wohnzimmer.«

Lottie und Boyd folgten der Frau und standen abwartend

da, während sie sich einen großen Brandy einschenkte. Sie bot ihnen nichts an, obwohl Lottie selbst einen Drink gebraucht hätte, um ihr rasendes Herz zu beruhigen. Bisher hatte sie dem Drang, ihre Ängste in Alkohol zu ertränken, widerstanden. Sie hatte keine Ahnung, wie lange sie das noch durchhalten würde.

»Wenigstens ist Cyril bei etwas gestorben, was er geliebt hat.«

»Wie bitte?«

»Bei seinem Job. Zuerst kam Louise, dann der Job. Ich habe keine Rolle gespielt.«

»Es war ein Unfall, Mrs Gill«, sagte Boyd.

»Herrgott noch mal, nennen Sie mich Belinda. Ich habe schon vor langer Zeit aufgehört, Mrs Gill zu sein. Cyril war nicht nur in der Baubranche umtriebig.«

»Ich kann Ihnen nicht folgen«, sagte Boyd und ein verwirrter Ausdruck huschte über sein Gesicht. Lottie ging es genauso.

»Frauen«, sagte Belinda. »Er mochte alle, außer mir.«

Lottie versuchte, das Gespräch wieder in die richtige Bahn zu lenken. »Erinnern Sie sich daran, ob es bei dem Projekt, das er vor zehn Jahren initiieren wollte, Ärger gegeben hat?«

»Dieses Hirngespinst, das ihn fast ruiniert hat?« Sie schnaubte. »Allerdings erinnere ich mich. Es hat ihn ein Vermögen gekostet, Grundstücke aufzukaufen, ehe er den Deal überhaupt hatte. Dann hat Bill Thompson sein Veto eingelegt und alles zunichtegemacht.«

»Ernsthaft?« Das war Lottie allerdings neu. Sie hatte zwar gewusst, dass Thompson gegen das Projekt gewesen war, aber mehr nicht.

»Er stand mitten während der Versammlung auf und machte ihn vor der halben Stadt nieder. Das reichte, um Cyrils Ruf zu ruinieren. Der Rat stoppte das Projekt. Und damit war die ganze Arbeit, die er bereits hineingesteckt hatte, umsonst.

Drei Jahre lang hatte er es geplant. Und dann muss nur einer laut werden, und alles ist hinfällig.«

»Und dieser eine war Bill Thompson?«, fragte Boyd.

»Ja. Aber er hat seine gerechte Strafe ja bekommen, nicht wahr?« Belinda lachte, aber es brach als Schluchzer aus ihr heraus, daher schenkte sie sich einen weiteren Drink ein.

»Glauben Sie, dass Cyril etwas mit dem Überfall auf Bill Thompson zu tun hatte?«

Belinda musterte Lottie, als seien ihr drei Köpfe gewachsen. »Cyril war am Boden zerstört, aber doch nicht so, dass er einen alten Mann zusammengeschlagen und ihm ein paar jämmerliche Tausender geklaut hätte. War das nicht dieser Dowling?«

»Er ist deswegen verurteilt worden, aber neue Informationen haben Zweifel daran aufkommen lassen. Es sei denn, Cyril hat ihn ...«

»Wagen Sie es ja nicht, den Namen meines Mannes zu beschmutzen.«

Ganz offensichtlich entging Belinda die Ironie ihres Einwands. »Conor Dowling hat damals für Ihren Mann gearbeitet«, sagte Lottie. »Kannten Sie ihn?«

»Cyril hat mich nie in seine Geschäfte einbezogen.«

Lottie hörte einen Hauch Verachtung in der Stimme der Frau. »Er hat Sie bei beruflichen Entscheidungen also immer außen vor gelassen?«

»Genau.« Belinda ließ sich in einen Sessel fallen. Lottie und Boyd blieben verlegen inmitten des großen Wohnzimmers stehen. »Aber ich kannte den jungen Dowling.«

Lotties Handy meldete mit einem Vibrieren eine eingehende Nachricht. »Entschuldigung, aber das muss ich mir rasch ansehen.« Ihr Herz begann zu jagen, und ihr wurde übel, als sie McKeowns Namen sah. Gab es etwas Neues von Katie und Chloe?

Sie öffnete die Nachricht und las sie. Nichts, was mit ihren

Töchtern zu tun hatte, aber nichtsdestoweniger interessant. Sie wandte sich wieder Belinda zu.

»Und wie haben Sie Conor Dowling kennengelernt?«

»Er war ständig hier und ging mit Cyril Entwürfe und Pläne durch. Er war so eine Art Bauzeichnerlehrling. Cyril kümmerte sich damals mehr um diesen Kerl als um seine eigene Tochter. Er hat immer einen Sohn haben wollen, hat er mir gesagt, aber nachdem ich Louise bekommen habe, hatte er nicht mehr genug Interesse an mir, um es noch einmal zu probieren.«

Lottie beschloss, ein anderes Thema anzuschneiden. »Haben Sie eine Haushaltshilfe?«

»Nein.« Belindas Augen verengten sich zu Schlitzen. »Wieso?«

»Aber Sie hatten mal eine, richtig?«

Belinda stand auf, schenkte sich nach und schlenderte dann durch den Raum und fuhr mit dem Finger über Oberflächen, als wolle sie sie auf Staub überprüfen. »Sie würden nicht fragen, wenn Sie es nicht bereits wüssten.«

»Was ist mit ihr passiert?«

»Ich hatte im Laufe der Jahre viele Haushaltshilfen. Auf wen genau beziehen Sie sich?«

»Ich weiß noch keinen Namen, aber es ist zehn Jahre her. Ich dachte, Sie erinnern sich vielleicht.«

»Wir hatten eine junge Dame hier. Eines Abends ging sie aus und kam nie wieder. Wir hatten keine Adresse von ihr, keine Kontakte. Niemand hat je nach ihr gefragt.«

»Haben Sie sie als vermisst gemeldet?«

»Wir wusste ja gar nicht, dass sie vermisst *wurde*. Sie ging einfach und kam nicht wieder. Wir haben angenommen, dass sie einen anderen Job bekommen hatte.«

»Ohne ihre Habe mitzunehmen?«

Belinda zuckte die Achseln. »Cyril hat das, was sie hiergelassen hat, an einen Second-Hand-Laden gegeben.«

»Und wie lange hat er damit gewartet?«

»Ich habe keine Ahnung.«

»Können Sie sich von diesem Abend, als sie verschwand, noch an irgendetwas erinnern?«

»Mein Gedächtnis ist nicht mehr wie früher. Lassen Sie mich nachdenken.« Sie drückte ihr Glas an die Stirn. »Nein. Nichts Ungewöhnliches. Oh, war das nicht der Abend, an dem Louise und ihre Freundin den jungen Dowling gesehen haben, nachdem er Bill Thompson überfallen und ausgeraubt hat? Wenn ich jetzt so zurückdenke, könnte das sein.«

Lottie spürte Boyds bohrenden Blick. Er hatte McKeowns Nachricht nicht gelesen, hatte also keine Ahnung, worauf sie hinauswollte.

»War Ihre Haushälterin asiatischer Herkunft?«

»Woher wissen Sie das denn?«

»Wir haben ein Skelett gefunden«, antwortete Lottie. »In einem Tunnel unter dem Gerichtsgebäude.«

Das Glas zerbarst auf dem Parkett, und Boyd stürzte vor, um Belinda aufzufangen, ehe sie zu Boden ging.

NEUNUNDFÜNFZIG

Das alte Haus sah aus, als stammte es aus einem Dickens-Roman. Leos Mutter – oder die Frau, die er als seine Mutter ansah – hatte ihm die Klassiker vorgelesen, und Farranstown House hätte problemlos Miss Havisham beherbergen können, wie er fand.

Er ging herum und suchte den Kies nach Fußspuren ab. Der Boden war schlammig und feucht, und die tiefen Abdrücke der Polizisten, die auf der Suche nach Bernie hier gewesen waren, machten es nahezu unmöglich, darüber hinaus noch etwas von Interesse entdecken zu können. Er blieb auf der Treppe zur Tür stehen und blickte über die Landschaft. In der Ferne berührte der finstere Himmel den See, und ein dünner, blasser Streifen zog sich in Erwartung der Nacht über den Horizont.

Es hatte keinen Sinn, an die Tür zu hämmern, entschied er, also ging er ums Haus herum und blickte dabei durch die Fenster. Alles, was er erkennen konnte, waren mit Tüchern verhängte Möbel, die wie geisterhafte Gestalten Wache hielten. Alexis hatte ihm von einem Keller erzählt. In New York gab es dafür meistens einen Zugang von außen, doch hier konnte er nirgendwo einen sehen. Er würde innen suchen müssen, doch einen Schlüssel besaß er nicht. Hoffnungsvoll probierte er, ob die Hintertür unverschlossen war. Nein, kein Glück. Er sah durch das Schlüsselloch. Der Schlüssel steckte von innen.

Er entdeckte ein Stück Draht auf dem Boden und zwängte es durchs Schlüsselloch. Nach ein, zwei Minuten hörte er, wie der Schlüssel auf der anderen Seite zu Boden fiel. Jetzt hatte er eine Chance. Er bearbeitete das Schloss mit dem Draht, bis er es klicken hörte und die Tür sich öffnen ließ.

Er drückte sie auf und trat in das Haus, das von Rechts wegen ihm gehören müsste. Er legte einen Schalter um und staunte, als sich im Eingangsbereich langsam gedämpftes Licht ausbreitete. Das war immerhin ein Pluspunkt. Er schloss die Tür hinter sich und begab sich in die geräumige Landhausküche.

Eisige Kälte wand sich wie Ranken um die Stille. All seine Antennen funkten plötzlich höchste Alarmbereitschaft, und er wusste, dass er nicht allein in dem alten Haus war.

─────

»Haben Sie es eilig, wieder zur Arbeit zu kommen?«, fragte Kirby.

»Das habe ich tatsächlich«, antwortete Megan. »Was machen Sie hier?«

Er wollte mit ihr in einer zivilisierten Umgebung sprechen, nicht hier draußen auf ihrer dunklen Auffahrt.

»Es dauert nicht lange. Sie müssen keinen Tee machen, ich will Ihnen nur ein paar Fragen stellen.«

Er betrachtete ihr Gesicht, ihr Haar, das sie zu einem Knoten im Nacken geschlungen hatte, den camelfarbenen Mantel, den blauen Schal. Sie trug flache, kniehohe schwarze Stiefel und bot, wie er fand, einen hübschen Anblick.

»Tut mir leid, aber ich muss jetzt wirklich los«, sagte sie. »Ich bin schon spät dran.«

»Wollen Sie die Tür nicht zumachen?«

Sie zog die Tür zu, wühlte in ihrer Tasche nach dem Schlüssel und sperrte ab.

»Hören Sie, Detective Kirby. Sie sind ein netter Mann, aber Sie durchleben eine Trauerphase. Ich glaube nicht, dass ich die richtige Person bin, um Ihnen dabei zu helfen. Vielleicht sollten Sie es mal mit einer Therapie versuchen.« Ihre Stimme klang scharf und professionell.

»Haben Sie ein Haustier?«

»Nein.«

»Und hier hat Ihr Vater gewohnt?«

»Stiefvater.«

»Und Ihre Mutter?«

»Ist vor rund fünfzehn Jahren gestorben.«

»Und Sie haben das Haus geerbt, als Ihr Stiefvater gestorben ist?«

Sie verharrte neben ihrem Wagen. »Warum stellen Sie mir diese Fragen?«

»Haben Sie von Conor Dowling eine Nachricht erhalten, die Sie an Amy Whyte weitergeleitet haben?«

»Sie reden totalen Blödsinn. Ich kann Ihnen gerne die Nummer eines Therapeuten geben, wenn Sie mögen.«

Sie schloss den Wagen auf und setzte sich hinters Steuer.

Kirby beugte sich in die offene Tür. »Kann ich mich in Ihrem Haus umsehen?«

»Nein, können Sie nicht. Gehen Sie einfach.«

»Oh, keine Sorge, das tue ich.«

»Schön. Ich fahre jetzt zur Arbeit zurück.«

Sie knallte die Tür zu, und Kirby musste zur Seite springen, als sie zurücksetzte, auf die Straße fuhr und davonbrauste, sodass das Wasser aus den Schlaglöchern aufspritzte.

Er sah ihr nach, ehe er zu seinem Wagen ging. Er warf sein

Handy auf den Beifahrersitz, setzte sich und richtete seine Aufmerksamkeit auf Megans Haus.

———

Sie tauchte auf der Kellertreppe auf wie ein Schatten, der aus einem Sarg kroch. Ganz in Schwarz, das Haar raspelkurz, die Haut von ungewöhnlicher Blässe.

»Ich hätte gedacht, dass *sie* mich vor dir findet«, sagte sie.

Leo lehnte sich an den Küchentisch und fragte sich, wie er mit dieser Situation umgehen sollte.

»Wo sind Lotties Töchter?«

»Das würdest du wohl gerne wissen, was?«

Als sie auf den Steinboden trat, bemerkte er, dass sie unablässig einen Strick um ihre Hand wand, dessen Ende eine Schlinge bildete. Er betete, dass sie sie nicht schon umgebracht hatte.

»Es muss doch nicht so geschehen, Bernie.« Vorsichtig schob er sich an der Tischkante entlang, stieß jedoch gegen einen Stuhl, der in der modrigen Luft laut über den Boden schrammte.

»Stopp!« Sie hob die andere Hand. Und im Mondlicht, das durch das Fenster drang, sah er plötzlich den Stahl eines Messers aufblitzen.

———

Nachdem Lottie und Boyd Belinda Gill mit einer Decke und einer Tasse Tee mit viel Zucker versorgt hatten, kehrten sie zur Wache zurück und betraten den Besprechungsraum. Dowling und Keegan waren freigelassen worden. Sie hätte nichts tun können, um das zu verhindern, also blieb ihr nur, den Spuren nachzugehen. McKeown tauchte aus einem Pulk Detectives auf und eilte zu ihnen. Seine Krawatte lugte aus seiner Tasche hervor, und sein Kragen stand offen. Er sah aus, wie sie sich fühlte. Erschöpft.

»Boss«, sagte er. »Wir haben, was die DNS von Dowling und Keegan angeht, noch einmal richtig Druck gemacht. Und das Labor hat sich dieses Mal selbst übertroffen. Wahrscheinlich weil wir inzwischen fünf Leichen haben.«

Lottie hockte sich auf eine Tischkante, während sie eine Kurznachricht an ihre Mutter tippte. »Und?«

»Erinnern Sie sich an die Haare, die wir am ersten Tatort an den Toten gefunden haben?«

»Sicher.« Sie blickte an die Tafel, an der das Foto der Haare hing. »Aber in Anbetracht der Tatsache, dass dort öfter Obdachlose unterkommen, haben wir uns nicht viele Hoffnungen gemacht.«

»Jedenfalls hatten wir Dowlings DNS von damals noch in der Akte. Obwohl ich nicht glaube, dass jemals eine vergleichende Analyse durchgeführt worden ist, nachdem die Augenzeuginnen ausgesagt haben.«

»Damals lief es etwas anders«, sagte Lottie. »Die Proben musste ins Vereinigte Königreich geschickt werden. Es hätte viel Geld gekostet, und das Budget war damals genauso knapp wie heute.«

»Na ja, ich wollte Ihnen nur mitteilen, dass es bei den Haaren keine Übereinstimmung gibt.«

»Das heißt noch nichts.«

»Weiß ich. Aber ich hielt es für wichtig. Außerdem habe ich Keegans DNS-Probe schon ans Labor geschickt. Mein Kontakt dort sagt, dass er innerhalb von vier Stunden etwas haben sollte.«

»Das dürfte ein Rekord sein«, bemerkte Boyd.

»Man muss nur die richtigen Leute kennen«, sagte McKeown und klopfte sich mit dem Finger gegen die Nase.

Lottie las die Antwort ihrer Mutter. Nichts Neues von den Mädchen. Sie schob das Handy zurück in die Tasche.

McKeown sprach unterdessen weiter. »Aber jetzt kommt der gute Teil. Für die Haare gab es einen Treffer aus einem anderen Fall.«

»Was?«, fragten Lottie und Boyd gleichzeitig.

»Vielleicht ist es nichts, aber vor zwei Jahren wurde in Whyte's Pharmacy eingebrochen. Von allen Angestellten wurden DNS-Proben genommen, um sie als Täter auszuschließen. Ich habe keine Ahnung, ob der Schuldige je gefunden wurde. Aber Sie erinnern sich vielleicht, Boss.«

»McKeown, würden Sie wohl zum Punkt kommen?« Lottie glitt von der Tischkante und begann, vor den Tafeln auf und ab zu gehen.

»Die Haare, die auf den Toten gefunden wurden, stammen von Megan Price.«

»Was? Die Haare vom Tatort in der Petit Lane?« Lottie versuchte, diese neue Information zu verarbeiten.

»Megan hat mit Amy Whyte zusammengearbeitet«, sagte Boyd. »Wenn ihre Kittel nebeneinander gehangen haben, können sich die Haare übertragen haben.«

»Nein, Boyd«, sagte Lottie. »Amy ist in einem Club gewesen. Sie hat nichts getragen, was sie in der Apotheke angezogen hätte. Außerdem sind auch Haare auf Penny Brogan gefunden worden. Wir müssen Megan zur Vernehmung herbringen.« Sie sah sich um. »Wo ist Kirby?«

Alle wandten suchend die Köpfe um.

»Hast du ihn nicht zur Apotheke geschickt, um nach der Nachricht zu fragen, die Dowling für Amy dagelassen hatte?«

Lottie rief bereits Kirby an, während sie aus dem Besprechungsraum rannte.

Kirby meldete sich nicht, aber als sie seine Nummer zum dritten Mal anwählte, vibrierte ihr Handy, um eine eingehende Nachricht anzuzeigen.

»Leo«, sagte Lottie.

»Was schreibt er?«, fragte Boyd.

Sie las laut vor. »Farranstown. Verletzt.«

»Schreibt er etwas über Katie und Chloe?«

»Nein.« Lottie geriet in Fahrt. »McKeown, Sie versuchen, Kirby zu erreichen. Fahren Sie zur Apotheke und schauen Sie nach, ob er noch dort ist. Nehmen Sie ein paar Leute mit und lassen Sie Megan Price herbringen. Boyd und ich müssen nach Farranstown.«

Im Hof wies sie Boyd an, sich hinters Steuer zu setzen. Er war der bessere und umsichtigere Fahrer. Der Himmel war dunkel, und der gelbe Schein der Straßenlaternen erzeugte eine gruselige Atmosphäre.

»Soll ich Blaulicht einschalten?«

»Ja, mach.«

»Wir sollten Verstärkung anfordern.«

»Lass uns erst sehen, was Leo gefunden hat.«

Boyd drückte auf den Schalter für das Blaulicht und schlug den Weg zum Farranstown House ein. »Denkst du, dass Bernie da ist?«

»Ich habe keine Ahnung.«

»Falls ja, ist sie vermutlich zu allem fähig. Wir sollten für alle Fälle Verstärkung anfordern.«

»Halt die Klappe, Boyd.«

»Du benimmst dich unvernünftig, Lottie, obwohl das ja nichts Neues ist.«

Sie verweigerte ihm eine Antwort.

»Es könnte eine Falle sein«, sagte er schließlich.

»Daran habe ich schon gedacht.« Das entsprach der Wahrheit. In ihrem Kopf löste ein Szenario das nächste ab. »Okay. Ruf uns eine bewaffnete Einheit, die uns folgen soll.«

»Es wäre besser, wenn wir auf sie warten.«

»Fahr einfach den verdammten Wagen, Boyd.«

———

Megan Price hatte zwar behauptet, kein Haustier zu besitzen, doch das Geräusch hatte sich nach einem Tier angehört. Nach irgendeinem Wesen. Oder einem Menschen.

Die Neugier siegte, also stieg er aus und ging erneut ums Haus herum. Spitzte die Ohren. Lauschte. Nichts. Er stand an der Hintertür und legte sein Ohr dagegen. Definitiv nichts. Er ging wieder nach vorne und zur Garage. Stille. Aber er musste hineingelangen. Zu gerne hätte er McKeowns Messer gehabt.

Er steckte seinen Autoschlüssel ins Garagenschloss. Rüttelte, drehte ihn. Keine Chance. Er blickte sich auf dem Boden um und fand ein scharfes Stück Schiefer, das aber abbrach, sobald er es in das Schloss zu zwängen versuchte. Er trat einen Schritt zurück und musterte die Tür. Die Angeln. Dann begann er, mit dem Schlüssel die Schrauben zu bearbeiten.

Ein Scharnier plumpste zu Boden, drei standen noch aus, als er einen Wagen quietschend auf die gekieste Auffahrt einbiegen hörte.

SECHZIG

Im Haus vor ihnen war kein Licht zu sehen, als Boyd von der Hauptstraße auf die unbeleuchtete Allee bog.

»Es ist so finster und abweisend wie beim ersten Mal, als wir hier waren.«

»Das ist ein Jahr her, Boyd.«

»Ich weiß, aber manche Dinge brennen sich ins Gehirn ein und lassen sich nicht mehr löschen.«

»Ich will diesen Schwachsinn nicht hören.« Lottie sprang beinahe schon aus dem Wagen, ehe Boyd noch gebremst hatte.

Er folgte ihr mit zwei Taschenlampen, die er aus dem Kofferraum genommen hatte. »Willst du klingeln?«

»Ich habe einen Schlüssel. Irgendwo.« Suchend drehte sie den Schlüsselring in ihrer Hand.

»Wie kommst du denn dazu?«

»Das ist das Haus meiner biologischen Großmutter. Der Anwalt hat ihn mir gegeben und mich gebeten, ein Auge darauf zu halten, solange die Testamentsfragen geklärt werden.«

»Das hast du mir gar nicht gesagt.«

»Herrgott, Boyd, ich erzähl dir nicht alles.« Lottie konnte selbst kaum fassen, dass sie den Schlüssel vergessen und ihre

Töchter damit vielleicht in Gefahr gebracht hatte. Schließlich hatte sie den richtigen Schlüssel an ihrem Bund gefunden, und nach ein, zwei nervösen Fehlversuchen ließ er sich in das Schloss stecken, das nach Kitty Belfields Tod ausgewechselt worden war.

»Bist du überhaupt mal hier gewesen, seit ... du weißt schon?«

»Nein. Still jetzt.«

Während sie den kalten Steinboden betrat, lauschte Lottie dem Knarren der Tür und spürte Boyds warmen Atem in ihrem Nacken. Unter anderen Umständen hätte sie seine Nähe, die Sicherheit, ihn an ihrer Seite zu haben, zu schätzen gewusst. Aber das Leben ihrer Töchter stand auf dem Spiel, und sie konnte nur daran denken, dass sie vielleicht hier waren. Bei Leo und Bernie. Ob Leo mit Bernie unter einer Decke steckte, war etwas, das sie bald herausfinden würde.

»Hier entlang. Ich sehe ein schwaches Licht«, flüsterte sie.

»Was ist da?«

»Die Küche.«

Sie schob sich an der Wand entlang auf den Raum am Ende des Flurs zu, unter dessen Tür ein schwacher Streifen Licht durchfiel. Was mochte sie dort erwarten?

Mit einer Hand auf der Klinke holte sie tief Luft und öffnete die Tür.

»Heilige Mutter Gottes«, rief Boyd.

»Heilige Scheiße«, sagte Lottie, als sie wieder etwas hervorbringen konnte.

Der Krankenwagen brauste mit Sirenen und Blaulicht die Allee entlang, während Lottie und Boyd auf die Spurensicherung warteten. Bernie Kelly war nicht mehr auf der Flucht. Nicht mehr unauffindbar. Keine Bedrohung mehr für Lotties Familie. Sie lag gekrümmt auf dem Boden, getrockneter

Schaum auf den Lippen, die Augen im Tod panisch aufgerissen.

Leo hatte Stichwunden im oberen Brustbereich, war aber bei Bewusstsein und hatte sein Handy in der Hand. Von Katie und Chloe keine Spur, und nichts deutete darauf hin, dass sie je in diesem Haus gewesen waren, wie Leo bestätigen konnte.

Lotties Telefon klingelte.

»Was ist los, McKeown?«

»Ich kann Kirby nicht ausfindig machen. Er geht nicht an sein Handy.«

»Haben Sie es in den Pubs versucht?«, sagte Boyd dicht an Lotties Ohr, damit McKeown es hören konnte.

»Wir sind auf dem Weg zurück in die Stadt«, sagte Lottie. »Wir treffen uns in fünf Minuten.«

Sie legte auf und ging rasch hinaus zum Wagen.

»Gib mir den Schlüssel«, sagte sie zu Boyd. »Ich muss mich auf etwas konzentrieren, ehe ich bei dem Versuch zu ergründen, was Bernie vorhatte, noch durchdrehe.«

»Ich halte es für offensichtlich. Sie wollte alle ihre Geschwister beseitigen.«

»Okay, aber ich lebe noch, und Leo auch.« Sie startete den Motor, während Boyd seine langen Beine in den Fußraum des Beifahrersitzes hievte.

»Aber vielleicht hat sie geglaubt, dass Leo schon tot ist und du ...«

»Sie hat Chloe und Katie etwas angetan. Sie will, dass ich leide.«

Als sie das Gaspedal durchtrat, flogen Steinchen in die feuchte Nachtluft auf, und sie verließen Farranstown House, in dem ihre Halbschwester tot auf dem kalten Steinboden lag.

Das Büro war erfüllt von Lärm, Hitze und allgemeiner Besorgnis. Niemand wusste, wo Kirby stecken mochte. Lottie saß an seinem Tisch und ging geöffnete Dokumente auf seinem Computer durch, um vielleicht einen Hinweis zu entdecken.

»Was sagt das Apothekenpersonal?«, fragte sie.

»Nur, dass er vorbeigekommen ist, um mit Megan Price zu sprechen«, sagte McKeown. »Als er gehört hat, dass sie Pause machte, ist er wieder gegangen.«

»Wo macht sie denn gewöhnlich Pause?«

»Manchmal isst sie in der Stadt, manchmal geht sie nach Hause.«

»Haben Sie sich ihre Nummer besorgt?«

»Ja. Wir werden direkt auf die Mailbox umgeleitet.«

»Warum haben Sie sie noch nicht hergebracht? Wo wohnt sie? Sind Sie bei ihr vorbeigefahren?«

McKeown seufzte. »Nein, ich war noch nicht da. Das lag auf Kirbys Tisch.«

Lottie nahm eine Kopie entgegen. Es war eine Seite aus Penny Brogans Terminbuch. Ein Name war gelb umkringelt. Megan Price.

»Als ich in der Apotheke war«, fuhr McKeown fort, »habe ich mich ebenfalls umgesehen. Ich habe mich erkundigt, ob Amy einen Spind gehabt hat, und eine Assistentin, Trisha hieß sie, glaube ich, erzählte, dass Detective Kirby Anfang der Woche auch schon danach gefragt, sich ihn aber nicht angesehen hat.«

»Sie aber schon?« Lottie ballte die Hände zu Fäusten. Sie hoffte, dass Kirby keinen Mist gebaut hatte.

McKeown ließ einen Beweisbeutel mit Kleidung auf den Tisch plumpsen. Und dann einen weiteren, in dem sich ein rosafarbenes Notizbuch befand.

»Was ist das?« Lottie nahm Einmalhandschuhe aus ihrer Schublade und streifte sie über ihre verschwitzten Hände. Sie nahm das Notizbuch heraus und schlug es an einer Seite auf, die mit einer umgeknickten Ecke markiert war. »Hier geht es um die Nacht, in der Amy und Louise Conor Dowling gesehen haben. Amy sagt, sie seien gerade aus der Teenie-Disco im Jomo's gekommen und hätten darauf gewartet, abgeholt zu werden, als jemand mit Baseballkappe an ihnen vorbeigerannt ist. Louise sagte damals, sie hätte die Kappe als Conors erkannt, der zu dem Zeitpunkt bei ihrem Vater Lehrling war.«

»Bill Thompsons Haus ist nur einen Steinwurf vom Nachtclub entfernt, wenn man die Eisenbahnunterführung am Kanal nimmt», sagte Boyd.

»Aber wieso ist Dowling dort entlanggerannt?« Das hatte Lottie schon damals gestört. »Falls er das Verbrechen begangen hat – wäre er dann nicht eher in die andere Richtung geflüchtet?«

»Wahrscheinlich schon«, stimmte Boyd zu. »Aber vielleicht hat er in der Hitze des Augenblicks die Orientierung verloren und ist in die falsche Richtung gelaufen.«

»Ich glaube nicht, dass die Mädchen sich in jener Nacht geirrt haben. Ich glaube, dass sie Conor Dowling tatsächlich gesehen haben.«

»Darüber herrschte bei Gericht Einigkeit.«

»Ja. Aber was, wenn er ein anderes Verbrechen begangen und deswegen kein Alibi für den Überfall an Thompson hatte?«

»Worauf willst du hinaus?«

»Ich glaube, dass Dowling etwas mit dem Skelett im Tunnel zu tun hat. Von dort ist er weggerannt, nicht von Thompsons Haus. Er ist aus irgendeinem Schacht gekommen. Entweder aus dem, durch den wir vorhin eingestiegen sind, oder aus einem in der Nähe.«

»Also hat er nun unsere Opfer umgebracht oder nicht?«

»Wer immer Amy und Penny getötet hat, wusste von dem Tunnelgeflecht. Durch das, was McKeown aus den Aufnahmen der Videoüberwachung herausgeholt hat, können wir schließen, dass der Mörder sich die unterirdischen Gänge entweder als

Versteck, als Fluchtweg oder als Depot für die Mordwaffe zunutze gemacht hat.«

»Und wer kann davon gewusst haben?«

»Tony Keegan. Er hat fast zwanzig Jahre für Gill gearbeitet. Er muss es gewusst haben. Und da er mit Dowling befreundet ist, haben sie vielleicht darüber gesprochen.«

»Du meinst also, Keegan hat den Stiefvater seiner Zukünftigen zusammengeschlagen und beraubt?«

Lottie warf das Notizbuch auf den Tisch und drückte sich die Bandballen auf die Augen. Nichts davon verriet ihr, wo sich ihrer Töchter aufhielten, aber sie war davon überzeugt, dass der Thompson-Fall von damals der Schlüssel zu allem war. Sie musste ihn nur noch finden.

»Also – der Reihe nach. Gebt mir Megan Prices Adresse. Ich fahre hin und sehe nach, ob Kirby dort ist. Dann holen wir Keegan und Dowling erneut zu Vernehmung. Boyd, du kommst mit mir.«

EINUNDSECHZIG

Kirbys Wagen stand in der Auffahrt. Lottie und Boyd waren stehen geblieben und lauschten. In der Ferne tuckerte ein Zug, auf der Umgehungsstraße ein paar Kilometer entfernt rauschte der Verkehr, und irgendwo in einem Garten quietschte eine Schaukel im aufkommenden Nachtwind. Normalität im Chaos, dachte sie.

Der Regen fiel stetig, als sie sich dem Haus näherten. Nirgendwo brannte Licht, niemand öffnete die Tür.

»Die Garagentür ist offen», sagte Boyd.

Lottie drängte sich an ihm vorbei und starrte auf die Tür. Tatsächlich stand sie einen Spalt auf.

»Sollten wir nicht auf die Verstärkung warten?«

»Ich warte auf niemanden.«

Die Tür kratzte auf dem nackten Betonboden, als sie sie aufdrückte. Im Inneren herrschte ein schwaches rotes Licht von der Kontrollleuchte einer Tiefkühltruhe. An einer Wand stand ein langer Tisch mit Werkzeugen. Lottie suchte mit der Taschenlampe nach einem Lichtschalter, entdeckte aber keinen, obwohl eine Leuchtstoffröhre an einer Kette von der

Decke herabbaumelte. Als sie sich wieder dem Tisch zuwandte, sah sie das Schimmern von Metallsplittern.

»Boyd, sieh mal.«

»Eine Werkbank.«

»Ich weiß, aber diese Späne hier sehen so aus wie die, die ich in Conors Schuppen entdeckt habe.« Sie leuchtete mit dem Strahl den Bereich aus, bis sie ein ungewöhnliches kreisförmiges Stück Ausrüstung entdeckte. »Wozu, denkst du, ist das?«

Boyd zuckte nur die Achseln und verzog den Mund.

Selbst in ihrer Sorge um ihre Töchter und Kirby vergaß Lottie nicht, worauf es ankam, und streifte die Handschuhe über. Sie fuhr mit dem Finger den inneren Rand der kreisrunden Vertiefung entlang und sagte: »Damit wurden die Münzen gemacht, die wir an den Tatorten gefunden haben. Und das Ding stammt aus Conor Dowlings Schuppen.«

Ein Stöhnen ließ sie aufmerken.

»Was war das?«, flüsterte sie.

Boyd hatte es auch gehört. Er hastete zur Tür, die ins Haus führte, und drückte sie auf. Er fand den Schalter, und Licht fiel in die Garage. »Hier drin.«

Lottie folgte ihm. Auf dem Boden eines Raums, der offenbar als Waschküche genutzt wurde, lag Kirby.

»Oh, verflucht. Ist alles okay?« Boyd kniete sich neben die auf dem Bauch liegende Gestalt.

»Wer hat ihn ausgeschaltet? Megan doch bestimmt nicht.« Sie verharrte, während Boyd sich um Kirby kümmerte. »Vielleicht ist Tony Keegan hier. Er könnte Megan gefangen halten.« Sie blickte auf ihre beiden Detectives herab. »Geht es ihm gut?«

»Ich kann nirgendwo Blut sehen. Vielleicht ist er betäubt worden.«

Kirby stöhnte wieder und schlug die Augen auf, schloss sie jedoch rasch wieder, als sei das Licht zu hell. »Hals«, ächzte er.

Boyd strich mit den Fingern um Kirbys Hals und drehte

den Kopf seines Kollegen zur Seite. Noch immer sah er keine Wunde.

»Einstich«, flüsterte Kirby.

»Also ist er betäubt worden.« Boyd fischte sein Telefon aus der Tasche und forderte einen Krankenwagen an.

Lottie wollte etwas sagen, als sie ein Geräusch von oben hörte. Sie klopfte Boyd auf die Schulter, um ihm zu bedeuten, bei Kirby zu bleiben, dann trat sie aus dem Hauswirtschaftsraum in die dunkle Küche. Sie hatte keine Ahnung, womit sie es zu tun hatte, daher beschloss sie, kein Licht zu machen. Die Haare in ihrem Nacken richteten sich auf, und ihr Herzschlag beschleunigte sich. Falls sich jemand hier unten befand, würde er das Hämmern ihres Herzens bestimmt hören. Doch die Küche war leer. Der Strahl der Taschenlampe glitt über Tisch, Stühle und Wandregale, aber das war's. Sie steuerte auf die nächste Tür zu und öffnete sie.

Ein Stöhnen wie das leise Wehklagen einer Todesfee kam von oben. Am Ende des kurzen Korridors gelangte sie an eine Treppe. Ein paar Mäntel hingen am Geländer, der einzige Hinweis darauf, dass hier jemand wohnte. In der Hoffnung, dass die Treppe nicht knarrte, setzte sie einen Fuß auf die unterste Stufe, dann stieg sie vorsichtig hinauf. Auf jeder Stufe lag eine Münze, die denen von den Tatorten ähnelten. Ihr Herz raste inzwischen, und sie hielt den Atem an, um die aufsteigende Panik niederzukämpfen.

Oben standen alle Türen offen. Aus einer fiel gedämpftes Licht in den Flur. Hastig schlich sie darauf zu, ihr Herzschlag so laut in ihren Ohren, dass sie kaum noch etwas hörte. Ohne zu wissen, welche Schrecken sie erwarten mochten, und ohne einen Gedanken an ihre eigene Sicherheit, trat sie ein.

Ihr Mund öffnete sich automatisch zum Schrei, aber es kam nur ein ersticktes Gurgeln heraus. Sie versuchte, Boyd zu rufen, doch es wollten sich keine Worte bilden. Wie angewurzelt stand sie da, erstarrt in ihrem Entsetzen, als klebten ihre Stiefel am Boden fest.

Megan Price war nirgendwo zu sehen.

Doch ihre Töchter lagen nebeneinander auf dem Boden.

Ihre Hände waren vor dem Körper gefesselt, die Beine ausgestreckt. Ihre Köpfe, der eine dunkel, der andere blond gefärbt, lagen in einer Blutlache. Keine Bewegung. Kein Atmen zu sehen. Die Szene des Schreckens ließ ihr Verstand und ihren Körper zu Eis gefrieren.

Sie hatte keine Ahnung, wie lange sie dort stand. Ihr Herz zerbarst in Millionen Splitter, und Tränen strömten ihr aus den Augen. Die Hände zitternd, die Knie schwach, sank sie zu Boden. Ihre Babys. Ihre Mädchen. Ihr Leben. Ihr anvertraut, damit sie sich um sie kümmerte, sie beschützte, sie liebte. Nach Adams Tod waren sie ihre Kinder einzige Verantwortlichkeit gewesen. Und sie hatte total versagt.

Es waren einige Momente vergangen, seit sie den Raum betreten hatte, doch erst jetzt löste sie sich aus der Erstarrung – und schrie.

ZWEIUNDSECHZIG

Als Boyd in den Raum stürzte, kniete sie auf dem Boden und schrie noch immer. Er verschaffte sich rasch einen Überblick, dann machte er sich an die Arbeit und überprüfte die Vitalfunktionen der Mädchen. Verstärkung und Rettungswagen waren bereits auf dem Weg, und er betete, dass sie nicht zu spät kamen.

Er wandte sich wieder Lottie zu. »Sie leben. Komm schon, hilf mir.«

Sie war wie gelähmt vor Schock, ihr Gesicht weiß vor Angst.

»Lottie!«, brüllte er. »Jetzt! Ich brauche Hilfe. Der Krankenwagen ist unterwegs.«

Lottie erwachte aus ihrer Starre und wagte kaum zu atmen, als sie auf Händen und Knien über den mit Münzen übersäten Boden zu ihren Töchtern kroch.

»Katie. Chloe. Mein Gott.«

Sie schob eine zitternde Hand unter das Kinn ihrer jüngeren Tochter und hob ihren Kopf an. Chloes Augen waren geschlossen, einer ihrer Mundwinkel hing herab. Lottie brachte ihr Gesicht dicht an ihres, Haut an Haut, und spürte den Hauch, der aus Chloes Mund entwich. Endlich konnte auch sie wieder atmen. Rasch tat sie dasselbe bei Katie. Ihre Töchter lebten.

Aber woher kam das Blut? Sie fuhr den Mädchen mit bebenden Fingern durchs Haar, bis sie die Wunden ertastete. Beide waren niedergeschlagen worden. Ein mit Blut verschmiertes Holzscheit lag in einer Zimmerecke. Dann entdeckte sie einen Schnitt an Chloes Hals, direkt unter ihrem Ohr.

Sirenen heulten in der Nähe, als sie ihre Töchter an sich zog und Tränen der Erleichterung vergoss. Obwohl sie nicht wusste, wie schwer sie verletzt waren, war sie einfach nur dankbar, dass beide noch lebten.

»Chloe hat eine Schnittwunde«, flüsterte sie.

»Sie wird versorgt, sobald die Notfallsanitäter hier sind. Sie schafft das«, sagte Boyd. »Und Kirby kommt auch wieder in Ordnung, sobald sich das, was auch immer ihm gespritzt wurde, abgebaut hat.«

Sie spürte Boyds Hand auf ihrer Schulter, und dann war der Raum plötzlich voller Lärm und Leute, und widerwillig überließ sie ihre Töchter den Händen der Profis.

Und als unkontrollierbare Schluchzer sie schüttelten, war ihr, als wolle ihr Körper die Angst ausmerzen, die sie seit gestern Abend unter Verschluss zu halten versuchte hatte. Sie war sich ganz und gar nicht sicher, ob sie je wieder zu weinen aufhören konnte.

DREIUNDSECHZIG

Conor öffnete Tony die Tür und führte ihn am Wohnzimmer vorbei, wo seine Mutter gerade schlief. In der Küche holte er zwei Dosen Foster's aus einer Plastiktüte, die auf dem Boden stand. Sie setzten sich an den schmalen Tisch, rissen die Dosen auf und tranken. Keiner von beiden konnte dem anderen in die Augen sehen.

»Bob Cleary und Cyril Gill sind tot«, sagte Tony. »Es ist inzwischen bestätigt.«

»Ich hab's gehört. Glück gehabt.« Conor schlürfte sein Bier und rülpste laut. »Du hast Blut an den Händen«, sagte er, als er Tonys Knöchel sah.

Tony wirkte ungerührt. »Hab ich mir beim Schuttwegräumen heute Morgen aufgeschürft. Ich habe noch keine Zeit gehabt, mich zu waschen. Wahrscheinlich stinke ich.«

»Tust du. Aber ich bin hier ja an Gestank gewöhnt.« Conor deutete mit dem Kopf zur Wohnzimmertür, hinter der seine Mutter schnarchte.

Wieder schwiegen sie und tranken.

»Hast du noch eins?«, fragte Tony.

»Du wirkst nervös. Gibt es etwas, was du mir sagen willst?«
Conor holte zwei neue Dosen aus der Tüte.

»Okay, ich komme direkt zum Punkt.« Tony legte seine feisten Finger um die Dose. »Warum hast du die Schuld an dem Überfall auf Thompson auf dich genommen?«

»Woher weißt du, dass ich es nicht war?«

»Weil ich weiß, wer es war.«

»Ja«, sagte Conor und fuhr sich mit der Hand über seinen frisch rasierten Schädel. Er starrte Tony an. »Ich auch.«

»Du musst mich nicht so ansehen.«

»Wie denn? Du weißt selbst, was du getan hast.«

»Und ich glaube, ich weiß auch, was du getan hast.« Tony spielte mit der Lasche an der Dose und drückte so fest dagegen, dass er sich in den Daumen schnitt.

»Und was soll das sein?«

»Das weißt du sehr gut, Conor. Diese Mädchen, Amy und Louise. Sie haben dich an dem Abend gesehen, und du hast es nicht abgestritten. Du hast nie ein Alibi oder etwas zu deiner Verteidigung vorgebracht.«

»Und?«

»Und«, wiederholte Tony, »ich denke, dass du damals vor etwas weit Schlimmeren davongelaufen bist als vor einem Raubüberfall.«

»Aha? Vor was denn?«

»Zum Beispiel vor einer Leiche, die du im Tunnel deponiert hast.«

»Und warum hätte ich das tun sollen?« Conor betrachtete Tony und fragte sich, wie viel sein Freund wirklich wusste.

Tony stand plötzlich auf. »Hör mit den Spielchen auf. Komm schon. Sag's mir.«

»Ich dachte, du weißt schon alles.« Conor hatte genug. Er hatte sein Geheimnis zehn Jahre mit sich herumgeschleppt, er würde es ganz sicher nicht jetzt enthüllen. Tony konnte ihn mal.

»Du hattest ein Auge auf die Haushälterin von den Gills geworfen. Wie hieß sie noch? Hannah irgendwas? Süße kleine Chinesin. Du hast sie ständig nach einem Date gefragt, aber sie hat dir immer einen Korb gegeben. Und nach jenem Abend habe ich sie nie wieder gesehen. Schon seltsam, findest du nicht?«

»Vielleicht ist sie nach China zurückgegangen.«

»Vielleicht. Ich glaube es aber nicht.«

Conor spürte einen Hauch von Erleichterung. Er nippte an seinem Bier, diesmal langsamer, und musterte Tonys dickliches rotes Gesicht. Wusste er etwas oder hatte er nur einen Verdacht? Vermutlich Letzteres.

»Okay, wahr ist, dass wir was miteinander hatten. Wir haben den Gills nichts gesagt, weil Cyril selbst weder seine Augen noch seine Finger von ihr lassen konnte. Sie hat gedroht, wegzugehen. Und ich denke, das hat sie getan.«

Tonys Lippen verzogen sich höhnisch. »Sie wurde in einem Tunnel abgelegt, aus dem sie nicht entkommen konnte. Du hast sie dort deponiert.«

»Wir haben beide Geheimnisse aus dieser Nacht, Tony, also wirf besser nicht mit Beschuldigungen um dich, schon gar nicht ohne Beweise.«

Tony steckte die Hand in die Tasche und legte eine silberne Münze auf den Tisch.

Conor betrachtete sie und blickte dann auf. »Wo hast du die her?«

»Hab sie im Tunnel gefunden. Als wir mit Bob runtergegangen sind. Wann hast du die Mauer hochgezogen? Sie muss dir dabei aus der Tasche gefallen sein.«

Conor wusste, dass er alles abstreiten konnte, aber wem wollte Tony es erzählen, ohne sich mit einem anderen Verbrechen in Verbindung zu bringen? Er setzte die Dose an die Lippen und leerte sie in einem Zug, ehe er eine weitere öffnete.

Er wollte Tony soeben die Wahrheit sagen, als es an der Tür klopfte.

————

Boyd trug Lottie eher zum Auto, als dass sie ging. Er ließ sich hinter dem Lenkrad nieder.

»Und das Blut?«, schluchzte sie.

»Die Sanitäter gehen nicht davon aus, dass eine der beiden mit dem Messer traktiert wurde. Chloe hat eine leichte Schnittwunde am Hals, als hätte jemand da ein Messer hingehalten, das vielleicht abgerutscht ist. Bei Katie ist nichts zu sehen. Beide haben einen Hieb über den Schädel bekommen und sind vermutlich betäubt worden.«

»Wer war das?« Wütend rieb sie sich die Tränen aus den Augen. »Megan Price?«

»Oder Tony Keegan.« Boyd setzte auf die Straße zurück. »Soll ich dich zu Hause absetzen?«

»Moment noch. Denk nach, Boyd. Wir werden jede Menge Spuren auf ihrer Kleidung finden. Und auf Kirbys. Wir müssen Price, Keegan und Dowling auf die Wache bringen. Wir haben zwar keine Ahnung, wo Megan ist, aber schick einen Streifenwagen zu Keegans Adresse. Und wir holen uns Dowling.«

Boyd nahm das Funkgerät und fragte nach McKeown. Er gab ihm die Anweisungen durch und bat ihn außerdem, ein Team zu Dowling zu schicken. Dann warf er Lottie einen Blick zu. »Kann ich dich zuerst absetzen?«

»Ich ziehe das hier durch. Danach nehme ich mir für meine Familie frei.«

»Das habe ich schon öfter gehört.«

»Fahr einfach, Boyd.«

————

Die Küche war zu klein. Nicht wie früher, als sie jung waren, Conors Mutter bei der Arbeit war, und sie alle dort zusammen gelacht, geraucht und Wodka aus Bechern getrunken hatten. Megan befahl Conor, sich ans Steuer ihres Wagens zu setzen.

»Wohin fahren wir?«

»Ich will euch etwas zeigen. Fahr am Parkplatz an der Petit Lane vorbei.«

»Da wimmelt es doch vor Polizei«, protestierte Tony.

»Nicht dort, wo ich meine.« Megan lachte. »Ich glaube, Conor kennt einen Tunneleingang, von dem niemand sonst weiß.« Als sie sah, wie er den Kopf einzog, wusste sie, dass sie recht hatte.

»Warum willst du mit uns dahin?«, fragte Conor. »An den Schauplatz eines blutigen Verbrechens?«

»Von welchem Verbrechen sprichst du?«, höhnte Tony. »Du bist doch derjenige mit Blut an den Händen.«

»Halt die Klappe, Keegan.«

Die drei ehemaligen Freunde stiegen an der Nordseite des Ratsgebäude aus. Bauzäune standen dort, wo Gill einst seine wegweisenden Pläne zur Stadtsanierung und -erneuerung vorgestellt hatte. Von hier aus konnte Megan das Haus sehen, in dem Amy und Penny ihren Tod gefunden hatten. Wenn es nicht dunkel gewesen wäre, hätte sie in der Ferne ihr eigenes Haus erblickt, hinter dem sich die Wohnung befand, in der Louise und Cristina gestorben waren. Der Kreis schließt sich, dachte sie.

»Mach auf«, sagte sie und deutete auf die Tür im Bauzaun.

»Komm schon, Megs«, sagte Tony. »Das ist doch irre.«

»Nenn mich nie wieder so. Ich heiße Megan. Ich will von euch beiden die Wahrheit hören, und dann bin ich weg.«

»Du brauchst einen Arzt«, sagte Conor. »Du verlierst gerade ziemlich viel Blut.«

Megan musterte die beiden Männer. Sie wusste, dass ihr

Arm blutete, aber es kümmerte sie nicht. Die aggressive blonde Schlampe hatte sich gewehrt, als sie ihr die Kehle hatte durchschneiden wollen, und das Messer war abgerutscht. Sie hatte den Mädchen eine Injektion in den Hals verpasst, um sie zu überwältigen, und beschlossen, sich später um sie zu kümmern. Erst musste sie sich mit den zwei Ratten in ihrem Leben befassen, dann hatte sie Zeit für die Mädchen und Detective Kirby.

Abwartend, das Messer dicht an ihrem Bein, stand sie da. Die beiden hätten sie leicht überwältigen können, doch irgendwie schienen sie von dem, was sie zu sagen hatte, wie gebannt zu sein.

Sie schob sich an Conor vorbei und öffnete die Tür des Bauzauns. »Wo ist der Zugang?«

»Wozu?«

»Zu dem Tunnel, in den du Hannah Lee gebracht hast.«

Conor trat von einem Fuß auf den anderen. Im gelben Schein der Straßenlaternen war sein Gesicht eine geisterhafte Maske. »Hannah?«

»Ich weiß, dass du sie umgebracht hast.«

»Und woher weißt du das?« Der Wind trug seine Stimme zu ihr.

»Wenn du sie in jener Nacht nicht umgebracht und ihre Leiche dort versteckt hättest, wäre Tony nie mit dem Mord an meinem Stiefvater davongekommen.«

Tony richtete sich kerzengerade auf. »Hey, Moment mal. Ich habe niemanden umgebracht.«

Megan lachte. »Du hast mir den Schlüssel zum Safe geklaut und bist bei meinem Stiefvater eingebrochen, um ihn auszurauben. Und dann hast du ihn zusammengeschlagen. Er hat nie das Bewusstsein wiedererlangt.«

»Er hatte einen Schlaganfall.«

»Den du wegen deiner Gewalttat zu verantworten hattest. Wie konntest du mir das antun?«

»Gott, er war doch bloß dein Stiefvater, nicht dein richtiger Dad.«

Blitzschnell holte sie aus und streifte mit dem Messer seine Wange. Der Schnitt war nicht tief, aber sofort strömte Blut über sein Gesicht, und er sank wimmernd im Schlamm auf die Knie.

Conor versuchte, sich das Messer zu schnappen, doch sie fuhr zu ihm herum, zog es über seinen Arm und durchtrennte dabei das steife Material seiner Jacke. Er presste die Hand auf die Wunde. »Verdammt, du bist doch irre, du Schlampe«, brüllte er.

»Mach den Tunnel auf«, sagte sie.

———

Vor Conor Dowlings Haus lief Lottie unaufhörlich im Kreis herum, während seine Mutter auf der Türschwelle zeterte.

»Wohin sind sie gegangen?«, fragte sie.

»Vera sagt, sie habe geschlafen, sei aber wachgeworden, als Megan Price mit ihrem Hämmern beinahe die Tür eingeschlagen hat. Sie hat Keegan und Conor im Flur reden hören, dann waren sie weg.«

»Wir haben sie nur um ein paar Minuten verpasst. Verdammt.«

McKeown kam mit einem Packen Papier in der Hand zu ihnen. »Vielleicht weiß ich, wo sie sind.«

»Setzen wir uns in den Wagen«, sagte Boyd, als der Regen stärker wurde.

»Was haben Sie da?«, fragte Lottie.

»Ich konnte endlich ein paar alte Karten auftreiben. Eine Historikerin aus der Stadt hat sie mir heute gebracht, nachdem sie von dem Skelett im Tunnel gehört hat.«

Sie stiegen ins Auto. Boyd drehte den Schlüssel in der Zündung, damit die Heizung ansprang.

»Und?«, fragte Lottie.

»Es gibt tatsächlich ein ganzes Geflecht aus Tunneln, und einer davon hat seinen Zugang auf diesem Stück Baubrache.«

Er deutete auf die gefaltete Karte in seiner Hand.

»Wo ist das?«

»Cyril Gill hat das Land vor zehn Jahren aufgekauft, als er mit seinem Großprojekt an die Öffentlichkeit ging. Nachdem seine Pläne gescheitert waren, blieb der Grund ungenutzt. Er liegt auf der anderen Seite der Bürogebäude, nicht gerade weit entfernt von dem Haus, in dem wir Penny und Amy gefunden haben.«

»Aber wieso denken Sie, dass wir Dowling und die anderen dort finden?«, fragte Boyd.

Lottie antwortete an McKeowns Stelle. »Hast du eine bessere Idee?«

———

Conor war klar, dass er Megan das Messer leicht hätte entwinden können, aber er wollte hören, was sie zu sagen hatte. Langsam schritt er über den Grund, hielt sich den verletzten Arm und wünschte sich, dass er mehr Licht zur Verfügung gehabt hätte. Andererseits konnte er den gedämpften Schein der Straßenlaternen in der Ferne vielleicht zu seinem Vorteil nutzen.

»Warum hast du die Mädchen umgebracht?«

»Ich habe niemanden umgebracht«, sagte Tony.

»Nicht du, du Idiot. Sie.« Conor hatte keine Lust mehr, um den heißen Brei herumzureden. Er blieb stehen und wandte sich Megan zu.

»Wieso denkst du, dass ich etwas damit zu tun habe?« Ihre Stimme klang nun etwas schwächer, und Conor wertete das als gutes Zeichen. Aber er musste ihr zuerst die Wahrheit abringen.

»Na ja, ich war's nicht, und ich glaube kaum, dass Tony clever genug ist, um so was durchzuziehen.«

»Du warst immer schon schlauer als er.« Eine Brise trug ihr sarkastisches Lachen davon, während der Regen auf sie herabströmte.

»Ich verstehe aber immer noch nicht, wie du von den unterirdischen Gängen gewusst haben konntest.«

»Bill, mein Stiefvater, hatte die historischen Karten. Ein Grund, warum er so vehement gegen Cyril Gills Projekt war, war seine Überzeugung, dass das mittelalterliche Erbe von Ragmullin verloren ginge, wenn Gill sich durchsetzen konnte. Er zeigte mir das Tunnelnetz auf den antiken Plänen, aber damals interessierte es mich nicht im Geringsten. Doch dann ist es mir wieder eingefallen.«

»Und was hat die Erinnerung ausgelöst?« Conor musste dafür sorgen, dass sie weitersprach.

»Penny Brogan konnte noch nie die Klappe halten.«

»Penny?«, fragte Keegan. »Was wusste sie denn?«

»Sie hat mir die Nägel gemacht und dabei ständig geklatscht und getratscht. Sie hat mir erzählt, dass Cristina Lee nach Irland kommen wollte, um nach ihrer Tante zu suchen, die für die Gills gearbeitet hat. Die Familie hatte laut Penny seit Jahren nichts von Hannah gehört, aber da sie illegal in Irland gewesen war, gab es nie eine offizielle Meldung an die Behörden. Tatsächlich war wohl auch Cristina illegal hier. Jedenfalls hatte ich Hannah Lee bis zu diesem Zeitpunkt vollkommen vergessen. Mit dem Überfall auf Bill, dem Gerichtsverfahren und alles, was danach kam, habe ich nie einen Gedanken an sie verschwendet.« Sie deutete mit dem Messer auf Keegan. »Und dann habe ich dich geheiratet. Durch dich habe ich mein ganzes bisheriges Erwachsenendasein eine Lüge gelebt. Was ist eigentlich aus dem Geld geworden, das du gestohlen hast?«

»Ich hab' nichts gestohlen.«

»Herrgott, Tony. Die Zeit für diesen Quatsch ist vorbei. Du musst es gewesen sein.«

Conor bewegte sich behutsam zur Seite. Während Megan immer wütender wurde und bei jedem Wort mit dem Messer herumfuchtelte, überlegte er, wie er am besten entkommen konnte. Er würde wieder in den Tunnel zurückmüssen, doch das konnte er ertragen, wenn er dafür mit dem Leben davonkam.

VIERUNDSECHZIG

Boyd schaltete die Sirene ab, als sie sich dem Areal näherten, das McKeown auf der Karte markiert hatte.

»Wir müssen sie ja nicht vorwarnen«, sagte Lottie. »Seht mal.« Vor dem Bauzaun stand ein Wagen mit weit offenen Türen.

Er stellte das Auto hinter einem Ford Fiesta ab. »Wie ist der Plan?«

Lottie wollte die Sache hinter sich bringen. Sie wollte ins Krankenhaus zu ihren Töchtern. Sie wusste, dass sie längst dort hätte sein müssen, aber sie wusste auch, dass die beiden in Sicherheit und in guten Händen waren. Sobald sie diese Sache beendet hatte, würden die beiden ihre ungeteilte Aufmerksamkeit bekommen. Das schlechte Gewissen zog ihr das Herz zusammen, aber damit konnte sie sich jetzt nicht beschäftigen.

»Lass uns nachsehen, ob sie dort sind.«

Sie schlossen leise die Autotüren und gingen zu der Tür im Bauzaun Absperrung.

Lottie legte den Finger an ihre Lippen und stellte sich dicht an den Bretterzaun. Stimmen wehten zu ihnen herüber, als sie hineinspähte.

———

»Das Geld ist in die üppige Hochzeit geflossen, die du haben wolltest«, sagte Tony. »Du hättest wissen müssen, dass ich als Arbeiter nicht genug verdient habe, um mir das leisten zu können, aber du hast es nie hinterfragt.«

»Der größte Fehler meines Lebens«, sagte Megan. Sie griff in ihre Tasche, holte eine Handvoll Münzen heraus und schleuderte sie auf den Boden, wo sie in den grauen Schlammpfützen versanken.

Conor wich einen Schritt zurück.

Sie fuhr mit dem Kopf herum und hielt das Messer auf ihn gerichtet. »Wenn du mir reinen Wein eingeschenkt hättest, wäre mir viel Elend erspart geblieben.«

»Jetzt weißt du, warum ich es nicht getan habe. Du hast deine eigenen Entscheidungen getroffen. Damit hatte ich nichts zu tun.«

»Ich habe dich geliebt, wusstest du das?«

»Du hast was?« Conor fuhr sich über den Schädel und spürte das klebrige Blut seiner Hand.

»Ja. Aber du hattest ja nur Augen für dieses Hausmädchen.« Sie tat einen Schritt auf ihn zu. »Was hast du mit ihr gemacht?«

»Es war ein Unfall.« Conor dachte an die Nacht zurück, als er endlich mit Hannah allein gewesen war, unten bei den Schienen, kaum hundert Meter von der Stelle entfernt, an der er jetzt stand. Und dann hatte sie ihre Meinung geändert. Wollte plötzlich doch nichts mehr von ihm und hatte ihn abgewehrt. Doch er war jung und testosterongetrieben gewesen, und als er sich ihr aufzwingen wollte, war sie mit dem Kopf gegen einen Felsen in der überwucherten Böschung gekracht, der ihm vorher nicht aufgefallen war. Er hatte sie nicht ermordet, aber sie war dennoch umgekommen, und er war in Panik geraten. Und genau das erzählte er Megan nun.

»Wenn es bloß ein Unfall gewesen ist, wieso hast du ihre Leiche dann versteckt?«

»Sagen wir einfach, dass ich nicht so methodisch morde wie du. Ich habe Angst bekommen und bin abgehauen. Später bin ich zurückgekommen und habe sie versteckt.« Er sah ihr in die harten Augen. »Und warum musstest du Amy, Louise und die anderen beiden töten?«

»Weil ich die Wahrheit herausgefunden haben.« Plötzlich begann sie zu schluchzen. »Begreifst du denn nicht, Conor? Ich habe mein Leben ohne dich verbringen müssen, weil die beiden geschworen haben, dich in jener Nacht gesehen zu haben, und deswegen bist du im Gefängnis gelandet. Du hättest etwas sagen müssen. Ich habe im Gedenken an das, was du mir angetan hast, Münzen hinterlegt. Du hast mich mit deinen Lügen verraten. Wie ein Judas. Wie diese dummen Mädchen.«

»Aber sie *haben* mich gesehen.«

»Meinen Stiefvater hast du dennoch weder überfallen noch ausgeraubt.«

»Was spielt das jetzt noch für eine Rolle?«, fragte Conor müde.

»Und als du aus dem Gefängnis entlassen worden bist, hast du mich nicht ein einziges Mal besucht.«

»Ich war einmal in der Apotheke und ...«

»Ja, warst du. Mit einer Nachricht für Amy. Du hast nicht einmal nach mir gefragt. Also habe ich beschlossen, dass es an der Zeit war, dass du mich endlich wahrnimmst.«

In diesem Moment wurde sich Conor der Stille um sie herum bewusst. Der Wind hatte sich gelegt, der Regen nachgelassen, und sie drei standen in der Mitte des brach liegenden Baulandes wie die Stützen eines Stativs, das ein müder Fotograph zurückgelassen hatte. Und er spürte, dass sie nicht allein waren. Suchend sah er sich um. Hinter Megan konnte er an der Tür im Bauzaun eine Bewegung ausmachen.

»Lauft!«, brüllte er.

Während Tony und Megan sich noch verblüfft umwandten, rannten schon drei Personen auf sie zu. Conor wirbelte herum und stob davon.

Vor zehn Jahren hatte er genau gewusst, wo der Eingang zum Tunnel war, doch nun, im Dunkeln, konnte er ihn nicht mehr finden. Als eine Hand seine Schulter packte und ihn zu Boden stieß, spürte er nur noch, wie die nasse Erde ihm entgegenkam, und er schloss die Augen.

FÜNFUNDSECHZIG

EINE WOCHE SPÄTER

Leo Belfield saß durch Kissen gestützt im Bett, doch die Monitore waren entfernt worden.

»Bist du bereit, deine Aussage zu machen?«

»Es ist alles so schnell gegangen.«

»Ich bin sicher, dass dir das eine oder andere einfällt.« Lottie setzte sich auf einen Stuhl neben sein Bett.

»Sie ist mit dem Messer auf mich losgegangen und hat gebrüllt, dass sie sich deine Töchter schnappen wollte, ihr aber jemand zuvorgekommen ist. Offenbar hat sie Megan an der Unglücksstelle mit ihnen sprechen sehen. Sie sagte, sie wüsste, dass du früher oder später nach Farranstown kommen würdest und sie dich dann kriegen würde.«

»Was hast du gemacht?«

»Mich verteidigt. Sie hatte das Messer in einer Hand, eine Schlinge in der anderen. Sie hat zugestoßen, immer wieder, während ich versucht habe, ihr das Messer aus der Hand zu winden. Eine Wunde war ziemlich tief, und ich wusste, dass ich viel Blut verlor, aber schließlich ist es mir gelungen, ihr den Arm so weit umzudrehen, dass sie das Ding fallen lassen musste.«

»Hm. Und wie kommt es dann, dass sie mit einem Strick um den Hals dalag und stranguliert worden ist?«

»Willst du, dass ich ins Gefängnis gehe?«

»Nein.«

»Sagen wir einfach, sie hat sich in der Schlinge verfangen, als wir gekämpft haben, und belassen es dabei.«

Lottie war niemand, der es bei etwas beließ. Aber Bernie Kelly konnte ihrer Familie nun nicht mehr nachstellen, und das reichte Lottie. Solange die Forensik zu keinem anderen Schluss kam, sollte Leo auf der sicheren Seite sein.

»Ich verstehe«, sagte sie. »Rose ist draußen vor der Tür. Fühlst du dich in der Lage, mit ihr zu reden?«

»Klar.«

Seine Hand griff nach ihrer. Sie hatten dieselbe leibliche Mutter, aber für Lottie war Leo dennoch ein Fremder. Sie erhob sich und schob ihre Hände in die Taschen. »Ich schicke sie rein.«

SECHSUNDSECHZIG

Keine von beiden sagte viel, weder Katie noch Chloe. Es war, als hätten sie sich in den Stunden der Gefangenschaft verbündet und wollten sie aus der Erfahrung ausschließen. Das beunruhigte Lottie, zumal ihre Töchter entschlossen schienen, dafür zu sorgen, dass sie auch draußen blieb.

Katie saß auf der Couch, den schlafenden Louis im Arm, Chloe lag neben ihr, den Kopf auf Katies Schoß. Sie waren beide mit einem von Megan Price zusammengestellten Medikamentencocktail betäubt worden, der keine medizinischen Folgen haben würde. Doch Lottie fragte sich, wann – falls überhaupt – die psychischen Auswirkungen nachlassen würden. Sie zog behutsam die Tür zu und blieb lauschend im Flur stehen. Boyd war bei Sean oben. Zweifellos spielten sie irgendein Videospiel.

Auf dem Weg in die Küche spürte sie, wie sich das Unbehagen, versagt zu haben, um ihre Schultern legte wie eine nasse Decke. Ihr Vorsatz, eine gute Mutter zu sein, war gescheitert.

Während sie den Wasserkocher auffüllte, um Tee zu machen, war sie sich bewusst, dass sie eigentlich einen Drink wollte, aber sie hatte es nun schon so lange geschafft, ohne in diese schlechte Angewohnheit zurückzufallen, dass sie es auch jetzt bei Tee belassen würde.

Kirby hatte sich schnell erholt und war schon am nächsten Tag wieder im Büro gewesen, wenn auch in noch düsterer Laune als in den Wochen nach Gillys Tod. Lottie musste sich noch mit seinem Versäumnis, Amys Spind durchzusehen, auseinandersetzen. McGlynn hatte in einem Tunnel Amys und Louises Handtaschen entdeckt sowie blutbefleckte Kleidung, die vermutlich von Megan getragen worden war.

Sie war froh, dass McKeown sich so gut ins Team eingefügt hatte und sah seiner Zusammenarbeit mit Maria Lynch, sobald sie aus der Elternzeit zurückkehren würde, positiv entgegen. Vorausgesetzt, McMahon erlaubte ihr, Detective Inspector zu bleiben. Sie hatte Cynthia Rhodes gebeten, das Gespräch mit ihm zu suchen und dabei den Eindruck zu erwecken, dass es ihre, Cynthias, Idee gewesen war, über die Nachrichten zu verbreiten, dass Katie und Chloe vermisst wurden. Nun stand sie tief in Cynthias Schuld. Außerdem blieb noch die Frage nach einer Überprüfung von Conor Dowlings Verurteilung und Superintendent Corrigans Rolle dabei. Doch gemessen an vergangenen Erfahrungen konnte das Jahre dauern.

Leo Belfield war auf dem Weg der Genesung, und Rose hatte ihm gesagt, er könne bei ihr bleiben, bis er in der Lage war, in die USA zurückzukehren. Lottie war sich überaus der Tatsache bewusst, dass Leo ihr letzter lebender Blutsverwandter war. Damit würde sie sich auseinandersetzen müssen, aber nicht jetzt.

Sie dachte an Megan Price, die gegenwärtig im Mountjoy Frauengefängnis auf ihren Prozess wartete. Und sie dachte daran, dass vier junge Frauen hatten sterben müssen, weil Megan sich von Conor Dowling und der ganzen verdammten Welt verraten gefühlt hatte. So viele Familien vernichtet – und wofür? Ganz sicher war es keine Liebe gewesen, dachte Lottie. Conor war wegen Hannah Lees Tod verhaftet worden, Tony

Keegan wegen des Raubüberfalls auf Bill Thompson. Beide waren gegen eine Kaution auf freiem Fuß.

Lottie seufzte müde, als Boyd die Küche betrat.

»Alles okay?«, fragte er.

»Es kann nur besser werden.« Sie schenkte ihm ein Lächeln und holte zwei Becher aus dem Oberschrank. »Ich habe noch zwei verpackte IKEA-Regale oben liegen, falls du dich unausgelastet fühlst.«

Er wirkte ein wenig unruhig und rieb sich die Hände. »Lottie, ich muss dich was fragen.«

»Ich hab zu tun. Kann das warten?«

»Zu tun? Du machst doch nur Tee. Und, nein, es kann nicht warten.«

»Dann los.« Sie gab die Teebeutel in die Becher.

Er trat zu ihr und drehte sie so zu sich um, dass sie ihn ansehen musste. Sie spürte seine Hand an ihrer. »Die Sache ist ein bisschen heikel. Ich habe das bisher nur einmal gesagt, und es ist nicht so ausgegangen, wie es sollte.«

»Boyd, leg einen Zahn zu. Ich will meinen Tee und muss noch für ein paar Stunden ins Büro. Ich habe so viel Papierkram zu erledigen, dass der Regenwald von der Auslöschung bedroht ist.«

»Ich glaube, das ist er ohnehin, mit oder ohne deinem Papierkram.«

Lottie sah in sein geschundenes und zerschrammtes Gesicht. Sie konnte nur hoffen, dass er sich nicht um eine Versetzung bemühte. Nein, es war definitiv nicht der Zeitpunkt, um nach einer Versetzung zu fragen.

»Ich höre«, sagte sie und bereitete im Stillen ihre Rede vor, während sie die Arme verschränkte und sich an den Küchentheke zurücklehnte.

Er griff nach ihrer Hand und führte sie an die Lippen.

»Lottie, willst du mich heiraten?«

»Was hast du gerade gesagt?«

Seine Hand umschloss ihre fester.

»Willst du mich heiraten?«

Ein nervöses Lachen stieg in ihrer Kehle auf. »Boyd, ich glaube, der Schlag auf deinen Kopf war doch schlimmer als angenommen. Du hättest dich besser auf das MRT eingelassen, wie der Arzt geraten hat. Ich will nicht, dass du nachher auf der Arbeit zusammenklappst und dann ...«

»Hörst du mal eine Minute auf zu reden?«

Sie presste die Lippen aufeinander und riss ungläubig die Augen auf. Hatte er wirklich gefragt, was sie glaubte, dass er gefragt hatte?

»Ich meine es ernst«, sagte er.

»Ich weiß nicht, was ich sagen soll, Boyd. Das kommt so plötzlich ...«

Seine Stimme klang entschlossen. »Ich denke schon das ganze vergangene Jahr daran. Ich habe dich oft fragen wollen, hatte aber nie den Mut dazu.«

»Und was hat sich geändert?«

»Als der Kran zusammengebrochen ist, habe ich dem Tod ins Auge geblickt und bin aufgewacht.«

»Ist das von Shakespeare oder so?«

Er verdrehte die Augen und stützte seine Arme links und rechts von ihr auf den Tresen. Sie spürte die Wärme seines Körpers in ihren strömen und wusste nicht, wohin sie blicken sollte.

»Ich weiß, es ist nicht gerade die romantischste Situation, aber es ist so schwer dich allein und ohne Zuhörer zu erwischen, und das auch noch in einer guten Stimmung.«

»Und du denkst, dass ich gerade in guter Stimmung bin?« Sie versuchte, ihr rasendes Herz zu beruhigen. »Herrgott, Boyd, du kennst mich überhaupt nicht.«

»Ich denke, ich kenne dich besser als du dich selbst. Also – sein oder nicht sein? Und das *ist* von Shakespeare.«

»Du machst mich fertig.« Sollte sie weglaufen oder bleiben? O Gott, sie hatte keine Ahnung, was zu tun war.

»Ich meine es ernst.« Er wandte den Blick nicht von ihr ab.

»Herrgott, Boyd.« Gefühle stiegen so rasch in ihr auf, dass ihr Magen zu brodeln begann. Ein Ziehen machte sich in ihrer Brust breit, und sie wusste nicht, ob es eine körperliche oder emotionale Ursache hatte. Was wollte sie? Sie hatte keine Ahnung.

»Sag etwas.« Er zupfte an seinem glattrasierten, verschrammten Kinn.

»Ich ... ich weiß nicht, was ich will. Danke. O Gott, Mark, danke, dass du mich gefragt hast, aber ich muss darüber nachdenken.«

»Worüber musst du denn nachdenken? Wir werden nicht jünger. Das Leben ist gefährlich und unberechenbar.«

»*Ich* bin gefährlich und unberechenbar.«

»Da hast du allerdings recht.« Er lächelte, und ihr Herz hämmerte ein wenig schneller.

Ja, sie wollte Boyd. Aber wollte sie ihn für immer? Jeden Tag? Jede Minute des Tages? Sie brauchte Zeit.

»Okay. Denk darüber nach», sagte er.

Sie nahm seine Hände in ihre und drückte sie. »Danke.«

»Ich liebe dich, Lottie.«

Sie gab keine Antwort. Starrte ihn nur an. Er holte tief Luft und küsste sie hauchzart auf die Lippen. Dann wandte er sich um und nahm seine Jacke von der Stuhllehne. Sie hörte das weiche Klicken der sich schließenden Eingangstür.

Sie starrte auf die leere Stelle, die er hinterlassen hatte. Dann ließ sie sich auf einem Stuhl nieder und dachte an alles, was sie ihm hatte sagen wollen und nicht gesagt hatte.

Hoffentlich war es noch nicht zu spät dafür.

MEHR VON BOOKOUTURE DEUTSCHLAND

Für mehr Infos rund um Bookouture Deutschland und unsere Bücher melde dich für unseren Newsletter an:

www.bookouture.com/bookouture-deutschland-sign-up

Oder folge uns auf Social Media:

 facebook.com/bookouturedeutschland

twitter.com/bookouturede

 instagram.com/bookouturedeutschland

EIN BRIEF VON PATRICIA

Hallo, liebe Leser:innen,

vielen Dank, dass ihr meinen sechsten Roman, *Tödlicher Verrat*, gelesen habt. Falls er euch gefallen hat und ihr gerne in meine Mailingliste aufgenommen werden wollt, um über neue Veröffentlichungen informiert zu werden, klickt bitte hier:

www.bookouture.com/bookouture-deutschland-sign-up

Ich freue mich sehr, dass ihr eure kostbare Zeit mit Lottie Parker, ihrer Familie und ihrem Team verbracht habt. Wenn euch das Lesen Spaß gemacht hat, habt ihr vielleicht Lust, Lottie durch die ganze Romanreihe zu begleiten. All jenen, die die ersten fünf Lottie-Parker-Bücher (*Die vergessenen Kinder, Die geraubten Mädchen, Das verlorene Kind, Nie in Sicherheit, Sag Nichts*) schon gelesen haben, danke ich für die Unterstützung und die Rezensionen.

Es wäre großartig, wenn ihr auf Amazon oder Goodreads oder dort, wo ihr das Buch gekauft habt, eine Bewertung postet, das bedeutet mir wirklich viel. Und vielen Dank für all die Bewertungen, die bereits verfasst worden sind. Ihr könnt auch auf Facebook oder auf Twitter mit mir in Verbindung treten, und einen Blog (den ich auf den neusten Stand zu halten versuche) habe ich auch.

Noch einmal danke, und ich hoffe, ihr seid bei Band sieben auch wieder dabei.

Liebe Grüße

Patricia

 facebook.com/trisha460

twitter.com/trisha460

 instagram.com/patricia_gibney_author

DANKSAGUNG

Das ist der sechste Band der Lottie-Parker-Reihe, und ich schulde so vielen Menschen Dank, dass sie mich auf dieser Reise unterstützt haben.

Zuerst und vor allem danke ich euch, meinen Leser:innen, dass ihr *Tödlicher Verrat* gelesen habt und mir die Treue haltet.

Vor ein paar Jahren habe ich mein Manuskript einer Agentin geschickt, und dass sie hundertprozentig überzeugt von mir und meiner Arbeit war, hat mich vollkommen überrascht. Ger Nichol von The Book Bureau hat sich unermüdlich für mich eingesetzt, Verträge ausgehandelt und stets mich und mein schriftstellerisches Wohl im Blick gehabt. Danke, Ger. Ohne dich wäre ich nie so weit gekommen. Danke auch an Hannah von The Rights People.

Ich bin sehr froh über mein großartiges Team bei Bookouture, und ich möchte Lydia Vassar-Smith für ihren professionellen Lektorinnen-Input bei *Tödlicher Verrat* danken. Besonderen Dank an Kim Nash und Noelle Holten für ihre Medienarbeit, die Organisation von Blogtouren und die Werbung. Danke auch allen, die direkt an meinen Büchern arbeiten: Alexandra Holmes (Veröffentlichung), Leodora Darlington, Alex Crow und Jules McAdam (Marketing). Und Jane Selley für ihre exzellenten redaktionellen Fähigkeiten.

Michele Moran erweckte meine Bücher im Audioformat zum Leben, danke also auch an Michele und das Team von The Audiobook Producers.

Die schreibende Community hat mich und meine Arbeit

stets unterstützt. Ich danke allen, die mir zugehört, die sich mit mir ausgetauscht und die mich beraten haben, insbesondere die Mitautor:innen von Bookouture. Besonders danke ich Carol Wyer und Angela Marsons, die mir mit Rat und Tat beiseitestehen, wann immer ich welchen brauche. Und Caroline Mitchell, Mitautorin und -irin, und Robert Bryndza.

Ich danke Vanessa Fox O'Loughlin, die eine wahre Förderin meiner Arbeit ist und 2018 Irlands erstes Krimifestival Murder One sowie Writing.ie und Dublin UNESCO City of Literature organisiert hat. Ich hoffe, es folgen noch viele mehr. Dank auch an das Town of Books Festival, das Red Line Festival und das Harrogate Crime Festival, die mich 2018 in ihr Gremium aufgenommen haben. Es war eine ungeheure Ehre, dass *Die geraubten Mädchen* bei den Irish Book Awards 2018 auf die Shortlist des Ryan Tubridy Show Listeners' Choice Award gesetzt wurde. Danke, Ryan und deinen Zuhörern, für eure Unterstützung.

Danke Ger Holland für das vergnügliche Fotoshooting in Dublin und Barry Cronin, der mich in dem unheimlichen Wald beim Ballinafid Lake fotografiert hat.

Allen Blogger:innen, die mir so freigiebig ihre Zeit schenken, um zu lesen, zu rezensieren und an den Blogtouren teilzunehmen, danke. Und ich bin jeden Leser:innen dankbar, die eine Rezension gepostet haben. Ihr bewirkt wirklich etwas.

Außerdem soll hier die unermüdliche Arbeit von Bibliotheken und ihrem Personal gewürdigt werden. Danke auch an lokale und nationale Medien und Buchläden. Ich habe im Laufe des vergangenen Jahres auf vielen Buchclubveranstaltungen gesprochen, und ich möchte euch allen für eure Herzlichkeit danken.

Ein besonderer Dank geht an Brian Gibson, der mich zu einem bestimmten Aspekt dieses Romans beraten hat, und an John Quinn. Ich schreibe Krimiliteratur und lasse mich beraten, wo immer es nötig ist, doch Unstimmigkeiten gehen allein auf meine Kappe. An manchen Stellen gehe ich mit den polizeilichen Abläufen etwas freier um, um das Lesetempo und die Storyline voranzubringen – es ist ja schließlich eine Geschichte!

Nachdem mein Mann Aidan nach einer kurzen Krankheitsphase verstorben ist, habe ich angefangen zu schreiben, um nicht zu verzweifeln. Ich liebe es zu schreiben – es hält mich hellwach und lebendig. Doch ohne das Netzwerk an Menschen, die mich unterstützen, würde es nicht funktionieren. Seit ich schreibe, ist mein Freundeskreis größer geworden. Besonderen Dank an Jackie Walsh für die Schreibtrips, Grainne Daily für weise Worte und gute Laune, wenn ich sie brauche, und Niamh Brennan für ihren Rat. Jo und Antoinette sind immer dagewesen, um mich aufzufangen, euch beiden auch meinen Dank.

Danke meinen Eltern, William und Kathleen Ward, Lily Gibney und Familie, meiner Schwester Cathy Thornton und meinem Bruder Gerard Ward. Besonderen Dank an meine Schwester Marie Brennan, die die Erstentwürfe dieses Buchs (und auch die aller anderen) gelesen hat. Ich weiß deine Zeit und deinen Input sehr zu schätzen. Ich höre nicht immer auf dich, aber immerhin ziehen wir uns nicht mehr an den Haaren, wie wir es als Kinder getan haben!

Meine Kinder Aisling, Orla und Cathal sind drei der stärksten, höflichsten und respektvollsten jungen Menschen, die ich kenne. Als Jugendliche haben sie ihren Vater an den Krebs verloren, aber sie haben sich dem Leben gestellt und sich zu wunderbaren jungen Erwachsenen entwickelt. Ich bin so stolz auf euch und glücklich, dass ich euch habe. Und nicht zu vergessen Gary, Darren und Dawn, die ihnen Bodenhaftung verleihen.

Ich habe *Tödlicher Verrat* meinen Enkelkindern gewidmet. Ich hoffe, ich kann ihnen durch meine fortgesetzte Konzentration auf das Schreiben zeigen, dass man mit harter Arbeit,

Ausdauer und Hingabe wirklich etwas erreichen kann. Daisy, Shay, Caitlyn und Lola haben mir eine neue Perspektive im Leben gegeben und erfüllen mich mit Liebe.

Alle Personen in meinen Büchern sind erfunden genau wie die Stadt Ragmullin, aber das wahre Leben beeinflusst meine Geschichten. Ich danke den Einwohnern Mullingars, meiner Heimatstadt, dass sie mich und meine Arbeit unterstützen.